今日评论
文存 七

JINRI PINGLUN WENCUN

张昌山 ◎ 编

·张昌山 主编·滇云八年书系·旧刊文存·

云南出版集团

云南人民出版社

今日中国
文化篇

目 录

第三卷第二十二期（1940年6月2日）

时评 　　　　　　　　　　　　　　　　　　　　　　　　　　1
　　德军进迫英法 　　　　　　　　　　　　　　　　　　　　1
　　敌机狂袭行都 　　　　　　　　　　　　　　　　　　　　2
　　亟应设置考铨分机关 　　　　　　　　　　　　　　　　　3
通货膨胀性质的一斑 　　　　　　　　　　　　　　陈岱孙　　4
中立问题 　　　　　　　　　　　　　　　　　　　史国纲　　7
论设置国民大会议政会问题 　　　　　　　　　　　陈体强　　11
论书评 　　　　　　　　　　　　　　　　　　　　王佐良　　17
大理之行 　　　　　　　　　　　　　　　　　　　赵凤喈　　21

第三卷第二十三期（1940年6月9日）

时评 　　　　　　　　　　　　　　　　　　　　　　　　　　25
　　近日战局 　　　　　　　　　　　　　　　　　　　　　　25
　　佛兰德斯战役结束 　　　　　　　　　　　　　　　　　　26
　　敌国法西斯外交派重行活跃 　　　　　　　　　　　　　　27
论军人干政 　　　　　　　　　　　　　　　　　　王赣愚　　28
学校考试与会考问题之检讨 　　　　　　　　　　　陈友松　　32
荣辱分而衣食足 　　　　　　　　　　　　　　　　费孝通　　37
大理之行（续） 　　　　　　　　　　　　　　　　赵凤喈　　42

关于教师思想问题（通讯）　　　　　　　丁则良　　47

第三卷第二十四期（1940年6月16日）

时评　　49
　　意大利参战　　49
　　襄西战局　　50
　　改善我国对外贸易的机构　　51
日本参加欧战问题　　　　　　　　　　王迅中　　53
论贪污政治　　　　　　　　　　　　　王赣愚　　57
文字改革问题　　　　　　　　　　　　佩　弦　　61
大学往何处去　　　　　　　　　　　　钱端升　　65
《南洋移民与其乡土的社会》（书评）　潘光旦　　69
诗　　73

第三卷第二十五期（1940年6月23日）

时评　　78
　　鄂西军事　　78
　　日胁越南　　79
　　美国积极扩军　　80
抗战建国之最高原则　　　　　　　　　吴之椿　　81
什么是中国文化底出路　　　　　　　　伍启元　　87
法国崩溃后的欧战　　　　　　　　　　钱端升　　92

第四卷第一期（1940年7月7日）

这一周　　96
　　欧局无大变化　　96

中央举行七中全会		97
威尔基竞选美总统		97
抗战的三周年	钱端升	99
三年来的中国战时经济	伍启元	103
三年来日本对华政策的演变	王迅中	109
欧战与民主主义的前途	罗隆基	115
抗战三年来的文坛	柳无忌	121

第四卷第二期（1940年7月14日）

这一周		124
希特勒胜利了么？	寿 民	129
美国外交与海军政策	王赣愚	133
知识统制与社会进步	邹文海	138
叔本华与《红楼梦》	陈 铨	141
《孤立的美国》（书评）	钱端升	146

第四卷第三期（1940年7月21日）

这一周		150
论近卫新阁	王迅中	154
论英国的远东外交	伍 衡	158
货币在农村中	费孝通	163
大理的司法状况	赵凤喈	168
生活的文学	唐 鱼	173

第四卷第四期（1940年7月28日）

这一周		177
竞选期中的美国内政外交	钱端升	182
民主国家的外交	王赣愚	186
品格教育之最近趋势	陈友松	190
中央财政与地方财政		
——论国地收支划分问题	伍启元	194
谈文字改革问题	珂 蓝	198

第四卷第五期（1940年8月4日）

这一周		203
再论民主国家的外交	王赣愚	207
论英国外交	张企泰	211
中日货币战		
——前哨战时期	伍启元	217
公务员的保障问题	黄六平	222
《产业资本与中国农民》（书评）	韩德章	227

第四卷第六期（1940年8月11日）

这一周		232
论品格教育	潘光旦	236
我们要一个自主自利的外汇市场	宁嘉风	243
当前工业建设问题	张景观	251
农家费用的分析	费孝通	257

青草坝
　　——记某一天重庆的轰炸（重庆通讯）　　　　曹卣　　262

第四卷第七期（1940 年 8 月 18 日）

这一周　　　　　　　　　　　　　　　　　　　　　　266
国防建设的中心纲领　　　　　　　　　　　　吴之椿　　270
英国的歧途　　　　　　　　　　　　　　　　吴学义　　276
什么是行政效率　　　　　　　　　　　　　　周世述　　282
旧诗与新诗的节奏问题（上）　　　　　　　　孙毓棠　　287
美国之政争与外教（纽约通讯）　　　　　　　瑞人　　　295

第三卷第二十二期(1940年6月2日)

时评

德军进迫英法

过去一星期内（五月二十二日至二十九日），欧洲西线战事仍在剧烈进展中，德军且继续获胜。最显著的胜利，一是海峡各口岸，如布伦，如加来，以及奥斯登（比）的占领。又一是比军的停战（二十八日晨）。前者使得在佛兰得到的同盟军，与法国北部同盟军的主力失却联络，更使得德之袭英愈有可能。后者使在比境的英法军有大难支撑之势。

因为德军的进展，英国已组成国防军，并委前帝国参谋总长爱恩赛将军为总司令，以应可能的渡海进袭。比境英法军虽继续在抵抗，不因比军的弃甲而灰心，但比境作战的结果，据英首相二十八日在下院报告，要待至六月二三日始可分晓。依我们的推测，在最近数日内同盟军当谋将已到海峡的德军包围起来，而使比境大军与法境大军恢复联络。如不可能，英法或会设法使比境大军由海撤退，犹如四月底挪中英军的撤退。

比军总司令本由比王利奥普自兼。利奥普刚愎自用，一九三六年比国之突然放弃法国，改采中立政策，是他的主动。近年来他更取得相当范围以内的独裁权。今番停止抵抗，又为他个人的意思，为全体内阁所反对。无怪比阁要责备他此举与比民族利益，比军荣誉，及宪法的精神俱不相容。比内阁已宣布此后比王的行动无法律效力，并解除比民对于比王效忠的义务。利奥普既擅自出卖友邦，固应获此申斥否认，但比境的英法军却已大受其累。

今后一二旬内局势殊不易推测。英法所遭遇的危险，英法俱已了然，也不否认。盖希特勒方倾全力作孤注一掷，准备颇为周密，而英法则初未能料到他敢有此一举。于是眨时之间，发现德强而英法不支的情形。我们相信，如德军此次冒险举动不能成功，则德军或永无大军进攻之力。如英法不幸于此役失败，则证以两国人民抗战的坚决，舆论一致，及邱吉尔雷诺两领袖的雄毅，我们相信也不致一蹶不振，且一九一八的最后胜利必可重临。

际此战事达到最严重的关头，国际的变化也至重要。墨索里尼计算参战有利可图，颇想及早加入，但意人既不热心，而美苏又多方加以牵制。所以意国参战的可能仍不如意报所传之大。美国情绪则在紧张起来，最后或不得不与希特勒一战。最关紧要者为苏联的态度，但苏联已对克利浦斯之访苏表示欢迎。克利浦斯向最厌恶希特勒及张伯伦，并早主英国应组人民阵线政府，他因此曾不容于工党。今岁一二月，他乘游华之便，去莫斯科，有所接洽，徒以张伯伦秉政，未能实现其联苏制德的主张。现在莫斯科之表示欢迎，就是苏联志在安全，而不袒德的一种表示。国际情势既然是这样，最后的胜利当仍属于英法——只消英法能善用其地位。凡是相信公理必胜，魔鬼必败的人们，俱要努力以维公理，以克魔鬼，而尽可不必灰心。我敢曰，日阀必败，希特勒也必败。（都）

敌机狂袭行都

日本人向以具有武士道自豪。也许这武士道根本就是"蛮子道"，真正的武士道根本没有存在过。如果从前存在的话，则日本人近年来的堕落也真是再可惊也没有。敌人这几年来所表现的只是一套强□贸动而已。

日本的海陆飞机当何至十倍于我。单就在华的飞机而说，亦必数倍于我。既然有此优越空军，何不堂堂正正地与我作空战，而必专以袭击我国平民为务？去年五月，敌机既炸毁了重庆市房四之一，杀伤平民无数，显出日本空军的没有勇气，乃今年此时，在过去三四日中，敌人又以大批飞机来袭击重庆的城市及四郊。敌人的目标，仍只是平民及民房，最多也不过炸坏了一二公共的厂屋。这种乱炸的情形，实在显得敌人之缺乏纲纪。在襄樊方面敌人是大败了。大败之后，无处发泄其忿，于是戡害我之平民，这是多么无聊啊！

国社党的德国也是穷兵黩武的国家。空军之力量且为全世界冠,当欧战未开始以前,论者每谓德将利用其优越的空军,轰炸敌方大城市,以扰乱敌方的人心军心。但开战至今已逾半年,而德机的轰炸尚避免以平民为目标。德军的进行甚得力于空军的掩护,但这倒是空军应尽的义务。由此而观,日人的作战道德远不及于德人了。多行不义必自毙,日人崩溃之日,其不在远乎?(平)

亟应设置考铨分机关

日前报载(五月二十三日),铨叙部为推行全国铨叙,业经呈准于本年度内,设立甘肃,河南,江西,湖南四省铨叙处,该四处管辖范围,计河南省铨叙处兼管冀皖二省,江西省铨叙处兼管闽浙两省,湖南省铨叙处兼管粤桂两省,甘肃省铨叙兼管陕宁青三省。这或者是设置考铨分机关的先声。

以我国行政区域之辽阔,官吏额数之众多,考铨行政过于集中,其弊是难收敏捷普遍之效。第一次全国考铨会议中,曾有设立考铨分机构的提案,但经讨论结果,认为各省应设立铨叙委员会,但不必设立考选分机关。至今仍有人以为铨叙与考试性质不同,考试须全国有一致性,铨叙则宜由各分机关自行办理。但我们却以为考试倘若由中央统筹进行,每每因各地方文化情形不同,需要悬殊,致使供求不相适应,徒贻削足适履之讥。其实,集中制亦未必适用于考试,考试与铨叙,似可分而实不可,故亦应一并由地方专管机关办理之。此时在各省市亟应分设考铨机关,就近主持考铨事宜,以期推行尽利。(贡)

通货膨胀性质的一斑

陈岱孙

这篇短文是为解释某种对于通货膨胀性质的误会,与说明一个我们认为较为正确的看法而作。检讨的目的既是偏于学理的论断,解释与说明当然也是抽象的。

在收支不均情况之下,如果一个政府一方面不能减少支出,另一方面不能或不愿增加税入及公债,通货膨胀常常变为增加收入阻力最小的理财路线。有一部谈非常时期财政的(人)书,甚至把通货膨胀与税收,公债并列,认为非常时期三种正常收入的来源。这个看法有否危险,我们暂不置论。我们不能否认通货膨胀是政府征收人民资财的一种方法,这个方法与公债及赋税有什么差异呢。

有若干财政学家以为通货膨胀是一种变相的强迫公债。就步骤与机构论,通货膨胀与公债颇有相似之处。公债是一种债务的证据,政府的"支付允许"。通货膨胀,在方式上,也是一种"支付允许",虽然,在事实上,这个支付的义务也许永久不会履行。并且一般的观念常以为膨胀是暂时的现象。非常时期一过去,货币原有的地位一定逐渐恢复。膨胀之反面是紧缩,紧缩就是"支付允许"的清付,也就是这一种变态强迫公债的偿还。

我们以为通货膨胀与公债二者的性质实不相同。公债是一种信用。政府发行公债是以此信用换取人民的购买力。换取之后,政府对于此一部分人民负有直接债务的责任。公债到期,购买公债者可以债权者资格领受政府的偿付。假定币价没有变动,购买公债者没有受到损失。或者在公债未到期之前,购买公债者可以将公债票出售,使马上可以收回前此所付与政府之购买力。通货膨胀也是削取人民的购买力。然而政府与购买力被削取人民间并无债权债务者的关系。购买力被削取的人民既无债务证据，也不能以债权者的地位收回所损失的购买力。固然如果政府以后采取紧缩政策，届时一部分人民的购买力可于无形中增加。然而这一部分人民恐怕未必就是前此因膨胀而丧失购买力的人民，并且这一部分人民的获利并不是一种债务的偿还。

与其说通货膨胀是一种变相的强迫公债，不如说通货膨胀是一个变相的税。通货膨胀的结果是物价上涨，反过来说是币价下跌。币价下跌则一部分人民的购买力，于无形中，为政府所削取，购买力的所有权是财产之一种。购买力被政府削取的人民，既然与政府没有债务的关系，不能在将来期间，向政府索还损失，则通货膨胀实是等于没收这一部分人民的财产。税也是没收人民财产的一方式，通货膨胀与税的基本性质固相同。

通货膨胀既然可以视为变相的税，它的对象是什么？简单的说，它的对象有两个：（一）固定数量的货币所得，（二）固定数量的货币储蓄。通货膨胀，物价上升，一切同量的货币所得的价值，都随膨胀而减。例如一个人的货币所得是一百元。通货膨胀后物价涨了一倍，他的所得还是一百元，他的货币所得的数量虽然没有变动，他的所得所能购买的物品减少了一半。换言之他的所得只及膨胀前之一半。货币的储蓄又可简单的分为三类：（甲）现币。（乙）货币权储蓄，如银行存款。（丙）投资。投资又有两种——实产与债权——实产投资如购买不动产，有形动产，股票等。债权投资如公私债票及一切债务放款等。现币，货币权储蓄及债权投资三者都是以一定的货币数量计算。通货膨胀不能增加其产权所代表的货币数量。所以此三者受通货膨胀的影响与固定数量购货币所得一样。产权的货币数量没有变，而产权实际的价值下跌了。实产投资不受损失，因为虽然币价下跌，而实产本身的价值将随物价的高涨而增高，二者相抵，通货膨胀对于他们没有损害。

然则这种变相的税与通常的税有否优劣之分呢？这种征取的方法优于通常赋税者有三：（一）可于短期内征收大量的收入。（二）至少在其初期，收入的生产强大。（三）征收之方法为掩盖的，人民资财系于无形中征取，人民的反感较为迟钝。这些优点都偏于行政便利一方面。此所以通货膨胀的理财术是一个阻力最小的路线，而通货膨胀常有一发不可收拾的危险也在此。

若以赋税最高的原则为准绳，则通货膨胀的劣点显而易见，虽然上述的优点不无理由，而优劣之比，恐怕利不偿弊。赋税最主要的原则是负担公平，通货膨胀显然违背此理。通货膨胀之能激使物价上涨是因为政府凭空创造若干新的货币以与社会上已有的货币竞争购买物品，物品的供给不变，需求增加，自然物价上涨。物价上涨，社会原有货币的购买力减小了。如果这个影响是普遍的，不公的程度尚不严重。然而照上文的分析，币价下跌之后，受损失者是固定货币数量的所得如工薪阶级，货币权储蓄者如银行存款者，债权投资者如公私债券所有者。至其他所得或储蓄之货币数量，能随币价之下跌而增加者（如工商业家、股东有形动产或不动产所有者等因货物，或实产涨价而获利倍厚）可以不受损失。换言之，如果通货膨胀可比拟于变相的税，则只有一部分人民纳税，而另一部分人民不纳税。以能力论，此一部分不纳税的人民绝无免税的理由。退一步言，只就受通货膨胀影响一部分人民论，通货膨胀是一个比例的征取。在今日财政学中，累进税率已经是公认较为公平的税率，而小所得较之应免税减税也是通行的原则。故只就小范围而论，负担的分配也不平均。

不但此也，在此变相的税制下，人民所受之损失只有一部分实归国库，其他一部分则为社会上幸运者所拾得。举例以说明，假定某甲，于通货膨胀之前，以一万元贷乙。乙为工业家，以此一万元为资本，生产若干之货物。丙为消费者。假定市面利率为年利一分。再假定乙之工业不能得到余利，则乙之货物可卖价一万一千元，以偿还甲之债务及利息。币值既然没有变动，甲没有因放款而受损失。今若政府于甲乙债务未了，乙的货品已制成而尚未卖出之前膨胀通货，使物价涨至一倍，乙的货物，前此可卖一万一千元，现在可卖二万二千元。丙，消费者，前此以一万一千元可以买乙货物的全部，现在只能买其一半。换言之丙一万一千元的购买力跌为五千五百元，其他的五千五百元的购买力已经转移于政府。丙的损失实归国库。然乙于售价二万二千元之后，以一万一千元还甲的债务本息，而净剩一万一千元。币价既跌一半，甲所收回之一万一千元实只等于前此的五千五百元。甲所损失的五千五百元购买力就是乙所净剩一万一千元的实价。故在甲则丧失五千五百元的购买力，在政府并未尝得此实惠，而乙为人民中之幸运者，因政府通货膨胀的政策，得到一笔意外的收入。如果政府的财政政策应以"减小人民负担超过于国库收入者，于最小程度"为原则，则此种情形不容漠视。

通货膨胀还可以产生若干其它社会经济的影响。然而我们以为就财政的观点，与公债及通常赋税作一比较，实是了解通货膨胀性质的基础。

中立问题

史国纲

这次欧战发生之后,直到现在,已经有五个国家——丹麦,挪威,荷兰,比利时与卢森堡——的中立被侵犯了,此外还有许多国家,有的或者会放弃中立,加入战争;有的看来很难逃避被侵犯的命运。在这种情形之下,我们值得把中立在国际政治中的地位,以及它自身的价值,来检讨一下。

从国际合作以维持正义与和平的立场说来,中立根本是一种自私的行为。我们知道中立之产生,其重要原因之一,是非交战国想在战时维护他们的权益。起初的时候,这固然是消极的;但是这种权利在国际间得到公认之后,非交战国的行为就趋于积极了。换句话说,非交战国不但要维护他们的权益,并且想利用既得的地位和他国的战争,来扩展自己的势力。趁火打劫,在普通社会里,早就认为是不法的;然而性质类同的中立,迄今在道义上还没有加以谴责。这使我们感觉到道义观念在国际社会里的进展,未免太迟缓了。

更可以非议的,便是中立的态度,它对于战争,不但看做是一件和自己漠不相关的事情,并且也不愿加以任何正义的批评。不偏不袒,表面上好像是一种美德,但实际上却往往是相反的。中立至少使战争在国际社会里,获得其合法的地位,其结果足使野心国家把它当做贯施国策的工具,以遂其侵略的野心。战争至今所以还未成为国际的罪恶,"中立"实在要负很大的责任。

其他可以批评中立的地方很多,但是这里不必细述。上面举出两点,不过想藉此说明今后的国际政治中,不该再让这种鼓励非法战争和不合国际道义的观念存在。

再从事实方面讲来,更可以证明战时中立的不可能。

关于这点,比利时是一个最好的例。当第一次欧战结束之后比利时毫不犹豫地放弃其永久中立的地位；但是到了德国进占非武装的莱茵区域,并撕毁罗迦诺公约,她眼看了集体安全制度的崩溃,战争爆发的迫切,想恢复其原有中立的地位。在一九三七年,她的希望居然实现,殊不料现在仍然不能避免再度被蹂躏的命运。这足见消极的中立,既不能保障自身的安全,且对于世界的和平亦无裨益。

次如荷兰。她也是一个永久中立的国家,而上次欧战中总算没有遭遇到他国的侵犯。可是这次德国为要采用闪电的战略,使荷兰的国土也变成了战场,并且受到极大的损失。有人曾问荷兰外长,既明知德国要进犯,为什么不事前放弃中立？他的答复是：此时放弃中立便等于自杀。然而事后见来,不放弃中立,岂不是等于被杀？一个在战争范围以内的小国,更不该有这种侥幸的心理。

何况现代的战争,已使国际公法所承认中立的权利,无法维持了。封锁政策,潜艇战争,处处都在损害中立国的贸易。中立国是靠战争而发财的,现在这种的可能是很少的了,试看美国吧。他在军火工业方面,暂时固是有利可图；但是在欧洲战区以内,其在通常贸易方面的损失,数量一定是很大的。得不偿失,乃是当然的结果。美国并不是专为了这点才维护中立政策,否则更要受人指摘。

在另一方面,现代战争的影响要比以前大了许多。譬如这次欧战爆发之后,尤其是邻近德国的中立国,那一个不在作动员的准备,那一个不在积极地扩充国防实力,这种财政上的负担,几似和作战时相同。就是和欧洲战场隔了一个大西洋的美国,看见了德国获得军事上初步的胜利,也立刻筹措极大的国防经费。由此而观,保持中立的好处,真是微乎其微了。

从上面的事实看来,中立的自身并没有什么可贵的价值。假使以后国际社会有安定的一日,各国不应该再采取这种"缩头"的政策。

放弃中立,来联合制止侵略,并不是国际政治中一个新颖的主张。早在十四世纪初,杜波易氏已建议那时的基督教世界（指欧洲各国）,缔结协定,以创立一个联盟。这个联盟会员国之间的一切纠纷,由一个仲裁法庭解决；而这个法庭的最高上述机关,便是教皇,同时会员国还要正式宣布废弃作战的权力。假使一个会员国破坏他的约言或者不遵守仲裁的最后判决,而向他国作战，那末，其他的会员国就应联合起来，以实力援助被侵略者。这种调度当然是不允许中立的存在。

二十世纪初的国际联盟会，原则上还不及杜波易氏的建议那样积极，因为国联盟约并不绝对禁止战争。但是国联会员国对于盟约认为违法的战争，也没有维持中立的权利。可惜国联成立以后，会员国只肯在消极方面努力，而不愿积极地实现盟约的精神，战争所以重见于今日。

至于冠冕堂皇的"非战公约"，的确已把一切的战争认为国际的罪恶，这表面上足以弥补国联盟约的缺陷；惜乎他和盟约又不发生连带的关系。因此战争虽然公认为国际的罪恶，但是签约国并没有共同铲除这种罪恶的责任。

二十世纪初的计划，显然不如六百年前杜波易氏的建议。这次欧战结束后，假使同盟国获得最后胜利，国际组织问题势将成为建设国际新秩序的讨论焦点。关于改革的方法，别的不是，国联盟约和"非战公约"的合并，都是一个最低限度的需要。

在一个国联盟约和"非战公约"合并的国际组织里，一方面战争可正式成为国际的罪恶，使会员国对于战争不复采取消极的态度；另一方面欲消灭或惩罚这种的罪恶，也有了具体的方法。今之所谓的"中立"，决使其无再存在的可能。这样，集体安全制度才会有实现的一日了。

战后建设新秩序，其所以应着重中立的废除，理由是很简单的。战争发生的主要原因之一，是主战的国家依然有获得胜利的可能。即以这次欧战而论，假使美国在去夏成立现行的中立法，明白表示有援助同盟国的意志，或者英法苏互助协定真个实现，而德国绝不敢铤而走险，她无获得胜利的可能。所以废除中立的观念，确是消灭战争之最有效的办法。

以往主张中立者，觉得中立能够缩小战争的范围，减低战争的影响，这实在是错误的。目前在激烈进展中的欧战，便是一个很显著的证明。要把战神驱赶于宇宙之外，只有使他绝对没有活动的余地。因此事前各国表明态度，对于任何战事，都认为和自己有密切关系的事情；并且对于业已认为国际罪恶的战争，都愿倾力加以共同制裁。事实告诉我们，和平主义者的势力，一定比黩武主义者大。黩武主义者在这种联合阵线之下，决无法抬头的可能。

即论这次被侵略的各中立国，她们的同情无疑地是属于同盟国方面的。

但她们始终畏惧德国，希望德国怜悯而不加以侵犯，才决定宣布中立。不过这种侥幸的心理，谁都知道不足以保障一国的安全。假使她们事前就表明态度，和同盟国合作，或者不至于遭遇到比现在更坏的境况。

但是国际间所发生的事情，并不会件件和全世界各国都有关系。如非洲的纠纷，南美洲各国就不会感觉到兴趣。因此联合阵线，事实上不易造成。关于这点，也不难救补，由于交通工具的改进，世界的面积无形中已经缩小了许多。即使全世界的联合阵线，仍旧不能办到，仅可依照地理的界限，划分几个区域。凡是在某一个区域以内有领土或重要权益的国家，都是那一个区域的主体。这样分区而进行隔离侵略恶势力，事实上的困难可以减少，威力的可能性也会增加了。

总之，中立不但已经失掉原有的价值，实际上也成为一桩不可能的事情。世界各国受到这次欧战的教训，更应该放弃这种自私的观念，在国际合作方面努力。不放弃中立，真正的集体安全，便根本谈不到，战争的消灭也不会实现。

最后附说一句，欧洲的反侵略战争，有扩展到东亚的可能。假使成为事实，希望我国当局，丢弃一切顾虑，毫不迟疑，宣布我国反侵略的立场，作者在欧战发生之初就主张运用外交，使亚洲的反侵略战和欧洲的反侵略战打成一片。虽然当前同盟国军事上节节失利，我们的这个立场，没有改变的必要。

论设置国民大会议政会问题

陈体强

去年九月第四届国民参政会决定提请政府从速实施宪政以后,当即推举二十五位参政员组成宪政期成会,以便协助政府促成宪政。经过半年的讨论与考虑,宪政期成会乃拟就《中华民国宪法草案(五五宪草)之修正草案》。该修正草案中对于原宪草最重要的修改就是在第三章加入"国民大会议政会"一节,这是对于整个宪草的重大改变,是一切谈宪政的人所不应忽略的。

宪政期成会之作此修正,显然是要想设立一个具有实权的机关,以控制政府,保证民主政治的运用。这是针对着原宪草中,国民大会人数太多,会期稀少短促,权力太小等等,使得人民政权无由充分发挥的毛病而发的。(参看《再生》四十五期罗隆基等作《五五宪草之修正》一文。依该修正草案第四十条,国民大会议政会(简称"议政"下仿此)所有的职权,除了国民大会所有的法律的创制与复决权及罢免权以外,还有许多极重要,但为国民大会所没有的权力,如同:戒严,大赦,宣战,媾和,条约等法案的议决权;预算,决算案的复决权,对各行政长官的不信任案的议决权等等。由这许多在国民大会权限以外的职权看来,议政会显然不只是国民大会的委员会,或其闭幕期间的代替机关。虽然议政会是由国民大会互选(修正草案第三十七条),但它自成一系统,不与国民大会有统属关系。它任期三年,没有对国民大会负责的规定。国民大会对它也没有罢免之权。照普通法律原理,代理人的权限不能超过被代理人,是则修正案的意思无疑的是要设立一个独立的议论机关,以控制政府,国民大会对它只是完成选举的功用而已。

假使这种分析不错的话，这就是说国民大会同议政会各为独立的，控制政府的，人们政权机关。那么这种制度大有违反民主原则的危险。何以言之呢？

第一，人民与政府间距离太远，控制太间接，且无效力。我们通常所讲的"德谟克拉西"最理想的状态是"民治"的实现。即林肯总统所说的 Government by the people。在复杂如今日的社会，这种理想已是不可能，在幅员广袤的我国尤为不易实现，所以现代国家不得已而求其次，这就是"民主"政治 Government of the people，在民主政治之下，人民不再亲自做公共事务的管理，而只是握有最后的主权，把管理的职权委托给政府，在不违反他们的意志的条件之下运用之。"民主"政治已经是次好的办法，而"间接民主"更是其又次者也。"德谟克拉西"的原则乃是根据"治者必须基于被治者同意"之理想。我们不想实行"德谟克拉西"则已，要实行它，则必须注意如何使被治者的意思果真能够控制住治者的行动。保证治者受制于被治者唯一办法，便是使被治者的意思的表示愈清楚，愈直接，愈好。在国民大会的制度之下，被治者的意思必须经过国民大会而达到治者，已经是间接的了。如国民大会又选出一个议政员，一个它自己所不能控制，也就是人民所不能间接控制的议政会，来代表民意，运用政权，甚恐"人民政权"会变成一个有名无实的空言。此就其距离民意过远而言，议政会有违反民主原则之危险一也。

其次就议政会的组织说，修正案第三十七条规定："国民大会议政会议政员为一百五十人至二百人。"这个数目和它所负担的责任相比之下，似乎是过小了。效率，敏捷，果决等等，是政府的美德。要是每逢一事便聚讼纷纭，根本不能应付现代国家迅速复杂的需要，就不成其为政府。然而议政会显然是政权的受托者，这就修正草案第四十一条职权的规定看是很明白的。政权机关的职务是监督，指导或批评政府，其性质并不需要效率，敏捷，与果决。因此政权机关人数很少是毫无理由的。反之，应当在可能范围之内，人数越多越能收集思广益之效。民主政治本身即含有讨论，磋商，阻碍，妥协等步骤。迟钝是其必然结果，我们如要实行民主政治，却又要迅速敏捷，这只是自相矛盾。一个四万万五千万人口的国家，受区区二百人的统治，殊不知何以能称为"民主"二字。英国人口四千余万，且有代议士六百五十人，我们议政会的一百人未免太少了。如谓人多了，议事不方便。这也许是事实，但我们相信决不致使开会成为不可能，至少国民大会的两千人是可能的。我们不能因为"方便"而牺牲原则。假如有人说，人数多寡不足以断民主之有无，那我们只消选一位总统，岂非已经达到民主的目的了？又何必要议政会呢？我们说间接民主原是不得已的办法。所以，直接参与政府的控制的人越多越好。就各国的经验看，二百人决不是会议最大限度，这是毫无疑问的。修正草案中的议政会即使不算"贵族政治"，至少可说是不够民主的。此就组织言，议政会有违反民主原则之危险二也。

有些人主张，议政会议政员的资格，应当有比较严格的限制。这种意见未为宪政期成会所采纳，但赞成此说者颇不乏人，在目前宪法尚未完全决定以前，这问题不能说是死的问题，而不必讨论的修正草案第三十八条附记中，有罗参政员文干等建议，加入一条，作如下的规定："国民议政会议政员应具左列资格：一，年龄在四十岁以上者；二，对于国家有特殊勋劳者；三，曾在各重要教育，学术团体，或经济团体服务，著有信望者；四，服务社会事业，或自由职业，经验丰富，成绩卓著者。"依字面解释"应具左列资格"应当是四种条件都要具备才有当选的资格。一个人要对国家有"特殊勋劳已不容易，又要在教育，学术，经济团体服务而著有信望"，又要服务社会事业或自由职业"经验丰富成绩卓著"，人生几何？有几个人果能满足上述的条件之全部？便是有，也必定限于极少数的特出人才。照这样说将来，议政会的产生必然发生重大的困难。当总统的资格仅以"中华民国国民年满四十岁"为已足（五五宪草第四十七条），可知这种当议政会会员的条件未免太苛。

假如上述的规定应作"应具左列资格之一"解释，那么第二，三，四，各项的规定变成无意义的了。这三项的目的是要加一种教育或能力的限制。没有这种知识与能力的人既然可以根据第一项而当选，则第二，三，四等项的规定便同虚设。假如这规定的目的是要在满四十岁的人以外，又加入一批年富力强而具特别才能的分子，这种规定似乎也不一定必要，因为四十岁以下而能成大功，立大名的人必然是极少数。既然要设年龄的限制，——四十岁是否适当的限制且不足论——似乎不必为这少数的人网开一面，特别通融。而且，更要紧的是，政权——以别于治权——的运用乃在表达人民的意思，并不需要有特殊才能。权能分家的结果，政府有能，人民不需有能，其唯一的条件就是能否确实知道自己利益之所在。这种知道是根据自己感觉与判断，而不是根据任何客观标准。每个人的判断价值是一样的，没有高下之分。有才能的人，同最庸驽的人一样，仅能知道自己所感觉的利害。这是民主主义最基本的假设。如果我们承认这个前提，我们便不能赞成一个政权机关有如议政会者的被选权。必须有功勋，信望，成绩等之资格的限制。还有，该条件规定的资格在宪法中既不能一一加以说明，则何谓"特殊动劳"？何谓"重要"教育学术团体？何谓"著有信望"？何谓"经验丰富成绩卓著"？这些标准若一概由政府（包括整个治权机关，下仿此）规定。则议政会势必成为一个御用机关，倘若由国民大会在每一个实际应用的情形之下决定之，必然引起不可解决的纠纷。这种资格的限制不但是理论的不当，且是事实的困难，假如这种限制果真成立，则宪法的民主程度必大为减少。

除开不够民主的缺点而外，议政会从别的方面说还有可以批评的地方。

第一，议政会同国民大会的关系不清楚，从修正草案中我们所知道的关系只有：一，国民大会选举议政会；二，议政会有召集临时国民大会之权。国民大会的职权除了修宪及选举之外，议政会几乎都有。但是议政会却有许多权力是国民大会所没有的。议政会是国民大会闭幕期中存在的，（修正草案第三十七条）然则在国民大会开会时期，即议政会闭幕时期，这些权限究应由谁行使？在国民大会闭幕期间有议政会监督政府，而到了最高权力机关的国民大会的时候，反到无人过问，天下宁有是理？再如议政会通过的立法原则，及其所否决的法律国民大会是否有权变更？同样，国民大会的决定，议政会是否有绝对遵守的义务？这就是问两者究竟谁是人民的代表？谁的意思是最后的？议政会任期三年，倘在期中国民大会开临时会，是否对于议政会的人选可以更动（除了修正案第四十一条第五项的情形）？议政会对于总统副总统的弹劾案接受时固须请国民大会做最后的决定。倘然它不受理则其拒绝为最后的。一个弹劾案假定由检察院直接提到国民大会，可以被接受，但是同一案件提到议政会，而议政会竟不受理则此案只有就此搁置到国民大会开幕的时候。这无异说是弹劾总统副总统的案件中，如果国民大会大多数委员赞成罢免，而议政会三分之一以上议政员反对时，议政会的意思高于国民大会。不合理之事孰甚于此？依同条规定，"检察院对行政立法，司法，考试，监察，各院院长副院长之弹劾案，经国民议政会出席议政员三分之二通过时，被弹劾之院长副院长即应去职"。五五宪草第三十二条规定，国民大会有选举及罢免各院院长副院长之权。选举及罢免之方法以法律定之。以各国前例度之，将来法律的规定大概不至以少于二分之一的赞同为选举及罢免政府长官的标准。然则以议政会的一百余人而可以罢免国民大会所拥护的政府长官。是亦不免有轻重倒置之嫌矣。

在实在法上——假如修正案全部成立的话——议政会未始不可以是一个在所有政府机关以上的权威。但在理论上，议政会有此超越地位是不妥当的。总统，副总统，立法院，检察院，院长副院长及委员长之半数，都是同议政会一样，由国民大会选举出来，其权力的来源相同的，我们很难想像什么理由可以说明为何一个机关要受另一同等机关的控制。不错的，三权分立或五权分立学说就是主张有同等地位的独立机关，彼此抵制平衡。但是我们要注意，这些机关是"平等"的，各在其范围以内是最高的，若是议政会的功用在设立一个抵制平衡的制度，那五院已经很能发生此种作用了。而且议政会和政府各机关并非"平等"而是高高在上的，集所有的权力于一身，这根本就不成为分权约制度。有人说，议政会地位之高超，是因为他是政权机关。本来在边际的情形之下，政权治权之分往往是很微妙的。同是国民大会选举出来的，有一批人算是政府人员，另有一批人则算能够代表人民利益以控制政府的政权机关；同是戒严案的议决权，在立法院则是治权的行使，移到议政会手中，便成为政权的行使，这未免是过于形式的看法了。

虽然议政会的具体计划有许多毛病，他所代表的原理却是颠扑不破的道理。

第一，修正草案昭示我们，《五五宪草》所规定的国民大会是不能充分发挥人民政权的效用。诚如罗隆基先生在《五五宪草之修正》一文中所云："五五宪草之最大缺点即在国民最高统治权（政权）的失落……国民缺乏行使主权的有效方法。立法院之职权限于狭义的立法，不能制裁政府，即不能行使政权。国民大会则组织庞大，会期稀少短促，职权限于选举创制，复决，罢免，亦非政权的全部。……"没有人否认宪法以民主为第一要义，然而宪章缺点的补救似乎并不需要叠床架屋在国民大会之上又设立一个议政会。在国民大会现有机构以内还是有法可想的。我只要把他会期延长，开会次数加多，权力扩大就可了。这种办法不但对于孙中山先生的遗教没有冲突，而且是实行民权主义的真正可能途径。

第二，宪政期成会诸先生的修正草案中介绍一个民主政治中及重要的观念，即是弹劾与不信任案的分别。宪草中所谓国民大会的罢免权似乎是专指因弹劾而罢免。弹劾案的成立通常以违法的事实为必要。倘若只有弹劾而无不信任案的办法，无论多么无用或祸国的政府，如无违法证据，我们都无法令其去位。在进步的国家中，长官违法的事件殊不多观。英国的弹劾权现已成为历史的陈迹了，弹劾制度只能制裁穷凶极恶，而不能驱去庸驽之辈。而且，国家所需要的政策不是六年而后改变，在需要政策改变时，政府未曾违法不能去掉，则新政策也无由实现。所以不信任案的方式在政情一夕数变的环境中，是极端需要的。因此，我们主张除了宪草中所列的权限以外，国民大会，还应当有以不信任案方式制裁不合民意的政府之权。为政策而存在的政府乃是负责的政府；唯有负责的政府，乃是民主政治最有效的保障。

论书评

王佐良

一个太旧的题目，并且是容易写成八股的一个：你尽可以征引古往今来的经典，以及充塞在图书馆里的高头讲章。但是，最足以斩杀欣赏的，岂不是批评家袋子里的法宝么？若干常备的术语，永远在待机出动，而且那些攻击问题的方式，又都如"先王之道"一样，早经标准化了的。我看见一篇抒情的文章，我拿出三个术语来："感伤主义"，"人性的弱点"，"无比的高度和阔度"，寻几个动词形容词做针线，这样就缝合了一面批评的丽旗。但是，天啊，我说了什么呢？这种旗帜有时是可以织得十分堂皇美丽的，那全看你在这行业里的年代短长。但一个真正的批评家，他却永远不是撑这样旗帜的人；宁可有偏见，也得将那术语的袋子丢开，并且越远越好。但是，麻烦来了，他得捕捉那个袋子的灵魂：那些术语所代表的努力。因为从文字的观点上看，术语之历史，是经验的里程碑。你既不能凡事从头来过，那么，就得接受这些教训，避免作不必要的流汗，走太弯曲的小路。这是说，袋子虽不好，可也不能一把火烧了它的。仔细想下去，这问题是非常复杂，令人头昏的一个：你能把文字分作专门的和普通的么？谁来定这界限？怎样分法？于是，整个的语言文字都得解剖了，并且还见得用实验室里的专门工具。顶好的办法，当然是"中庸"一下；但为了警惕批评家，我们姑且矫枉过正一下吧：丢开那袋子！

袋子丢开了，问题还在那里，你得批评。顶好的办法还是有话就说，无话或者有而不新鲜的，就睏下睡觉，等待忽然闪来意见的一刻。英美的杂志上多的是书评，但显然大半是受了东家的盼咐，或者朋友托嘱托，并且永远是可以换钱的。写得多时，调子也就差不多了。说：这是一本很好的书，有趣生动，但就有那么一点点不好，譬如说罢，作者还不够有力。你想问：什么是有力？怎样才有力？这一本书同你上次评的那本到底有什么不同？没有用；因为他已经写到了可以交卷的时候。这样，你便只好去看那些广告了。在企图的坦白，文章的直截了当，以及说明的丰富上面，广告全比书评高明。真的，既然书评同广告一样，用相等的待遇去接纳一个巨人和一只老鼠，我们为什么要听批评家的噜嗦呢？他从不对莎士比亚多用一两热情的，你不能使他忽然智慧起来。

  让我们寻找自己的例子。大炮声里书评已经死灭了，所以我们得算旧账。并且错也好，不错也好，我们想要写个黑白分明，情愿有稚气的"好或坏"的硬评；我们都得一脚踢开花花绿绿的欣赏派。这后者，我是指的战前《大公报·文艺》上的书评。这一个部门是让刘西渭一人照耀了的，他是一群印象批评家的祖师。《咀华集》里有不少可贵的意见，文章也写得"缠绵不尽"，但我们得说他凌乱，芜杂，至少可以删去二分之一的篇幅。自然，他会喊冤，说那些大段大段的美文并非故意做作，实是拿来衬托空气（或者氛围）的。我们承认，但是，那样一点正戏，就需要那样多的机关布景？批评不比小说，作者似乎没有权利以为读者全是傻瓜，得先让他有个准备，才可以踏入那金漆的太史第的。但刘西渭富于机智，又不缺乏幽默，并且满带外国才情，作开路的人物，真还适合，虽然那样印象派的批评也早随十九世纪，以及最后的一个大家——倍德而过去了。那些徒弟们，像所有没学到家的徒弟一样，可就得到了一半。那正是"心灵的探险"的时期，书评家们，至少《大公报·文艺》上的书评家们，都欢喜先说"天是蓝的，黄昏是美的"，而在大段的描写以后，才用三二句话解决了本题，那努力倒也并不全然如所说般的可笑，有几家显然在探讨一个问题。但我们愤怒。不止是愤怒，当我们天天接触那样的书评，一点不触到实际问题的书评！幸而中国的读书，从来不是看了书评才去买书的，并且懒管闲事，所以事情虽坏，却也没有抗议。这情形继续着，便在有着出色的批评文章的文学杂志内，也会有把书中警句连结起来而成的，一种百衲衣式的书评，而执笔者是，说来吓人，懂得文艺心理学的朱光潜。那是评废名一本小说的，你去看吧，你永远不会走动一步的。

  总之，花花绿绿的欣赏家从一切实际问题逃开了。我们情愿以一个外行人的身份，去看《新经济》或《者财政评论》上的书评。他们有话说，因为他们不仅仅是文笔。

我们之所以先提出书评是因为在批评这一部门之内，书评是将来最有前途的一段。自然，我们也还有别的文章的，如同战前的《大公报》文艺副刊上讨论新诗问题的几篇，着实很出色，至少，它们尽了批评的一个责任：解释或者介绍。既然评不好，那么，给与读者若干知识也还值得，至少比做八股文章好。后者是我们所不想讨论的，因为我们还得守住这个老题目：书评。

但是，我们需要怎样的书评呢？

我们能够有些什么呢？这是一个难于回答的问题，但不妨冒险一下，假定后，我们可以有三种。

因一本书而讨论到整个问题的，如同安诺德那篇从荷马译本到整个书译问题的，该是书评的最高峰吧。在那样的高处，不强壮的批评家是会冻死的，他所需要的热力是博学和趣味。许多不是应酬文章的序，像艾理脱写在庞德诗选之前的。或者，用我们自己的例子，刘勰的《文心雕龙序》，也应该属于这一类。我们是主张书评之内应该包括这类正式的序文的，圣勃甫所擅长的人情化了的杂谈，（刘西渭或者是那里出身的），是这一支大河的旁流。他可以为了一个作家而探查家谱，度量气候，翻遍整个时代和社会，有时侵入传记的领域，而且叙而不议的地方很多，所以他的重要，是方法上的。在批评的立场说，我们还是欢迎打硬仗的汉子。

可惜的是，这样的汉子往往不能触类旁通，爬到安诺德那样的高度。那么，显然的，他们最好的对象是一本具体的书，而不是一个并非体力所能济事的"问题"。这是第二类的书评。紧紧抓住一本书，解释它，分析它，然后，下你自己的断语。读者如果不愿受欺，他可以只看前面，再拿后面的偏见来作印证。在这种情形之下，一个死硬的老学究也可以尽他的功用；时髦的学生可以从他所恶的寻出他们所喜的来，以及相反。

但我们还有另外一种。短的突击的书评，有时候只有三言二语就过去了。外国杂志上，关于次要的读物，就给予这样的待遇。非常明快的一种，然而也是非常难写的一种。因出版业的兴盛，生活的忙迫，这大概将是最普遍的书评了。

这三类的书评我们全需要，并且除了第一种，也很容易发展。我们还希望书评家将眼睛从狭小的文艺的圈子里放出来，看看整个的出版界。抗战以来教育的机会逐渐多了,大学的门已不仅是为富豪的子弟而开,所以一个大的读者群之存在,乃是明日中国必有的现象。爱书的人没有不欢喜读书评的,这同看《泰晤士报》上英国下议院辩论记载一样,是一种温和的愉快。读者也准备接受偏见,因为他知道,世界上到底还没有绝对公正的批评,而且也许永远不会有的。刘英士在他所主编的图书评论上说过,他的批评的笔是满带热情,不甘故作冷静,总之,是火辣辣的一枝,结果是让傅东华抢白了几句。在我们看来,满带热情并不妨事,如果这是伴着判断,见解,以及趣味而来。但是书评家是不易为的,他是读者的代言人,又得替受冤屈的作家陈情;他也得有顶好的品格,又不能缺乏第一流的理解。在新的风格新的体裁问世,受到不大高明的群众的歧视,保守的顽固的绅士的谩骂,将介绍和解释的大任扛在自己的肩上,岂不又该是他么?

大理之行

赵凤喈

我到大理去，不是为调查矿产，也不是为推广农业，乃为调查法律习惯而去的。不过人非木石，到处总有些所见所闻；尤其是第一次到一个比较有名的地方，脑海中更觉得留些新奇的印象。所以我首先愿把我所见所闻的事项写出来，做一个见闻纪，以后再将当地的司法状况及法律习惯另写一篇。但是自抗战以后，尤其自滇缅公路通车以后，往大理游玩或是经过大理的人们，不知有多少呢！我在大理虽有廿五天的逗留，除星期日外，几乎每日都在法院做调查工作。游玩的时间，连星期日合计起来，不过四天。所见之小，有类井底之蛙，这一篇所纪，恐不足当已游过该地者之同意，更不配将来游者之指南；只可算个人备忘录，或就时间言，所见容有与他人不同而已。

先说乘车情形：现时到大理去，骑马循旧道而行，恐怕罕有其人。大部分或全部分行人，都系乘车由滇缅公路而去。在这一条路可乘的车辆，名目繁多。有西南运输处的运输车，滇缅铁路局的交通车（只到祥云），云南汽车公司的客车及滇缅公路局的客车。前两种车辆，要与他们有关系，或者冒充与他们有关系的人，方可乘坐，后两种可购票乘车。听说云南汽车公司的车太老，要走三天或五天到下关，滇缅公路局车辆较新，二日即可达到。因此我往东均坐滇缅路客车。可是这一次我的旅行运气也许不好，去时费了四天工夫，来时也走了三天。第一日（三月廿八日）由昆明开车，原定上午九时，不知为什么当日客票上坐位号数重复错乱，旅客与管理员扰攘纠缠，至十时方开车。车行至二公里（由昆明西站起算，下仿此）地方，电线忽然着火，幸未成灾，而旅客们都捏了一把汗，下午六点有余，天将黑的时候，方算平安地到达楚雄（一九一公里）。第二日八时车由楚雄西开，不多时，即因车头某处螺丝钉松弛而抛锚，以后屡屡停车修理，旅客亦可藉此休息。下午过云南驿（三二七公里）后未及半小时，车头右边钢板前后折断，勉强行至祥云加油站（三四六公里），停车检查后，司机生认为行车有危险，旅客行止意见不一。主张开车者，须签名自负危险责任。又与路局人员陆曾二员不愿冒险，遂留宿于祥云，二日后搭货车到下关。其余乘客坐原车，于当日深夜赶到下关。我回来时，系四月廿五日早八时由下关开车，上午很平稳地越过两重高山险路（为定西岭，一为天字庙坡），不料下午三时以后，车行至二〇四公里地方，竟然平途翻车，客人虽多受伤，并无死亡，诚属大幸，第二日被迫在楚雄候车一天，第三日又坐一辆常常抛锚的客车，却平安地到达昆明。我这一次所乘往来客车常常出事，甚至翻车，并非由于路途的险阻，或车辆本身的不良，还是因下级人员，多系少不更事，受训日浅，缺乏经验，且得意忘形，不守规矩，不明责任，所以屡屡偾事。

　　次说路上观感：滇缅公路自昆明至下关一段，计长四一一公里，其间平路少而山路多。我去时看见别的车辆翻倒，人死非命，回来时又看见许多货车出轨，自己坐的客车亦曾倒卧，所以我对这一条路特别有戒心，因而引起特别注意，按自昆明至禄丰车站一段（一〇三公里），除自七七公里至八六公里，约十公里山路外，其余可算是平路。自禄丰以后，由一〇四公里起即入傍山路，直至一四〇公里地方为止，（即一〇四公里至一四〇公里）约自一一三公里起（至一二五公里即一平浪制盐场上），南北两山脉，极其逼近，山涧之底，有时全系岩灰，不见沙土，山峡之窄，可想而知。车行南山麓之中，一边（去时系左边即南边）高山壁立，一边盘岩削垂至涧底，如数十丈至数百丈不等，傍山路之崎岖，无过于此。在车中可见对山之小松蔚秀，风景扑面而来，只嫌车行太快，不得留恋片刻！当时心目中，初觉路太危险，继觉"险"中有"奇"，由"奇"生"美"。于是险奇美三字盘桓于脑际，国破家残之念，顿然涣散。不料天公不容审美，顷刻间车行至一一六公里转弯处，即有一辆运输车（似为西南运输处货车）猛冲电杆，电杆折断，车即翻倒于约二十丈深之涧底，车夫立即毙命，押车夫二人头破血流，不省人事，幸此处山涧有宽广数丈之平坡，滇缅铁路局工人在此有茅棚数间，我们客车停此十数分钟，见有多人救护伤亡，遂即西开。旅客睹景生情，无不慄慄危惧。这时我的心里虽满腔悲惧，而两眼仍注射于北山麓路工开山石，穿山洞，筑路基等等工作。看见许多男男女女老老小小，衣不蔽体，汗流浃背地在那里苦干。这真真可以代表我们先祖"筚路褴褛，以启山林"的精神。转了念头一想，滇缅公路上的运输，好似抗战的缩影，滇缅铁路的建筑，乃建国工作之一部分。公路上虽每日有覆车之事，而每日来往之客货车约在数百辆以上，这表示抗战虽有挫折，而仍可顺利进行。铁路方面开山凿洞的工程虽浩大艰难，而每日每月终有些成就，这表示建国工作确系艰巨，但终有成功之日。如此一想，恐惧的胸怀又似得着了安慰！车行甚速，过一平浪后，山峡较以前为宽。一四八至一五〇公里，系山脚下平路。自一五一公里起又开始行上山路，在山上行车约二十公里，至一七〇公里始入平路直到楚雄。此地有中国旅行社招待所，房间分三等；头二等房间早为电报客所定。我住三等通房；去时住一夜，二人一间；回来住二天，六人共一间，床上竟发现八角白虫。这是内地之通常现象，不足为病。唯饮食尚称洁净。由楚雄西去至二五一公里，又入傍山高危之路，所谓天字庙坡海拔二九〇〇余尺者，即由此起至二八七公里桥下为止，计延长三六公里。当车行山顶之时，则万山在望，凉风袭人，胸襟为开；车行傍山险路，或盘山而上，则似吃力而发悲鸣，人心亦为之危惧！盖在二六五至六六公里之间，为盘山路，角度小而坡度大，若当雨季，一滑足即坠万仞山涧矣。过天字庙坡复行平路约二里，到二八九公里又须越一山至二九七公里为止。再由三〇〇公里起又渐上山路，至三一四公里始出山峡，而入平路直到云南驿（三二七公里）旅客下车午餐，皆现喜色。由云南驿至祥云加油栈（三四六公里）可算平路。自祥云油栈以后，车行山涧之路，山低涧亦宽阔。当路跨两山脚下，好似神龙游逸首在东尾在西，而身落山涧之中。至三七〇公里又上红岩山道，亦属傍山险路，当三七八—三七九公里之间为山顶，又名定西岭，海拔二七〇〇余尺，向东回顾车盘山而上之路，又似黄龙失水，困于山中。自此渐入下山道，至三八二公里入山洞平路。过凤仪县，大理之苍山积雪，遥入眼帘；下关全形在望，大风亦继之而来，顿觉衣单。

现述大理见闻：由下关往大理约三十华里，可用以代步者，有马，人力车，二人之滑竿，还有最近开办之苍洱车行之马车。三月三十一日系星期日，又值旧历二月二十三日为民十四大理惨烈地震之纪念日，大理人民出一种迎仙会以期除灾，下关各色人等多往大理去看会，以致马车无空位，马亦雇不着，人力车太贵；滑竿反比较便宜。我一听大理有盛会，于是三十年前爱看会的心理立刻活跃起来，上午十点到下关，等不及吃点心，便买了四个烤馒头，两个黄果坐滑竿大嚼而去。一出下关北门则左傍白山，右带绿水，直到大理城，三十里沿路之天然风景，（实际上自下关到上关百二里景物无殊），却是宜人。且未到大理前十里，自新马路并入旧道之后，杨柳夹道，绿色放春，亦令人眼悦心怡，只惜路面破坏，稍杀风景。到大理城为下午二时，入南门，过鼓楼后，街上除人山人海外，一无所见。幸赖滑竿夫之力，冲过一层人山，见街心有一园花盆甚多，闻系赛花。但棉袍在身，汗流满面，不及赏识花之艳丽，只图早得休息之所。再冲过几迫人层，转入东街，至县署东，中国工业合作协会大理事务所。进门时，即有曾经函约之左子英先生在所相侯。于是入室，解衣，饮茶，道故。闲谈历二小时，欲觅一浴堂而不可得，乃作宰予氏之休息。晚餐后，又随左君等三五人上街看会。平时街上只有小贩三五星火，今晚每家挂灯，大放光明，人丛深处，灵官菩萨一到家家门口燃松毛，味颇清香，烟气窒人。龙灯一到，家家放炮竹，此与儿时所见相同，相传之盛会，便于今夜结束。闻未出会之先，当地新旧人物意见不同；新派认出会为迷信，应当破除；旧派以人民习惯无妨害者，可予维持。最后商得折中办法，白天开追悼抗战阵亡将士大会，晚间依俗出会。新旧之争，到处可见、但愿君子道长，小人道消。（下期续完）

本期撰者：

陈岱孙与赵凤喈二先生是西南联合大学教授，在本刊已发表过多篇文章。陈国强先生现在西南联合大学行政研究室从事研究工作。

史国纲先生是国立中山大学教授，常为本刊撰国际问题的文章。

第三卷第二十三期（1940年6月9日）

时评

近日战局

一星期以来，敌人在前线各地时有蠢动，而以鄂北，粤中为剧，鄂北之敌自上月初猛犯襄阳，乘虚西入，为我围灭；损失四五万人后，复于上月廿日左右增援反攻，又为我忠勇将士拒于泸水，唐河，白河流域之间。至本月一日我军一鼓而再度克复襄阳，并乘胜消灭襄阳外围残敌，健清，梁家咀，张家集，虎门一带已无敌军，这是汉水樊城以东的情况。因为我们攻击襄阳的压力太大，敌人乃想偷袭的计划，抄我之背，上月卅一日起，敌人便开始从宜城北边，小河湾，敌军想从对岸偷渡汉水，以飞机掩护，猛袭襄阳，襄阳乃一度陷落，三日后我军强烈反攻，当即冲入城内与敌血战数日，迄临敌不支遂纵火溃逃，弃城即逃走。现在我军方努力歼灭此部溃逃的敌人。

粤南的敌人于上月廿九卅日，从增城，米埗分股进犯，陷湘潭、从化、良口等地。经我军强烈堵击，敌人不支南溃，我军于三四两日克复各失地，并于四日克复敌人据点米埗，敌人北潜之计划一时粉碎无遗。

敌人自欧战剧烈之后，心理上苦闷大大增加，他们现在的希望就是赶快结束对我们的战事，以便全力应付大国际局面，以遂其浑水摸鱼的目的。所以一方面他们重视他们的和平攻势，大放护和平空气。另一方面，他们还要在军事上，占个胜战以威胁我们，使我们屈服于他们的和平条件之下。然而他们所谓"合流"穷和平就是割让式的投降，我们绝对不会受给。他们军事的攻击我们也久备策略，纵使他们能多占据一二城市，他们也绝不能威胁我们使我们屈服。如果他们迫不及待，居然参加国际的大纠纷，我们当更欢迎。我们最后胜利也许因之而早日见诸事实。（山）

佛兰德斯战役结束

最近一周（五月二十九日至六月五日）的欧战，可谓没有太大进展，但却有结束一战役，引起另一战役的意味。所结束的是佛兰德斯战役，所引起者是大规模的玉石不分的空袭，是德意之合攻法国，抑是英法意土的地中海大战。目下尚不可知。

自从德军突破英法比罗军，向海峡挺进之后，在佛兰德斯的联军（比英法）即遭受德军三方面的包围及压迫。德方的目标在歼灭此百万联军，而联军方面的对策则为截断德军通海的走廊，使佛兰德斯的联军与索姆河以南的法军重获联络，更使海峡的德军被包围起来，如果比王利奥普不作懦怯卖友的行为，则这个反攻计划并非不可成功。迨利奥普于二十八日晨率大军降敌后，则形势顿变，而英法在佛兰德斯的五六十万大军几陷于绝境。幸赖将士的拼命，海陆空三军的合作，敦盖刻戍军的勇毅，及统帅法将勃郎夏的指挥得法，英法军始获于四五日内安全撤退。故佛兰德斯之役虽为德国的胜利，佛兰德斯虽尽陷于德手，但英法方面军心人心转因此役而大振。观乎英法人民的奋斗，与其抗战的坚心，则佛兰德斯之役，即视为英法方面虚掩的胜利，亦未尝不可。

佛兰德斯之役今已结束，今后战局将如何展开，尚难悬揣。联军取攻势，恐尚未至其时。德方如不进攻，则徒然养虎贻患，坐使联军得恢复长大。故以常理推测，德必继续取攻势，新攻势当不外下列若干方向：一是继续原来的策略，一面攻巴黎，一面渡海峡，渡海既是不易，取巴黎也不太易。德军陷索姆已满两周。在法军易帅之际，既不能渡索姆，则此后在法军有备之时自更不易。二是诱意攻法。意德如同时攻法，则或者有机可乘。但意如参战，土必加入，而英法在近东又有八十万的大军。意是否甘愿逼受牺牲，以满足希特勒的野心，仍有问题，虽则墨索里尼近来口口声声说要参战，虽则国际新闻记者早说意大利在六月一日至八日间必定参战。三是以空军为袭英法的大城市及工业区。但这无疑地会引起英法的报复。德之重工业集中于鲁尔城，极易被炸，互相轰炸，或亦非德之所甘愿冒险者。故为德

计，固不能采第二步的攻势，但究采何种的攻势，则问题尚多。（都）

敌国法西斯外交派重行活跃

自法西斯势力侵入政治经济范围内，敌国外务，也形成了"传统"与"革新"两派的对峙。"革新派"领袖白鸟敏夫等力斥传统派的"欧美依存"主义，高唱"自主外交"，迎合法西斯军人的强硬主张，七七事变后日本与英美法苏的摩擦日益加甚，军部一再胁迫当局采取强硬态度，于是"革新派"的外交家们也如狗仗人势，大为活跃。尤其当前年九月末宇垣外相被迫离职后，"革新派"虽未能达攫取外务大臣缺之目的，但对传统的进攻都变本加厉，平沼内阁时一再以加入三国军事同盟问题，与军部互相呼应，胁迫当局。正当平沼应付维艰，焦头烂额之际，德苏签订互不侵犯协定，"革新派"宛如晴天霹雳，虽仍委过于内阁的踌躇失机，但气焰一落千丈，白鸟大岛等垂头丧气离任回国，从此革新派也就暂守销声匿迹了。

去岁欧战爆发，阿部内阁宣布"不介入"政策，满想利用中立地位，胁迫英美法对远东问题让步。对半岁以来，对英法交涉既未奏效，美日关系更形恶化，于是法西斯分子又有所藉口，由三国轴心复活论进而提倡德苏意日四国同声论。最近欧战激烈，"革新派"和急进军人的活动日趋表面化。"革新派"领袖白鸟对记者谈话，谓过去十年来日本所获得之利益，均为直接行动之结果，而对海军之尚未完成作战准备，不能如陆军之有策动事变的自由权一点，表示惋惜，此外并声明米内内阁即将改组。"革新派"对于现内阁外交的不满及跃跃欲动之势，至为显然。同时重臣派要角汤浅内大臣因法西斯政客之压迫，已称病辞职。而米内首相为应付欧局计，仿平沼之五相会议制，特设四相会议。从这种事一看来，我们可以断定，右派在外交方面又将有所胁迫，军部机关报的主张重行讨论"不介入"政策，更证明了法西斯分子对于欧战所抱的野心。

日本自七七事变后，军部及法西斯份子的势力已深入到各方面，惟关于对欧美外交一点，元老重臣坚持稳健主张，所以历任外务大臣均系传统派。现在"革新派"利用欧战激烈之机，以急进军部为后台，又重行活跃。这不但说明了敌国关于对欧政策方面又将有重大的论争。同时表示元老重臣与军部法西斯份子斗争亦将激化，米内内阁前途又将多事矣。（迅）

论军人干政

王赣愚

政治之比于军事，显然更要复杂；要培养政治人才，亦较军事人才为难。以军事人才治国，虽未必是百弊而无一利，然因其器度不足，所以其施政往往不够广。中国是一个博大的国家，现又处在特殊的时势中，似乎只有非常的政治领袖，方可以彻底解决国家大事。就这点上说，我们当前总算侥幸万分，因为操全国军政大权者，不但是个现代模范的的军人，而且是个有卓识有魄力的政治家。得到了如此领袖，民心有所寄托，这真正是推动政治的绝大时机。不过平心论事，军人之兼长于政治者，确是自来不常有的，得之则凡百尽利，失之则政难畅行。推动政治不能完全靠人，除人以外还要于制度之中，谋长治久安之策。我个人于此颇费思虑，尤其对统一军统问题，曾屡为文条分缕析，这里且只就军人干政之弊，再加一番论列。

以治军之才，治一国之政，世界史上例证最多。远如大菲得烈，拿破仑，华盛顿，近如基玛尔，俾索斯基，均以其为国迭建武功，声威煊赫一时，故能在政治上致高位，揽大权。即论法之麦马洪，德之兴登堡，虽战时未能为国获胜，然战后亦得以军事首领之身，秉一国行政之权。军人之从政，果出自人民推戴，又果能守法奉公，则于政未必无补。但军人之干政，却应作别论，因为此等军人类皆非人民所欲拥护者，徒恃武力以窥权位，成妄毁大法以谋禄利，听任他们得志了，国家将永不治。

欲绝军人干政之机，宪法上固应有此类之限制，然倘使一个军权尚未统一，则纵有此限制，而实等于虚设。自来军人什之八九，都欠缺政治的脑经，常把政治看得太简单了。他们以为有军权为之支撑，大可为所欲为，而始终不了解国内尚有对抗力存在。当然，治军惯于发号施令，而最厌忌法律上的束缚，只要感觉于己不便，立刻可置法律于不问。让他们过问政治，往往求功太急，不察事之本末，又不谙政之先后，遇事要做即做，做了绝不退缩。军人应变的急智，容或有过人之处，然他们却自恃此特长，而对事不肯从长计议，只求称快于一时。

军人以治军之术，出来干政，其弊是误认举国都听命于己的兵卒，强大众以服从，而自身不肯受牵制。治军要使个个兵卒服从长官，而且要使其思想定于一尊；但从手段上言，治国与治军究有不同，倘使二者完全一致，那么国内所行的必是变态的政治，距离理想实在太远。现代治国的要诀，就是兼重威权与自由，使其互相调剂。以军人治国，则多半是轻自由而重威权，强求全国之附己，而反美其名为统一。大凡有威权之人，每喜滥用其威权；而军人因其器度偏狭，一旦处着可以滥用威权的地位，定会比常人变本加厉。推其原因，不外是国法的制裁，和舆论的针砭，对于这班军人是不生很大效力的。

重行政系统的人，当然更不惯军人的擅专。本来权责二字为军人的字典中所无有，所以他们对其分内的事，时常不加重视，而对其分外的事，反而妄加干涉。权责关系不明，政治何由上轨道？一般军人恣睢成性，既欲携大权于一身，而又欲规避与大权相随属的责任。操大权而不负责任，旁人自然不得掣其肘，而全部官员都供其驱使，一切机关亦悉成其爪牙。如此，居上位者只要今日颁一令，明日下一论，正似指挥军队一样，久而久之，行政上便养成一种恶习，就是过分倚赖领袖，事无巨细，非请示莫办。其实，在行政上指挥之集中，固足以促进效率，然倘因指挥之集中，而混淆权责的关系，则必反成为效率之梗。军人过分重视效率，强求效率而不计其他，结果适得其反，这种例证不一而足。

军人秉一国之政，往往能精细而不能宽大，尤其在用人一端上，表现得最清楚。军人未尝不讲求用人，但不肯倾心专信已用之人；他们时常把政务看做军机一样，大半不愿告人以诚，所以其所定的政策，虽其左右，亦不知底细，惟恐为其所挟制。"有疑不任，既任不疑"，这个用人的秘诀，非寻常军人所能了解。为政要宽大，治军便无所谓宽大。一般军人精细有余，而器度不足，所以到了政权在握，既不能放心用人，又不能放眼做事。他们始终不解政治上对抗力的重要，以为除自己派系以外，他种势力不应并峙互角于国中；殊不知此种势力存在是必然的，只宜利导之，而不容遏制之，愈遏制则愈以助长，终必为自身之患。

  政治领袖不但要胆大，要才大，还且要度大，军人所欠就在这一点点。军人的本色，是个性刚强，唯我独尊，以此治军，尚无大病，但以此治国，则弊丛生。我们常见军人不能节其恣睢之性，置其身于规律中；我们又常见军人执法虽极严峻，而不免滥施刑威之弊。历史上创业者，固不乏才奇识优的军人，然只因缺乏胸襟器度，结果仅能拨乱，而不能反正；拨乱固需应变之才，而反正则必须导政治于常轨。一国在建国时期中，政治领袖尽可于军人中求得，但这些军人却不得不辨明治国与治军差别之所在。

  大政治家的眼光远大，能为国定百年大计，其成效或者非至十年数十年后不能表现。政治与军事一样，平时要计算，临变要决断；不过其所不同者，就是军人所计算的，不外是如何求军事胜利，其目标是比较浅近的。证诸各国实例，军人往往把政治与军事相混，甚至一切政治措施，都为备战作战着想，在此权力政治时代，军事固属非常重要，然政治却为军事之本，秉政者亦不容有所疏忽，须知二者兼重而不偏废，才算是现代治国的要义，军人头脑比较简单，只凭直觉，只知战胜，无暇诉诸理性，先要算，后要断，断的时候就不能算，算错了也要干下去，除非碰了壁，触了礁，是不会中止的。这是军人的缺点，同时也是军人的优点。尤其是太讲理性的我国文人，对军人的优点，应该引以为鉴。就一方面说，当国家到了严重关头，秉政者不得不凭藉其敏锐的直觉，和坚强的意志，行其所当行，从牺牲中求出路；这种做法是军人所惯行的，然从另一方面论，国家民族的利益，关系最为重大，决不容作孤注一掷，所以当权者应变的步骤，非审筹熟计不可轻取，否则就是鲁莽灭裂。真正政治家似乎都应带着几分军人的性格，而军人倘若缺乏政治的脑经，便根本不配出来问政，由此可见秉一国之政，非任何人所能胜任愉快的。

  我国自民元改制以后，政治常轨仍未成立，加以军事教育落后，国中军人既无干政的智能，又乏不干政的修养。北洋派自袁段以下，皆以军事首领，而当政治之冲，其最大的流弊，就是政权纷争，无不出以打的方式，你打我，我打你，一切取决于军事，越打越没有止境。打天下者每以天下为私有，断断不容许异己者存在。倘有两派以上的军人，对峙互角于国中，势必相蹵相龁相哄，其人交迭代谢，其权力此争彼夺，而方式始终不改其旧。当时我国军人，持武器为工具，持军事为后盾，进入政争的漩涡里去，没有不互相抑压扑灭，拼个你死我活，这就是内战不息的主因。每一次内战，不管拿出甚么标帜，而事实上总是暴露私人权利的竞争，因此多经一次内战，建设政治常轨的实际困难，反而见其增多了。

国人既无从循轨道以求政权，而献身政治者没有不想藉军事而达目的。我国二三十年，结连不已的政争，都是以军事为正面，而以政治为副面，实际政权分属于几个军人，割据之局由此而成。然割据之局虽成，军人倘无政客从中为助，其势力还不够大。政客总想利用军人，争相奔走其门，军人气焰自为之大增。当年那些军人，类皆粗暴的丘八老总，迷醉于名利地盘，贪婪没有止境，武力到了他们手里，何能不闯祸出乱呢？武力是一个工具，倘能善于利用，可为法律之后盾。原来丘八老总，缺乏政治意识，动不动就用武力，几乎当作家常茶饭。武力显而法律隐，一切都借武力来解决，但武力决非万能，不克消弭争端于无形，故每次军阀的混战，莫不预伏下次相哄的种子，距离根本解决甚远。

人各有其好恶，各有其脾气，而我国过去军人的好恶和脾气，最有碍于法治精神的滋长。他们的影响侵透国内政治已深，现在倘不能尽除，往下为害必更大。有人以为我国因此只有丘八，只有老总，没有军人，此语大体不差。但以我个人观察，即是一般比较健全的军人，只因其教育与训练的偏狭，又因其所处环境的特殊，天然养成了各种习惯，亦使之不宜做政治上的实际支配者。诚然，今日中国的军人，绝非昔日的丘八老总可比；尤其在这次民族自卫战争中，从观念以至行动，已加彻底的更新，确实足为代表民族道德的典型。其实，军人之有所觉悟，仅是人的进步；而军人干政之应受限制，则是法的要求。欲杜渐而防微，法须随人的进步而确立，法既已确立了。再加以舆论为后盾，军人纵使得机干政，亦莫敢专横恣睢，这是推想可到的结局。

现在军阀割据的政治。我们相信不久定要根本消灭，根本消灭之后，统一与法治自为时代迫切之要求。但自抗战开展以后，政治的改革，终不能与军事进步相应；此时国事旷废如故，行政松懈仍旧，政治应效法于军事者实多；且当前政府的官吏，恶习变本加厉，尤当以军人整齐严肃的精神，用于为政与治事，使宦界风气为之一新。我国政治正在潜移默化的当中，军人的良好影响，已开始侵入为政者的脑筋，我相信在各方面将有具体的表现。不过一国的健全政治，需要文武各得其人，而所谓军人干政，则是一种反常之病象；此种病象倘不破除，决不能立兴国的规模。

学校考试与会考问题之检讨

陈友松

有一个美国教育家调查中学生最怕的是什么,其次数最多的是怕考试。我想不仅是中学生如此,大学生,小学生也是如此。不仅是在美国如此,在中国也是如此。现在学期结束在即,全国的学生,正在那里过着极端紧张的生活。有的忙着为毕业会考。有的为学期大考。有的为入学考试。坐卧不宁,寝食不安,大多数是在"临时抱佛脚",想在最后一阵的狂热中,把各门功课的一大堆材料记忆起来。有识之士,很怀疑这是真正教育的主旨。考试问题遂有检讨的必要。

可以说各国的教育家,和教育当局,受了新教育思潮的刺激,对传统的考试制度都觉悟了。美国研讨这个问题,已经三十年。对考试的方法,改进了不少。一九三一年,世界教育会的会长,孟禄博士,曾领导各国的教育家,在英国举行考试会议,各国代表各组织得有一个研究考试的委员会。英国教育部,曾把他们的探讨,编成一书名叫《考试之考究》(*An Examination of Examination*),他们的结论是:(一)"其争点不在考试之有无,也不是在校外或在校内举行的问题。问题是如何把传统的考试方法之缺陷取消。而代以较好的,可靠而正确的方法。……传统的考试,易于控制着课程内容,教学方法,把考试当了目的。不足以测量学生的能力和将来的发展。更易于把教师,家长和学生的兴趣,转移到考试,而忽略了教育之真正目的。"(二)"如果要顾到教育之适当的分配,和学生之指导,须对每一学生的人格,尽量知道详细,他的兴趣,和能力的事实,若只是用考试一种的方法,是不足洞悉的,必须要采用各种各样的方法,从许多的来源,经过长时期的探讨，才够详尽"。这是世界对考试问题的动向。在最近的将来，必定影响各国的考试制度的大改革。是无疑义的。

回看我国，尽管有些专家在那里提倡新法考试，而传统的考试制度，仍在雷厉风行。兹专以中学会考而论，据程其保先生抽样调查全国中学校长和教师对中学毕业会考制度的意见。主张铲除者占百分之五十以上。自二十二年秋季实行会考以来，各地报章杂志对此问题，议论纷纭，综结于下：

赞成者谓有种种益处：

一、划一学生程度及标准。

二、促进文化与思想的统一。

三、从行政方面所见的实效有：

（一）学校工作紧迫了。

（二）学校行政教员认真了。

（三）教员对于开授课程比较认真研究。

（四）一般学生比较注重功课些。

（五）使课程标准易于推行。

（六）暴露学校缺陷使知警惕。

（七）学生之程度比较提高了。

（八）学生复习之机会增多。

（九）挂名的学生没有了。

（十）政府得以整顿或取缔腐败学校。

（十一）商业化的学校因此减少了。

四、从心理方面说：

（一）增加了学生的进取心和竞争心。

（二）促进学生对所考科目之兴趣。

（三）能与其他各地学生接触养成集体精神。

反对者有种种害处：

一、教育完全变为书本与符号之教育。

二、忽略会考所不考之科目。

三、学校有变为优等生的学校趋向。

四、忽略学生操行及生活指导。

五、教学时间易于增多，学生担负太重。

六、大有害于健康，有时发生自杀与颓废的心理。

七、使教学方法注重注入与记忆，不重思考。

八、会考的费用太不经济。

九、考试方法缺乏客观性，不易得准确的结果。

十、课程标准易复于划一与艰深，不能适应大多数学生之个别差异。

十一、使学校徒享粉饰，增加虚伪的风气。

十二、全校空气，大有违背生活教育之真正目的。减少学校与学生的生气。

很显然的，我们当前的问题，不是废除考试，而是制度与考试方法的改革问题。是赞成者与反对者两方面理由之对理性即辩证性的综合，问题是如何保留考试制度之必要的优点而摒除其缺点或如何寻找新的方法达到考试应有之目标问题。

赞成者理由之批评：第一，划一学生程度及标准的理由，已有现代心理学对于学生个别差异之发现足以推翻之，若谓必须提高各校成绩使达到某种水准。考试的方法并不如利用亲专或教学辅导制度有效。第二，促进文化与思想的统一的理由，考试的方法并不见得能达到有效的结果，因为试题的范围比起课程的范围，不啻沧海一粟。根本问题，在乎师资训练，课程编制，即不在考试。第三，行政方面的理由，也不一定只有考试的统制能获实效。上述各种实效是整个教育哲学的问题，学校全部设施问题与其利用考试一事为手设，远不如发展有效的亲导制度，和采用现代心理学所贡献的指导制度（Guidance Program）。第四，从心理方面说，那些理由根本是教学法问题，若归功于考试，是片面的机械的论断。不注重平时的教学法，而重视考试何异于狗尾摇狗！总而言之，我国的考试制度，根本未能认清考试之真正与适当的功用。故方法上与实施上致发生反对者所述的一切弊病。现代教育学者已公认考试不应利用之以为便利教育行政的工具，而应当运用之以为指导学生的工具，考试的适当功用是什么呢？据研究新法考试的专家万恩（Albert Laug）说可分几类如下：

一、测验知识的保持。

二、判断学生或学校成绩。

三、刺激日常的工作。

四、给与温习的动机。

五、供给客观的标准。

六、测量教师教学的效率。

七、供给改进效率的准则。

八、诊断学生的个别困难与缺陷。

九、智能的培养。

传统的考试制度可以说只是侧重第一、二、五或第九四种功用，因此注重文字考试，其测量的单位仅用为百分法与学生的原来智力及其他各种差异没有联系，所考试的对象仅注重文字符号或知识事实的记忆，至于情意方面，行为方面，如态度，欣赏理解及特殊技能，或人格的面面观，则没有法子考察出来。因此现代教育设备的重心已经转移指导（Guidance）方面了。一个理想的考试制度，应当发展一套估值学生全部行为的测验工具。在美国的实验中学已经有了。他们所测验的对象如下：

行为估值的各方面，包括：

甲，智能因素。

一、社会科学，自然科学教学，语文艺术等领域内之事实，概念，名称，日期等等的回忆与认识。

二、蒐讨上述事实资料的能力。

三、组织上述事实资料的能力。

四、解释上述事实资料的能力。

五、应用各种概念与事实的能力。

乙，动的因素。

一、公民的信念与态度。

二、科学的信念与意见。

三、人格的调整与态度。

四、在学校与社会的调适与态度。

丙，社会行为因素（按此是民治国家的需要）。

一、自我发动的活动能力。

二、合作活动的能力。

三、表现的能力。

丁，生理因素。

一、体格健全的指数。

为了这些因素的考试或考察，他们都编制有种客观测验，代替传统的考试方法。我国因行政上及人才上的困难，当然不能即时推行。但至少应当有一番觉悟，从今以后，在研究与实验上发动考试革命的运动。不仅是在学校要如此，在国家考庸人才的机构也是如此。这是教育部与考试院的责任，是人尽其才，才当其用的要图。

荣辱分而衣食足

费孝通

一、生活程度的变异中找不到足与不足的标准

"衣食足而知荣辱!"自从管子说了这话,大家就不加思索的把它引作格言。"生计压迫"成了很多不分荣辱者的护身符。可是"衣食足"的标准在那里呢?若管子不能把这个标准拿出来,这句话就没有多大意思了。

要说衣食足与不足,我们得有一根计算生活享受的规尺。可是用什么单位来表示享受的多少呢?直接测量享受既不可能,于是经济学家只能去借重交换经济中的货币的单位了。

每一单位货币所购得不同的货物是不是给人相等的享受?只在一种情形之中这是正确的:购买者在一定的购买力一定的物价水准上,用钱时理应测量,不受不合理的冲动所影响,则他在那时每一块钱所得货物的边际效用至少是差不多的。若是我们要测量较长时间中一个人享受的总量,或是比较同时间很多人享受的多寡用货币来表示就有相当困难了。因为购买力,物价,经济考虑的能力,在事实上,是因时,因人而变。自种种变里只有物价的涨跌较容易知道,容易除外,于是在经济学中,分出了两种概念,一是生活费用,一是生活程度。

生活费用是指一个人或一个团体一定时间内,为谋生活上的消费所支出货币的总数;生活程度是根据生活费用物价指数修正之后的数目。生活程度是用来表示这人或这团体享受总量的。当然,用这种方法来表示说不上十分正确,可是在没有其他更好的方法时,这至少是可以表示一些大概的情形了。

生活上的享受既然找到一个可以测量的规尺，我们能不能借此来决定"衣食足与不足"的标准呢？在普通的言论中，我们的确看见有很多人用生活程度这概念来讨论"足不足"的问题。他们立下一个"最低生活程度"的名词来批评这地方或那地方的人民（是在最低生活程度之下）过日子，或是含糊一些说"这辈人够不上生活水准"，这种说法初听来好像很顺，可是细细一想是毫没有意思的。

生活程度是用来叙述一地方或一个人享受的事实，本身不含有价值的批判，我们可以从这概念中知道一地方人民中享受最少的人和其他人们相差多少，可是在事实中绝不会有此"最低生活程度"更低的享受者，因为既有比某程度更低的，某程度就不能成为最低的程度了。若是有人认为"最低生活程度"是"衣食足"的标准，那末天下就不会有"衣食不足"的人了。若是说一地方生活程度变异的中数是"足不足"的标准，则我们已说定了在这地方有近一半人是衣食不足。——从统计上，我们是找不到"足不足"的标准的。我们一定得先立下了一个标准说哪一种生活程度是代表"衣食足"的标准，然后才能根据一地方生活程度的统计来判断有多少人是"足"和有多少人是"不足"。这标准怎么定法呢？

二、客观的生活最低水准

人民的生计有没有最低的限度？普通人一定可以很快的回答："怎末没有呢？饱食暖衣是也！"可是若追问一下："饱到什么程度，暖到什么程度，才算足呢？是不是指饿到不至死，冻到不殡才算是最低的限度呢？"可是常识不许我们把"死"作为"活"的限度，生活不能说就等于不死。维持于不死是最低是生存线，普通所谓最低生活程度实在是指获得健全生活所必需的享受。可是健全生活标准在那里呢？

营养学的发达给了我们树立"健全"生活标准的希望。标准不在饿和饱，而是在一个机体要维持常态活动时所需的营养。常态活动固然还得加以定义，因为一个肉体劳动者和思想劳动者的常态不相同，所需营养也有不同。可是营养学的研究的推进，我们可以希望得到一张比较详细的分着年龄，性别，职业，种族的表格，规定每一特殊种类的人，一天至少要吃多少什么种类的食品，这张表格似乎是可以作我们"最低应当获得的生活程度"

的标准了。可是我们所能希望于营养学的却不能太大,因为在我们所谓"健全"的生活中并不只是营养足够一个条件而已。

我是个学社会学的人,所以特别注意一个人和其他人所维持着的社会关系。这个关系网张的愈大。他在社会中活动的能力也愈大,可是这个网却需要经济力量来维持的,为了说明一个人生活中必需的社会费用起见,我可以先举一个在江村里所见的实例。

江村自从丝业衰落后,人民生活程度一直下降,下降得最快的就是社会费用那一部分。他们本来有一种传统的习惯,就是结婚时一定得举行隆重的仪式,在这仪式中要请亲戚朋友大喝大乐,依我在二十五年的估计,结一次婚需得要五百元国币,这笔费用在经济拮据时大都支付不出。除了有些把婚事延迟外,娶童养媳的风气大盛。在四三九个已婚妇女中只有三四个是童养媳出身,可是在二四四个未婚女子中却有九五个是童养媳。童养媳圆房的仪式简单,没有女家来要长要短,经济得多,可是贪这便宜是有代价的,就是媳妇没有女家的保障地位跌落,儿子没有舅舅,社会上丧失了不少方便。这损失很难用货币数目来计算的。有着亲属网的不觉得生活上有什么便宜,可是缺少了就会觉得艰难。生孩子是件经济上最不合算的事,可是没有孩子的想孩子时才真凶,据当地人同我说太平天国时代,这地方也盛行过童养媳,可是经济恢复了,大家又用花轿去娶媳妇!(详见《江村经济》五〇五五页)

亲属关系不过是社会关系的一种。我们目前为了国家抗战所付的代价何尝不是要维持我们独立自由的身份?何尝不是要争取安全和发展的社会地位?岂不是也是一种必需的社会费用么?

社会费用有没有一个最低的标准呢?社会需要能不能和营养需要一般可以列表来说明最低该满足的限度呢?我不敢回答这问题,虽则我个人认为这是社会科学应当探求的一个目标,至少我可以说,现在还是谈不到这标准。于是单有营养学家的努力还是不能从客观地决定人们生活应当满足的最低水准。

三、正当生活标准

从客观方面我们既不能立下一个生活应当满足的最低水准,"衣食足"的标准似乎得回头到各个人的主观境界里去寻求了。当我在江村调查时,因为无法得到农民日用账的材料，不能采取讨论和估计的方法，结果我却在无意间得到农民们公认为正当的生活标准。这并不是统计的结果，而是通行在一社区间用来分别贫富的标准，也就是当时当地人民所采用来决定"足与不足"的标准。这标准是规定，农民实际生活程度的一种活的力量。若是一个佃户穿了绸袍子，人家就要批评他，一个绅士而不穿长袍又要给人笑话，甚至影响到他的身份，我在《江村经济》中曾主张研究社会经济的人，应当特别注意这种标准（一三四——一三七页）。

当然，一个人并不一定要遵守这种在一社会中通行的"正常生活标准"，因为它所有的裁制力量只是社会的舆论罢了。社会舆论所以能发生裁制的效力是尽了被裁制者的"羞恶之心"。若是我们承认一个普通人最关心的并不是物质生活的享受，更不是机体的需要，而是别人对他的批评，则荣辱之分在事实上常是决定一个人甘心忍受而认为"衣食足"的主观条件了。

一个健全的社会决不能让一个人任意的向物质享受上追求，因为享受是没有止境的，而很容易使人希望着超过他正当报酬之上的享受，社会上物资有限，若让每个人不择手段的争取享受，一定会使一部分人的享受压迫下去。"正当生活标准"是一种社会控制个人享受的力量，使一个人对于"非分的享受"发生羞恶的观念。没有羞恶观念的人，是个不受舆论裁制的人；没有正当生活标准的社会，是一个在解体，在崩溃中的社会。

正当生活水准在社会中并不是一律的。在一个封建社会中，地主和田奴可以接受相差很远的标准，相差的基础是在继袭的身份上。在一个资本主义的社会中，资本家和劳工的标准也相差得很远，相差的基础是在生产工具所有权的有无上。无论相差的基础是什么，只要社会上共同接受这相差的基础，这种社会结构总是能维持下去。若是社会上有一部分人对于通行的"正当"标准的基础发生了怀疑，不再给传统的荣辱观念所支配时，这社会就会发生革命；不满意于当时正当标准所给予的享受的一辈人，向这传统的社会结构发生反抗，在反抗时，他们以前认为"已足"的生活程度为"不足"了。只在这时候"衣食足"才提到了荣辱之外，不再受传统的社会标准所控制。

四、反抗线

若我们把那会引起反抗的生活程度作为最低生活程度，则最低生活程度的意义是政治性质而不是纯粹经济性质的了。决定这反抗线的高低的因素也时常超出于经济范围之外。要在实际生活程度上去寻一个固定的反抗线是得不到的。且不说在荣辱的观念下有饿死事小，失节事大的实行者，即便是普通人因饥荒而抢米，他们也并不是要修正一种生活标准，而是争取生命线的行动，是一时的骚扰而不是革命。

反抗线的划定并不在绝对的生活程度而是在相对的生活程度。换言之，是一个分配形态中所发生不平等的事实，再进一层说，不是根据实际需要而发生的不均分配，而是根据社会原因所产生不平等的分配。当那种社会原因被认为不合理时，才会发生反抗行动。"不患贫而患不均"是明白社会经济动态的话，可是所谓"均"应当是指当时通行的观念中被认为不合理的分配的意义。

我在这个时候特地提出这个问题来是因为我觉得这是安定后方社会经济中应有的认识，在战时生活费用高涨，生活程度降落是无可避免的。要从平价运动中去安定民生，似乎是件不太容易办到的事。在战时每个人在生活享受上牺牲一些，在现行的道德标准上看来是应当的，何况事实上，因为有这"荣辱之分"，徒步当车，在茶油灯下写文章不但不会使人觉得"生活压迫"得非反抗不可，而且确有不少乐于忍受的人在。一个人能忍受的程度甚至可以降到生命线之下去的。可是问题却不在此，我们要防止的是生活程度上反抗线的提高。

反抗线的上升是系于社会上是否能维持"正常生活标准"的观念，在得到超过这标准的享受时，会不会觉得羞耻？社会上是否能给这种人以道义上的制裁？那辈获得较高享受的人所用的手段，在通行的道德标准上看是否是合理的？生活程度下降时一律的？是否在造成一般人不能容忍的不均现象？荣辱不分，衣食足的标准是不能定的，这里是社会组织崩溃的起点，是我们亟宜自问的一个严重问题。

大理之行（续）

赵凤喈

到大理第二日即赴高法院拜会沈院长，陈述来大理之目的。沈院长在法界任职先后共三十年，可称老前辈，彼以民国十七八年间在江苏法界服务，引为旧同事。当日即邀约该院同人相聚，使我当场一一晤谈，工作之顺利，可想而知！游览之机会，乐不多得矣。

四月七日为到大理后之第二个星期日，合作会左君陪游观音堂，庙在城南十里，新旧道交界处，系前清同治年间所修。内有大理石亭一座建于一块磐石之上，相传张献忠之乱，有老妪负此巨石以阻兵，大理得免于难。清咸丰年间回变时，清庭将官因神托梦得擒巨魁，遂以为观音现神，乃建庙立亭以祀之，庙后并建有为神立功之将士祠。

十四日高院吴醉秋推事偕夫人约作海滨之游。未去之先，我们探听才到附近海滨，可以看三塔倒影，午餐后，我们三人出东门访道而去。约走七里许，即到才村要道口上所建立之碑坊，此坊系民国初年所建，非旌表节孝，乃夸示功名富贵者，上面所刻，乃某系某年举人或进士及某年官至某级，并前清诰封等。坊上所列人物以杨姓为最多，且有父子举人。才村之西北为张君劢先生所主持之民族文化学院新校址所在。出大理东门里许，即可遥见新舍之巍峨耸立；入村后，坊晴监工之黄先生，承领导参建新校舍，计有大房三座，一为办公室及课堂，一为学生宿舍，一为教员宿舍，皆系一层楼，以木材为主，墙用砖作表面，土基实其内。抗战期内，如斯建筑，亦属不易。暑期中可以完工。参观校舍毕即往海滨，凝观三塔倒影；当地人云风大海水有波，倒影不能见。乃折向北行，至清道人所建之风乐亭，亭在水中，中岸上左右架两条石道而往。民十八年曾重修一次，现已破坏不堪。山湖且有沧桑，不独斯亭已也！洱海之水清碧非滇池可比。夕阳斜照于云际间，日光射水面作金黄色，与蔽云处之绿色相映，则金碧交辉，光彩眩目；蔚为大观。由风乐亭，经才柴原道回城，天色欲暮。

十七日清晨高院李子立书记官长等约游三塔寺，洱海中虽平浪静特可见此三塔倒影。寺在大理城西北约三里许。早七时出西门半里至银箔泉，泉由地中向上喷出，状如珍珠又类银箔，故得名。折向北行约二里，即到三塔寺，寺为唐代所建，初名崇圣寺。现有驻兵游人不得入内。四周皆有围墙，只东面有大门一道。在门外窥见三塔高耸，想系旧物；内中房舍，不类庙宇，似已重修多次，面目全非。所谓"古木参天"更成史迹，由寺之东面绕至正西面，距寺数百步有两铜佛殿，殿系新修，内有铜佛高约二丈左右（霞客游记为三丈，不知其时，丈尺标准如何），现已镶金。据霞客公所记，两铜佛殿本与三塔寺相通，其间尚有正殿及钟楼等，并谓"钟径丈余，厚可长尺，双间八十里"。现仅两铜佛殿外廊之北端悬有大钟，径约五六尺，厚不过五寸，不知是否为原物？至正殿与钟楼，不知毁灭于何时？今可得见者，山门之石柱尚存在。其东北尚有元泰定二年所建之碑一方，暴立于日月风雨之下。两铜佛殿后之净土庵，系光绪年间所重修，现已顷颓，正门堵塞，由西面（即后门）进门入内，只见大佛三尊；佛殿后之"苍山巨石"已不知其去向。净土庵之北，只有旧庵遗址，更不见"庭除间之苍山石"。其东北是玉皇阁，亦系新建，虽有居守者，皆非黄冠。"佛宇沧桑"，于今为烈！惟两铜佛殿之西南角李中豀御史之古墓，仍屹然存在，令人景仰。（中豀公系明代翰林，官至监察御史，享年八十四）李君等尚须办公故十时相偕回城，过寺之西南础石街，购础石三块，皆系椽画，未到大理之先，闻有一街全为大理石所铺成；到大理后，知为础石街之误传。此街全为石户所居，约数十家，以制础石为业。

一塔寺在城之西南角里许，二十三日下午往西门外市场购物，由市场两行二里即到其处。寺东有清代所建之碑，碑文称"此塔相传为周昭王时物"，恐年远不可考。寺在塔下东南角，亦清代所重修者，现为慈幼院所借用，故粉刷一新。入门有阮尚宝（明万历举人）所题"玉光普照"之横额，刻于石上，立于院中。"诸葛武侯祠"遗址已不可寻，毁灭或有年矣。

十八日晨李君等又约游中和寺，因离大理有期，故连朝游逛。早出西门，向西南行里许至演武场，有元世祖平云南碑向东屹立。再西行里许至中和峰（苍山十九峰之一）麓，有寺南向，曰苍洱，经寺前上山，山中小松高可二丈，大者可达一尺，闻系清末地方人民所私种。行山路约六七里（上山约费一小时，下山四十分钟）即到中和寺。寺门东向，未至寺门数十步，有"明大檀越李公中谿之仙位"碑一座，靠山坡而立，碑上刻有"万历八年"字样。相传此庙初为李公所创建，后康熙年间修过一次，入门照壁上，尚嵌有康熙御赐"滇云拱极"之横额石刻，光绪年间又修过一次，入照壁后为数步小院，有楼房五间，上悬"中和寺"匾额。过此楼房即到内院，后为玉皇阁，廊庑题有清遗人所书"中和位育"匾额。内院中有小松两棵高及三尺，分植阶旁；闻已培植二十余年，此松系扁松针松圆松云头四种接木而成，故叶分四种。玉皇阁内之香炉皆为花石所制成。由内院入前进之五间房楼上；中间悬"聚仙楼"三字匾额，原为李中谿旧题，现为时人李根源仿题。两楹柱上挂有长联一副；上联写人物，末二句云"世变几兴亡，往事都随流水去"，下联写风景，末二句云"楼上一眺望，此身疑在画图中"可称旧□文联之能手。出寺门转西上山至所谓高山流水处，有悬崖壁削。上刻李中谿题"中和位育"及李根源题"磅礴排界"四字，再上山数十步有旧庵遗址，址后有人造石洞一，相传有仙人修道于此，时到十点钟，相偕下山返城。

　　二十一日为留大理之最后星期日，李子立兄知可与游山，仍于清晨来约作清碧溪之游。八时出南门至七里桥，饮茶以待邮局杨君。十时沿圣麓公园之南墙西上，过上末村，即见清碧溪之下流，水声潺潺不绝于耳。傍溪而行里许，即为山巅之路，曲折于坟墓之间，并越溪数次。西望可遥见群峰环峙，最高之中峰，仍带"雪痕"。在山巅间行约五六里即至溪北之高岸，悬崖虽十丈，与南岸之悬崖相对，俨成峡门。若以此为第一道峡门，以后之峡门，可依次而数。自此以后，两山相对壁立。傍北山麓西行里许，即下降涉溪，沿南山脚挟溪而行。途中数十步辄见溪水潴为小潭，水清见底，潭底乱石为日光所照，亦各放异彩，粲然可观。路旁大石，仍"蹲"于溪路之间，威不可侮。计程约三里又复越溪。登北山岩石而上数十丈，西行不及一里，即有山岗之平坡甚大，可以休息。仰见第二道峡门之南山悬崖上刻有"禹穴"二字。由此平坡西下，即入溪道；同游者至此多赤足而行，非畏水湮，乃因攀北岩而行，岩狭且滑；行者虑有失足之虞，辄以手代之。过北岩数十步，只得行于溪中之乱石，约半里可到外潭之第一潭，即霞客公与水争道，滑足与水俱下之所。未到第一潭前数十步，可由溪中跨北山脚下岩石而西行。不过岩石甚大而滑，其北有小树一棵，李子立兄弟令秋达吏陈君紧绳于树干，自己执绳之南端，坐于北岩之南岸，用力牵绳，绳伸张如铁索，行者援索以跨北岩无失足之虞。过此岩石西行，仍为岩道，宽不及二尺，南悬溪上十数丈，北为山崖壁削不可攀。平时行山路携杖作三足行，颇为方便，至此，非舍杖作四足行不为功。腹行岩道数十丈，过第一潭再下坠二丈余，即到外潭之第二潭，乃霞客翁曝衣濯足之所。溪水即由此潭北底隙源源流出。潭上两山崖壁削相对可称第二道峡门，最为狭窄险奇。潭形若喉头，宽甚于长；潭水清碧，无与比伦，其深处现绿玉色，惜暗云蔽日，潭底之乱石，未放光彩，而水寒冰骨。由此潭折回由原道东行，来时腹行于岩道者，回时须作背行，因岩道坡度西高于东。抵原来之北山岗平坡处，稍事休息，再循北山道曲折西行；过第二潭之北巅，依岩而行约半里，即至所谓"仙桥"乃以石板架为栈道者，立于仙桥之上，俯视内潭之第一第二潭，皆为潴水所成。越仙桥四五丈又复坠岩级而下数十丈至涧底，涧水干涸，不复闻溪声；见第三潭乃为涸潭，上为第三道峡门。再由乱石中西行半里过第四道峡门，立于第四个涸潭之西上方，行者以小石掷潭底，坠之有声。此处两山推广，山涧亦宽，见群峰环抱，小松丛立，林壑之美，于兹可见，再西行闻可越高峰而通漾濞。时已下午三点，暗云降雨数滴，同游者乃遵原道回西山岗平坡处，进野餐，并休息片刻。仍由原道回城，抵城门，时已黄昏。

二十二日为阴历三月十五日，大理三月街开始之期（十五至二十日止）。闻以往尚称繁荣，先数日西门外演武场上竹篷栉比若市尘，及期各省货物齐聚，西门人满为患。现时萧条已极，空场上竹篷寥寥数家，货物仍以药材为主。开市之下午，去过一次，药材尚未到齐。二十四日上午请一位陈先生偕往市场，购得虫草，西藏红花，琥珀三种药品。当日下午告别大理城而去下关。

下关之西有天生桥，在滇缅公路上四一四至四一五公里之间。桥之北为江枫寺，南为一小土城，皆建于大磐石之上。桥即为南北二磐岩所伸之大石块相交而成，故曰天生。桥下之河为二磐岩所束，仅有四五尺宽，水流甚急；且南北两山在此处亦逼近，气流被逼迫而成巨风，说有讲下关之大风由此而去，不为无因。小土城介于河南路北之间。有"汉诸葛武侯擒孟获处"碑一方，系光绪丙午年所立；又有"蒋〇〇建功处"碑一座，系宣统元年所立，记蒋公于同治壬申年统帅西征，由此入关，与武侯先后媲美。由土城南边可攀岩而行至天生桥。不过崖悬河上数十丈，石阶仅容一足，往时之孝子不可履其上。江枫寺在旧日下关城之终点，未得参观。

在大理匆匆作数日游，可记者如此；再说几句琐闻，以作结束。大理乃沿古代国号（或曰大礼）之名称，城建于明代，为一长方形，周围约七里。城墙现为乱草杂树所蔽，颇现古老之态。城内名胜，孔庙建于清代同治年间，关岳庙则建于康熙年间，规模与他省县略同；唯大成殿前之庭院，皆系大理白石所铺成，关岳庙庭石且刻有花纹尤为他处所不易见。南门外七里桥有圣麓公园系民国廿四年兵工所筑，规模虽小，然具有现代公园之形态，三月间杜鹃盛开，红叶满园，颇堪赏玩。

大理著名之四大风景，为风花雪月。但下关的风，令人生厌，苍山的雪，却洁白可爱，上关的花与洱海的月，均未得赏玩，可吟：好花留与他人看。

当地之教育机关，除省立中学县立中学，及女子师范外，尚有中央政治学校分校以北门外东岳庙为校址，为汪懋祖先生所主持，内有初高中各一级，师范班一级，职业班一级，学生共二百余人，可称边区子弟之福音。距大理城三十里之喜洲有武昌华中大学，本年暑假后民族文化学院又将成立，所以文教西移，树民族复兴之基，大理之见闻，写止于此。

关于教师思想问题（通讯）

丁则良

编辑先生：

贵刊近载潘光旦先生《所谓教师的思想问题》一文，读后不胜感动。潘先生讨论这问题，是以一个做了二十年教师的资格发言的，同时他还声明他是总理遗嘱和国民党第一次全国代表大会宣言的英译者。我虽已脱离学生生活。却愿以一个与政党或主义毫无瓜葛的青年的立场发表一点感想。

第一，我愿提出青年的政治思想不应交给什么人去负责。国家如果爱护青年，重视思想，就必须承认青年的人格，尊重思想的独立。学生的营养不良，可由当局筹加若干伙食津贴；学生的思想如有问题，则决不是责成教师统一思想，加入政党，宣传主义所可奏效。学生时代是人生里的一个准备阶段，在这时期内，教师和学生双方的工作都很简单，一言以蔽之，教师的责任只在介绍一些基本的知识，提供一些治学的方法，引起学生对于学问的兴趣。至于学生的政治主张，则不必存心代为决定。同时，学生对于政治上的各种思想，应该不变其学习的本色，多加思考，勤求知识，慎下判断。但如经过缜密思虑，多方探讨而得的主张，则又不应顾及其结论，与他的师长有无不合。岂但不应顾及他的师长，他必须具有怀疑古人，横扫一切标语口号教条权威的态度。必如此才有所谓时代的进步，才有所谓"青出于蓝"。在思想的领域内，人人自有其最高的主权，人人都有维护这个主权的完整的权利与义务。

第二，大学是一国最高学府，在国家方在准备推行宪政的时期，应该容许理性的发展，思想的自由，办教育的是为国家培植人才而来，不是为党搜罗群众而来；是为研究学问，提高文化而来，不是为宣传主义而来；是为提供问题而来，不是为鼓吹结论而来。蔡元培先生的灵魂离开我们应该不远，我们纪念这位新教育的首创者，正该继续发挥他那宽容博大，发扬学术，尊重思想的精神。他本人尽可入某党派，作某主张，但他决无为学生的党籍和信仰负责的意念。我们今日如果对这点精神有所陨越，则不特中国的学术自由将由此而斩，抑且愧对老师，不配作蔡先生的弟子门人。进一步说，学生的政治主张，亦决不会因教师之属于何种党派何种主义而有所左右。即以我现在服务的学校而论，我之敬爱某先生，是敬爱其学问，敬爱其人格，而决非敬爱其属于某党某派。反之，如果某先生一旦不以讲学为重，理性为重，而以宣传为重，趋时为重，则我对其原有之敬爱，转将消失。一个学校多有此种教师，是全校之耻；一个国家多有这种学校，是举国之耻。

世界文明，究将走上什么道路，我们今日不敢妄说。但在这文化落后的中国，尊重知识，发挥理性，似乎尚不可少。中国的教师应以生在这一切均待草创的时代为荣。但草创的时代每易流为无大章法的时代。在此期间，纪纲之立，群己之别，层次之辨，取舍之则，正待受过近代教育的人出为表率。大学是西方文明的产物。特莱士克（Treitschke）屡拒俾斯麦之请，玉尔西门（JulesSimon）义不投违心之票，读史至此，始悟西国政教之隆，决非苟且。今日处境，比之当年德法，艰苦万倍，然则中国教师之努力学问，建造文明，提掖后进，方恐不及，似不必以对于某种主义功过如何为念。

本期撰者：

　　本期撰稿诸君，几乎俱是常在本刊发表文字者，这里无须再加研究。本刊自发表潘光旦先生的《论所谓教师思想问题》后，接到好几篇谈论这问题的文章，本期先登丁则良先生的一封信，嗣后如篇幅允许，仍当陆续刊载。

第三卷第二十四期（1940年6月16日）

时评

意大利参战

最近一周（六月五日至十二日）的欧战有下列若干重要变化：一是五日起始的德军第二次攻势，二是挪威联军的撤退及挪战的停止；三是意大利的参战。

德方自五日起，以二百万大军，配以坦克飞机，西自海峡，东至卢森堡，横亘在一百三十英里战线上，猛攻法国，其目的则在包围法国的大军，聚而歼之，乘便且图巴黎。法军方面，因为须防备意大利并看守马其诺防线，只能以不到百万的人，坚守魏刚阵线。所谓魏刚阵线者即一条比较深厚的防线，其深度自二三英里至七八英里不等。法方的策略系针对德军第一次攻势时所用的战术。法军可让坦克进入阵线，但坚不让步兵攻入，所以坦克一入魏刚阵线，辄被消灭。这个魏刚战术颇收相当成效。德军虽猛攻了多日，其最前线截至此刻，仍离巴黎三十余英里之多。换言之。经一周的猛攻，德军挺进的里程殊属有限。此后的数日内德军或能攻陷巴黎，或竟衰疲至不能再进。如为前者，则法之抵抗力并不因之而消灭。如为后者，则德国是否能取得第三度的攻势，诚为疑问。

因为法北之战方殷，故在挪北联军于九日自那维克撤退。挪王及政府也去了英国，自九日晚起，挪威就进入了停战的状态。在整个的战局上，挪威早成了局部战。除非联军能以大军运挪，进行大规模的军事，那维克属英法或属德国，殆已无重要可言。英法撤军盖即基于这种看法。

意大利早起了趁火打劫的主意。日下巴黎危急，他以为时机到了，因而动手。他是十日下午宣战的，十一晨起即有军事行动。但意法边境的战事是不易展开的，因为意攻法不易，而法亦无暇攻意。两方究于何处觅战场，在地中海上，抑在亚尔普斯山脚下，抑在北淝，抑在巴尔干，抑犯瑞士的中立，我们此时尚无从悬揣。我们可得而言者，只下流如墨索里尼者实已不知羞耻为何物。这种人所领导的国家免不了是一个银样蜡枪头，经不起打击，此所以英法对意大利的宣战毫不吃惊。

欧战到此，欧洲四强俱已加入。余剩下来的大国，苏联决守中立可以不论，美国的态度则最值注意。意大利宣战后，罗斯福曾向某大学学生作演说，在其演词中，罗氏述说他曾经如何劝告墨索里尼不参战，而墨索里尼仍是穷兵黩武。斥责的严厉为罗斯福演词中从来所未有。罗斯福且申说决以物质全力助英法，助文化的保护者。为文化计，美之参战当不在远，也许无待十二月大选，即可成为事实。

欧战的扩大对我抗战当然也有很大关系。日本的做法有二。一是先学意大利趁火打劫，劫了上海租界，劫了香港，劫了安南后，再和我拼命。再是先谋解决中日战争，解决后再去劫掠英法的权益属地。解决之后法也有二。一是以全力挟我，二是诱我讲"和"。我们以为此时正是英法最倒霉的时候，而也是强盗国家最凶恶的时候。为公理，为文化，为民治，为民族，我们应以全力来打击日本。打击日本即所以协助英法。打击日本即所以帮助自己。我如能毅然向德意宣战，则退可鼓励英法，进可使美国取较积极的态度，举动的光明，谋国的深远，实莫过于此。（都）

襄西战局

近日襄西战局颇有变化。剧战在即，全线将士方努力布成歼灭铁网，以待敌人之自投死地，全国人士亦均以胜勿骄败勿馁的态度，期待着大会战的结束。

敌人在鄂西的蠢动，始于五月初。在五月一个月内敌人曾经两度猛扑襄樊。两度的进攻，都为我军击为粉碎，以造成本年最大的胜利。正面的攻击既然完全失败了，敌人乃于五月卅一日晚，在襄阳南，宜城北间，渡汉水分路窜犯襄阳、宜城、南漳。襄阳一度被陷，当即收复。六月四日晚汉宜路正面敌军亦分数路渡河，会合自北南窜的敌军，向当阳宜昌方钻隙跃进。数日来襄西二百里之正面，处处方式血战，敌大部增援之陆军，虽到有数批，而我军方运用动机战术，包围斩截，一待大军云集，便是聚兹歼灭的机会。

敌人这一次偷渡襄河，是正面攻取襄樊大决败之后，为贯彻其西进计划，所采取的方略。方略虽然不同，然其野心，其计划还是没有变。敌人现在的目的，当然是宜昌及鄂西，宜昌是贯通南北要点之一。敌人对之当然有野心。然而鄂西以西，崇山峻岭，寇军绝无进展的余地。所以敌人的目光还是在于襄阳，樊城，南阳一带，希望能以襄阳，樊城，南阳为据点，向陕南、汉中发展。所以近日改变方略，策向当阳，宜昌者，是因为襄樊正面我军势力雄厚，敌人次次受创，无法强进。偷渡之后，当然要先占据几个据点，以固其后力。如果他们果然能在襄西登足，恐怕他们还是要北窥襄樊，南阳以贯彻其五月攻势最初的计划。

敌人这种计划早在我们军事当局洞悉之中。襄樊、随枣正面之敌已为我军所粉碎。偷渡襄河之敌，日来也在我大军围歼之下。我们相信这次大会战要与敌人以更重大的打击。退一步言，就是敌人在襄河西边有一个立足之地，也不过是多占一两个点与线。要想进占襄樊、南阳，以遂其西进的野心，是一个梦想。（山）

改善我国对外贸易的机构

在抗战前，中国对外贸易是一种被动的贸易，所以无论在收购方面或在运销方面都没有独立的机构。已往对出口物品的收购，至少就通商口岸来讲，差不多全部分都是在外商洋行的手上。已往对物品的外销，和对外汇的经营，也分别由外商洋行和外商银行加以垄断。抗战以后，中国对外贸易至少在机构方面有了长足的进展，这是战时经济的一个重要的收获。因为战争的需要，我国不能不实行贸易统制；因为贸易统制的需要，我国也逐渐树立起自主的贸易机构。自主贸易机构的树立，其利益绝不限于加强中国的战时经济，它实在可以说是中国对外贸易史上的一个重要革命。因为机构改革有这么重的结果，所以孔祥熙先生最近在中枢报告贸易委员会过去工作时，能够说出如次的几句话："自从贸易委员会成立以来，一方面树立了强有力的收购与运销机构，推进战时的出口贸易，同时在工作中成长出许多国际贸易专门人才，能担负国际贸易研究指导及实际运营的责任。……过去的被动贸易，已经改变成了主动贸易。国际市场和国际市价，因为我们有统筹的机构，统销的办法，不像从前为外人所操纵了，在战前毫无办法的中国对外贸易，居然因为抗战的关系，政府下了最大决心，提出了大量资金，作有计划的经营，大部分有知识的商民也了解政府政策，在统购统销的原则之下，在贸易委员会的指导之下，逐步组织起来，改变了我们对外贸易的颓势，这不能不说是中国对外贸易史上一个划时代的进步。"

对于孔先生这几句话，我们认为是一种合理的称赞，绝不是"过甚其辞的。"

但我们不能因此就说中国对外贸易机构已经尽善尽美！事实上在这方面我们还大有改善的余地。就国外方面说，我们对于在外国市场直接推销物品的机构至今还没有树立起来，我们大部分的物品的还只能在香港出售。就国内方面说，我们所树立的机构大部分只限于官方（包括半官方）的机构。我们的出口商人本身还没有多大的进步；我们的出口业同业公会还是和以前一样的不健全。此外还有许多其他的弱点，我们都应该加以改善的。

此外对于贸易委员会的组织本身，是否已经到了完善的境地，也是一个疑问，委员会是否工作效能很高？贸委会是否已经没有贪污舞弊的情形；这些问题虽然不是局外人所得而知，但因为"流言很多"，负责当局也当加以注意的。（启）

日本参加欧战问题

王迅中

日本的外交向以对华问题为中心，而对华问题的外交又可分为两部，一部是纯粹以中国为对象，一部是以在中国有权益利害关系的列强为对象。从过去几十年的日本外交看来，对于中国采取的一向是高压蛮干政策，但对欧美列强，则又事事退让畏葸，所以日本法西斯主义者骂外交当局为欧美依存主义者，而倡自主外交论。九一八后因为军部及法西斯份子的胁迫，日本当局先后脱退国际联盟，废弃伦敦军缩条约，而对向被认为维持世界及远东和平的非战公约及九国公约，也任意蹂躏，七七事变后这种倾向更为显著。但一般稳健份子及传统主义外交家则恐盲目与列强为难的结果，徒增对华问题的困难，在可能范围内，极力与军部争持。所以自九一八事变以来，对华外交虽几完全操作在军部掌握，但对列强的外交，稳健派尚保持相当的力量，两派始终在争持斗争中！

去岁德苏协定签订后，急进军人及法西斯份子受了致命的打击，曾经一度销声匿迹，所以当局得以实行妥协政策，一面仍与德意拉拢，一面与英美法继续谈判，即素被视为势不两立的苏俄，也因德国的拉拢，而双方举行划界，商务，渔业等谈判。去岁欧战发生，阿部内阁立即宣布"不介入"政策，声称将注全力于解决对华事变，外交方面谄媚美国，诱胁英法。但数月以来，英法对远东问题，态度虽较软化，然与日本之期望，相距甚远。美日外交不但未有丝毫进展，反而更趋恶化。因此一般急进军人及法西斯份子见有机可趁，卷土重来，攻击当局外交的失策，主张对于美英法等国，确立强硬外交政策，一部急进军人甚至主张缔结日德苏意同盟，公开与英美法为敌。阿部内阁因为本身懦弱无能，且又被视为元老重臣等稳健派的傀儡内阁，所以军部支持了法西斯议员集团时局同志会的不信任案，而将他推倒了。米内在平沼内阁海军大臣任内，曾极力反对加入三国军事同盟，他的登台系由于内大臣汤浅的秘密推荐，所以自始不为军部及法西斯份子所喜。最近欧战战事激烈，英法处境日困，军部及法西斯份子乃重行活跃。汤浅内大臣的辞职，新党运动的复活，四相会议的设置以及白鸟敏夫的公开预言米内内阁的必将改组，都证明了军部及法西斯份子的重行活跃。

趁火打劫是日寇的鬼蜮惯技，而况在军部及法西斯的胁迫下，日寇当局必将趁机渔利，殆无疑义。敌寇的野心大概不外两种：一种是如何设法断绝中国的外援，使列强承认日寇在远东所造成的既成局面；另一种是趁机获取列强在远东的根据地，根本推翻它们的特殊权益，以实现独霸东亚的梦想。迄至现时止，日寇所已表现的，关于前者，便是对于上海租界的垂涎，关于后者，则有对荷属东印度群岛的压迫及对安南的威胁。

敌寇的处心积虑谋夺租界，已非一日。在他们看来，租界一方面是列强在华权益的根据地，同时也是援华反日的枢纽，日军或伪组织如其不得租界当局的合作，决难贯彻它的政治及经济攻势。过去一再封锁天津租界，举行反英运动，威胁英国让步。现在又图进而控制上海租界，攫取中国的经济中心。始则藉口欧战扩大，敌驻沪海军陆战队司令要求重行支配各国驻军防区，企图扩大日军驻防区域。当英法在佛兰德斯作战失利时，日寇又散布谣言，谓上海法租界因防卫力不足，将托美国代为管理。敌寇的野心已完全暴露了。

荷属东印度群岛早系敌寇南进政策的目物，不但煤铁橡皮等资源成了战时日本垂涎目标，且以地位关系，可以威胁新加坡，菲列宾及安南的安全。所以敌寇对此处虽毫无藉口可言，但当德荷关系紧张时，外相有田即邀请荷兰公使谈话，表示对荷属东印的关心。报章舆论更主由日本海军代表代为保护，以试探列强的意向。幸而美国态度坚强，英法亦声明绝无代行保护之意，其后荷属欧土虽沦陷于德军之手，但东印当局坚决表示不需他国代庖，荷兰舰队东驶防范，日本知道这块肥肉绝非轻易可得，乃转变方针，先以取缔反日运动为藉口，徐图攫取荷属东印特权，以待局势进展。

日寇既不得志于荷属东印，乃转而威胁安南。法属安南是目前我国对外交通的重要路线之一，日寇过去曾一再胁迫安南法国当局，拒运我国重要货物。目前日寇的政策既在封锁我国对外交通，所以对越再度威胁，本是意料中事，并且美英法三国中法国的力量最为薄弱，目前德国猛烈进攻巴黎，法国更无余力顾及远东。而美国对安南的关切比较淡薄，发言权也较欠有力，更增加了敌寇的野心。所以近来街谈巷议，不少关于法属安南的传说，尤其自意大利宣战后，情势更为紧张。敌寇是否敢于悍然登陆，或仍沿袭过去之威胁政策，尚难断言，惟其欲有所得之决心，则无疑义。

当然，敌寇在远东方面对英法美的胁迫，决不止此，此后当视战局之推移而增减其欲望。现在的问题是日本对于英美法的胁迫，究将达何程度？是否有参加德意对英法宣战的可能？就目前日本的外交情势看来，德意日三国轴心关系虽因德苏协定而一度发生裂痕，但现在假想敌人既已转换，由三国轴心进展至四国同盟酝酿，日苏的关系，也因德国的居中周旋而暂时妥协，所以日本的敌人除了中国外，当然是英美法三国。过去敌寇虽然一再胁迫英法，获得些微让步，但决不能满足其贪欲；对美虽一再委曲求全，终未得丝毫进展，急进军人及法西斯份子等早主强硬应付，联络德意，公开与英美法等反侵略国为敌。现在德国大举进攻，英法处境甚危，日本为本身利益着想，为见好德意计，当然是获取英法在远东利益的千载良机，英法之无力抵抗与美国之决不能因此而对日作战，人所共知。据说最近驻东京德使曾数度劝诱，所以急进军人及法西斯份子现已蠢然欲动，开始胁迫当局了。在他们看来，欧战最后胜利若属德意，日本固可参加分赃英法海外殖民地的权利，而可独霸东亚。即使英法倖胜，亦必精疲力尽，日本尽可先攫取英法在远东殖民地，结束对华战事，完成东亚新秩序建设，然后再与英法谈判，较之因循失机，战后仍受制于英美法者，远为得宜。不过根于过去元老重臣等稳健派对英美法的观点看来，我们深信他们决不会无条件地赞成这种主张。因为德国目前的攻击虽占优势，但英法得美国之助，将来胜利谁属，尚难断言。稳健派中不少人对于英法的持久战有很大的信仰。他们一向不愿过分得罪英美法，虽然也赞同利用轴心关系，胁迫英美法对日让步，但始终反对公开敌对，务求保留外交周旋的余地。并且他们对于德国也缺乏信仰，记得去年讨论加入三国军事同盟问题时，曾有人谓德国根本瞧不起日本人，目的不过在利用而已。所以他们对于法西斯派的过激主张，必将发生争持，平沼内阁时的争论恐将重现于今日。

照目前情形看来，法西斯派势力虽占优势，但稳健派尚保有相当力量。

孰胜孰负,将决定今后日本的对欧政策。现在敌寇当局虽将利用欧战激化之机,对英法极尽威胁压迫之能事,惟在德意胜利未有充分把握前,至少美国尚未正式宣战,日本是否敢于悍然不顾一切,武力攫夺英法远东根据地,而卷入欧战漩涡,尚系疑问。日本如要这么干,米内内阁大概不会存在了。

论贪污政治

王赣愚

　　我国官吏迷途已深，利用权势，以投机牟利，固不自今日始；然而到了国难严重的今日，反而变本加厉，实使我们痛心已极。我们尽可唾骂官吏之营私，但他们的罪过，却不单在乎营私，而在乎营私之不得法，其结果是私中无公，或公私不分。所谓私中无公，就是专藉权位以营利，除营利外无他图。只顾个人私自利害。而无宏谋远志。所谓公私不分，就是视公物为私物，视公权为私权，二者混杂不清，国家暗中受害不鲜。公私的界限，本来很不分明，但到了滑吏手里，只要存心淆乱，便不愁无办法。贪污是私心的一大表示，而我国官吏因私心的畸形发展，其贪污亦较别国为甚。上以此倡，下以此和，风气既已养成，自然成了政治进步的大梗。

　　贪污政治在我国，早已生根发芽，不知耽误了我们上进几多年代，又不知错过了我们自强多少时机。谈政治改造者，似不得不主张铲除贪污，为入手步骤。

　　官吏是以身许国的人，其地位之高，身分之贵，非寻常职业可比；不过有地位有身分的人，尤当认识自己的地位和身分，如此乃能自尊自重，然后人亦能尊之重之。我国一般官吏，即是欠缺这一点。他们之贪利，果何异于奸商市侩，整天计算取巧，惟图有所倖获。我们传统地轻视商业，斥其纯以营利为目的，但在我国做官与经商，实在相去无几，而我们不解举国又为何争相挤上仕途。当知做官以谋利，手段多而且妙，如受贿，如刮削，如侵吞，如投机，凭权怙势，坐获厚利，所以上自大官，下逮小吏，无不靠此以自肥。

其实，早已有人把做官和经商当做一事，先垫若干本钱，再收厚大利润。本钱花在无谓酬应上面，利润则出自人民血汗所得，倘预知做官无利可图，恐怕许多人要改业以谋生。清末的捐纳与候补制度，是宦界商业化的最高表现。当前的官场情形，虽与从前不同，然官吏营利的心理，至今犹未稍改。除极少数高官厚禄者以外，一般官吏，俸给有限而挥霍无度，试问财从何处来？穷而要奢侈，人人想发非分之财，而发非分之财，乃做官的主要作用，然做官以发财，又足以助长奢侈之风，这个罪恶循环，始终莫由打破。中国官场向来重情轻法，不知多少违法败行的事，都是由无谓酬酢里发生出来，普通官吏位卑薪薄，若不贪污，上无以奉承上司，中无以联络同僚，下又无以蓄养妻子。至于上级官吏因搜刮较容易了，除自身穷奢极侈外，眷属，亲族以及乡党，都要坐分其利，取之尽锱铢，用之如泥沙，一人发财，众争分沾。我们常怪官吏好货，实则环境也使其非好货不可。尽管就法律上观，贪污是一种犯罪行为，但社会对于此种行为，不但恬不以为耻辱，而且无时不在鼓励。道德与法律脱节，则制裁对于贪官污吏，是很难发生效力的。

我们是个法纪废弛的社会，任何一种制度，都不生很大效力，所以用严刑既未能铲除贪污，立制度又未能防止贪污。在我国政治上的贪污事件，虽到处随时可以发现，然其中什之八九，政府不追究，人民不过问，以放任为习常，使法成为赘瘤。中国人通常律己不严，而责人又松，各以少结怨为上策，于是贪官污吏更可肆无忌惮了。原来社会制裁，其效力之大，不在法令之下。如有官吏仗权恃势，逃出了法网而营私，社会倘共予以鄙视或指摘，未尝不可稍戢贪污之风。在现今社会环境中，官吏又养成了一种自安心理，对于道义上制裁的感觉，非常不敏锐。其中不少贪赃枉法者，竟不知清议为何物，依然恋栈禄位，得过且过，只须能过一日，即尽情搜刮一日。"笑骂由人笑骂，好官我自为之。"这是他们心境很真的写照。

贪污政治的反面，是廉洁政治。国中常听到有廉洁政治的呼吁，政府亦每以此为口号。但在树立廉洁政治的过程中，对廉吏不能不无奖励，奖励得宜，使他们有所劝勉，而不至同流合污。政府官员毕竟是人，自能辨是非，识大体，其肯否黾勉从公，廉隅自矢，仍要看着国中赏罚之能否严明。我国官界所欠的是公平，是正义观念，徇情干私，远贤亲佞，贪廉无定评，优劣欠标准，滥赏妄罚，是明哲所诟病。贪官污吏的劣根性，决非与生俱来。人当初入仕途时，未始不存心养廉，但一见良莠不分，赏罚欠允，好像遇到一盆冷水,热气全消,积久便把抱负丢开,渐愿与侩等为伍。我国旧式官吏,染习已深,固不足论;而现今受新教育的政府中人,似亦同一丘之貉,试观他们沉溺于物质的享受,使我们不能不怀疑其官箴。

以不劳而获为荣,是我国社会的变态心理。在此种心理未纠正以前,健全的舆论是不会发生的。舆论制裁是防止贪污的一种有效方法。国中固不能缺惩治贪污的机关,但每以幅员之辽阔,人情之复杂,致苦耳目难周,所以必须在机关以外,培植一种普遍的监督势力。健全的舆论,大致对政治能作比较公平的评判,倘若自由发挥起来,必与民意相结合,其力量自有不可轻侮者。在舆论发达的社会里,凡蓄意成实行贪污者,既脱离了民众的拥护,又不得到民众的容忍,犹如牛蛇鬼怪,不能出现于光天化日之下。证诸先进各国,廉洁政府的树立,贪污勾当的敛迹,几乎是舆论的力量所造成,当今我国舆论还未得到充分发达,政府对于言论的自由又加以种种钳制,如此,舆论之监督政府自然不彻底,贪污政治也无从杜绝了。

谈革新的人,每专重道德之培养,使从政者认识贪污而不为,但国中滑吏巧宦愈多,则制度的建立,比之人心的改造,似乎更形重要,制度固非万能,擘划不论如何精密,也难使人不敢为恶,而实际上制度的功用,亦不过在使为恶的机会,减少而已。我们常见高谈仁义道德的人,加入官僚队伍里,尽成贪官污吏;他们应反省一下,仁义道德既不足制自己,又何能制他人?在欧西各国,贪污何以比中国少,其原故不在人心之有异,而在制度之不同。"国家之败,由于官邪也",官吏贪污,是"官邪"之尤;贪污的反面是廉洁,所谓廉洁,不应仅视为个人的操守,而应使之成为制度化的效果。一切制度化了,使人虽可贪污而不屑为,且虽欲贪污而不可能,这才是廉洁政治的真义。例如实施文官制度,可以使官吏安于职守,不愿舞弊营私;再如厉行预算审计制度,可以防止浮支滥报,使理财者无从中饱;又如改善监察制度,对于贪官污吏,一面可施以检举而予惩戒,一面又可从事监督,以防失政,位固能勤,轨定知辱,此乃制度使然,未必即由于人的进步。

中国现行惩治贪污法令,多如牛毛;执行机关有普通法院,有监察院,又有各级惩戒委员会;然实际上因权势主义之盛行,至今仍谈不到促进廉洁政治。须知在中国贪污之风,实由在上者所造成。在上者以不劳而获为荣,致在下者在其奥援之下,进行贪赃枉法的勾当。彼此心照不宣,明知而故昧,所谓"官官相护",大概就是这个意思。我国达官贵人,一旦大权在握，居然换了面目，地位愈高，营私愈甚，因为自己总以为高居于法律之上的。他们如果激发天良，不愿贪污枉法，恐怕也有亲近的人代贪污代枉法，这班亲近权势的人，藏身既深，其手段又巧，或背后操纵市场，或凭势囤货居奇，或借端侵吞公物，非寻常人所能与之争，又非寻常方法，所能知其底蕴。我国权势主义仍炽，执法只认人而不认事，大官积极违法，不难保免；贪赃有证，终告无罪；纵然被检举被惩戒了，亦未必感到罚有应得。法令不可谓不全，但在执行上，正如芝麻漏斗，只管小官细事，但若牵涉大官要事，终久不得彻底。向来中国政治太重视权势了，所谓法律解决，往往就是人事的解决，以法令迁就人事，制裁必柔弱无力，既不足以惩治贪墨，又何能整饬官常？

然而中国向行"上行下效"的政治，所谓"上有好者，下必有甚者焉"。要全国人民廉，官吏首须廉；要全国官吏廉，居上位者首须廉。所以我认为欲根绝贪污之机，固有赖于严刑峻法，然最重要的，还是大官首要觉悟，毅然以身作则，树立廉洁模范，则全国从政者，亦当有所奋勉，相戒营私，如此，风气之转移，乃必然的事。贪污政治是侵蚀国力的政治，今后不可不根本革除。

文字改革问题

佩 弦

五月二十五日《中央日报》昆明版载有教育部方面为文字改革问题发表的一篇谈话，不主张中国文字拉丁化。这里面也许夹着一些政治问题，不单是学术研究。但就学术研究立场看，教育部主管人的话，似乎也有一番道理。

中国文字改革问题，由来已久。近年的发展像是有两个方向。一是采用拼音字，二是采用简体字（也就是所谓手头字）。拼音字又有两套："国语罗马字"，大学院时代公布，现在称为"注音符号第二式"。这有所谓中国文字拉丁化，也就是"新文字"。至于注音符号第一式，旧称注音字母，只是用来帮助学习汉字，并无成为独立，拼音文字的野心；称为"字母"实在不大合适，倒是叫作"符号"确切得多。不过，国语罗马字原是制定了准备替代汉字的，叫作"符号"却委屈了它。实际上它绝不能作汉字罢了。

国语罗马字虽经政府公布，却并未推行。新文字历史比它短，可是得着政治力量的帮助，几年之间，流传很盛。固然新文字没有四声的分别，容易学习一些；但政治的推动力似乎更大。另一方面，简体字曾经教育部公布了一部分；后来好像因为中政会反对，又出尔反尔的取消了。这未免有点儿戏。国语罗马字和注音符号一样，都用国语，就是北平语，做标准。新文字派反对统一的国语，主张方言化。他们好像将中国语分为五区，其中之一叫作"北方语"，据说"北方语"那一套字母，偏于山东口音。新文字派在废除汉字，改用拼音文字这一点上，和国语罗马字派是相同的。

但赞成新文字或拉丁文化的人，也不一定都反对统一国语，主张废除汉字。我特别乐意介绍陈鹤琴先生的话：

> 对于拉丁化中国字要有成就，我们必须要有下列两种基本观念：第一点：拉丁化必须以国音做基础，我们要用国音去统一各种方言，而把国音当他是标准语音。在标准国音没有了解以前，拉丁化方言，也容许存在。但是学会了以后，必须接续上去学习拉丁化国音字，不可以停留在拉丁化方言的阶段。第二点：中国汉字，必须用种种方法，把他保存和改进。文盲的人如已学会了拉丁化国音字，以后就可以接续上去学习汉字。书籍和报章印刷，都可以用并行方式，或是对立方式。（《论拉丁化中国文字》，《东方杂志》二十九卷一号）

新文字派大概不会赞成陈先生的办法；但陈先生是富有经验的教育心理学家，他的意见值得我们考虑，

从前教育部公布一部分简体字表的时候，在野的人也有不以为然的。这些人想着简体字一经公布，小学生就得学习；但简体字似乎只为初学，以后还得另习正体字。这岂不比一入手，就学正体字还要多费精力，多耗工夫？倒不如照旧，只教正体字；有的学生乐意写些简体字，也由他们，却不必像旧时去责备，或者硬给改正。这样就成了。至于说提倡简体字的人，也许有意思用它们替代一些正体字；是的，他们也许有这意思。但这是做不到的，不但社会传统麻烦，从心理上说，简体字在许多方面似乎也难和正体字抗衡。

陈先生的办法一面容许方言，一面注重统一国音，这是不错的；自己的方言无须乎学，如要学，也只是要学国音。但他一面要保存和改进汉字，一面又主张先从拉丁化入手，却不免周折，正和先学简体字一般。既然要保存汉字，干脆就让学生多花点工夫，直接从汉字入手好了。何必又多转一个弯？转弯之后，合计所花的工夫，大约会更多！再说汉字似乎也并不特别难学。清华大学心理学家教授周先庚先生，在美国时曾作过一个实验；他教一百四十二个美国人评判三百十二个位置颠倒的汉字，试验的结果使他以为：

> 汉字的特别好处，就在它的完整性：每字有每字的个性，每字的构造组织都像一个小小的建筑物，有平衡，有对称，有和谐。字

与字的辨识，因此就非常有标准，特别不容易模糊。比较起西洋文字，每字是多个大同小异的字母所组成，而又横列成一平线，字与字间的个性，完整性，或"格式道"就少得多——汉字比较起所有的字母制的文字来，作者觉得根据心理学的研究，都应当好得多。（《美人判断汉字位置之分析》，《中国测验学会研究报告》之八）

上文说简体字在许多方面怕难与正体字抗衡，便因为前者的完整性不如后者。周先生在同篇里还说，"对于提倡废除汉字的文字学家，作者希望他们能采纳心理的研究，作为一部分的参考"。这确是值得参考的。

土耳其采用拼音文字，似乎是为了推翻宗教的势力，（吴俊升先生曾评过一文，专论此事，见天津《大公报》。手边不存，无从考核）再说国也不大。安南采用拼音文字，因为本来没甚文化，况且原有的"字喃"，算一半是汉字，法国人自然也乐意他们改革的。至于地方，那是更小了。日本语也借用汉字很多，他们也早就提倡改用拼音文字，但至今还是老样子。这是文化比较复杂的缘故，高本汉在《中国语与中国文》里说得好：

> 中国人为何不废弃这种表意的文字，而采取音标的字母，内中有很大的理由。中国文字，在学童识字的效率方面，虽然不及音标字母那么简易；可是中国全部文化的基础，都建筑在这种文字之上，而各处散漫的人民，彼此能互相维系，以形成这样一个大国家，也未始不是这种文字的功用哩！（张世禄译本导言；这是撮述高氏的话）

再有一层，拼音文字还是有字形的。音变了，字形因为历史关系常常并不跟着变，所以外国学生往往弄错拼法，正和中国学生写别字一样。我们有人主张改革文字，他们也有人主张改革拼法；但一样的不容易辩。这样看来，拼音文字的好处也就不太多。巴玛《近代语言学专论》的"字体"章里也引述上文高本汉的话，完了说：

> 我们的问题也一样。学语言的知道，（一）无论那种改良的拼法，五十年内就会过时的。（二）我们用那种拼法的字印行英国

文学杰作？若将"莎士比亚"改成近代的音读，那是欺人。可是若印这类书都用老拼法，只印新书才用新拼法。初级学校里都教新拼法，那么，没有时间和耐性学习老拼法的人，便没法读英国文学书了。……传统的拼法和中国字一样，是一条联系的索子，将十五世纪以来全部的英国文学拢在一堆儿。任何将拼法近代化的企图，会将一切人都关在英国文学的门外，只让几个渊博的学者进去。

这也是我们很好的参考。

大学往何处去

钱端升

我们说到高等教育,平常是指大学教育及与大学教育同等的专门教育。然而大学教育与专门教育却又不能不分。

大学应研究学术,而更应提倡研究学术的精神。大学的基本目的是求知,而不是实用。如果大学教育能同时发生实用,那是一种副作用,而不是原始目的。专门教育的目的则在养成技术人材,他的原始目的即是实用。两者不应相混。如误大学教育即专门教育,则研究的精神将荡然无存,学术的水准也必低落。如以办大学的精神办专门教育,则不特实用人才一时无从造成,且整个的高等教育也不太经济。

我国教育方针晚近有一大不幸的错误。这就是将大学教育与专门教育混而不分。民国十八年四月国民政府所公布的《中华民国教育宗旨》,其关于高等教育者有如左的规定。

大学专门教育必须注重实用科学,养成专门知识技能,并切实陶融为国家社会服务之健全品格。

国民二十年的国民会议于《确定教育设施趋向案》中,又决议:

大学教育以注重自然科学及实用科学的原则。

这两个规定为政府十余年来处理高等教育的最高原则。但在这两个规定之下，大学教育与专门教育是不分的。换言之，我们只有专门教育而无大学教育，所谓大学也者也只是数个专门学校的集合体，再加上一些文史哲法政经之科目为点缀而已。此所以大学分则为独立学院，合则为大学，漫无分别。此所以大学各学院或独立学院与专科学校间，其为学方法与授课内容也无甚可分。再质直言之，因为大学各学院，尤其是所谓实科也者，根本就是专门技术训练机关，于是专门学校的设立反不见有什么需要。如果有极少数大学近年来仍维持若干研究学术的风气，研究文法者不因政府之极端歧视而失其自信力，研究科学者不因政府之注重实用而放弃理论的探讨，那是例外而不是经常，那是要归功于这少数大学的学者的自尊自信心，而政府无与也。

如果我们不甘长为一个学术落后国家，我们自今以后务须认识大学的使命。一扫过去对于大学的错误观念。真正的大学决不能对于"实""不实"的科目之间有轻重之分。科学是重要的，但科学之中，纯粹科学与实用科学有同样的重要，专重实用科学而轻视纯粹科学，则科学永不能昌明。同时，文史哲，法政经，也与科学有同样的重要，从学术立场上，有科学而无文法已好像是食而不饮；如果只有实用科学而没有其他的一切，则所食者更像抽去了维他命似的。食固可以饱，但不饮也可渴死。如果所食者没有一点点的维他命在内，则更是百无一可了。

大学本不是可以速成的，所需的财力及人力也大而巨。欲办好一个大学已经是困难，欲办好许多个大学当然困难更大。与其多而滥，有名而无实，宁可少而严，名实具符。国民政府成立以前的几年，固为大家想染指庚款，京沪都充满了挂牌的"大学"。国府成立，严予取缔，无数的野鸡大学封了门。这是一大进步。但因取缔还不够严，以致不像大学的"大学"仍有存在者。到了抗战时期，各大学所在地多被敌人侵占。这本是存真弃假的大好机会。无如政府姑息，并没有能利用时机。到了最近，大学的质绝少改善，大学的量反在增加，则更难以索解。

依我的看法，在抗战前夜，国内大学中配称大学者最多只有两三个；这两三个大学的各部门也并不是全体均够得上大学的标准。这几个大学，因为经了数度的迁移，现在的标准还不如抗战以前。如果我们真要将大学办好，最好的办法，莫如政府以全力辅助这少数大学，使其设备能充实，师资能胜任，学生能优良，使其于最近将来可成为优良大学，程度可与欧美的各大学相列。其他的所谓大学，既然在事实上离真大学甚远，最好改为各种专科学校或断然停办,如偶有一二科目,三数教授,够得上大学标准,则可以之并入那上述两三个大学内。学生之中,其够得上入大学者,当然也可经甄别后升入继续办理的两三个大学内。反过来,这两三个应予诱掖的大学,其中当然也有不够格的科系,教授及学生。这些当然也在归并(向专科学校)及停办之列。

有人要说,我这个办法太理想,太激烈,更张太多,实行不易。我的答复是,如果政府有革命的勇气,有大公的怀抱,实行也不甚难。即使改大学为专科,在事实上做不通,政府只消在实际上应付较有希望的两三大学以全力促其上进,藉以提高大学的标准。待全国学术水准较高,财力人力较裕时,再培植较多数的大学。

政府方面或者要说,政府刻正命令若干比较优良的大学办研究院,而对比较低劣的大学则不许其办研究院,这就为提高学术水准,也含着培植少数优良大学之意在内。政府如果有此用意,则用意虽善,而方法仍大错。上面所指比较像大学的大学俱经过迁移。现在元气未复,普通教学尚且困难,那里说得上研究。政府如果不知道,应力求较深切的认识。如果知道,则未免过于喜欢粉饰太平了。

回到我原来的主张。我以为最好的办法是择少数优良大学力加培植,其余或改为专科学校,或停办。纵不改专科,政府仍应分别各大学的优劣,对优者以大学之道行之,对不够格者或闭之,或实际上以待专科学校者待之。

培植大学之道,第一须养成自由为学的学风,而不可稍加统制。我们须时时刻刻记着,我们希望中国成为三民主义的国家。在这样的一个国家,个人的人格应该是十分尊严的,而不是国家之下的一个小小工具,好像在德意志似的。要个人能自尊,且被人所尊,思想便要自由。要思想自由,则大学须有自由的风气,教授自由教,学生自由学,教授学生俱自由做学问。只有在自由的空气下,何者是真,何者是伪,何种人生哲学合于中国民族,何种不合,何种政治经济制度可以实现三民主义,何种不能,可因切磋而得着一个正确的答复。如果政府事事要统制,课程要统制,教材要统制,教授学生的思想要统制,无论统制之人在知识上是否能比得上被统制的人,即使够资格统制的话,也徒然使大学成为一所工厂,或则成为反对分子的秘密活动场所而已。

我这里所谓自由,当然不是放荡与荒唐之谓。教授可以自由教,这并不是教授可以随随便便不负责任。学生可以自由学,这并不是说学生可以罢考不上课。学术自由,学说自由,这并不是说可以提倡荒诞不经,或谋叛作乱。不负责任的教授,大学自身应有且能有制裁之道。违法乱纪的言行,国法应有且已有严格的制裁。自由与放荡不同。晚近有许多人往往将自由曲解为放荡,于是大加抨击。我所谓自由当然不是这种自由。

至于专门学校,则当然与大学不同。专门教育的目的在造就技术人员,而大学教育在树立一国高深学术及宽大思想的基础。故大学贵自由,不能因时更不能因地而变,而专门学校则宜视某一时某一地的需要。我国现在缺乏各种专门人材。不特工程师医师这一类所谓实科者甚为缺乏,即教师律师这种所谓非实科者亦甚缺乏。政府自宜广设各种专科学校,不厌其多,只厌其少。如程度能高些,固然是好;即因师资财力不敷而低些,也总比没有为胜。

专门学校的科目及教材,政府自应严加监督。种瓜得瓜,不监督,则专门学校所造就的人材或难副政府所预期。故政府的统制,在理论上,是讲得通的,不过政府也不要有过分的或不通的统制,更不必为统制而统制。

再重说一次。政府对于大学及专门学校务须分作两事看。混为一谈,大学教育及专门教育将两受损失。

《南洋移民与其乡土的社会》（书评）

潘光旦

六年前，太平洋国际学会委托清华大学教授陈达先生做一种关于南洋华侨的研究。特别要注意到侨民所由产生的地域里，因侨民的关系，所发生的社会与文化的变迁。我们目前所要介绍的一本作品，就是这一番研究的结果。原书是用英文写成的，题目是 Emigrant Communities in South China，另外有一个比较长的副题；主题与副题合起来的大意，就等于《南洋移民与其乡土的社会》。陈先生这一种研究，在相似的题目之下，曾先用中文写出，交商务印书馆出版。不过这次的英文本并不是那中文本的译本。

全书本论凡十章，分论环境与种族，文化特性，社会变迁，生计，衣食与住，家制，教育，健康与习惯，社会组织与事业，与宗教。又篇首绪论一章，专叙本书的缘起，方法与布局，篇末附录三种，其中关于南洋移民史料及华侨教育的各一种，虽入附录，其重要性并不在本论之下。

全书有一个总的骨干，就是著者的环境三方面说：一是自然环境，第一章属之，二是社会与经济环境，第二至第九章属之，三是精神环境，第十章属之。把宗教信仰特别提出来，作为环境的一方面，是很有意义的。这第三种环境在人生所占的地位，固然因人因时代而异，但谁都不会没有它的成分，在任何时代里我们都可以换汤不换药的找到它；有时候它可以成为一个人的环境中最庞大的部分，甚至于把其它两种环境都挤到背景里去；中古时代整天憧憬着天国式极乐世界的宗教家，比较近代的隐身在象牙之塔里的理想家，便是这种人的极端的例子了。若再进一步，那例子就得到疯人院里去找。但无论此种环境的成分大小如何，常态与变态的程度如何，就在这环境中讨生活的人说，其真实性与其足以激发行为的力量，却是与其它两种环境一样的。所以把它列作人生总环境的一个方面，是很有它的价值的。

不过这环境三方面之说也有它的欠缺。严格的说，只有第一方面是比较纯粹的环境；第二方面与第三方面名为环境，实际上一半也是人类在第一方面力求位育的表示与结果。此种表示与结果，就后起的世代说，无疑的是环境的一部分，但就作此表示与得此结果的当世的人说，它们不能算做环境。如果把这些都算做环境，结果就不免发生一种危险，就是只注意环境，而忽略了人，只注意人在环境中位育的成果，而忽略了位育的起因与动力。

我对于陈先生这本书，唯一觉到可以提出评论的只有一点。华侨生活的研究，不论是在南洋侨寓地的生活，或在闽粤出生地的一种回响的生活，应当不止是一种位育的研究（A study in adaptation），而也是一种位育力的研究（A study in adaptability），陈先生的这本书，当位育的研究看，无疑的是有余，当位育力的研究看，则显然的不足。

海外移民运动的因素不一而足，而大要不出三类：一是地理的，二是生物的，三是文化的。对于一、三两类因素，陈先生都有特别的讨论，对第二类则可以说没有。它在第一章固然讨论到种族，但种族原有二义，一是动物分类的种族，二是血系强弱的种族；只就第一义说，种族一点的讨论和移民运动的发生与发展没有什么因果的关系，即不能有什么解释的价值，而陈先生所注意到的恰好只是这第一义。在讨论社会变迁的一章里（页四九），陈先生说到移民与社会变迁的关系，也只提到地理与文化两方面的因素。在生计的一章里，讨论到侨民职业的变迁时（页六九）似乎只承认此种变迁与传统习惯，家庭地位，早年教育，及侨居环境等因素有关，而个人的智能兴趣，似乎不关宏旨。在健康与习惯一章里，讲到吸食鸦片的癖习时，陈先生引医药界流行的见地，认为此种癖习足以减缩寿命（页一八八）；其实还有一种见地近来也日见通行，就是，身心脆弱而有夭折倾向的人才容易染上这种恶癖，其身心健康的人，间或有此恶癖也未必夭折。在宗教的一章里，著者一面承认许多华侨对祖国社会的改造颇有一种百折不回的热诚，一面又指出这种热诚的源泉不止一个。例如这种人的"社会精神或公益精神的真实性"，又为侨居时代深受磨折后的一种觉悟与反响的心理；而最重要的则为"中国传统文化里潜藏着的一种精神的动力"（页二二七），这显然又只是一个文化环境的解释；所谓"社会精神"是可以有生物的涵义的，但不清楚。又同章内讨论到早年侨民死亡率的高与此种高死亡率与宗教信仰的关系时，著者说，"历年以来，疾病与精力衰耗把那些因种种理由而不合水土的分子给收拾去了"（页二三四）；其实只就水土不合一端而言，除了生物的理由而外，并无很多的其它的理由。我们举出这些例子来，并不是说著者的见地在每一个例子上一定有什么错误，不过是要表示他对于生物的因素似乎没有充分的考虑到罢了，至少没有给它一个和地理因素或文化因素同样的地位和相类的待遇。

著者当然并没有完全忘记生物的因素。完全忘怀是不可能的。例如，他说"从上文我们不妨推论到，在志愿出国的移民中间，有相当大的一部分对商业有一种天然的才能"（页七〇）。讨论华侨汇款的一节里，著者又提到"中国人的投机的倾向"（页七四）。说到出国青年华侨的教育训练极感缺乏时，著者说，幸而，"就大多数说，他们都是一些富有冒险精神的精干的青年"（页一五二）。著者又提到闽粤产生华侨的区域，目前教育虽落伍，生活虽穷困，以前也出过不少的人才，而蓬门荜户的人也往往富有天生的智慧与善用其经验的能力（页一六八）。在暹罗，在菲律宾，在爪哇等侨商集中的地域，著者又承认纯血与混血的华侨中间，出过不少的人才与领袖，还引了不止一位的别的作家，来充实其说（页二六四，二六六，二六八，二七六）。著者说到菲律宾的华侨零卖商时，说"他们冒险进取的精神是出名的"（页二六四）。客家的华侨本不在本书研究范围以内，但著者也顺便说到"客家人是天生的农业家"（页二六八）。著者又引一位荷兰的矿冶工程师的话说，第一代到爪哇的华工都是一些强干的工人，而无须监督的，但到了第二代，在血统上虽无变动，体力却退步了（页二六八）；这一点事实，不但是生物学的，并且含有自然选择的意义。

有一部分资料，著者从文化的立场认为无法解释的，作此书评的人以为从生物的立场，也许可以找到一些解释。著者在本书里，到处将产生侨民多的甲区域和不大产生的乙区域两相对照，以示前者要比后者为进步，为富足，为现代化。不过就医药卫生一点论，调查的结果似乎恰好与著者的期望相反。同样的经过抽样调查的一百户人家里，在产生侨民多的甲区域方面，这一百家中只有五十二家声称一年中有过关于医药卫生的支出，而在不大产生或不产生侨民的乙区域方面，则有此种支出的，反而有到七十五户；又就相对的支出的金额论，在甲方只占总支出的百分之一·二到一·六，而在乙方，要占到百分之五·七。完全从文化的影响说，这一点是很费解的，因为费解，著者以为也许材料太少，不足为抽取结论的根据。然则在别的方面，一样一百户人家，又何以不嫌少呢？不过就生物方面说，安知甲区域不是一个比较健康而疾病率较少的区域，乙区域比较活力不足而疾病率较高的区域？疾病率既有高低，医药方面的用途自不免有大小了。

作此书评的人一向是看重生物的因素的。所以上文云云，也许是他的成见，也许不是。移民是人口流动的一种，人口流动是有它的生物的解释的。那些以"流浪欲"（Wanderlust）作解释的人，未免失诸刻画，失诸过于主观；以主观的心理作用解释超主观的行为，是高明些的社会科学家所不赞许的。不过流品是天生的不齐的，好动善移的分子与安土重迁的分子不属于同一的流品，也未始不是显而易见的一桩事实。所谓好动善移的性格．也就是比较能冒险，肯进取的性格．闽粤沿海的所以多出侨民，侨民在南洋之所以多所成就，产生侨民的区域的所以比较进步与现代化，侨民中所以多百折不回的改革家与革命家，都可以在这方面寻求一部分的解释。我们更可以追溯一步的说，闽粤的人口大部分本是中土的移民的子孙，他们祖宗的好动善移的性格已经教他们从中土逐渐推移到东南海滨，如今做子孙的又继续这推移的趋势，而分殖到南洋各地。每一次的移动固然都有它的自然环境与文化环境的推挽的力量，但这种力量只是一些推挽的力量，只是一些缘，而不是因，因是生物的，种族的，即上文所云第二义的种族的。这种说法恐怕太过看重生物的因素，为陈先生所不能赞同。但无论如何，假若陈先生能把地理，生物，文化三种因素同样的看待，他这番的研究一定更要见得圆满。

诗

一种境界（雍羽）

小瓶口剪春罗还是去年红，
这黄昏显得格外静，格外静。
黄昏中细数人事变迁，
见青草向池塘边沿延展。
我问你，"这应当惆怅，还应当欢欣"？
小窗间有夕阳薄媚微明。

青草铺敷如一片绿云，
绿云相接处是天涯。
诗人说"芳草碧如丝人远天涯近"；
这比拟你觉得"近情"？"不真"？
世界全变了——变了——是的，一切都得变，
心上虹霓雨后还依然会出现。

溶解了人格和灵魂，叫做"爱"；
人格和灵魂需几回溶解？
爱是一个古怪的字眼儿，燃烧人的心。
正因为爱，天上方悬挂万千颗星（和长庚星）。
你在静中眼里有微笑轻漾，
你黑发同苍白的脸儿转成抽象。

写在郁闷的时候（良铮）

秋晚灯火，我翻阅一页历史，……
窗外是今夜的月，今夜的人间
一条蔷薇花路伸向无尽远，
色彩缤纷，珍异的浓香扑散，
于是有奔程的旅人以手，脚
贪婪地摸抚着恶毒的花朵，
（呵，他的鲜血在每步上滴落！）
他青色的心浸进辛辣的汁液
腐酵着，也许要酿成一盅古旧的
醇酒？一饮而丧失了本真。
也许他终会像一匹老迈的战马。
披戴着无数的伤痕，木然嘶鸣。

而此刻我停伫在一页历史上
摸索自己未经世故的足迹
在荒莽的年代，当人类还是
一群淡淡的，从远方上投来的影，
朦胧，可爱，投在我心上，
天雨天晴，一切是广阔无边，
一切都开始滋生，互相交溶。
无数荒诞的野兽游行云雾里，
（那时候云雾盘旋在地上，）
矫健而自由，嬉戏地泳进了
从地心里不断涌出来的
火热的熔岩，蕴藏着多少野力，
多少跳动着的雏形的山川。
这就是美丽的化石。而今那野兽
绝迹了；火山口经时日折磨
也冷涸了；空留下暗黄的一页，

等待十年前的友人和我讲说。

灯下，有谁听见周身起伏着的
那痛苦，呻吟，人世的喧声？
被冲击在今夜的隅落里，而我
望着等待我的蔷薇花路，沉默。

失去的乐声（良铮）

当我以臂膊拥抱你的时候，
我就慢慢贴近了大地的心胸，
我的血流出在时间的长流里，
我倒了，而在我的心里飘扬着
从远古向我奏来的凯旋的乐声
（永恒的丰满里那生命的欢乐，）
在原始的森林里，当遂人氏
忽然睡醒了，从地穴里走出来，
靠在枯木上一钻，跳出了火；
当黄帝徘徊于桑干河的原野上，
忘怀在宇宙里，感到了磁力，
一刹那注定了蚩尤的败亡；
还有多少世代的航海的人们，
在辉煌的日出和日落之间，
歌唱着，驾驶着汹涌的海浪，
而梦见了海水拍击着他们的家乡。
多少凯旋的乐声留在大地里，
在我们拥抱时就缓缓地涌出，
摇撼着，逼醒了年幼的精灵，
而让时流冲去我们丰满的尸体。

然而当我深深低头的时候，

我吻着又吻着一个苍白的梦,
我一次又一次失眠在时流里,
无论是拥抱你,或是踟蹰在黄昏的街头,
我总听见了那凯旋的乐声,
隆盛地,从大地的远方响去,
而留下了我的古老的可怕的身体。

X光(良铮)

太阳是昨夜的
光明的实体,
我们朝着它歌唱又舞蹈。
——想着中国饥饿的人群。

而光明是人们的想象,
光明是不存在的。
只有探海灯似的X光线,
穿过一切实体而放射。
——想想不断的流血的革命。

在X光里,
年青的精灵永远欢跳!

如果太阳沉进海波里,
我们要放出探海灯似的X光来,
而在紧闭的诊断室里,
我们觉得窒息。
——想想欧洲弱小的国家。

本期撰者:
　　自近日欧战极度紧张以来,日本将否卷入战争漩涡,国人脑里时常萦绕着这个问题。本期特请王迅中先生撰文详论，为读者解释疑虑。其他执笔诸君，各就当前问题，略抒己见，均有独到之处。

第三卷第二十五期（1940年6月23日）

时评

鄂西军事

鄂西豫北的军事，自五月初大规模接触以来，转瞬快满两月。这两月中，敌人颇知再接再厉。襄樊失败后，又复卷土重来，向鄂西猛进，至沙市荆宜，相继失陷。当敌人在襄樊一带奔窜之时，且伤害了我集团军总司令忠勇的张自忠将军。然而敌人得到胜利了么？敌人没有得到；依现势推测，也永远得不到。

何以故？因为此次豫鄂之战和过去半年中各大战役性质不同。过去数战役，如随枣，如湘北，如粤桂，敌人志在得地。因为志在得地，所以得不了也无所谓。此次战役，其始容或也为得地，但最近探其性质转变。敌人鉴于希特勒闪电战的成功，颇想下宜昌而威胁重庆。此所以敌人在鄂西猛进之时，也就是敌机在重庆狂袭之日。其用意无非要吓倒我们。无如我方军心人心现极镇定，而鄂西军事也在转败为胜。敌既未能越当阳山，沙市也克复，即宜昌本身也仍在两军争夺中。无论宜昌谁属，敌之无力作闪电战，不能作闪电战，已经明而且显。敌人之所以画虎反类犬，就因敌人已届衰竭之年。敌人之不能成功，就是敌人失败的征象，当世界大势日趋恶劣之日，而我独能占优势，这是深足以安慰我们，鼓励我们，甚且加强全世界民主势力的抗战意志的。（平）

日胁越南

自从巴黎沦陷后,日人趁火打劫,向越南政府多方威胁。先由广州日军人发言人声言,法如不停止滇越路的军运,则日将考虑可以促法停运的办法;继由东京外务省人拍手叫好,唱了一曲双簧。越南政府慑于日威,最近遂停止滇越路一切客运与货运,以示信于日人。同时,为防止日人登陆起见,在西贡,金兰,海防等处,法人且在进行若干种建造及拆毁的工事。

越南而外,上海法租界公共租界及香港,在此英法战败之时,当然也可发生问题。各种谣言,不是说日人将如何如何,便是说英法及中国将采如何的措置,于是便纷至沓来。如果仔细一查,则大部分的谣言都是不经之谈,大可不加理会。

日人之想趁火打劫本为当然之事,丝毫不足惊讶。但是日人除了空嚷而外,是否敢真正动手,颇值得考虑。远东英法等国的属地甚多,其中要以荷印为最富,对日也最有用。日人虽思染指已久,而一扼于荷印的实力,再慑于美国的声明,至今不敢动手。香港政府及越南政府俱为日人所切齿痛恨的政权,香港及越南又久为日人所垂涎。第因英法尚有若干兵力,日亦未敢动手。由此看来,中日三年之战确已使日本怯而且馁,不敢轻动。二十日日华北驻屯军之开放天津英法租界,可为日本不敢多生事端的一证。因此,我们敢劝告国人,努力抗建工作,而不可轻信谣言,相惊似有。

但日人纵不敢轻动,我们确不能无防。我纵不能代英国守香港,我却可助法人守越南。如果日人万一进占越南,则我亦唯有派大军入越,协助法军防守。我愈是有备,敌人愈不能轻进,也愈不敢轻进。这种预备工作,想我军事当局必已早有计划。

同时,我们更望英法当局对于日人的威胁能处之以镇定,且临之以正义。英日天津协定对于英国是不荣誉的,而且建筑在已被唾弃的"绥靖"基础之上,故无基础可言,难期永久。法国对日的让步更是无聊。法人的用意在保全越南,但其结果只有害了中国复害自己。害中国者,使中国不易得军火。害自己者,使日人敢于得寸进寸,得尺进尺。日人现正以威吓越南者威吓缅甸,但我们深望缅甸政府较有远见,不蹈越南政府的后辙。美政府方以斯汀先生及诺克斯为陆海军部长。此二人皆共和党中反对孤立,主张制裁侵略者的领袖。他们的入阁是美政府政策强化的先声。英法也该胆壮些了罢。(端)

美国积极扩军

　　蒋委员长十七日在中央纪念周演词中有云："最近几周，因为欧战的紧张，使美国扩军案，在他国国会得以通过，同时禁运问题，亦已开始进行，这件事无论直接间接，对于我们中国的抗战，是有莫大的影响。"又说："美国的扩军与禁运各案的通过以后，可以说已经决定了远东的前途，亦已决定了我们抗战最后胜利。"从这几段话可见此时美国充实国防，虽然针对着欧洲情势而发，而事实上目的是在对远东负起更大的责任。尤其在目前英法军事着着失利之时，美国的确成了全世界的安定力，自身实不得不积极加强实力，使穷兵黩武者有所惮忌。这点全美国人都应认清的。

　　依据罗斯福国防计划，经费已大大地增加了，跟着局势的推进，一定会不断地膨胀着。最近消息传称，美国众议院海军委员会，通过了史塔克扩充海军案，计增海军经费四十万万元。以美国经济之充裕，倾力于扩张军备。将来总有一天予侵略者以最大的打击。所以适于欧洲及远东战事加紧之时，美国积极扩充军备，其意义之重大，自不待言而知。

　　美国因为英法军事失利，对欧战的态度更转趋积极，除了给予同盟军以最大的物质援助外，又从事于己国的扩军，无非是表示准备以实力恢复世界秩序的决心。在远东，危害世界和平的祸首，无疑地是日本，它乘欧局之不宁，想挟德意以制英法，作断绝中国外援的种种尝试。此时实际上只有美国，能予日寇以较有效力的遏制。所以我们希望美国除积极扩军外，更进一步而实行禁运，因为从事扩军而不施禁运，何异仍在加强侵略者威胁美国的力量，那么，扩军便要失掉应有的效用了。（予）

抗战建国之最高原则

吴之椿

欧战到今天还未有决定的军事结果，但已有决定的文化意义。交战的双方领袖，英与德，都是世界上工业化最深的国家，此其一。交战国之一方，能于短期之内养成实力，使对方的海洋天险失去效用；以五年的预备破坏对方八百余年以来未曾动摇的国防；其所凭藉以养成此种实力的是什么？此其二。战事爆发以来，一切活动均以超速度行之；行军的速度是战史上未曾有的；攻陷城池，毁灭国家之速，亦是前所未有的。吾人习惯之速度标准已经破坏，此其三。兵器，兵法，与大军之运用，废弃传统之观念，采取新的战略；海陆空军之攻守，显然在战略上已经发生极大之变更。英国前海相邱吉尔曾云："此次战争与上次大战不同，吾人屡以之相提并论实属无益"，此其四。在德军压倒荷比侵入法国之一周内，举世惊心动魄，其震动之情形为历史所未有。此种剧烈地震似的变动如果成功，则不但在世界政治，外交，军事上发生无比之影响，即人类生活之其他方面亦均不免。故欧战无论最后胜负属谁，此种决定的文化意义是空前的。

此种意义对于中国之前途，将发生如何的影响？中国虽距欧洲战场甚远，但中国生存于国际之内，而不在世界之外；其所受之影响必间接而广泛，深刻而迅速，我们对于这种大问题，不应该看为是杞人忧天，或者是过于遥远。二十一条的时候，如果我们肯思索这种大题目，又肯努力实行我们思索所得的结论而从事未雨绸缪，中国今日决不是这样的局面，也许这种局面根本不会发生。中国今日一面遭逢着历史未有的对日抗战局面，一面又受着欧战所发生的空前的影响，故其前途之命运，已非所谓百年大计的空话所能奏效。问题是紧迫，时间是短促，中国如果要维持基本条件的独立国资格，在今后二十年之内应该做些什么工作？

为什么提出二十年的时间限制？其中实有重大理由。我们对于国家建设素习惯用的时间标准是农业社会的标准。"十年树木，百年树人"纯是农业社会的色彩，亦是此种社会所通晓的比喻。一个工业社会的时间标准就不能如此悠闲。例如建了一艘大战舰或树立一空军，若以十年为期，未成功即已陈旧不堪临阵了。现时工业社会的一般建设，无论在哪一方面，其时间标准为三五年必须如期观成。农业社会的速度是植物的速度，必须利用时间以求成熟，工业社会的速度是机器的速度，必须争取时间以求制胜。中国之尚为农业国是一般公认的事实，所以几十年来中国的进步非常之缓，每遇国家大危机，总感觉到国力不充实，无法应付。但一国建设的时间标准，不能完全为其本身所决定，而大半要受四周环境，其他国家的时间标准之支配。在国际的竞争场中，犹如在运动竞赛场中，其速度皆以最速者为标准。如果不密切注意其他竞争者之速度，而仅注意自己之速度，其结果未有不归于淘汰的。中国今日必须与其他国家争生存，而与之争者多属工业社会的国家，这是目前中国问题的核心。"十年生聚，十年教养"这个纯粹农业社会的观念，在今日已成为一般国家所不敢享受的奢侈品了。

中国历史上有所谓五百年必有王者与之说，大抵一治一乱的周期，多则三五百年，少则数十余年，此种周期之长短毕竟是相对于社会上之各种文化因素，而非神秘的。试观世界上其他国家的近代史，此点极为明了。就大体上言之，西欧的国家自一八六〇年以后，美国自一八八〇年以后，日本自甲午以后，工业化的结果达到成熟；自二十世纪以来此种情形益为显著。自此以后，凡属有工业能力的国家，势力雄厚，破坏与建设的速度，突飞猛进，非农业国家所能抗衡，与农业国家形成两个世界。此种工业国家每经一次大战与破坏，亦必能迅速复兴，而复兴所需之时间，大抵不出二三十年。在此时期国力方面不但恢复旧观，并且较前益加充实。一八七一年普法战后，德国固然是国力增强。但法国的国力在十九世纪的末年也恢复到对旧敌有恃无恐的形势；到一九一四年亦就把握机会挺身复仇。一九一八年德国屈服的结果，不但海陆空军根本取消，并且担负了历史未有的赔款与割地，总算降到十八层地狱去了，但在短短的二十年之内，若从凡尔赛合约算起，在短短的五年之内，若从纳粹党当权算起，德国不但能重整旗鼓与英法再决雌雄，并且几有压倒英法之势。这个根本原因，当然因为德国是工业国，以工业国的凭藉处心积虑志切复仇；德国工业化的程度，仅次于英。但因制胜机先所以后来居上。因为凡尔赛和约，虽然取消了德国当时一切的武器，但不会也不亦能取消德国制造海陆空武器所凭藉的机器设备，工业人材，与科学知识。所以纳粹党自秉政以来，能够于二三年之内在空军，战车等新式兵器上造成对英法无比之优势。自然英德两军最后的胜负尚不可知，而造成今日两方局势的不仅军备，但德方所以能以超速的恢复并增进国力的，是凭藉其工业，这是对于农业国的一个历史的教训。

中日间的局面恰是英德关系的一个反面对照。甲午以后日本踏上近代工业之路；其财富，资源，海军，亦因之而有激增之进步；虽其间外交上得力于日英同盟，商业上在上次欧战时有意外之收获，然此乃其猛进中附带之现象而非其主要原因。中国方面自甲午后从事于根本改造，辛亥革命是其纲领；虽其间吃亏于日英同盟，欧战，及历年内乱，然此亦系附带现象而非其缓进之主要原因。在中日两方区别其进步缓疾之主要原因，为日方之工业化之程度较深，中国之工业化之程度极浅。故在此时期同一事态每为日本之利，亦即为中国之害，日英同盟、欧战其最著者。论者谓甲午时代中国海军非特在数量上不在日本之下，且或过之，两国当时一般国力之比较亦相近当时一战之胜败，应不足以产生其后两国国力之悬殊，与进步之疾徐，普法战后之法国即其一例。惟中国一方面，长久踯躅于农业社会状态之中，故与日本较，在甲午或差毫厘，在以后遂差千里。近年来之进步，无论在教育，交通，卫生，建设各方面，如以本国之现状为标准，以今比昔，则进步甚速；如以他国之现状为标准，以此例彼，则进步甚慢。此中之根本原因，在中国方面，国力增进之速度为农业之速度，植物之速度；在日本方面，国力增进之速度为工业之速度，机器之速度。植物的速度是平均的有恒的，机器的速度是累进的，突进的。中国的农民总数尚徘徊于全国人口百分之八十至八十五之间，而日本之比例则已约略达百分之六十之境地；但实际日本之工业能力比之中国当超过两倍甚远。似可断言。

近代国力之发展或恢复，在物质方面，既决定于其工业化程度之深浅，此工业化包含工业设备，工业人材，与科学知识，而其发展或恢复之速率为机器的，累进，突进的。但在人力，养成与补充方面则须决定于人类生物学之速率。现时人类发育尚无方法缩短其成熟所需之年龄。大体言之此项年龄不得少于一般社会所规定之法定年龄，即十六岁至二十岁。一般社会认为到此年龄可以负责之行为，在平时能够在社会上独立活动，在战时能够并且应该执干戈以卫社稷。大抵军备愈进步，愈专门，其所需于兵员生理上之资格亦愈严。老弱备数于行伍在昔日间或有之，在今日极难容其存在。今日之军备高度专门化，故航空兵员之投考资格在年龄不得少于十七岁。此种军备专门化，机器化，今日且有扩大之趋势；行见今次欧战未结束以前，各国陆军将无一部不配自动武器，亦属可能。战争在今日仍为人类选择或竞争之一种方式。其所需之人力亦为体力与生理方面效能最大之时期。一国在一代之中能参加两次大战者，历史上所少见。由一次大战到第二次大战，约为两代之关系；而其中间相隔之年龄，非不欲少于二十年，实以限于人类成熟所需之时间不能少于二十年。上次欧战退伍之士兵今日已达四五十之年，不合于第一线服务；其高级将领，干部，与政治家，类皆物化多年或已达高龄。今日欧战双方之人力大体是上次欧战士兵之子弟。且此问题尚有心理之一方面不容忽视。现代战争为一种钢与火之地狱经验，不复含有农业社会战争中武士生活之诗意。凡曾经领略此种地狱经验之士兵，对战争类皆抱恐怖憎恶之心理，故四五十岁之退伍士兵，既过好事之年，在心理上亦不堪驱之重临战场。至下一代兴起，对战争之恐怖憎恶心理，既因时代迁移而消失，又正值血气方刚好勇斗狠之年龄，对于战争之心理乃为之一变。加以政府有计划之宣传倡导，遂益坚其敌忾同仇效命疆场之信念。近年来整军经武之国家，无不注意于少年运动，此中动机极不纯洁，德意其最著者。故生理之代谢与心理之改造，为人力养成之重要因素，约在二十年可以完成。其他如社会疲乏之恢复，战后新局势之安定，外交之布置，军备之补充，约略经过二十年亦可以就绪，于是战争再起。法国人每谓其国家与德国每隔二三十年必大战一次。一九一八年之冬至一九三九年之秋，恰为二十年之光阴，此非偶然之现象，亦非神秘之运数，而有其物质的人力的因素，无法避免。

赖特教授（Quincy Wright）于其所著之《战争之原因与和平之条件》（*Cause of War and Conditions of Peace*）一书中统计一六〇〇至一九〇〇之三百年间欧洲战争，指出大战役有结集与五十年一周期之趋势；此可以代表一般根据统计而发之抽象论断。实际上一七六〇年以后之欧洲社会，与工业革命以前之社会，截然不同。今日之社会为高速度之工业社会，故大战役结集之周期，将远较五十年为短。今日世界一体，在无隔离之状况下，任何一国之活动皆不能逃脱此高速度之影响。如遇一农业国与一工业国发生接触，无论其为和平的，或为武装的接触，则决定其速度者，非以次速而以最速为标准。今日中日两国间之形势正是如此。吾人对于今日之中日战争，每以宋末，明末之往事相警惕，在道德上固应如此。但吾人今日所遭遇之局势远非宋末，明末之比而为空前之局势。就大体言之，昔日为游牧之部落侵入安定之农业社会，而掠其财富，今日为工业国家侵入农业国家，而企图夷之为附属之田园。在昔日农业社会状态之下，一国战败，如果尚有天险可资凭藉，尚可造成偏安局面以相持，而徐图恢复。今日世界上之四大天险，为气候，沙漠，海洋，山岳；至川河已不能阻止重兵器之渡过。气候如意大利之于阿比西尼亚，沙漠如英法之于沙哈拉，海洋如德国现时之威胁英国海峡，皆证明其天险之不足恃。所余者为山岳，亦为帮助中国支持抗战之一重要因素。山岳与地势在军事上之价值，或尚有长短时日之存在，但其本身实无绝对可恃之性质。一种天险之可恃与否，毕竟相对于文化因素与进攻之工具而为决定。今次欧战对于此点已有无可驳复之证明；八百余年以来英国海洋天险，辅以无匹之海军，今已于顷刻之间，因进攻工具之进步，失其所恃。如谓中国山岳天险今后必可长存，实为绝无把握之设想。今日中国局势非特不同于宋末明末，且亦不同于甲午；犹之西欧局势非特不同于一八七一且亦不同于一九一四至一八。此两种不同之局势相通，而皆由于具有世界性之因素。故中日之局面由于此种因素不容长久相持不决；中国苟非全部获胜，必不能偏居而安，殆可作为定论。万一中日战事因外交上之复杂关系演成无结局之结局，必由于日方之不得已，与中国之无能力。日方必于休战之后，埋头于国力之恢复，军备之整理，以图再举。且亦必能凭藉其远较雄厚之工业能力，参以现时欧战之经验，于二十年或更短之时期以内，造成对中国无可比拟之绝对优势，而重来侵略。此种优势将压倒一切，正如荷兰，比利时以百万雄兵数日之内屈服于德；亦正如荷兰军总司令于屈服时所宣言，"一切抵抗均无裨益"。届时结果之悲惨恐怖亦必远非今日之所能想象。

今后之二十年为中国最后之机会，在中国之国运上有超越一切之绝对性。中国今日如果尚有此最后之机会，必有赖于回天之手腕。吾人今日决不能容许日本战胜；但如欲战胜日本亦决不能侥幸成功，而必须把握时间，于最多二十年之内完成最低限度之国防建设计划。此项国防建设计划必须先立中心纲领；此项纲领中必以（一）建立工业；（二）普及义务教育；（三）

提高学术与研究为首要事项。在建立工业方面，吾人至少必须达到与四周强邻之工业能力相等之均势。惟有均势始能相等，惟有优势能制胜，此乃中国建立工业必备之条件。在普及义务教育与提高学术与研究方面亦应确立标准，限期完成。此三大政之详细讨论非本文篇幅之所许可；但有可得而言者，此三大政一经完成必能使中国社会为之改观，中国国力为之稳定。其他方面之军事，交通，金融，外交，农业等等，皆当依此中心纲领精神之所寄托与明文之所规定与首要之三大政□处联系，步步实施，尅期观成。中国之建设近自国民政府奠都南京算起，根本毛病在无支配个别计划之中心纲领，无确切与近期之目标，以致演成各自为政重大浪费，与标的散漫之流弊。今后之中心纲领，应以二十年内之国防为目标。一切违反此目标及与之无关系之事业应停止，一切与此项目标无补或仅有间接裨益之事业，虽可提高生活，亦只许维持现状或予核减。合乎此目标者厉行之，违乎此目标者厉除之。私人事业本亦应限制于中心纲领所指示之事业而禁止制造与之无关之物品。公私方面之经济，财力，人力，时间皆须绝对遵照此中心纲领，集中于其所规定之事业，依限完成之。而现行之行政机构，各种公私事业之科目与内容，极须彻底改革以应需要。中国今日之国防在建设，时间上应抛弃百年大计之标语，在空间上应避免百废俱举之陈言。必须缩短时间，缩近目标，以激进之方法完成之。中国今日虽已奋发有为，但尚未为空前之努力。吾人今既遭遇空前之局势，必须以旋转乾坤之努力，厉行激烈之改革，于最多二十年光阴之内，完成其他国家百年所完成之事业。

什么是中国文化底出路

伍启元

"什么是中国文化底出路?"

对于这个问题,曾有过各种不同的答案。其中最重要的有三种,即(一)中国文化论,(二)"中学为体西学为用"的理论,和(三)西洋文化论。我们认为这三种理论都有它底困难,我们愿意分别加以论述。

"中国文化论"者以为中国文化底唯一出路就是保持中国固有的文化。自他们看来,就是在我们遭遇着外人侵略时,我们也不应因为抵抗外来的侵略而抛开自己民族底固有精神,自己民族底固有文化。他们拒绝接受西洋文化,认为中国文化自有其伟大的地方,我们是不应舍弃原有的文化而采取西洋文化的。

我们认为这种理论有两个大的困难。第一,"中国文化",或"中国固有文化"的一个名词,其本身的含义本来就不很明确,在中国,正如在任何其他社会一样,社会是无时不在变迁着,文化无时不在演进中,而生活底样法或人生的态度也都是因时因地而不同:我们不能提出一个时代或一个地方的文化,说它是中国文化之代表。例如我们曾说清末底文化可以代表"中国底文化"吗?难道清末那些官场腐败和社会黑暗的现象也是中国文化论者所追求的理想吗?事实上不但清末底文化不能代表中国文化论者所追求的中国文化,就是任何其他时期底文化,都不是他们所憧憬的中国文化。因此所谓"中国文化"就只是一个抽象的名词,它只抽象地代表中国士大夫阶级底理想社会底精华,它只抽象地中国人一般的生活方式和人生态度中最精彩的部分。但什么是中国士大夫阶级底理想社会?什么是中国人生活方式和人生态度底最精彩部分？对于这个问题中国文化论者底意见就不能一致了。

"中国文化"一名词的含义虽然不很明确，但它也绝不是一个空洞而没有内容的名词。就大多数中国文化论者的言论来说，我们可以替"中国文化"下如此的一个定义：

"中国文化或中国文化论者所憧憬的文化是指中国式的农村社会底文化底最精彩的一部分。"

我们并且可以说，只有在自主的和中国式的农村社会才能产生我们所说的"中国文化"。

假如我们对"中国文化"所下的定义是准确的话，则中国文化论便发生第二个困难。为着要解释这个困难我们最好先说明两点：（一）文化问题与社会组织或民族生存等问题有极密切的关系，在不同的社会组织中，在不同的政治环境中，人类底生活样法或文化是必然会不同的。除了在一个自主国家底农村社会中，中国文化论者所追求的文化是永远不会存在的。假使中华民国底生命不能保存，则中华民族将必沦落于殖民地的地位，而在殖民地式的农村社会中，将必无法产生中国文化论者所憧憬的文化。一个丧失了自由的民族，是无法享受"中国式"的愉快生活的。（二）但中国式的农业社会是不能适应于现代的世界的。在战争武器已经发展到"高度器械化"的今日，一个农业国家是无法得到真正的独立和自由的。

如果我们能承认上述的两点，则中国文化论实包含一个矛盾。一方面中国文化论者主张我们应该保持一种农村社会的文化，而保持农村社会的文化是与维持国家民族的生存相冲突的。有些中国文化论者也能理解这一点，例如梁漱溟先生便主张"超脱乎一民族生命保存问题"，抛开救亡图存的大题目不说，而努力于保存固有文化的工作。另一方面假使民族丧失了它底生命和自由，则他们底理想必无法实现。从这里可见中国文化论实包含如此的一个矛盾：即中国文化只有在自主的中国才有实现的可能，但中国文化的社会是无法在现代世界中维持自主的。

为着要补救这种理论底缺陷，所以有"中学为体西学为用"的理论发生。主张"中学为体西学为用"的人对中国文化出路问题的主张是折衷的。他们以为在道德，精神，及其他方面我们应该保持中国固有的办法，但在技术（特别是国防技术）方面则非效法西洋不可。他们以为中国因为要救亡图存，所以非在器械工艺方面效法西洋不可。至于其他方面他们以为中国固有文化已经很好，已经没有变更之必要了。这种思想不但在晚清很盛行，就是在民国以后也占有重要的势力。所有"中国本位化运动"，尊孔运动，恢复中国旧道德运动等，都是一种"中学为体"的运动；所有留学取士的制度，提倡理工轻视文化的运动，都是一种"西学为用"的运动。

我们对于"中学为体西学为用"的理论也不能够赞同。我们认为这种理论也有两种困难。首先，这种理论底主张者根本忽略了体用不可分离的原则。正如贺麟先生所说，"体用必然合一，而不可分：凡用必包含其体，凡体必包含其用，无用即无体，无体即无用。"（见本刊卷十六期）。凡以为一个国家可以用一种文化做"体"而另一种文化做"用"的都是一种不通之论。例如妥协主义和中庸主义的思想就无法与科学的精确计算所包含的意识相调和，家族主义和亲戚故旧主义的用人制度也无法与科学的管理方法相调和。但没有精确计算和科学管理就无法产生现代的工业，现代的军队，和现代的技术。同样地，在一个高度工业化的社会中，人类底思想行为和生活样式也必随之而高度机械化，人类是无法再回到"中国式"的生活或再遵守"中国式"的伦理观念了。

其次，"西学为用"主义底倡导者根本不明白文化是一个有机的统一体，不明白文化的各部门都有很密切的关系，这也是重大错误之一。从曾左李张的洋务运动起，至近年来的提倡理工运动为止，他们都以为只要我们能够孤立地学会西洋人制造坚船利炮的方法，只要我们能够孤立地树立中国底工业，中国便能自强，中国便可以自主地享有一种"中国文化"或中国本位文化了。事实上这种看法是不准确的。一个国家建国大业之完成，一种文化之树立，是要各方面同时并进才能成功的。试举一个例来说明：比方我们要发展我们的工业（包括军需工业），我们绝不是只靠若干工程师或技术人员便能成功的。我们必要有专门的工业管理者和有良好的会计师，然后各工厂才能顺利地进行。同时工业底成败，一方面与金融机构有密切的关连，一方面与政治环境有很大的关系。金融事业不能与工业底发展相适应，则工业是无法顺利进行的。同样地，倘使政治底环境不良，法律底规定不完备，则工业底发展也必大受阻碍。因此要使工业能够发展，商业，金融，政治，法律种种人才都是不可缺少的。世界上没有一个政治腐败，社会黑暗，经济破产的国家而能单独发展工业的。

因此在我们效法西洋时，我们绝不能单独地选择某种技术去效法的。

为着补救"中学为体西学为用"的理论底缺点，所以有"西洋文化论"的产生。西洋文化论中最极端的就是"全盘西化论"。全盘西化论者以为西洋一切都是好的，所以我们应该全盘接受西洋文化。就是西洋人接吻握手等习惯他们也以为是"尽善尽美"，也是应该全盘接受的。

我们以为全盘西化论虽然在某一个意义上可以纠正中国文化论和中学为体西学为用为理论底错误，但自整个来说，则全盘西化论的错误却远较前两种理论为大。全盘西化论底错误最重要的有两点。第一，"全盘西化"或"全盘接受西洋文化"的名词本身就是不通。一种文化与另一种文化接触，只能互相影响，互相吸收，彼此同化，而决不能"全盘接受"的。全盘西化论者完全忽略了社会制度和人类生活方式的惰性，以为一个国家可以完全抛开其原有的生活样法和社会制度而全盘接受另一种新的文化，所以是完全错误的。中国无论怎样地因为生存的原故，不得不依照西方的模型来改造自己，但中国只能在中国原有社会文化之基础上建树起新文化，中国是无法凭空"全盘接受"西洋文化的。

第二，即使中国能够"全盘接受"一种新的文化，中国也无法全盘接受"西洋文化"。因为西洋社会早就已经不是一种相同的社会，在西方各国中已有几种不同的文化。在第一次欧战底前后，我们或者还可以用科学，民主主义，和资本主义三大制度来代表西洋社会和文化。现在则在西洋国家中，除了民主主义之外还有独裁主义，除了资本主义之外还有苏维埃主义和法西斯主义。在不同的社会制度中，人类底生活样法和文化是绝对不相同的。假使我们要全盘西化，我们将要接受像英美那样的"西洋文化"呢，还是像德意或苏俄那样的"西洋文化"呢？

西洋文化论中的全盘西化论虽然是绝对错误，但我们不能因此就说所有主张吸收西洋文化的理论都完全是错误的理论。我们以为中国文化底唯一出路，就是在中国现有的基址上尽量吸收西洋文化的优点。首先，我们应该吸收或效仿西洋底科学。科学是近代西洋人底最大的贡献。到了现在的世界，谁能在科学上占取优先的地位谁就可以在世界上占取优先的地位。因此我们首先应该尽量使中国"科学化"。但"科学化"应作最广义的解释：我们说中国应该尽量科学化，并不是说中国只要接受各种科学的发明，各种科学的技术。没有合理主义的头脑，没有适宜于科学发展的社会环境，科学是没有方法发达的。我们必要使各人底思维方法和社会之组织结构都能"科学化"，然后中国才能算是真正的科学化。

我国除了应该"科学化"外，我们并且应该在社会组织和政治制度方面也取法西洋社会的优点。我们应该这样做，共有两个理由。第一，我们刚才已经说过，除了我们对社会组织和政治制度加以革新之外，我们是无法使中国真正科学化的。第二，中国原有的社会组织和政治制度不适合于现代的世界，不能使中国在这个世界生存，所以非加以革新不可。

但革新底路向并不只一条，在这里我们必要有所选择。五四新文化运动的倡导者叫我们走"德谟克拉西"和资本主义的路，共产运动底思想家叫我们走苏维埃和马克思主义的路，有些倾向德意文化的人叫我们走独裁制度和法西主义的路。英法走德谟克拉西和资本主义的路得到成功，俄国走苏维埃主义的路得到成功，德意志走法西斯主义的路得到成功：我们究竟应何去何从呢？关于这个问题，是应该特别加以考虑的。

总之，关于中国文化出路一问题，我们以为东方文化论者所指示的路是一条死路，"中学为体西学为用"的理论底提倡者所提出的路是一条不通的路，全盘西化论者所说的路是一条不可能的路。我们唯一的生路，就是就现在原有的文化基础上，尽量吸收现代的科学和科学所产生的文化。至于我们在社会组织和政治制度方面应该吸收英法的文化，还是苏俄的文化，还是德意的文化，还是其他文化，则是我们所应深加考虑的问题。但有一点我们可以断言的，就是中国固有的社会组织和政治制度是与吸收科学的文化不相调和。所以我们如要真正科学化，我们也非革新我们的社会组织和政治制度不可。

我们所说的只是一种很平凡的话。但任何真理都是平凡的。至于高呼保持中国固有文化，提倡"中学为体西学为用"，或主张全盘接受西洋文化，虽则在词句方面似乎很不平凡，但都是错误的见解。

法国崩溃后的欧战

钱端升

希特勒的闪电战已大有成功。但最后的胜负则离分晓尚远。这两句话可以综述欧战进展到今日(六月二十一日)为止的情况。

德军于四月八日侵入丹麦挪威,丹麦无抵抗,挪威无力抵抗,到了四月底英法联军自挪中撤退,挪威也可说完全落入德国手中。德军于五月十日侵荷比卢,除一举而占领卢森堡外,荷军与五月十五日停战,比王则于五月二十八日停战。换言之,于十八日内,德军征服了荷比卢三国。德军又于五月十四日侵入法境,占色丹,二十二日抵海峡,五月抄获大胜于佛兰特斯,联军实力大损,六月五日再度进攻,十四日入巴黎,十六日法组贝当新阁,向敌乞和。到今日,德法已进行停战谈判。无论德方所提条件是苛刻或是温和,也无论贝当内阁接收或拒绝此项条件,反正法国已失了抗敌的实力与意志,而希特勒闪电战的成功与英法"坐战"的失败已是大著而特著。

然而希特勒是否可从此击败英国,囊括天下,则是另一问题。这要看致使英法失败的原因是否继续存在;这更要看有力左右战局的美苏两大国今后采取何种步骤。

过去德之所以胜与英法之所以败,有远因,也有近因;有主因,也有辅因。原因甚多,但是归结起来,俱是由于英法之未能基本认识希特勒及其政策。希特勒不是一个常人。他相信德意志民族是世界上唯一的高等民族,而他本人又是这高等民族的唯一优良领袖。在这种狂妄的思想之下,德意志民族的膨胀是天经地义之事;最合理想的世界当然是德意志民族为主,其余民族为奴的世界,就如古希腊人以其他民族如赫劳德(Helots)的情形。在这种狂妄的思想之下，他的独裁是替天行道；最合理想的社会当然是全体德人（无论在身体上或在心灵上）悉供独夫驱使的社会，其目的则在征服全世界。因为英法多年来不认识希特勒，于是先之以看不厌，听不厌，吃不厌，玩不厌的所谓"绥靖"政策。绥靖来，绥靖去，总是便宜由德国占，而亏损归英法或向恃英法的小国担负。于是希特勒自信愈坚，力量愈大，而英法则威望日落。于是战事爆发后，小国虽衷心亲英法，而其行为则总是有利于德。他们或成了德国的供应者，或拒绝与英法作国防上的协商。倘使英法当年不采绥靖政策，而以全力拥护国联，维护各小国的安全，则各小国何至丝毫不能为英法之助？

又因英法基本不认识希特勒与国社主义的德国，所以自来即不能予德国新兴的力量（无论军事的，政治的经济的）以准确的估计。邱吉尔等本认识较富亦较早，但邱吉尔的见解初不为英人所重。不要说在去年九月以前，英法常常将德国实力估计太低，己方实力估计太高，即在战事开始以后，英法仍坐此病。美记者维拉德（Villard）去年秋间曾游德数月。他在英美随处告人，说德国实力甚强，战事初期获胜的可能性极大。他并谓德将于五月一日开始总攻，德人且信七八月间可以结束战事。他这种观察白宫能信之，而英法当局则无动于衷，英法满以为英之海军可以制止德之海上活动，法之马奇诺可以阻德西进，他们的"坐战"及封锁可以致德死命，所以即在去年九月以后，对于军备的扩充仍然好整以暇，一点不着急，坐使德国军备之强在半载之内，更大倍于昔。

此次法之求和也是由于法国尚有一部分人不能认识希特勒的为人与国社主义的真面目。法国因自估太高，估敌太低，军力不如人，军器不如人，军略也不如人，遂致有今日的惨败。惨败之后，流亡战道，军心不振，欲御强敌，势本不易。但和之目的又是如何？为保存法国的元气耶？则希特勒必不许。因为保着元气的法国必可复仇。希特勒非毕斯麦，更非克勒蒙梭，希特勒之所能许给法国者只是保护地的地位。既然如此，则法国如不能在本土继续作战，则只有任德军驰驱全国，占领要害，而将可逃可避者，如海军，如空军，逃避至属地或英国，再举义旗，继续抵抗，犹如波荷之所为。倘不此之为，而共和国政府正式向德求和，其结果必至法国名存实亡，盟国孤掌难鸣，欧洲从此统一于希特勒。这种道理，在我们看来，至极明显。我们看得到而贝当等看不到者，还是因为贝当仍将希特勒当做毕斯麦一类的厉害人物而已。

　　依现在情势而言，法之将单独停战单独言和已成定局，很少问题。十八日希特勒与莫索里尼在慕尼黑相会，我们颇疑莫索里尼有英不停战，则与法亦不停战的主张。如果确有此种主张，则希特勒之允与法政府磋商停战条件，即为希特勒急于先将法国完全解决的表示。现德法双方既各自派出停战代表，开始谈判，贝当又口口声声言法之不堪再战，则法之将接受德之任行条件，也很少问题。现时之问题即：如德果要求法国海军与紧要殖民地（如北非，如越南）全部让德或德之与国，法之海军及殖民地是否听命的问题。如果听命，则英之单独抗战势将益趋困难。如果不听命，或自由归英，或继续与德作对，则德之征服法国自然只能有三层意义：一是法陆军的消灭，二是袭英的便利大增，三是封锁的无望。

　　法之海军如归英，法之主要殖民地如仍继续对德维持作战状态，则英国所处的形势自然较佳。但英国是否可以转败为胜，转危为安，仍须看英人是否能自今日起，认清了希特勒的为人与德意志民族的真相，抱定不亡必胜，不胜必亡的决心，坚决抗战下去。英人而外，我们还须看美人俄人是否能认识希特勒，是否能加紧准备工作，加希特勒以打击。

　　英国在德占捷克以前本是对德一贯的妥协。自去年三月中到战事开始，政府虽云放弃绥靖政策，但张伯伦之辈仍未能完全改变其旧日所具的情感。即在欧战开始以后，因对于希特勒及其德国缺乏认识，仍不知积极备战。积极备战尚是五月十日邱吉尔组织全国内阁之日开始。但英国内部现对希特勒的能力，德国的实力，以及两者共同的野心，渐有真的认识；内部意见亦渐趋一致，去年九十月间主张和平的人今日也力主作战。所以从意志上言，英国之须积极作战，可无问题，从利害上言，英国如单独作战，美苏不予援助，困难自多，但不战更无办法。希特勒对英比对法更仇视。希特勒的雄心是统一全世界，实现亚历山大及拿破仑的雄图。要统一全世界，须自统一欧洲始。要统一欧洲，则英国势必首在打倒之列。所以英国如欲与德言和，势非交出海军，停止空军，并将工商业纳入大德国的商轨之中不可。此当然不是英国之所能考虑。英国此时只能一面保护三岛的安全，不任德军侵入，并维持海上交通，以维持三岛人民所需的食品，三岛工业所需的原料，一面积极充实军备，以作日后决胜之用。邱吉尔十九日的广播，盖是衷曲之言而不是宣传滥调。

但是英国能维持三岛的安全而不任德国侵入么？能维持海上的交通而不被德意及或可加盟的日本的破坏么？能一面抗战一面增加军备么？这些问题的答复当然与美苏两国所采的政策与步骤有关。

德之将继续攻英殆少疑义，因为此时如不夷英为一无足轻重之国，甚或灭之亡之，则希特勒的大梦仍时时有被重振的加强的德国所扰乱之虞。且德国仍有被英战败的可能。此际为英国最困难之时，希特勒如利用其优势的陆空军，自荷比法的海岸，由空军掩护，以大批陆军登陆，则英或难以抵抗。如德军有一百万人以上登陆，则英之败北可期。如意大利的三军能攻克马尔太，直布罗陀，并进攻埃及北非及利凡特各国，则英之帝国亦有崩溃可能。此中最大关键，仍如德军能否在不列颠登陆问题。我们固望英之三军力足以阻德军登陆，但英德间空军的差别如不及早减小，则我们绝不能说德军决不能登陆。如何可以减少这差别呢？一是英之增军。但这未免过于迟缓。二是美之助英。但除美以海陆军军用机借赠英国外，其他方法，如订购等等，亦过于迟缓。三是苏联助英，或自东对德作威胁的姿态，或借机于英。但这两者的可能目前俱甚微小。

为美苏计，此时良应对英作急切的援助。英国单独当德，固然不一定为德所灭；但如英国做了第二法国，则苏联以西的欧洲，不是德之领土，便受德之保护。希特勒于拥有全欧之后，再稍加准备，则美苏俱非其敌。美苏如能真正认识希特勒，此时惟有一方力助英国，以防英国的沦亡，一方力增军备，以作铲除希特勒之用。

我们不晓得美苏两国的领袖及人民，有多少已能认识希特勒，有所少尚未认识希特勒。目前局势之所以混乱盖即在此。

本期撰者：

  武汉大学吴之椿教授学问渊博，识见卓绝。可惜他多年不写文章。此次他讨论抗建的基本问题，颇可一矫时下浮夸的风气与侥胜的心理，值得谋国者的深省。本期其他撰者均常有文在本刊发表，为读者所熟识。伍先生讨论一个很大的问题，其态度至为客观。

  本刊为本卷末一期。下卷第一期当于七月七日出版。

第四卷第一期（1940年7月7日）

这一周

欧局无大变化

　　本刊因第三卷告终，停刊了一周。过去两周中，欧局无多大变化。法国之必接受德意停战的条件，与英国之必不言和，上期《法国崩溃后的欧战》，一文中已言及之。张伯伦六月卅日广播之所以表示英国作战的决心与夫内阁对于和战态度的一致，乃针对英外间盛传的和谣而发的。此次所以由张伯伦负责广播者，正见张伯伦的党羽并无乞和的主张。英国既不乞和，则德意只有再度进攻。但英国拥有优势的海军与相当雄厚的空军，德意欲渡海攻英伦三岛，与夺地中海英国之属地，实非容易的事。依现势观察，希特勒胜法之后，军事上尚须整理一番，始能攻英；墨索里尼攻入的准备工作，在宣战之日，本未完成，非再加准备一番，莫由进攻埃及，苏丹及和凡特各国。德意究在何时进攻，我们颇难断言。我们所可得而言者，即准备犹豫之期愈长，则攻入的可能亦愈小。因此欧洲暂时在最近期内大概不致有若何惊人的发展。

　　但是除了打仗以外，他项的活动当然不会停止。在德意势力膨胀之际，苏联对于自卫当然极度关心，苏联决不能容许德意在巴尔干取得优越的地位。苏联之索还比萨拉比亚及要求割让布高维那北部，固然是以民族主义为口实，（两区均多乌克兰人），但同时也想藉此增厚它在巴尔干的地位，使德意不得逞其志。根据于同样的理由，苏联日后或尚会有同样的举动。贝当的法国，目下已无足轻重，希特拉佯示以宽大，今后必为德所完全控制。德意又与西班牙素有好感，此时如乘英之危，毅然提出直布罗陀的要求，则易使英国益陷于进退维谷的苦境。我们试拭目以观日后局势的进展。

中央举行七中全会

中国国民党第五届中央执行委员会此时正举行第七次全体会议。会议的情形与结果尚未届发表时期，我们无从悬揣。但这次会议的重要则是无可否认的。上次的会议决定了于本年十一月十二日召集国民大会，颁布宪法。但宪法究采何种草案，何时施行宪政，过渡期间应有何种政制，上次会议并无若何决定，而有待于七次全会的审虑。这大概是召集这次全会的主因。但最近一月来，军事，外交，及国际形势又有剧变。鄂西重镇宜昌失陷后，继之以日英的天津协定，日伪之刧取徐家汇警权，暴日之封锁越南及威胁港缅。敌寇的野心尚不止此。敌人无德人的实力与雄图，却有德人的狂妄，什么一党化，什么"介入"政策，什么"结束支那事件千载一时好机会"，凡此一类的狂妄语甚嚣尘上。同时，法既屈服，英国态度又欠明。在此情景之下，举行全体会议，重申抗战决心，实是一件重要之事，我们敬以此期望于七中全会，亦决以此而拥护七中全会。

威尔基竞选美总统

美国今年十一月五日将有大选，总统，副总统，众议员全体，参议员三分之一，将于是日改选。两大政党则分别举行的全国代表大会，推出正副总统候选人，以竞争选举，共和党代表大会已于六月二十四日至二十八日在费城举行。关于党纲，我们尚未见其全文，我们只知其对罗斯福抨击甚烈，对外交采中和的政策，既反对参战，却又不主孤立。关于总统候选人则推了威尔基为正，麦克那来为副。

原来共和党人之最有被推为总统候选人的希望者，半年来有杜威，塔夫脱，及范登堡三人。范登堡拉票的力量不大，自四月中在威斯康辛州预选惨败后，已无被推可能。杜威，塔夫脱二人遂成了唯二无三的有希望者。但美国政党的代表大会中，不知名之士（即所谓"生马"者）本常有异军突起,一跃而中选之事。威尔基即是这样一匹"生马"。他做过十三年小城市的律师,七年大公司的经理,但从未渡过政治生涯。他的政治色彩向偏于共和党的进步派,且曾投过罗斯福的票。但最近几年则反对新政甚力,诋新政有违美人的事业习惯。在今年三四月以前,尚无人将他与总统联想在一起。他此次所以能被推,殆由于几种原因。第一,共和党人对杜威及塔夫脱并不感觉若何热烈的拥护,他们最近却发现威尔基是一议论风生,吸引力极大的人物。第二,新政为美国多数人民所拥护,杜威及塔夫脱过于保守,不易与民主党争多数,而威尔基则较进步,或有取得多数希望。第三,在代表大会中,杜威与塔夫脱各不相下,势成僵局,所以威尔基得以膺选。

至于威尔基能否竞选胜利,则一要看民主党推何人竞选,再要看未来四五个月中美国政治及国际局势有何重大变化。如果罗斯福愿出而作第三次的活选,而美国国内外的局势又不发生特殊于罗斯福不利的变化,则罗斯福当选的机会似乎大些。单就外交政策而言,威尔基的外交政策与上届共和党总统候选人蓝敦相似。两人多主富有弹性的中和外交政策。这次共和党代表大会所采为政纲者即威尔基与蓝敦的主张。换言之威尔基的外交政策,与罗斯福政府的外交政策无大异。从这一点说,如果罗斯福仍参加竞选,美国选民的大多数似愿继续委托他去执行旧政策,又何必另易新人呢?何况新推的副总统候选人麦克那来(共和党参议员领袖)尚在作不愿为威尔基之副的姿态呢?

抗战的三周年

钱端升

七七开始抗战，至今恰满三年。三年之内，我们成败参半。以积弱缺乏健全组织的国家，抵御素有准备的强敌，历三年而不竭不馁：这是我们的成功。平津被占领，沿海被占领，长江珠江下游被占领，工商业繁盛区被占领，若干曾居要位的大员且做了汉奸傀儡：这是我们的失败。要转败为胜，我们尚须做最大的自省及努力。或是人民单单依赖政府，或是政府事事自满，大家都嚷几声"抗战必胜"的口号，是决不够的。

我们今后首应加强抗战的信念。抗战的信念挂在中国人的嘴边已足足三年，最高统帅的勤勉尤为敦切。但实际上，国民是否人人能了解抗战的意义，抗战的必要，及不抗战的恶果，仍属一大疑问。汉奸们固无论矣，沪上及其他都市的大腹贾，其头脑中亦多充满了姑息偷安的情绪，而且这种情绪尚不限于大腹贾，纵在公务员知识界中也常可发现这种情绪，例如今岁二三月当美英法苏四国大使同在重庆的时候，各地即有一种传说，说他们将联合劝和。再如五六周前，各地又有一种谰言，说中日已各派人在港磋商和议。前一种的传说由于一般意志薄弱的国民，因心有所思，遂妄作猜测。后一种的谰言是敌人所放的空气，其目的在扰乱我国内人民及国外朋友的视听。然而两者之所以各得在国内流传，且流传极广，则无疑地是由于若干国民的意志不够坚决。谣言有时起于港沪。这可代表一群失意政客的恶意及偷安商人的意志薄弱。但谣言有时也起于重庆，则公务员中，甚或高级公务员中，必也有意志薄弱者。这是我们所不可不注意，且不可不急图补救之事。

抗战的信念应建立于必要及必胜的两种基础之上。

抗战的必要起于敌人的凶恶。敌人志在亡我；敌人不败，其野心不戢。所以无论抗战如何艰难，我们仍得抗战。抗战，我们尚有胜利可能；不抗战，我们只有失败。我们的选择是极端狭窄的。我们除抗战，抗战，继续抗战，以待胜利的降临外，别无其他的出路生路。

抗战的必胜由于我之有人和及地利。地利者，敌侵我守，敌劳我逸，而我又有广大的版图，敌人一时期一战役的胜利决不能致我的要害。人和者，我直敌曲，我哀敌骄，我多助，敌寡助，纵国际局面如何变化，而我多助敌寡助的局面则至今为然。在这样一个得地利与人和的环境之下，最后胜利之必属于我，当然是无可置疑的。

最近国际形势所引起的严重影响，我并不忽视，我也并不否认联军的失败与俄国的崩溃已给了我国不少的打击。然而这决不足以影响整个的抗战局面，使必胜者变成不必胜或必败。欧战现在方告一段落。此后，英国或继续抗战，或如法国的乞和，或佯言继续抗战，而实则无所动作，卒至人心涣散，气馁乞和。如为前者，苏联必守善意的中立，而美必先则予英以物质的援助，继且积极助英作战。在这样的变化之下，第一，美将对任何侵略者采取决绝的态度，决不能袖手旁观，坐视日人侵越侵港侵缅，以封我的出口，甚或威胁我的西南；第二，最后的胜利必属于英美，也必属于我。如为后二者，则美苏必暂不过问西欧之事，但同时努力充实国防，准备日后抵抗大德意志帝国。在这样的变化之下，一方德意日三国将作进一步的结合，又一方美决不让侵略者在西半球及远东伸展实力，苏决不让侵略者在巴尔干中亚细亚及远东伸展实力。换言之，美苏在准备抗德的期内，势须防止德意日在西欧以外伸张实力，免得日后毛羽丰满，击破不易。

准上以观，无论欧局如何变化，美苏将长为我们的与国，而敌人则除了敌不得近火的德意外，将永远得不到一个与国。

抗战的必要与抗战的必胜，既是天经地义，国人实不容有所怀疑，有所游移。多一人怀疑，多一人游移，即少一分抗战力量。所以自今以后，政府应比从前更积极地向人民宣示抗战的必要与必胜的至理，以树立更坚强的抗战信念。凡政府官吏有信念不坚者，应予以撤职的处分。但政府于宣传时，应多多注意理性的启迪，而勿以喊口号为已足；应不讳言弱点，而勿以愚民为政策。我们的抗战本是十二分艰难的工作，失败之处与夫不顺利之处在所难免。如果政府讳言失败，则人民反而不信抗战必胜的真理。必政府能承认失败，并进而加以改过，然后人民能信政府。这点于抗战信念的树立大有关系，政府不可忽视。

但坚信抗战的必要必胜只是一种信念。信念固是重要，单单信念却不足以致胜。信念只是避免败北屈降的条件，却不是致胜的因素。我们须消极的避免消耗，积极的充储实力，然然可以言胜。

最重要的积极工作是人力的利用。"全民动员"及"动员全体"一类的名词，固然一度为若干人所藉口，为多数人所厌闻，但要宏大抗战的力量，我们务须做到个个人能出力个个人能负最大的责任的境地。就过去的情形而言，兵役的行政既未臻至善，工役的征发复多流弊。技术人才的怀才不遇者随处皆有，而政府机关所用之人又未必个个是用得其当。以我国和德英相比，诚有人家已总动员，而我则多半未动之感。即令我国人民知识标准相差悬殊，总动员实行不易，我们至少亦当动员全体受过四五年以上的教育的人民。受过教育的人民至当以身作则，人人服务与抗战有关的工作。但实际上，不识字之人，尽有几百万在服兵役，几千万在服劳役，又几千万在耕田，而识字之人反而偷安者有之，赋闲者亦有之。推其故，则政府既未能组织之策励之，而人民亦未知奋勉自效。如何能改变过去的风气，而使先是受过教育的人民才是全体的人民总动员，确是当前的急务之一。

要实行总动员，须先使全国的团结比过去更臻完美。最近三四年来，在蒋先生英明忠勇的领导之下，全国确是团结得很坚密。但过去的团结不是没有加紧的余地。在这国际形势突变的关头，尤有加紧的必要。就党而言，国民党既是领导的党，负责的党，旁的政党当然应诚意合作，诚意接受指导。但际此国难期间，领导只是一种职务，不是一种权利。要完成这种职务，国民党应虚心接受别党的意见，采纳别党的制度，如果这意见及制度是有利于国家的话。就区域而言，中央与地方之争本不是我国特有的现象，即英美等国亦时有此种争执。但在抗战期内，一切应以致胜为依归。凡可以助我取胜利者，中央亦无不可迁就地方之处。凡足以妨害胜利者，中央可以无视地方的传习。就社会的阶层而言，愈高的阶层，其所负的责任亦愈重，故其牺牲亦愈大，所以要实行团结，则富有者须首有牺牲的精神。所谓团结者，本是全体团结的意思，但当权的党，中央的政府，统治的阶层，务须出以至诚，庶几其他部分易于追随。

英国政府五月十日的改组也有了团结的精神，一定也须有团结的政府。

英国政府五月十日的改组颇值得我们的深省。在张伯伦时代，因为张伯伦壅塞了贤路，所以工党自由党及反张派的许多能人俱无法加入政府，为国服务。坐使从军者不踊跃，军需工业少效率，连宣传也不出色。及内阁改组，各党派一致参加，不特人心为之一振，即各种国防工作及生产事业亦大有迈进，我们故说，如果自去年九月以来，英政府一向具有最近的效率，或者这次的大败可以避免。英国如此，我国何独不然。我国抗战虽已三年，但政府要员中极少新人参加。改组政府，吸收新起人物，或者是加强政府，实行全国动员的最好方法。

政府加强后，对于全国人民的活动亦有增加统制的必要。政府不加强，统制不易实行，且实行后亦不见得于国有利。但现代战争，统制实有必要；没有统制，总动员更没有意义。统制与自由可不冲突。思想言论的自由是不可限制的，限制以后，人民便成了机械。但人民的经济生活则不能不统制。不统制则违反国家利益的消耗不能免，重要职业之无人承担不能免，生产事业之不能适应抗战需要也不能免。德国自希特勒秉政以来，厉行统制，所以原料虽少而国力强盛。英国在五月十日以前对于统制无精打彩，所以人民难富而国防力不大。但英国自改组内阁，实行统制以来，顿改旧观。这实在是我们所应急起效法的。

在统制的经济生活之下，有两件事尤值得政府急切的注意与补救。第一，政府对于建设事业务须分别缓急，急其所当急，缓其所当缓，万不可缓急。□□□□□□□□□□□□□与人民衣食住行无关的建设，无论倡导者说得如何天花乱坠，此时务须停止。第二，政府对于一班能做事而没有事做之人，应调予以工作；对于能做政府事（如交通，如国营企业）而现在做私人营利事业之人，应予以政府工作。这两件容或不是统制政治下最重要之事，但□□□□□□，则抗战的物力必备。□□□□□□□□□□□□□□□□。

经过了三年的抗战，我们发现了许多自己的长处和短处。抗战的艰难尚未□止境。我们能补救我们的短处，就是把握住了胜利。际此七七的三周年，愿政府及人民能自勉并能互勉。

三年来的中国战时经济

伍启元

现代的战争中，战时经济会具有如次的几个特征。（一）战时经济，是一种集中经济力量以适应军事需要的经济。换句话说，一切经济的设施都以满足于军事需要为原则。（二）战时经济必然是一种干涉主义经济或一种统制经济。我们如要使一切都能与"适应战争需要"的原则相符合，则非对各种经济活动都加以或多或少的干涉不可。（三）战时经济是一种以减少对外依存为目的的经济。在战争的时候，一个国家愈能自给自足则战胜的可能性愈大，因此一个从事战争的国家必然会增强它的经济自足性。（四）在战争的时期，一国的主要工业和一国的经济重心应该迁移到不易遭遇敌人威胁的地区。因此战时的经济重心有时会与平时的经济重心不同。（五）战时经济的规模范围也多少与平时不同。通常战时经济机构是一种比较集中和比较严紧的机构。

在这次中日战争中，中国战时经济便充分表示出上述的五个特征：

第一，在战争的时期，因为军事第一，胜利第一，所以我国的经济设施大多侧重于军事的需要和国防的需要。本来在战争以前，因为国难的严重，政府已经开始注重到建树国防工业和基本工业的工作。但直至七七事变为止，国防经济在中国经济所占的地位并不很大。战争发生以后，情形便不同了，与国防有关的经济经营，一天比一天增加；国防经济在整个经济所占的比重，一天比一天增大。现在无论政府的经济经营或大规模的私人经济经营，大都是与国防有直接或间接的关系。

第二，因为战争的需要，我国政府对经济的干涉和统制也一天比一天增多。中国虽然至今还没有走上计划经济的路上。但没有疑问地政府对许多经济活动已采取干涉主义或实施各种统制了。在战争发生以前，中国政府对经济活动的态度主要是放任和不干涉。除了因为实行新货币政策而对货币加以统制外，我们差不多可以说政府并没有对任何经济部门实行经济统制。战争发生以后，情形便完全不同，政府无论对生产，对销售，对价格，或对消费，多少总有一些干涉和管理。

第三，战争增加了中国经济的自给自足性，这也是中国战时经济特征之一。自鸦片战争以后，西洋人破坏了中国经济的独立与闭塞。从此中国经济的对外依存性便一天比一天增大。直至全面抗战展开以后，中国才开始往一条不同方向的路去走。虽然我们对重军器，新式军器，汽油，和若干物品还是非从外国输入不可，但外国输入的重要性已经较战前为小，很多物品我们已经设法自己制造了。

第四，中国战时经济的另一个重要特征，就是经济重心的西移。在过去的几十年中，中国所以能够有些经济的变革，有些新式工厂的成立，或有些铁道公路的建筑，完全是由于外来的因素所引发的。因此很自然地，经济的发展差不多完全集中于沿海一带——特别是各通商口岸。战争使沿海的主要口岸先后变为战区或沦陷敌手，因此我们的经济重心不能不移到西南和西北去。

第五，因为战争的原故，我们各种经济机构都有长足的发展。例如对于国外贸易等经济活动，我们本来没有什么自主的机构，但战争却使我们逐渐树立起主动的贸易机构来。又如对于金融等活动，中国原有的机构本来很不健全，但战争却使我们逐渐健全我们的金融机构。因此在战争中，经济机构实在有很大的进步。

我们无论从交通，工业，农业，商业，或金融方面，都可以看出上述的几个特点。在交通方面，战时交通政策的第一个目的是在维持我们的对外交通线。维持对外交通线的目的完全是国防的或军事的。因为中国军械工业不发达，我们如要维持一个长期的战争，我们便不能不维持对外的交通线，使外国军火能够不断地运到中国来。在广州未沦陷以前，政府的注意力集中于粤汉（及广九）铁路；但自广州失陷以后，除了几个不很重要的海口外，我们只能靠陆路对外交通。政府最注重的是从广西及云南通安南的路，从云南西部通缅甸的路，和从西北通苏俄的路。政府对于由安南出口的路，所采的政策是公路和铁道并重。在铁道方面，除了滇越路外，我们本来要在广西建筑一条经龙州出口的路，但在未完成之前南宁便失守了。此外主要的交通就是公路的运输。可惜最近（二十九年六月）越南政府答应日本的要求，违背条约上的义务，实行停止中越货运，所以结果现在我们只能靠通缅甸和通苏俄的道路。在这两方面，我们在抗战期内都完成了伟大的工作。对缅甸方面，我们完成了世界最艰险的滇缅公路，我们并且已开始进行建筑滇缅铁路。从昆明到中缅边界，公路共长九百七十四公里；再经由缅甸便可以在印度洋出海，除了雨季之外，这条路是十分有用的。对苏俄方面，我们完成了世界最长的一条公路。这条公路在中国方面，从西安至国界共长三千四百四十三公里，中间经过兰州和迪化等地。这两条伟大的公路虽然在经济方面的价值不大，但在军事上的价值是很大的。

所有战时的公路发展都是侧重于西方。在战争以前，公路的建设侧重于江苏，浙江，安徽，江西，湖南，湖北，和其他沿海的省份。至于西南和西北等山地省份，则交通并不发达。战争发生以后，所有交通建设差不多完全集中于四川，贵州，广西，云南，西康，陕西，甘肃等西方省份。

在战争的过程中，不但公路的里数一天比一天加长，就是在交通的行政方面也有长足的进展。首先，中国交通的行政机构也因为战争的原故而大为改善。在抗战以前，除了各种地方的交通行政机关外，在中央方面，交通行政的机关是很复杂繁多的。行政院本身就有交通和铁道两部，此外还有各种军事的和非军事的交通机关。抗战以后，政府在武汉改组，铁道部归并于交通部，在行政院中的交通行政才能得到统一。但除了交通部外，军事委员会还有指挥交通部机关和西南运输处等机关。因此政出多门，交通行政毫无系统。但最近因战争的需要，才在最高当局指导之下，成立统一的交通行政机构。交通行政机构之统一，是战时交通行政重要收获之一。

中国战时交通行政的另一个特点就是对运输事业的干涉。本来现代的交通事业，大都是与政府有很密切的关系的。但通常政府的工作，只限于各种道路的修筑和管理，至于在路上的各种运输，政府是很少加以干涉的。抗战以后，因为中国交通工具过于缺乏，运输工具"供"不应"求"。所以政府不能不逐渐加以干涉。除了航空运输不很重要外，政府早就对铁道运输和长江输运加以统制或管理。但自武汉失陷后，主要的运输工具只有牛马或人力运输和汽车运输两种。对于驮马运输，交通部早就成立了驮运管理处来加以管理。至于公路运输，直至最近才成立公路运输管理处。战时则一切货运，也都要受政府的管理了。

中国战时的工业，更充分表示出我们上面所提出的六点特征。首先，自战争发生以后，政府努力加紧去建树与国防有关的工业。现在我们至少在轻兵器方面，差不多已经完全可以自行制造，除了军事品的制造外，政府十分注意于减少中国工业的对外依存性。在现在抗战主要根据地的西南，最缺乏的日用必需物品是服用品，在抗战以前，我们在西南差不多可以说完全没有机械的纺织业。除了云南的几千锭新式棉纺业外，西南一带并没有其他的新式棉纺业。现在则在四川一带，我们已有数万锭的棉纺业。我们已经逐渐减少服用品的对外依存性。此外其他与民生有关的工业，也在继续发展中。但对使大后方的工业品能够比较自给自足，政府特别注意发展手工业，并且特别成立中国工业合作协会来主持这件事。

政府的另一个战时工业政策是树立起西方的工业基础。政府在实施这个政策时特别注重三种办法：（一）把在沿海的工厂设法迁移到西南和西北去，在后方复工。计由经济部工矿调整处辅助迁移到西方来的工厂共三百余厂。（二）协助原有厂矿和发展原有工业。在后方的原有工厂，通常都是规模很小，组织很不完备。所以经济部的另一种工作就是对原有的工厂增加资本，扩大规模，和改良生产方法。（三）在西南西北一带筹设新厂。

中国战时工业的另一个重要特点是政府干涉的加大。许多工业的生产和销售，都受政府的管理与干涉。

此外在管理工业的机构方面，也有若干进步。关于新式工业的管理和推进，经济部设有工厂调整处；关于手工业的管理和推进，行政院设有中国工业合作协会。

在农业方面，最能适合于战争需要和最能增加自给自足性的政策是增加粮食和其他农产品的生产。抗战以来，农政当局积极设法增加粮食的生产。他们所采取的办法，不外如次的六点：（一）疏通水利。政府用于这方面的贷款，数目是以千万计算。受益田亩，在百万亩以上。（二）增加耕牛。在战争发生以前，特别是红军经过西南各省以后，后方的耕牛就很缺乏。战争以后则耕牛问题甚为严重。因此政府积极设法繁殖耕牛并减少病疫。（三）筹备人工肥料工厂。中国农业所用的肥料不足，因此如能有人工肥料，则可增加生产。（四）改良生产方法和改良生产工具。（五）改良种子。（六）防御虫害。最后三种办法大部分仍在研究的阶段。

所有上面所说的农业改良大都集中在西南和西北面。政府并且在西方各省有垦荒的计划，希望用垦荒来开发若干土地。

最能表示出干涉主义的抬头的是战时的商业——特别是对外贸易。在战争发生以前，中国对外贸易是一种十分自由的贸易。但战争的需要却使中国不能不走上统制贸易的途上。我们所有重要的出口物品都受政府的严紧的统制。至于对内贸易的统制，则物价统制最为重要。

对外贸易的统制也最能表示出战时经济是一种国防经济。在进口统制方面，政府对军用物品的进口物特别予以优待和便利；但对不必需物品的进口，则局部加以禁止。同时因为一般物品进口的障碍，也会减少中国对外的依存。

战时对外贸易的最大收获是贸易机构的改善。在战争发生以前，中国的对外贸易是一种被动的贸易，所有对外贸易的机构都在外国商人的手里。战争发生以后，因为我们走上了贸易统制的路上，所以成立了贸易委员会。在贸易委员会指导之下，我们逐渐树立起我们主动的对外贸易机构。

但在机构方面最大的进步是在金融方面。在战争以前，中国金融在机构方面是很散漫的！我们没有一个真正的中央银行，我们没有一个金融的中心机构。战争发生以后。不久就成立四行联合贴放处和其他四行联合的机关。其后更进一步而成立四行联合总办事处。我们很有理由希望四行总办事处将来成为中国的真正中央金融机构。

政府对于后方（特别是西南）的地方金融机构也极力改善推进。财政部一方面命令中中交农在各地成立分支行处，一方面命令各省地方银行辅助四行充成地方的金融网。

政府在农业金融机构方面的成就，最能令人满意。关于合作金库，在战前不足三十个单位，现在只就后方各省来说，已超过十倍以上。关于农业金库，在战前差不多是等于零，现在已超过一百个以上。关于干部工作人员，战前不到五百人，现在已超过五倍以上。

从上面所说，可见在过去三年中，中国经济有许多重要的进步。但我们不能因此就说中国战时经济已到理想的地位。事实上中国战时经济还有许多不满人意的地方：

第一，我们的战时经济虽然已经具适应军事需要为原则，但我们还没有集中全部的经济力量来供军事的需要。例如在军事上我们虽然很需要汽油，但权力阶级还在坐汽车去看电影和吃馆子！又如在军事上我们虽然很需要钢铁和建筑材料，但资本家正在用钢铁和建筑材料来建筑剧院和酒店。

第二，我们的战时经济虽是一种干涉主义的经济，但无论自范围或自方法看来，都不能使人满意。自干涉的范围说，很多应该干涉的政府并没有干涉，很多不必干涉的，政府却加以干涉。自干涉的办法说，除了没有全盘计划和常常前后矛盾之外，还常常有利用干涉来做自私的举动。

第三，我们的经济设施虽然是往减少对外依存性的途上走去，但实行得还不彻底。不必要的物品还是继续不断地进口，有些可以自行制造的物品还没有努力去制造。

第四，我们虽然已经在西方树立起一种新的经济基础。但我们对整个西南或西北的建设还没有一个完整的计划。对于建设的先后本末，我们还未能有完全适当的排列。

第五，我们虽然在经济机构方面有很多的进步。但我们对于"政出多门"的一个大缺点还没有完全克服。不但如此，我们对于机构的管理还没有十分妥善。贪污不法的行为还未能完全避免。因此还大有改革的余地。

三年来日本对华政策的演变

王迅中

一、七七事变与不扩大方针

日本的大陆政策由来已久，田中奏折中公开招吐了灭亡中国与独霸东亚的野心，由近而远，逐步推进。甲午战前的目的集中在朝鲜，离间之计既穷，扶植亲日政权的诡谋又遭失败，于是悍然发动甲午战争，贯彻了统制朝鲜的目的。战后目光又由朝鲜伸展到南满，日俄战事幸胜的结果，又将南满划为势力范围，创设南满铁道会社，关东军司令部及关东厅等，实行军事经济政治的综合侵略，复诱胁地方当局，造成割据状态。其后革命军势力北达直鲁，东北地方当局亦不甘事事听命日人，于是又发动了九一八事变。因为列强未作有力的制裁，加以我国隐忍持重，敌人的野心又由东三省伸展到热河华北了。首则压迫我中央势力北撤，唆使殷逆汝耕组织冀东傀儡政府，包庇走私，鼓动华北自治，以广田三原则及川越七项目，胁迫我中央承认华北五省特殊化，同时又向华北地方当局威胁利诱，强其脱离中央。鬼蜮伎俩既穷，于是又发动七七事变，妄思用武力威胁，以达割据华北之迷梦。

当七七事变发生之初，敌人的目的显然想沿袭九一八事变以来的"不战而取"政策，利用些微武力牺牲，威胁我屈服。所以广田外相屡次声明"不扩大"方针，愿以"地方事件""局部"解决。当然，自九一八事变以来，日本的外交指导权——尤其是对华外交，早已操在实际行动的军部手中，外务省事实上等于行尸走肉，毫无自主的能力。所以有人怀疑广田的"不扩大"方针即使具有诚意，但军部是否赞同，根本是疑问。然证以日本朝野的言论，几乎众口一辞，都认为战局的扩大至现时程度，决非事变当时梦想所及，就是当事者的军人也公开承认中国的坚强抵抗，的确大出他们的意料。所以从七七事变到八一三上海事变之间，日本的对华政策可以说仍想沿袭过去一贯的蚕食政策，于煽动独立阴谋失败之余，梦想利用武力来达到威胁的目的。

二、诱降政策

出乎意外地，敌人虽然占领了平津，却不能再使我们拱手屈服了。我们的最高当局认定华北问题是整个中国问题的缩影，容忍已经到了最后关头，决不能再事退让，在举国热烈的拥护下，派遣大军北上，实行武力抗战。日寇乃转变策略，在上海发动八一三事变，企图牵制我中央军北上，威胁沪宁，且谋转移列强视线，掩蔽它在华北的暴行。但威胁不但未能奏效反遭我国的坚强抵抗，暴日数度增兵，历时三月余，费尽九牛二虎之力，始将淞沪攻下。其后不幸因我少数军队之畏葸退缩，致使敌军长驱直入，进袭首都。日人满想趁这个机会，逼订城下之盟，示意德国调停。据说驻华德使向我政府提出了四项议和条件：（一）中日满共同防共；（二）择定若干地带，成立非战区域；（三）中日满经济合作；（四）对日赔款。这种条件虽也引起一般低调主义者的主和论，但我最高当局因为日本向无信用，条件又颇广泛，毅然加以拒绝。十二月十三日我军退出南京，翌日敌寇唆使王逆克敏等在北平组织伪"临时"政权，一面仍示意德使再度调停，外相广田发表诱和声明，谓"日本政府深愿能与友邦中国开始新的和平谈判，解决一切问题，则中日大局即可展开一新局面。"这时日寇的阴谋显然一面想使华北特殊化，造成为日本的独占势力范围，同时更想利用"共同防共""经济合作""非战区域"等广泛条件，控制整个中国，野心较前更为扩大了。

三、"不以国府为对手"

日寇的诱降阴谋既一再失败，于是恼羞成怒，一月十六日发表声明书，谓"日本政府今后不以国民政府为对手，期望真能与日本提倡之新政府成立促与发展，而拟与此新政府调整两国国交，并协力建设新中国"。三月二十八日嗾使梁逆鸿志等组织伪"维新政府"于南京，一面宣布长期作战政策。集中军力进攻徐州，声称俟津浦陇海两路交通恢复后，将南北两伪政权合并，组织伪中华民国新政权，作为交涉的对象。当时舆论界对于"不以国民政府为对手"的政策颇多批判，所以近卫政府于徐州陷落之后，表示"国民政府如愿与伪组织举行谈判，日本决不反对"，仍未完全放弃诱和的企图。但这时军阀们却气焰万丈，发表继续作战的强硬论调，同时在国内则要求彻底实行总动员法，胁迫近卫。因此内阁在五月末举行大改组，荒木（任文相）板垣（任陆相）等入据要津，急进势力更趋深化。但外务大臣一职则由宇垣大将继任，他的政策甚至比广田更稳健，从此军部与外务省的意见日趋歧远，而对华政策也发生分歧了。

四、军部与外务省意见的分歧

宇垣的登台据称在对付中国的第一期抗战，但他的政策仍不出广田时的诱和策略，虽一方面仍申述推倒国民政府之决心，但同时又表示"如中国局势有重要变更时，则日本自有重新考虑其态度之必要"。换句话说，就是中国如愿意接受日本的提议，承认日本在华特殊地位，日本愿意考虑取消一月十六日的声明。八月宇垣复向我国表示，愿以外交方式，解决远东纠纷，因此有宇垣与克来琪的东京谈判，但这时军部的对华政策则完全不同，七月一日陆相板垣发表谈话，强调一月十六日不承认国民政府的方针，谓"×政权一日存生，中日间绝无和平之可能，日本现决不与×××和平谈判"。少壮军人对于宇垣克来琪之谈判，亦大为不满，骂为媚英外交。军部复以兴亚院问题胁迫政府，谋攫对华外交的整个控制权。宇垣一再反对无效，终于九月末被迫去职。于是计划很久的广州攻击终于实现（十月十二日我广州失陷），而我军苦守五个月的第二首都武汉终在十月二十五日放弃了。

五、近卫声明

日寇虽陷我广州武汉，但出乎意料地，国内要求结束战事的呼声日益高涨。少数狂妄军人虽主张南取广西云南，北攻西安兰州，彻底消灭国民政府。但政府当局认为仅赖军事决不足以结束事变，主张于军事外，辅以政治及经济的进攻。所以在军事方面采取了巩固占领区域，打通铁路公路等主要交通线的政策；政治方面积极发展各地伪政权，筹组伪中央政府，分化我政府内部，诱惑动摇份子；经济方面在兴亚院与"北支开发会社"及"中央振兴会社"的合作下，攫取沦陷区域的资源，控制我工商金融事业。梦想利用我人力物力，以达其所谓"以华制华"及"以战养战"的诡计。十一月三日，政府发表建设东亚新秩序声明，主张由"日华满三国互相提携，树立政治，经济，文化等互助连环之关系"，而将我国民政府视为地方政权，谓"国民政府倘能抛弃从来之错误政策，另由其他人员从事更生之建树，秩序之维持，帝国政府并不拒绝。"十二月二十二日近卫复以谈话形式，发表《国交调整方针》，在"善邻友好"，"日华满共同防共"及"中日经济提携"的三原则下，提出了所谓"承认日本在特定地点驻军防共"，"割内蒙为特殊防共区域"，"承认日本人民在中国有居住营业自由"，"给予日本开发华北内蒙境内资源之便利"等含义广泛的要求。这两个声明的目的虽在分化我国民政府内部，诱惑我动摇份子，但遭我最高当局痛斥，拆穿敌人的阴谋。而美国首先于十二月三十一日，向日本提出抗议。近卫既感收拾战局之困难，复不堪军部之压迫，终于一月四日借口"事态已入于新阶段，必须有一新内阁，计划新的施政方针，一新民心。"狼狈下台，将这难题交给平沼了。

六、军事、政治、经济、外交之综合攻势

平沼就任后，声明遵循近卫内阁的方针，"向东亚新秩序建设迈进。"外交方面英法继美国之后，于一月十五及十九日分别向日本提出抗议，美国复贷款二千五百万美金，英国亦划出五百万镑，作平准中国汇兑基金，维持中国的法币。所以在平沼内阁时，对华政策除了军事，政治，经济外，尚有所谓外交战的口号。军事方面开始肃清占领区域与打通主要交通线的方策，因此有南昌之攻夺，湖北平原大战，山西中条山之历次大战及粤汉南段之战事等，其他河北，豫东，江南地区内日军亦不断与我游击队发生激战。但除南昌沦陷外，敌谋悉遭严重打击，中条山之屡胜，鄂南湘北之大捷更足振奋我士气。政治方面伪中央组织问题日趋积极，南北两伪政权联合委员会历次举行会议，讨论合并问题，一再胁迫吴佩孚出山，复假借吴名，组织绥靖委员会，吴死敌谋未遂。同时南方汪逆精卫自前年底由重庆脱逃发表艳电后，

即以影佐为谋,求见华中华南寇军将领,飞日谒平沼近卫,亦积极筹谋组织伪中央政府,因南北伪组织傀儡之反对,在华日军领袖亦意见不一,故迟迟未能实现。经济方面"北支会社"及"中支会社"积极组织分会社,分别攫取资源,垄断工商业,谋达"以战养战"之目的。外交方面则封锁天津租界,攻占海南岛,擅侵鼓浪屿,而各地傀儡组织在敌军唆使下,复举行大规模之反英反美运动,企用恐吓手段,迫使英法美承认日本所造成的既成局面。军部及少壮军人方面更一再胁迫政府加入德意军事同盟,公然与英美法等民主国为敌。八月德苏协定,平沼藉口不能应付"复杂离奇之欧局",又狼狈引退,继任者为庸碌平凡的阿部信行,号称"垃圾内阁"。

七、欧战与今后日本的对华政策

阿部登台未久,适欧战爆发,敌国朝野欣喜逾恒,认系解决对华事件的"天赐良机"。阿部立即宣布"不介入"政策,声明将极全力解决中日事变。除于军事上进袭湘北及攻占南宁外,大部力量用于政治及外交进攻。政治方面梦想利用汪逆精卫,贯彻"以华制华"的阴谋,并藉以安慰急欲解决事变的国内人民。外交方面则想借欧战之机,胁迫英美法在远东方面让步。但汪逆组府阴谋因华北维新两伪组织的作梗及在华军人的阻扰,迟迟未能实现。英法态度虽较软弱,但除杖节问题外,它们的远东政策并无很大的变更。对美关系野村外相虽极力献媚,不但未能好转,反而更趋恶化。一切梦想全成泡影,加以国内统制经济政策失败,物价继续高涨。军部亦以阿部未能履行组阁时之诺言,颇为不满,终于支持了时局同志会的不信任主张,而将阿部内阁推翻了。军部本拟拥护现陆相畑俊六继任,因为内大臣汤浅仓平的秘密活动,内阁总理的冠冕又落到一位出乎意料的人物海军大将米内光政头上。米内的政治主张比较接近重臣等稳健派,况且当他任平沼内阁的海军大臣时,极力反对板垣的无条件加入德意军事同盟论,更获稳健派的青睐。所以米内的对华政策和阿部内阁并无差异,仍着重于政略战与思想战,以补军事的不足。汪逆伪中央政权便在这种情形下,终于三月三十日在南京成立了。外交方面有田外相重温三国轴心旧梦,与苏联暂求妥协,全力应付英美法但仍不愿采取过激政策,失去外交转圜的余地。不过最近欧战激化,德意军节节胜利,日本法西斯份子大为活跃,军事方面转趋积极,襄樊宜昌的进攻，广西军事的积极，重庆的大举轰炸，都证明敌寇在军事又想来一次冒险尝试。此外在外交方面趁机胁迫英法，伺机夺取列强远东根据地，如上海租界的威胁，香港海防的封锁，目的除了趁火打劫外，还想断绝我外援，封锁我对外交通。显然地，敌寇又梦想趁欧战激化之机，全力解决对华事件了。我们虽然不能不承认此后的战局较前更趋严重，但鉴于过去三年来自力抗战的经验，我们深信敌寇的诡谋又将空做一场大梦，除非暴日放弃灭亡中国独霸东亚的迷梦，东亚和平决不可期，内部的危机也断无解除的可能。

欧战与民主主义的前途

罗隆基

"到底独裁主义胜过民主主义。希特勒独裁的德国已称霸欧洲；民主的法国已一败涂地。"如今许多人正在这样说。民主主义与独裁主义的优劣，在中国亦是二十年来争辩甚烈的一个问题。到今日。在许多人的眼光中，仿佛这问题已有了结论，已用不着争辩。"事实胜过雄辩。独裁的德国战胜民主的法国，这是事实。独裁主义胜过民主主义，还有什么研究讨论的余地！"这是信仰独裁主义者目前的见解。

我个人的观察欲以为问题实不这般单纯。这次欧战恰巧英法两民主国站在一条战线，而德意两独裁国站在另一条战线，截至目前一阶段止，德国战胜了英法，而法国且一败涂地。这些都是事实。这里有两点值得注意：第一，欧战现阶段的胜败，是否整个欧战最后的胜败已算决定？第二，现阶段的胜败，主要因素，应不应完全归诸交战国双方的政治制度？

对第一个问题，我们的答复，很明显，应是反面。换言之，英德意还在继续战争中，最后胜利尚在不可知之列，我们此刻不能确定德意有了最后的胜利，英国有了最后的失败。这问题只有让时间来回答。如今我们且先谈第二个问题，战争已有的结果，胜败之分，主要原因，果在民主主义不如独裁主义？我的回答亦以为不若是之简单。

德国这次的成功，法国这次的失败，在我个人看来，原因相当复杂。从第一次欧战结束以后，英法两国外交政策阴错阳差的地方太多。最近几年来，法国的外交随英国国策为转移。而最近三五年来，英国外交国策错误失败之处实举不胜举。这或者是英法的国运，最近这些年英法双方都缺乏有眼光有魄力的伟大政治领袖当国。到此，或者有人要说，缺乏有眼光有魄力的伟大政治领袖，这就是民主制度之过。民主制度产生不了杰出的领袖。是不然。政治上的特殊杰出人物，亦如诗人，是天才，不是勉强造就得出来的。罗斯福总统总算现时代中一个比较有眼光有魄力的伟大政治家。美国的民主政治并没有埋没罗斯福。再说，希特勒上台以前，德国还是民主政法。希特勒取得政权的方式，还是靠国社党竞争选举。一九三三年国社党在国会成了比较多数党，他才组织混合内阁取得政权。希特勒的独裁是取得政权以后的事。果是政治天才，在民主政治中，依然可颖脱而出，民主制度埋没不了政治才能的。所不幸者，英法过去几年来政治杰出的人才真缺乏。人才只是这般，民主如此，即令独裁想亦依然如此。这恐怕只能归诸幸与不幸而已。

这次德国的成功，英法的失败，主要原因在外交。远事不提，假使英法苏的协商不失败，假使德苏协约不成功，欧洲当然无今日之局。我们知道英法苏协商失败，这是英前首相张伯伦眼光短浅的结果，这并不是为英国议会制度所破坏，这亦不是受了民主的牵制。其次，英法这次失败，主要原因之一是军备不如德国。所谓军备，特别是科学的军事器械不如。这在英法，又只能归咎当局者的因循误国，不能归咎于民主制度。我们举几个具体例子来说。新近美国罗斯福总统向国会提出增加国防预算案，数额在三十万万美元以上，国会立予通过，绝无丝毫牵制阻碍。民主并不是国防的障碍，这是明证。这次法国贝当将军认法国之败在军械不如人。法国民族委员会领导人戴高乐责备贝当将军说："你以往做过大元帅，做过陆军总长，你何以不改革军备？法国人民并未反对改革军备，法国国会并未反对扩军！"这些事例，实足以说明英法此次之败，姑无论是外交的失策，或是军械的缺陋，一切都是当权在位者因循贻误，而不能归咎于民主制度。

欧战并没有减少我个人对民主制度的信心，亦没有增加我个人对独裁主义的敬仰。在我个人看来，国际战争决定胜负的因素甚多。再拿这次德法战争胜败来说，德意志的民族性，德意志的科学，再加上二十年整个民族报仇雪耻的坚强意志，这都是德国一举胜法的因素。当然，我亦不抹煞希特勒的政治才能，他能抓住德意志民族当前的心理，利用德意志民族的特长，以发挥德意志民族的意志。同时，英法一班短视的政治家又间接帮助希特勒的成功。这胜败绝不能认作独裁制度与民主制度优劣的判别。再进一步来说，凭国家武力总量来比较，包括海陆空军的力量及科学化军事机械的力量，综合比较，据西方军事专家估计，美国当前站在世界第一位。以今日美国的军备言，世界任何独裁国家单独与美作战，恐不能战胜美国。据西方军事专家估计，欧洲各国军力，包括海陆空及科学器械在内，苏联德国最强，英法次之，而意大利占第三位。意大利单独与英法任何一国作战，亦必不能取胜。美国是民主制度，美国的军力并不在任何国家之下。意大利是独裁，意国军力不及英法。这很明显，国家武力大小强弱，与各国当权在位者之国策有关，与各国先天具有的人力财力更有关，却不是国家采行独裁制度或民主制度的结果。又例如说，德意同是法西斯主义的独裁国，意大利的武力却远不如德国。难道希特勒式的独裁优于墨索里尼式？这里，我非根本否认，国家政治制度与国力发展有丝毫关系。我只说明，国家武力大小强弱，不是政治制度优劣的判别，更不能以一次战争胜负，判定国家政治制度的优劣。

这里有一点却值得特别提出加以讨论，那就是两种主义的哲学。独裁主义，特别墨索里尼与希特勒等所代表的法西斯主义，他的哲学基础是个"力"字。独裁主义者应付国内及国际政治，第一个信条是"力"。唯其如此，故独裁主义者一切政治活动是"力"的培养，"力"的增长，"力"的运用。因此，德意独裁者训练国民的信条是，"唯一表现国民精神的方法是战争。"他们的口号是"人类无上光荣的事业为战争"。依据他们的哲学，"人是工具，牺牲个人为国家争取战场上的光荣是目的"。国民接受这种哲学，国家的武力当能强盛，国家当然打胜仗。民主主义的哲学却与此不同，它承认个性，承认人格，承认个人自我之至善。民主主义承认人生本身自有至善之目的，而国家却是发展个人"至善之我"的工具。因此，民主主义不崇尚武力。国民接受这种哲学，国家武力当然不能强盛。国家当然不能打胜仗。因两种主义的哲学不同，所以这次欧战中，德国战胜了联盟国。这亦代表当前许多人对欧战的见解。

有人还要说，"独裁主义是力的政治。发挥力的工具是组织。独裁主义国家的组织重责任，严纪律，真是平时即是战时，所以一与外力冲突，战争即可制胜。民主主义是幸福政治。是民有，民治，民享。唯其'民享'，于是注重自由平等，于是不能有严密的组织。战时依然平时。一与外力冲突，其组织即不适合战时的运用。其结果必失败"。因此，有人判定民主不如独裁。

我个人看来，这些话实似是而非。我且先从组织一点谈起。独裁国家有组织，民主国家缺乏组织，这是不确之论。独裁国家组织适合战争，民主国家组织不适合战争，亦是不确之论。平心而论，欧美各国若英法美德意等国，文的吏治，武的军事，都是有组织的国家。在组织上，德优于英法美，而意则不如英法美。这是历史的传统问题，而不是政制上独裁与民主的关系。至于适宜战事，则一九一四至一九一八年第一次欧战，联盟国的战时机构，无论在前方或在后方，绝不在德奥两国之下。这足以证明民主国家的组织，足以适应战争。独裁国家组织基础建筑在胁迫盲从上，民主国家组织基础建筑在自由意志上，亦是不可掩讳的事实。两种组织的坚强性，耐久性，孰优孰劣，有常识者即可判断。从胁迫盲从中得到的纪律与责任，诚如孟子所言。"非心服也，力不赡也"，其价值可想而知。威廉第二时代的德国，虽无纳粹党，其为独裁则一也。威廉第二战败，帝国土崩瓦解，革命蠭起。人民的责任何在？人民的纪律何在？我们固不可以今日独裁者一时成功，即抹煞历史教训。

  本文不愿多作政治哲学上的讨论。惟据我所知，法西斯主义固然是个崭新的名词，但"力的政治"，唯力主义等等实际是极陈腐的东西。它比民主主义陈腐多了。原始时代人类的生活就是唯力是视。如今未开化民族的生活，依然如此。强凌弱，众暴寡，弱肉强食，人类原来如此。人与人间关系受理智的支配，受法律的制裁，这是人类的进步。人类共同承认这是开化，这是文明。力的政治，亦是上古中古时代立国之道。西洋历史且不谈，中国春秋战国时代，力的政治发达已到极顶。力的政治的反响，才有孔孟出来提倡王道与霸道之分。才有孔孟尊王贬霸之说。这是人类进步当然的轨道。西方的民主政治，一方面可说是力的政治的反响，一方面亦可说是唯力政治的进步。这里，我不是唱什么王道政治的高调。如今民主主义的一切国家是否真做到王道政治，大是问题。不过谈到力的政治，我就想到中国一句谚语，"强中还有强中手"。果尔，则杀杀不息，即彼所谓强者，又将何以自存？西洋历史上远事不提，十九世纪初年拿破仑何尝没有纵横欧洲，所向无敌的光荣一页，终有滑铁卢的失败。姑舍正义，公理，人道这类高调不谈，彼崇尚力的政治者，自存自全之道又在那里？那末，令我们羡慕之点，又在那里？

  倘唯力主义可以支配国际关系，则唯力主义亦可支配人与人的关系。目前偶有书生者流，羡慕独裁政治暂时的胜利，于是忘其所以，高谈力的政治。倘有拳师力士，对书生无端登其堂，无端入其室，无端批其额，无端伤其头，更无端倾其囊，倒其箧；更无端杀其子，辱其妻。拳师力士临去且晓谕开导书生曰:"斯即唯力主义。"书生申冤无门,申诉无处。书生之感想如何?其尚羡慕力的政治欤?"秀才遇到兵,有理说不清",这已是进步的社会。毕竟有所谓理,毕竟让你讲理。真正唯力主义,力即是理。如此社会,书生必慄慄危惧。人与人不可如此,国与国何独可以如此?力的政治可羡慕之点何在?书生或将说,力即是理,何尝不是今日国际间的事实。有此事实,何必抹煞。我个人则以为此事实为人类丑恶羞辱的事实。改善丑恶羞辱的事实,即是人类求进步的责任。民主主义固非至善至美。民主主义或亦有其罪恶。民主主义与力的政治,两种凶恶之中,我愿择较少较轻的凶恶,故我不愿恭维宣扬力的政治!独裁主义与力的政治,既是二者一体,故我不敢恭维宣扬独裁政治。

独裁主义容或适宜于战争,但战争毕竟不应为国家之目的,更不应为人类的目的。独裁主义者认"人是工具","国家是目的"。民主主义者认"国是工具,人类完成至善之我是目的。不过民主主义亦爱护国家,因无国家即无民族自卫自存之道。为保卫国家计,民主主义者或可退一步而承认人为工具之说,但此地须追问。国家最后目的到底是什么?独裁主义者说,"国家目的唯独裁者能够知道"。他们说,"惟独裁者能认识,代表,且发挥国家的意志"。因此,为工具者只有向独裁者负责,只有以独裁者之意志为意志。而独裁者绝对不能向工具负责。独裁者只向上帝及他自己的良心负责。照此说来,此不过恢复"神权主义",恢复"我即国家"一类政治哲学而已。照此说来,"人是工具"的意义,人只是独裁者的工具而已。人是工具,以无量数人的生命以发挥一二人的占有欲,征服欲,战争欲,以争取一二人的英雄虚荣。为满足此一二人的英雄虚荣,陷世界一切国家于冤冤相报,杀杀不息的局面中。充其量,人类恢复上古中古世界。充其量,人类恢复原始时代。诚如此,独裁主义,力的政治,可羡慕之点又在那里?

最后,还有一些人,看见这次德意志的成功,羡慕之余,发生这样的感想:"希特勒登台不到八年,复兴德国,称霸欧洲。独裁之功也。今日中国正是受压迫的弱小民族。苟能复兴,何惧独裁"?于是认当前在中国再谈民主,再谈宪政者为不识时务。

在此,对这种错误见解,亦愿作简单回答。中国今日并不是民主。中国辛亥年虽经过一次革命,但从辛亥直到今日并没有实行过民主。辛亥到民十六年是旧军阀独裁,国民党北伐成功后是党治,依然是独裁。谈起党治与独裁来，中国是先进，德国是后辈。纳粹党当权，从一九三三算起，到今不到八年，他已经横行欧洲。德国在短期中已侵占了八个国家的领土。我们中国经过十几年的党治，当然亦有许多进步，成绩却似乎还没有到国人预期的程度。抗战已经三年，最后胜利虽说有了把握，然而我们今日沦陷于敌人的领土，大过德国侵占别人领土的好几倍。同是党治，同是独裁，成绩毕竟大有差别。我个人细细思量，总觉独裁制度并非万验灵丹。我们要追赶别人复兴国家的速度，或另有应加注意之点。德国的科学进步，德国的工业发达，德国严密廉洁的行政吏治，这是希特勒闪电战成功的重要因素。这些却不是希特勒党治后的成绩。希特勒的成功绝不限于党治与独裁这些条件。这值得羡慕德意志胜利者的深省。

　　最后，我还相信，德国独裁制度，力的政治，有当前的成绩，盖德国民族自有德民族的背景。德国有黑格尔，尼采等等的哲学为力的政治的基础。中国民族几千年来的政治哲学是王道政治。如今全国人所崇奉的孙中山先生的遗教，依然是三民主义，是世界大同，是民权与民主主义。依我的见解，中国还是走我们昔圣先贤昭示的康庄大道相宜些。我们不要看见他人赌博胜利，立刻红了眼睛，想发侥幸横财。须知欧洲热闹赌场中最后结局如何尚在不可知之列。民主主义，进步或者迟慢，中国民族采用起来，却比较安全而稳当。

　　在我，当前希特勒闪电式的胜利，绝未增加我丝毫对独裁主义与力的政治的羡慕，更未减少我丝毫对民主主义的信仰！

抗战三年来的文坛

柳无忌

最可纪念的抗战的开始日期"七七"又在一九四○年来临了，这使我们想念到在这三年神圣之解放战中文坛的情形。出乎一般人意料之外的，在最艰难的环境下，文艺依然活跃地向前迈进。书店的紧缩，纸张的缺乏，印刷的艰苦，交通的阻隔，书价的奇昂以及一般读者购买力的减低，作家生活的困难，形成了若干不可拔除的障碍，阻碍着文学的发展。但是文学的主流已与抗战的怒潮合而为一，它随着大时代的展开渗入了新鲜的素质，一股热的力量，这是一切阻难所不能动摇的。在这阶段中文艺应是与军事政治经济等同为抗战有力的支撑点，因为它有宣传的功用。朝着这方面文艺正在努力着，当我们到书店去，看街头的漫画，听戏院的戏本，我们无往不感觉到抗战与文艺密切的关系。这正如我以前所说过的，新文艺的运动在战争中萌芽滋长了。

使我们对于文坛近况高兴的在我个人看来有足述的两点。第一，文艺已经跟随着政治的变动深入于内地。许多工厂商场从沦陷区迁入抗战的后方，树起了新中国的复兴的基础，文艺也从沿海的商埠及都会占领了以前认为十分荒僻的地方，在那里挥扬着它的鲜明的大旗。一个历史上空前的文化迁移的波浪从海滨打入了中原腹地的每个角隅。学校，机关，书店，文人，相率地因避敌人的炮火退向辽远的国土内；这撤退反而造成了一个前进的机会。把文艺的礼物带给许多以前没有接受过它洗礼的市民。现在，从西南角的滇桂起，经过川黔湘鄂等重要根据地，以迄于西北屏障的陕甘，中国的文艺路线在伸长着。教部的巡回剧团演出在迤西，江安是戏剧的乐土，同时在远远的延安的北门外,在一百个山洞里,建起了各地闻名的鲁迅艺院,那里一个簇新的艺术正在胚胎着。至于作家艺人丛集的昆渝等处,更是代替了沦陷的京泸平津,俨然成为全国的文化中心,文艺的烽火虽在都会内被扑灭了,它的星星却普遍的散入于内地的各个城镇,闪烁出光明来。这种良好的现象,在"七七"事变前我们朝夕所祈求而做不到的,现在却因抗战而自然的促成了。

第二,正如文艺广张了散播的领域,它也增广了虔诚的写作者。在后方的人们既有很好的机会去接受文艺,同时在后方反战区内也培植着文艺的生长,供给文艺写作者丰富的材料。一般迷恋于都市生活的作家因为与现实的抗战潮流相隔绝,不得不受着淘汰;而在另一方面,抗战训练出大量数的作家;他们是战斗的文艺士,从血的铁的经验中造就出来,用他们的笔尖攻击敌人的残忍,唤醒大中华的灵魂。他们分散在战场的前线,敌人的后方,作着实际工作,在将来战事结束建国开始时他们一定会发挥出联合的力量来,为文坛奠定新的基础。从前我们拘泥着作家的名字,以牌子为文艺货色的标准,好似作品的好坏完全要看作者的名声。这种崇拜偶像的趋势窒息文艺的发达,阻塞着新进作家的前途。由于抗战的推动这现象消灭了。代替着它的是许多年青作家的兴起,他们不限某派某地,集体的或单独的创造出亲身所体验的抗战作品。他们在修辞及技巧方面容或有遗憾之点,但是他们的情感是真挚的,内容是充实的,而影响也将是久远的。

对于这种乐观的看法,也许有人要追问:这三年来产生了什么伟大的作品没有?我们只见抗战文学量之多而不见其质之精,这又如何可以解释?关于此点我们并不否认,我们明白在抗战期间因为缺乏若干客观的条件,产生不出主要的文学来。文艺的创作与学术的研究一样,不易在乱世完成。人事的不安定,生活的流离颠沛,能给作家写作的冲动,但不能给他们充裕的时间及恬静的心情去从事伟大的创造。抗战给了作家无数的可歌可泣的材料,但是那些须经过时代的抚育始能成熟应用。现在我们处在制造历史的时期,不是建设文化的年代。在抗战期间我们只能有一个对于文学的态度:勤于耕耘,不问收获的日子终究要来临的,也许就在不远的未来,只要我们能不断的努力耕耘。文坛依旧在活跃着,它的脉搏在跳动,它的血液流入每个偏僻的角隅,产生出新兴的作家,坚强的精神,这些都是抗战三年来可以看到的健全的现象,我们哪能不乐观呢?

但是这并不是说我们已达到了至高的成就,尽了最大的努力。我以为一方面我们固应自慰，但在另一方面我们仍得要求着更完美的结果。我们盼望政府与社会对于文艺还得切实的提倡，不懂把它当作抗战的点缀品，在高兴时随便地给它一点剩余下来的恩惠，如设立几个委员会，来一些奖金等等。我们应该从根本着手去解决文艺作家的困难，如何使一般爱好文艺的人得到一个独立生活的机会，去把全部精力用于文学的创作。换句话说，我们将如何使作家的生活获得保障？文人的境况往往是潦落，而实际上在抗战的时期，连一般所谓士大夫阶级者也都是狼狈不堪，成为"折扣阶级"。这是一个劳力的时期，以汗血换取金钱，而运用脑力者乃不名一钱，不过文人是尤甚者而已。为要针对这种危机，政府应该有一个比较健全的文艺政策，在抗战时尽量罗致文艺作家作宣传的先锋，在抗战后更应促进伟大国家文学的造成。现今似乎是一个政治经济工商业化的世界，但独立的国家亦不能没有它的文化，所以文化事业仍有相当的重要性。文化是赔钱的买卖，它极需要外来的扶助。国家不能让文艺自趋没落，应抱有积极的态度去鼓励它但这并不是说又要来一个统制，如统制教育的那样趋势。我们以为政府至少要考虑及实现推进文艺的工作，来一个通盘筹划的办法，设法培植出版事业，改低书籍的价格，提高写作的报酬，便利著作物的刊印。现在文化的买卖仍旧操诸于一般惟利是谋的商贾之手，他们把书价抬高到原价二三倍以上，剥削了读者亦剥削了著作人。这一切都亟待政府的大力来改进。我们在检讨抗战三年来中国文坛进步的事实后，特别愿意唤起舆论界共同督促政府社会来扫除这个遮掩着文艺的光明前途的阴影。（完）

本期撰者：

　　本期出版，适值"七七"纪念日。我们经过了三年抗战，在各方面都应加一番自我的检讨。本期所刊登的各篇文章，虽不能包括各方面的问题，然其应注重的诸点却已间接或直接提出讨论了。王迅中先生讨论三年来敌国对华的政策，既罗隆基先生讨论民主主义的前途，都是与我国抗战建国问题有关的文字。

　　执笔诸君都是读者所熟识的，这里勿须再加介绍。

第四卷第二期（1940年7月14日）

这一周

　　蒋委员长在"七·七"三周年纪念日发表了一篇告全国军民书。蒋委员长从军事、政治、经济、国际局势各方面，将我与敌双方形势作详确的分析与比较。在任何方面，我是进步，敌是退步；我是安稳，敌是危急；我是优越顺利，敌是日暮途穷。全世界人士看了这篇文字，一定共同承认这分析与比较，确有事实的根据。这绝不是战争期中的宣传文章。最后，蒋委员长指示全国军民，认"我们的责任，不但是抗暴日，救中国，并且是救亚洲，救世界"，"我们不要忘了为山九仞的古训，我们必须明白愈久愈奋的至理，要以自尊自信的精神，忍受当前的的艰难困苦，要从艰难困苦中发挥中华民族的伟大力量，为中国，为人类，创造未来永久的福利。"这是蒋委员长对全国军民很精辟的教训。我们中华整个民族应一致奋发振作，以担负这伟大的责任！

　　中国国民党五届七中全会已于本月一日至八日在渝举行。决议案中比较重要者，在党务机关方面增设妇女部，在国家政治机构方面，增设经济作战部，设置战时经济会议，将原有经济部改为工商部。此外并设置中央设计局，主持全国政治经济建设之设计。这种变更的目的，七中全会闭会宣言说得明白，这是"加强政治，经济，军事上之奋斗"。今后一切党政工作，尤其各级行政，宣言说"必须确实，迅速，整齐，严肃，廉洁，勤慎，守法，奉公。"七中全会这种收获，我们表示欣慰与敬佩。不过抗战三年以来，机构变更调整，已时有所闻，而行政上"确实，迅速，整齐，严肃，廉洁，勤慎，守法、奉公"的成绩，依然很少。此中症结，或另有所在。七中全会对各部人事，"一无变更"。添了新瓶，储藏旧酒。味道恐只有这般。全国国民窃有遗憾焉！

中央财政和地方财政的关系，不但可以表示一国财政的是否健全，并且可以表示一国政治的是否统一。自从国民政府成立以后，中央当局努力于划分国省收支。在西面方面，这种努力抗战以后亦渐见成效。四川方面，在民国二十七年已实行国省收支分立。西康方面，在建省以后亦已实行国省收支划分。最近云南方面也已由中央当局与地方当局商妥，自本月（二十九年七月）起，实行划分国省收支。这种决定能够切实实行，想不成问题。我们更盼望各省地方当局和中央当局能常常本着这种合作的精神去求政治上的一切改进。我们认为这种合作精神在抗战建国上有重大意义。

财政部长孔祥熙氏在抗战三周年纪念日发表论文，叙述抗战以来的财政状况。因此我们对于几年来财政的一般状况，有比较更多的了解。惟孔部长始终未提及财务行政情形，亦未谈及财务行政人员的清廉问题。对这几点，社会有人言啧啧之象。此或为过分之惶惑与疑虑。孔部长其将有以慰此喁喁之望欤？

汪逆与阿部据传又已开始谈判。香港九日电称，敌方兴亚院已将《中日新关系调整要纲》交阿部，与汪逆在南京谈判。阿部谓此新关系之基本要项已于去年十二月三十日由汪与日方代表机关间成立协定，故现在毋须再开预备会议，自九日起即可逐项讨论细目。这证明以前轰传中外的"日汪密约"确是汪逆伪府成立的基础。汪逆前此装腔作势的否认，实掩耳盗铃，欲盖弥彰而已。惟我国国民抗敌意志，如此坚决，阿部盗买，汪逆盗卖的勾留，在法律上，在事实上，于寇于逆，果又有何补益？

贝当将军领导的法国政府，除向希特勒在军事上投降外，今且进一步为整个精神上的屈服。法国贝当及赖伐尔两人所领导的政府，已放弃民主共和政体，采用集权独裁制。法国的新政体，完全以德意组织为模型，照样仿造。其实这是意料以内的事。当年拿破仑征服一个地方，就要把拿破仑那套制度搬移过去。希特勒今日征服了德国，哪能容许民主在法国生存？在贝当与赖伐尔二人，即是甘心投降，非如此彻底屈服，亦不能表示忠诚。法国修改宪法，已将第一次革命时三大原则——自由，平等，亲爱——取消。这亦是势所必至，理所当然。屈辱投降的贝当与赖伐尔，又怎配向希特勒谈自由平等？不过，将就木焉的贝当将军，此日将国家民族百余年来的光荣，一扫而光，果又何图？受人支配的国家，即令集权，果真有权？即令独裁，果真可裁？希特勒是法国的太上独裁者。法国的权当然集中在希特勒的手里？目前法国这一切改变，法国民族当然有深切的痛苦与重大的反感。我们对此有长久历史光荣的法国民族实具深厚同情！

英法两同盟国如今不但不站在一条战线抵抗共同敌人，且已反友成仇。英法海军在地中海有过几次冲突。法国已正式与英国断绝邦交。说不定，最近将来，法国的军人还要与褐色黑色制服的军人，比肩而立，共同对英作战。国际间情势变幻，云翻雨覆，竟至如是，亦可慨矣！德意想利用法国海军以制英，那是不可隐讳的事实。法政府既不能复不肯保证法国海军不为德意所利用，英国为自卫计，先发制人，忍痛解决法国海军，此中自有苦衷。英首相在议会中流泪，岂偶然哉。平情论事，尽管我们对法国海军之处境充分同情，我们对英国海军之行动毕竟谅解。

日寇鉴于威胁安南之成功，于是依样葫芦，希冀用同一方式以解决缅甸问题，以停止滇缅公路的货运。关于滇缅货运，日寇曾向英国提出一次抗议。这次抗议，日寇已碰壁。英国答复措词虽委婉，但立场甚坚决。英国政府并未因日寇抗议而停止滇缅货运。日寇如今又已作第二次抗议。依我们的推测，英国的坚决立场，必维持到底。缅甸毕竟非安南可比。法国已自认战败国，已向德国屈服投降，已无所谓国家资望，更无所谓条约义务了。英国却不同。他还是世界独立的强大帝国。他如今与希特勒努力作战，还是维持"帝国资望"这面招牌。倘缅甸问题亦如安南的结局，则在英帝国的资望何在？英国整个远东利益之丧失，更无论矣！姑拭目以观其后。

沪美军陆战队在七七纪念日曾将违法侵入美军防区的倭国便衣宪兵加

以逮捕。敌宪兵队长三浦见事件扩大，当即亲向美方道歉，将被捕之十六人领回。以求了事。不料八日晚敌军发言人又忽然否认三浦有向美方道歉之举，并谓被捕之敌宪兵曾遭虐待。九日敌军当局复向美军提出强烈抗议。这一方面表示了敌寇反复无耻，另一方面又阴示敌寇仍在玩弄鬼蜮伎俩，以试探美方态度。敌寇垂涎上海租界，本非一日。在此欧局变化期中，希图趁火打劫，绝无问题。英法今日已不能全力顾及远东，美国态度更可左右远东局势。现在美国虽极关心欧局发展，但对远东的监视绝未丝毫松懈。史汀生出掌陆军，美舰队驶返夏威夷，军需原料实行禁运都一切都是美国直接间接对日警告的表示。敌寇果仍想沿袭过去威胁英法的老法子，果想藉宪兵被捕事件煽惑国民情感，鼓动反美运动，恐亦自讨没趣而已！

张自忠上将殉国事迹，已由全国最高统帅蒋委员长通电布告全国将士。"夫见危授命，烈士之行，古今犹多有之。至于当艰难之会，内断诸心，苟利于国，曾不以当世之是非毁誉乱其志，此古大臣谋国之用心，固非寻常人所及知，亦非寻常人所能任。"这是蒋委员长赞誉张自忠将军的话。从这些话中，我们可想像张将军几年来处境之苦，谋国之忠。忆三年前张将军任天津市长时，直至平津沦陷关头，彼所受之流言最多。"假使当年身便死，一生真伪有谁知？"回复斯言，深有慨焉！今政府明令张将军入祀忠烈祠。生以忠为名，死以忠受祀。张将军于"忠"字实无愧焉！从兹流芳百世，张将军九泉可以瞑目矣！

雷鸣远神甫努力抗战工作，因劳殒国，实为国家与社会之重大损失。雷神甫毕生事迹，绝非短文所能叙述。雷神甫原籍比利时。四十年前来华传教。初次抵沪，目见外人欺凌中国人民的情况，即愤愤不平。"中华民族有伟大悠久之文化，今受人欺压，宁非恨事？"雷神甫入中国国籍之念由此而生。其入中国国籍之唯一目的，即欲复兴中国文化，复兴中国民族。雷在中国，任何外人欺压中国之举动，彼即努力反对。九一八以后，雷为坚决主张抗日之人。张自忠将军长城抗战之役，雷率领担架救护队在前线工作。卢沟桥事变后，雷率领数百弟子，奔走冀豫晋陕，参加抗战。雷为六十老翁，日间赤足草履，夜间板榻砖枕，从事抗战工作，绝不引以为苦。唯若有人以外人目之或称之，则深引为耻。雷神甫衣袋中有《圣经》一本，《四书》一部，朝夕念《圣经》，每周温《四书》。因其深切了解且崇敬中国文化，故以中国国籍为荣。雷神甫实中国典型国民也。今政府对此外人入籍之神甫将明令褒扬其忠贞事绩，以资矜式。彼生为中国国民，甘心认贼作父之汉奸国贼，闻此当更愧煞矣！

希特勒胜利了么？

寿 民

两个多月里，德军一举而占领丹麦挪威（四月九日），再举而侵入荷比卢森堡（五月十日），跟着包围联军于佛兰德斯，几乎将百万大军聚歼（六月初）遂即突破法军阵线，长驱直入巴黎（六月十四日），终乃逼迫法国签约投降（六月二十四日）。进展的神速，所向无敌的威势，真使举世骇异。世人遂多认为德国胜利了，希特勒成功了。其实世界局势不如此简单，我们震于德军声威之余，应当细心问问，希特勒果真胜利了吗？这胜利果真能保持永久吗？

就目前军事说，德在欧洲大陆，固然已获全胜，整个欧战的最后胜利是否属他，还要看事实的进展，称霸海上的英国依然抗战。从前拿破仑征服大陆，而不能打破英国的顽抗，终致败覆，现在也是德国一天不能使英国屈服，一天不能结束欧战，长驱破法的兵力，未必能操侵英的胜算，狭狭的海峡，仍是英国的天然壕堑；庞大的海军，仍是英国御敌有力的铁壁，要打破这铁壁，越过这壕堑，据以往的历史看，断非容易事，固然今日的战术与往昔不同，飞机能使战舰蒙空前威胁，巨炮射程能越过海峡扫荡彼岸，德国既能跨海夺挪威，则跨海侵三岛非绝对不可能。不过侵英究竟与侵挪威不同，在敌人雄厚的海军势力下，越海输送重兵，终是个极冒险的事，德国果能在海上再表现惊人的战绩，得出人意料的战果吗？大概不久就有事实来答此疑问，所可知的，德攻英，非容易，英攻德，更困难，英国因为法国单独媾和，在大陆上无立足点，又因德国势力扩遍全欧，海上封锁失其功效，英可以制德者少，而德可以胁英者多，所以若单就英国一国与德对敌说，德胜英之可能多，英胜德之可能少，可是英国之外，有美国，有苏联。

目前美国仍守中立，苏联似乎仍然与德接近，但从根本利害看，这两国终不免有与德国冲突的日子，美国反对纳粹，同情英法，极为明显，将资源武器卖给联军，在德国人看来，早以超过中立国的行为。在目前德国似乎尚不欲对美开衅，不过对于他的偏向，绝不会忘怀，一朝欧战结束，德美的敌峙，恐怕就要继之而起。美国有一部分人士，恃大西洋的阻隔，期望可以孤立自存，可是局势的发展，使此辈的主张，日显其错误，战前德国在南美所树的贸易根基，政治势力，已足使美国不能安心。

日前德曾表示，将不复承认门罗主义，对美威胁，更进一步，再若一旦德竟打胜英国，将英国的舰队夺在手里，或以整个欧洲资源建一新的强有力的舰队，以威逼美国，美哪里还能安枕，所以美国，即不为情感，而为自己安全，亦决不能容德国完全打倒英国，德要对英获全胜，除非同时征服美国，这个胜利希特勒有把握吗？当进攻英美的时候，不虑苏联趁间攻其后吗？

苏联与德，当希特勒初执政治，反苏若狂，苏联亦揭橥民主阵线反抗极权，两国仇视若水火，只以事态的变化，民主国家之失策，遂使这两个互相敌视的国家，看到互相提携的好处，突然签不侵犯条约，由仇敌成盟友，这样黑脸变红脸，敌友突然易位，在外交上，不无先例，谁也不会错认这是革面洗心的表示，明明是两个极权国家的专政者，谋互相利用，成利害之交，德将掣肘的苏联变成帮凶的苏联，既除东顾之忧，可以用全力应付西线，同时又得资源接济，以应付英法的海上封锁，苏方引得强德西抗英法，纾己之迫，假手他人攻己之敌，且使德倚赖苏之支撑，而莫敢或忤，于是分肥波兰，拓展势力于波罗的海，近复伸张势力于巴尔干半岛，果然德未持异议，且特施臂助，实力外交，得互相呼应的实益。但双方以利害交，因利害关系可突然由敌变友，因利害转变，亦可突然再由友变敌，德苏之间，利害关系有改变吗？有，德国将法国打败打得太快了，速战速决有成功的可能了，苏联助德，非有爱于德，实假手以敌英，他的本意利用德"与资本主义集团"的长期战争，一面拓展苏联本身利益，一面酝酿普遍的普罗革命，鹬蚌之争相持愈久，渔翁之利愈大，出乎意料之外，闪电战争，竟然成功，希特勒的德国，席卷欧陆，成为最大强权，与并肩称雄的苏联能不感觉威逼吗？前一阵波罗的海上的伸张，不虑而加以推翻吗？此时巴尔干半岛上的拓展，德国真能不忌视，不以为是侵入他的势力范围吗？乌克兰的丰富农产，巴库的大量汽油，强德真不垂涎吗？我想苏联不至无戒心了，同时德国也不能不顾虑苏联的行动，不说别的，只说战争最需要的汽油，德国本身出产不够，一部分得之苏联，波兰油田为苏联占去，罗马尼亚的油田苏联也有觊觎的可能，倘德国始终须赖苏联供给，苏联可制他死命，使机械化部队飞机坦克车都不能运用。所以苏若在巴尔干伸张太猛，两国就有冲突由友变敌的可能，苏德大战或者是世界争雄的最后序幕，德于战英美之后，或于战英美之时，还得准备与苏联战，才能得最后胜利，这个胜利希特勒的把握更如何呢？

希特勒获胜的机会，是在避免三强同时与他为敌，先制服一个强敌，然后对付其他，这个策略，以往算是成功，以后还能运用如志吗？他的武力愈强，别人对他的恐惧愈进，合作抵抗的可能愈大，他的获胜也就要愈难了，他所可自慰者，是英美合作今已嫌迟，美苏合作目前尚无可能，不过以武力政策侵略政策称雄世界者，非穷兵黩武不能竟其功，且非穷兵黩武不能保其势，穷兵黩武，不至举世为敌不能止。

敌对世界是希特勒将来的难题，保持他所已攻克的地方，绥辑他所已战胜的敌人，更是个难题，恐怕这个政治问题的重要与困难，还甚于他的军事问题，被他打败的敌人，武力侵占的地方，——法，比，荷，卢森堡，丹麦，挪威，波兰，捷克，（奥国似当别论）——从此死心塌地，奉命维谨，不复作翻身复仇的打算吗？以武力服人者能保持永久吗？听说希氏的计划，将在欧洲建一联盟（或邦联），包括整个欧洲大陆，英苏除外，德为盟主，其势力特殊，略如以前德意志联邦中的普鲁士，这个计划，倘若成功，使欧洲许多不得宁处的国家，在统一的旗帜下，各自相安，不起战争，未始不是世人所馨香祷祝，不能使人无疑的是：在希特勒势力下的国家能安处不复相诉武力吗？在他势力下的人民能安居乐业不受政治桎梏吗？他以往治德的成绩，所提倡的狭隘的种族主义，排除异己钳制言论的作风，施之全欧，能使整个大陆翕然景从吗？要控御欧洲，要领导世界，须有大政治家的风度，而我们所知道的希特勒，仅是一个坚强的自信者，具有魔力的鼓动者，惊人的征服者，而不是个宽宏有量的大政治家。

论历史上的大事，不当限于一时成败，当从长久处着眼，我们测论今日希特勒的成败，不免联想到一百多年前的拿破仑，拿氏利用法国革命所遗留的新动力，及个人用兵的天才，东西转战，所向无敌，一再打败奥普俄诸强，兼并荷兰瑞士意大利诸地，成为欧洲的主宰人，当一八一〇年他全盛的时候，欧洲大陆几乎全在他的势力下，颐指气使，威风万千，当时的人何尝不以为他是成功了，承认他是空前的胜利者，但武力胜利，仍赖武力维持，黩武穷兵，不戬自焚，同时新的力量，打破武力的力量，即于此时产生。德意志的民族复兴运动，西班牙的人民抗战相继兴起，反对力累积日厚，一遇机缘，爆发遂莫能御，所以一八一二拿氏征俄失败后，与他敌对的国，与他有盟约的国，被他所征服的国，丛起而与他为敌，一年多后，联军便攻入巴黎，迫拿氏去位，放逐小岛。期望历史重演，固是太呆，但历史的教训，应当重视，事势可变，人性难移，新式飞机，新式坦克车，可改战争的胜负，而不能服人的心志，百余年前，拿破仑武功煊赫，终遭失败，希特勒是否覆辙重蹈，我们虽不敢说，但看他所凭藉的阴谋武力，所实施的苛暴政治，不能不怀疑他的势力是否能持久，不能不疑问他是真个胜利了吗？

美国外交与海军政策

王赣愚

依近日美国动态观察,其对于欧洲和远东的局势,究对何方较为重视,我们颇难断言。其实,美国自建国以来,在外交及军事上,势须东西兼顾并重,当以目前为首次。往事且莫提,就是过去几年中,一般美人鉴于欧洲危机四伏,以为外交近于积极,便会使己国卷入战涡,国内所成立的中立法,虽迭次经过修正,只因系针对欧洲局势而发的,所以终脱不出孤立主义的窠臼。

前此美国对欧洲何以能进退自如,主要原因就是英国之能保持海权于不堕。本来英国海权不啻为美国安全的屏障;而这个屏障虽存在已久,然一直到了今日,一般美人才感觉其有如此重要性,这似乎犹嫌太晚!回想慕尼黑会议时期,英法对德屈膝退让,美国人何尝不惴惴自危;又观近些年来,德意在拉丁美洲的经济阴谋,迭经揭露无遗,这自然又足使美人担心;不过他们传统的苟安心理太深,对欧洲的反侵略运动,始终不肯积极有所努力,总以置身局外为得计。明眼人早知这是何等重大的错误。但美国既患了这个重大的错误,对欧洲知有敌而不知制敌,故在军事上亦不早为之备。我们固不否认自罗斯福登台后,军备规模之扩大,为历史上所未见,但美国之不肯从早扩军,亦未始不是国际局势恶化的一个主因。前些天,新任陆长史汀生氏公然承认在现状下美国军力尚为未逮,因此主张暂把参加欧战问题摆在一旁。新任海长诺克斯也作同样看法,由此可见美国扩军过迟,难以应付急骤的变化,为自身安危计,暂时避免在欧亚两方与敌发生正面冲突,或者是唯一的过渡办法,但绝对不是长久的定策,这点我们且莫误解。

自法国对德投降后，美国受欧洲侵略者的威胁，似乎较为急迫，此时欲重建军备，又非时间所容许；所以只有倾其全力协助英国，使其能继续控制北大西洋；因为在这方面英国海权的保持，对美国自身军事准备上，有很大的帮助。其实美国在现势之下，参战与否纯是事实的问题，而非理论的问题；假使国防上已有充分准备，早必决然与英一致抗德。现在她正在争取时间，我想到了国防一有把握，参战定成事实。这是无可疑义的。

我们莫误认西半球是不会被侵袭的。美洲北部除巴拿马运河一隅以外，在美国现有海军的保护之下，或许是相当安全的；但美洲南部形势却不同了，倘非加以防御，则必招致敌之来犯。况且欧洲大规模的战争，其经济力量时常靠南美之支持，第一次欧战是如此，这次欧战恐亦不免是如此，所以最近二十余年来，拉丁美洲的经济权益，成了列强攘夺的对象。英美二国向有强大的海军可恃，所以在这一区域是最大投资的国家，且能控制南美各国的外汇机构。就事实上言，南美的大部分贸易，一直到了现在，仍操在英美两国手里；不过德意对此禁脔垂涎已久，无时不在破坏英美的经济优势。眼前英国正从事抗德之战，势不得不集中海军力于北大西洋，尤其在失掉法海军协助之后，其所处的苦境不得不使之然。我猜想，到了相当时机，德意或许要作如下的企图：一面设法控制南大西洋，以求切断英国与南美间的交通，使英国本部少一项粮食来源；一面又乘英国海军力之分散，而在南大西洋打出一条通达南美的路径，终要将英美经济权益取而代之。当然，这项企图此际还谈不到，但此后海战加紧，万一英国失利，那时谁敢保德意不出此一着呢？

我们不应因拉丁美洲远隔重洋，而断定其不会牵入欧战漩涡。针对着这一点，美国此时所以决然准备负担保卫西半球的大部分责任。近日欧洲战局的急变，给予美国充实国防的好机缘。她现在已决定进行大规模的国防计划了，依此计划，陆海空军的实力，不久将为各国之冠。然依现状观察，美国鉴于英国海权之非完全可恃，在充实国防上，却不得不首先建造"无匹"的海军，以争取大西洋的优势。以美国经济力之充裕，只要具着坚强的决心，我们敢信必获到预期的结果。

在远东，美国此时当亦不至有疏忽。事实上，法国自对德停战后，对暴日亦节节退让，而英国此后在远东的行动，更有待于美国的协助。但美国现有海军的实力，因为国际环境不许其集中于太平洋，故尚不足以适应对日直接冲突之要求。最近史汀生氏亦说过："英国舰队之实力，务必助其保卫完整，庶几美国可在太平洋上驻扎强大之海军。"诚然，英国海军对于美国的安全，关系既甚重大，苟一旦为希特勒所破坏，则太平洋防务亦将大受其影响。为了这个缘故，美国在增设太平洋防务的过程中，也不得不采取各项具体办法，以维持英海军之力量。

目前英国以失掉法国协助之故，处境更感艰难，其所恃的最后武器，就是强大的海军。以往英国海军足以控制大西洋洋面，使美国不必东西兼顾；但近来因为德国空军的突飞猛进，英国一向所恃的海上优势，也在发生问题了。在今后日益加紧的海战中，如果英国海权支持不住，则美国之受威胁，将不亚于英国。这个忧虑逼使美政府趁机强化门罗主义，以预防欧战逆转的不测影响。试看前些天，美国照会德意二国，表示不许法荷北美洲属地有所变更，并且拟将门罗主义延伸于英属之加拿大，及丹属之冰岛。此外，又准备召集泛美会议，以求再度加紧美洲团结。这都是保卫西半球的最适宜的措置，其着重点未尝不在海军战略上的。

美国以最近国际局势的逆转，使自身大受威胁，故在海军政策上，不得不改弦更张，而积极推行"大海军"政策。不过今后所谓"大海军"，必然为"两洋海军"；除太平洋以外，对大西洋方面亦不容疏忽、

美国目前无疑地是世界上的一大海军国，但其海军的长足进步，不近是最近数十年来的事。自占领菲律宾群岛后，美国积极扩充海军，劈头仅以"次于英"的地位为满足，后来跟着时势的推移，而渐渐改取了所谓"等于英"的标准。原来这个新的标准，到了一九二一年华盛顿会议，才得到实际的应用；不过这个会议也应用得不彻底，只在主力舰战斗力上，决定了英美的同等比率，而对于吨位上的完全平等，却未加以细细规定。美国海军之取得这个地位。要算在一九三〇年伦敦条约签订之后。从此向来独占海权的英国，毅然许美国之争衡，就大战后国际局势上观察，这事实在具有划时代的意义。

扩充海军需要极大经费。美国人素来不感外患之急迫，当然不容易使其承受这个负担。所以多年来主张"大海军"者的呼吁，都不引起国内普遍的同情。往昔美国人总以为安全的威胁，只自欧洲方面来，尤其自英国来，国防问题自然是比较简单的；可是菲律宾群岛的占领，却使整个问题大改旧观了。美国在远东要保持这一立足地，势不得不重新厘定海军政策；远处境

外的殖民地，非依海军无以保持，这点连反对"大海军"者也不能否认的。海军政策往往依外交为转移。美国占领菲岛不久，德日两国崛起以争海权，当时海军界人即有建立所谓"两洋海军"的主张，意在扩充本国海军实力，直达到足以抵抗德日二国联合的程度。哪知道国内有不少人士，着眼于当年外交的环境，却不以此为主张，以为英日同盟的存在，已够拆散德日海军的结合，以此，美国扩军无须东西兼顾。当然，这个看法假定着英德二国是劲敌，如果这个假定不能成立，谁都不敢保英国不会联德以制美。总之，上次大战以前，英国海上霸权的保持，无形中减少了德日海军联合的可能，这对于美国的安全是不无裨益的。

自从华盛顿会议以后，远东情势又大改变了，除订立九国公约外，又有四强协定以代替英日同盟。美国从此时直至"九一八"，对于远东均势的新局面，始终抱着过分的希望，所以不重视太平洋海军问题。华盛顿条约关于主力舰与航空母舰的保有量，规定了英美日三国间的五五三比率，而美国满以为这个比率已含有抑制日本的作用，再加以其他国际政治协定的拘束，美日间当不至发生剧烈的海军竞争。美国的这种苟安心理，就是过去忽略太平洋海军的主因。其实那时日本海缩外交，表面上虽似失败，实则获利不少。譬如依照华盛顿条约规定，美国不得在关岛，菲律宾及接近日本领土的地带增设防务，而日本则可暗中努力扩充条约限度内的军备，以致条约成立不几年，美国在西太平洋方面，毫无对付日本的准备。反之，日本就乘美国之不备，在西太平洋造成海战的优势，而恃此优势更进而推翻远东的均势。"九一八"以后的局面，就是由此而产生。到了一九三四年，日本复通告废止华盛顿条约，并要求英美两国予其海军平等，以为次年重开海缩会议的先决条件，这个举动特别给予美国以甚大的刺激，使其感觉太平洋海战不可避免，但在其防务未巩固以前，无疑地亦无牵掣日本海军之能力。近些年来，美国所受的教训很深，以"七七"事变以来为最。所以中日战事发生不久，即在太平洋积极增设防务，且国内所谓"大海军"的声浪，也一天比一天高。美国此时纵然在外交政策上，不肯放弃传统的孤立主义，然就海军政策上看，却早已脱出孤立主义的窠臼了。

就太平洋方面言，美国在地理上所遇的实际困难，只能取偿于"大海军"政策的推行。试看她的海军根据地与日本相距甚远，似乎须有几倍以上的海军力，始能予敌人以痛击。一九三三年罗斯福执政后，由于远东风云日亟，太平洋上的海军建设，即开始趋于积极化，且国内舆论对此亦鼓励甚力。然依专家估计，美国造舰的速度，离在太平洋作战的要求尚远，若欲借新造之军舰，以变换日本所恃的优势，则非更彻底推行"大海军"政策不可。其次，美国在这方面还须重视的，就是空军的力量。海军本不能离乎空军，二者相辅为用，不可偏废。美国空军固已远胜于日本，但由于太平洋面积的辽阔，而引起了长距离飞行的困难，如以不克利用大陆上的现有根据地。这也是美国在太平洋战略上亟图补救的一点。

美国在太平洋上的现有海军，仅足为远东外交的工具，而不是适应作战之需求，过去美国既不以战争解决远东纠纷，自不必促成"大海军"的实现；但现今国际情势，和从前迥不相同了。美国在太平洋不能再把海军当做外交的工具，参证远东的现势，现正扩充海军，实不得不重视战略上的问题。

总之，美国素来不感外患之急迫，而到今的处境，却和从前大不相同了。在国际现势之下，只有扩充"两洋海军"，始足以应付可能发生的各种变化。在欧洲，美国除给英国以最大的物质援助之外，此时尤应在大西洋方面，积极推行"大海军"政策，以作必要时重洋远征之准备。美国素来的立场，是反侵略，主正义，与纳粹德国绝无妥协的可能，倘使躲在私利的围墙里，容忍侵略者长此放肆，终久自身亦将受其害。就太平洋面言，因为英国方忙于抗德之战，无暇东顾，实际上美国负着更重大的责任。美国开始建造"无匹"的海军，虽然是计对欧洲情势而发，但实际上还是侧重于对付暴日的。经过了我们三年的抗战，暴日已不堪美国之一击，如想在太平洋有所蠢动，亦不能毫无忌惮了。基于这个认识，我们对于国际变化，丝毫无悲观的理由。

知识统制与社会进步

邹文海

　　一个人的思想多少总含有主观的色彩，假使不能接受旁人的批评，这个主观一定变为可怕的偏见。任何人的经验都是一方面的，假使不能容纳旁人的经验，结果一定是坐井观天。社会的进步，当然有赖于少数先知先觉的领导，但是领导者的态度，只不过是领导而已，决不能强迫人家去服从。因为强迫人家服从的结果，就是领导者能达到他的目的，每个人都受他的指挥，但也不会发生信仰，更不会发生力量。天下最无为的事情，莫过于思想的统制，表面上虽然把社会粉饰得风平浪静了，骨子里却使问题更复杂，更难解决。路德加尔文的宗教改革运动，假使不是旧教不能宽容，逐渐的进步乃为必然的途径。波旁王室能接受立宪的潮流，一百年的革命史也不至发生的。反对异已，取缔新学说，对于所谓正统的思想，何尝有什么帮助？罗马人把耶教徒喂猛狮，这样的压迫也可以算利害的了，但耶稣教依然能普遍于欧洲。路易十四对付政敌的手段可谓酷辣之至，但他的孙子就眼看大革命的爆发。闷在心里的欲望是最利害的火药，引着导火线就不可收拾了。从这点说，我们何苦要统制知识？何苦要抑制思想？

　　我们反对统制思想最大的原因，因为这足以阻止社会的进步。从积极的方面说，人类之所以要求知识，所以欲发表其思想，无非欲贡献其经验于社会国家，知识之获得，意见之表示，许多人认为是权利，而其实亦是义务之一。我们希望社会进步，国家兴盛，我们就应当把个人的经验贡献之于社会国家。只是消极的服从，怎能推动社会向前进步呢？现在有许多人因青年思想之复杂，就引为国家的绝大的危机。由是栖栖皇皇求青年思想之统一，甚至主张统制知识，以为这样青年的思想就可以统一了。他们根本不知道不同思想的融合，不同文化的接触，乃是社会进步的最大原因。亚历山大东征的结果，希腊文化和埃及文化接触了，由是产生了新的希腊化时代。假使亚历山大以埃及文化为异端，排斥之惟恐不及，那末单纯的希腊文化，怎能有帕德尔梅王朝二百年灿烂的文化史？十字军的东征，史家亦认为多一东西文化接触的机会，对于知识的进步有很大的帮助。这许许多多的史实，无非证明文化上相反相成的原则，单纯的统一的思想，决不能有向前进步的希望。一个人不能万知万能，一个民族亦不能万知万能，接受人家之异，以补充自己之同，文化才能发光彩，思想才能得发育。知识的统制，思想的统一，不过故步自封的别名而已。

无论个人，无论民族，总该有充分的经验，然后才有清楚的认识。而所谓知识的统制者，无异于剥夺一个人或一个民族的经验。知识大部分是体验的而不是传授的，而知识统制则以知识的传授为基本原则。所以主张知识统制的人就限定了学科的范围，规定了思想的形式，以为这样天下万物就可以定于一了。殊不知知识统制的结果无形中压制了人类求知的欲望。天下百姓，只在规定的范围内学习，而并没有自动的找寻他们所需要的经验。革命家常说，知识产生信仰，信仰发生力量。所以知识不成熟的人信仰不会坚定，而信仰不坚定的人也不会发生伟大力量的。一个人虽可口口声声说信仰某种主义，但是他的信仰若不出之于真知真觉，那末信心一定常常要发生动摇，充其量不过是一个投机主义者而已。因此之故，知识统制以后虽可造成统一的思想，但决不会产生伟大的力量。从这点说，正因为我们希望大家有一致的信仰，所以更该解放一切人的知识，使他们于自动的体验以后有同样的真知真觉，在这种环境中所得到的信徒，其效率一定会大得多呢。

自从德意的侵略成功以后，大家对于自由主义发生极大的怀疑。意大利罗马精神的复活，德意志又能向英法势力进攻，这不都是反自由主义的收获么？莫索里尼和希德勒要是有什么一贯的信仰，这个信仰就是反自由主义。没有疑问的，法西斯帝国主义是十九世纪理性主义的一个极大的反动。而这两个国家同时在新帝国主义的姿态下向世界挑战。不过我们若仔细分析两国实际的情形，就知道德意志所以在初期大战中能有胜利，那完全依赖它惊人的科学，而这种惊人的科学，决不是希德勒所创造的，德意志是理论科学基础极广的国家，哲学家有黑智儿德贲斯乞极端推崇国家的理论，同时也有司宾格勒证明西方文化已到堕落时期的思想家。至于科学家，爱因斯坦可以说完全偏向于理论方面的。这样广大的基础，才能鼓励德意志求真知真识的欲望。而这个广大的文化基础，与其说是希德勒所造成的，不如说是路德宗教革命的结果。可惜利用这个广大文化基础的是一个独裁的匹夫，以至只能造出杀人的利器，而不能造出增进人类福利的工具。至于意大利，论独裁的资格可以称得上老大哥，不过因为文化基础没有德意志那样广大，所以近几年来的表现，并没有德意志那样大露锋芒。这可见德意志的所以为人钦佩者，不是希德勒统制知识的成功。反而可以说是受了路德宗教改革运动的遗惠。不幸而希德勒早出世几百年，德国现在的科学界恐怕就不能有磁性水雷的发明了罢？从这一点来说，希德勒统治的长久存在，真是德意志文化堕落的先兆呢！谋国的人最忌但问目前的成败，而不问将来的结果。须知今日种种，皆是从前的"因"所造成的，而今日的"因"，又将造成明日的种种。希德勒若一味的剥夺人家自动求知的机会，试问数百年后，德意志将变成怎样的一个世界，我们真不忍去设想呢！

　　从以上的几点，我们说明知识不能统制无法统制，而且统制以后要阻止社会文化的进化的。至于我们现在人所要求的自由，这是积极的自由，富有建设性的自由，换句话说，我们为希望对社会国家作更大的贡献，尽更大的义务，所以我们要求自由。这和十九世纪放任主义的自由当然有所不同，关于这一点，将来有机会时再作讨论。

叔本华与《红楼梦》

陈　铨

二十年前作者还在清华作中学生的时候，有一天得着机会读王静庵先生一篇文章《红楼梦评论》。在这一篇文章里，静庵先生根据叔本华的哲学，对《红楼梦》发表许多精透的见解。当时我爱不释手，叔本华和曹雪芹的悲观思想，充满了我的心灵。迄今事过境迁，我的思想，在这二十年中间，和叔本华曹雪芹，已相去甚远，然而静庵先生《红楼梦评论》，始终是第一篇影响我思想的文章，曹雪芹叔本华至今还供给我少年时期丰富优美的回忆。

不但在个人方面，就拿中国的文艺界来说，二十年以来，还没有产生曹雪芹那样伟大的小说家，关于《红楼梦评论》，始终没有跳出索隐和版本批评的范围。像静庵先生那样有见识的文艺批评家，还寥若晨星，至于叔本华那样和人生发生密切关系的哲学家，在中国也没有多见。

叔本华是欧洲思想界一位奇人。他有奇怪的性情，极端的偏见，然而他的性情和偏见，是这样地有趣味，这样地富于刺激性，反而令我们喜欢。他一生没有朋友，没有爱人，没有家庭，成年成月，度着可怕的寂寞生活，社会压迫他，同行嫉妒他，然而他并不因此灰心丧气，五十年的学者生涯，始终如一，寻求真理，他惟一的安慰，惟一解除痛苦的方法，就是他的哲学上的努力。这和《红楼梦》的作者，经过人事沧桑之后，抱着凄凉的心境，埋头著作，不求闻达，如出一辙。

在思想方面，叔本华同曹雪芹，有一个同一的源泉，就是解脱的思想。《红楼梦》以一僧一道起，以一僧一道终。作者写宝玉陷于情网，几经奋斗，才达到解脱之域，其中屡次谈禅，一到不得意时，即云出家作和尚。佛家的思想，对于曹雪芹的影响，是很清楚的。至于叔本华在一八一三年的冬天，廿五岁的时候在魏玛会见迈尔，迈尔介绍他印度思想，从此以后，印度的哲学家特别是佛家的思想，对于叔本华就发生伟大的影响。在他的著作里边，佛家色彩是极浓厚的。实际上叔本华是西洋第一位哲学家，把佛家的思想，融化在他的系统里。

叔本华最主要的著作，就是《意志和观念的世界》，这一本著作，已经包含他全部的思想，其他的著作，都是陪衬阐明。这一本书的题目，也清楚表明，叔本华哲学最重要的两方面：一方面是观念，一方面是意志。依叔本华的看法，我们不能够知道世界的"本身"，我们只能够知道世界的"现象"。人类观察世界的现象，心中产生各种观念，用我们的观念，把世界的现象，组织起来，给它各种的规律。所谓自然法则，所谓事物条理，都是人类心灵中的观念所造成。从前希腊的哲学，以宇宙为中心，以为人类的心灵，有知道宇宙的本事，人类所定的规律，就是宇宙的规律。这一种天真的看法，经过康德哲学的革命，已经不能存在了。叔本华继承康德的哲学，把所谓世界一切的事物，都归纳到人类心灵的观念。世界不是真实，乃是幻觉，我们不能知道物的本身，只能知道物的现象，真实与幻觉的界限，在实际人生中很难划分，所以庄周蝴蝶梦，柏拉图的石穴阴影，成了千古不磨的妙喻。

然而在另外一方面，叔本华超过康德的思想，发现人类另外一种极重要的精神活动，这一种精神活动，是推动一切的力量，使世界人生包含另外一种意义，这就是意志。意志是人类与生俱来，至死方休的一种庞大的支配力量。每一个意志，就包含人类每一种活动。没有意志，就没有活动，也就没有人生。不但人生如此，世界也是如此，世界上万事万物，从无生物到有生物，从最低的生物，到高级的人类，都有同样激烈的意志。所以世界在一方面，是观念的世界，在另一方面，就是意志的世界，叔本华根据观念和意志，说明世界一切的本源。

在观念的世界，一切的事物，都是人类心灵的幻觉，这已经打破人类天真的自信，使他感觉抓不着真实的悲哀。在意志的世界，人类的活动，处处受意志的支配束缚，更使他精神上，感受极大的痛苦。因为意志是盲目的。我们不知道它的来源，也不知道它的去路，它死死地抓着人生，它永远也不能满足。意志就是欲望。人类的欲望是无穷的，欲望达不到，人生即痛苦，然而一种欲望刚达到，另外一种新的欲望，立刻发生，永远不能压制，永远不能休息。只有在漫漫长夜之后，经过长途跋涉，受尽干辛万苦，怜悯的死神才走来卸下迷途的行路者严重的负担，他的痛苦告终，然而一幕人生的傀儡戏，他也演完了。

在这一种无目的，无趣味，无自由，充满了痛苦的意志世界，人类到底还有什么方法，可以摆脱意志解放自己呢？

照叔本华的看法，有两种解脱的方式：一种是永远的解脱，一种是暂时的解脱。永远的解脱，在于彻底明了意志与人生的关系，使心如槁木死灰。不受意志的束缚，达到光明空洞的境界，这一种境界，就是佛家的涅槃，就是叔本华所赞成的遁世主义。暂时的解脱，存于艺术的欣赏与创造。在实际人生意志驱迫我们，痛苦我们，我们如春蚕自缚，不能自解。然而在艺术的创造和欣赏的过程中间，我们却能够暂时摆脱人生一切的关系，无欲以观物，使我们的心灵，暂时自由解脱。

对人生求解脱，是叔本华哲学一切问题的中心，也是曹雪芹《红楼梦》一切问题的中心。

《红楼梦》第一个对人生求解脱的指示，就是辨别真实和虚假。世界不是真实，人生不过幻景，一切的喜怒悲哀，都是由于我们受意志的牵制，不能静以观物。受世界现象的迷惑。《红楼梦》全书，描写贾府的事情，同时又描写甄府来陪衬，"贾者，假也"，作者的命意在"假作真时真亦假，无为有处有还无"，一联，已经明白表示。至于甄宝玉的俗气，贾宝玉的聪明，两两相对，更阐明真假的关系。《红楼梦》的作者，要读者彻底人生的虚幻，知道世界的本来面目，才可以摆脱意志，得到内心的自由。

解脱第二步的办法，就是要消除人我。生活上一切的痛苦，都由于人我的界限。人我的关系，在逻辑上是没有法子打破的，因为我之所以为我，是靠有人，没有人，我的存在，根本不能想象。我的存在，既然依赖别人，那么我自己心灵上的喜怒悲哀，小部分也许由于我自己，大部分却靠别人的态度来决定。我内心既没有自由，外物自然能够支配我。而且人生的意志，是无穷的，意志的满足，又处处受外物的支配，外物能够满足我们的时候很少，不能满足我们的时候很多，所以我们生活上的痛苦也是无穷的。《红楼梦》的作者，要我们消除人我的界限。而消除人我界限的方法，根本要消除自我。假如能够在别人中间，发现有我，在我中间，发现有人。人我分别，既然解除，内心的痛苦自无由发生。贾宝玉赋诗中有"无我原非汝"，即是消除人我界的尝试。钗黛问他"假如喜欢你，你便怎么样，不喜欢你你便怎么样"也是对于人我关系明白的注解。

解脱的第三步，要打破儒家传统的观念。儒家的思想，是入世的，《红楼梦》的思想是出世的。儒家对人生是肯定的，《红楼梦》对人生是否定的。(红楼梦)作者对于儒家的思想，根本反对，所以在书中，处处表示反对的意思。《红楼梦》书中，道地儒家思想的代表，就是贾政，然而贾政迂腐不近人情，谁看见也受不了。贾宝玉骂作官的人是"禄蠹"，骂"致君泽民"一类的话，是混账话。儒家思想造成社会的腐败，肤浅，平庸，在《红楼梦》里，都表示无遗了。

《红楼梦》的思想，是在求解脱，对于生存的意志，要加以永远的消除。生存不能不有欲望，欲望不能不有痛苦，所以生存是极大的罪恶，世界是痛苦的泉源。我们的祖先，根本错误，把人生世界，生存至今，使人类陷于不能自拔之境。假如我们当后世子孙的人，能够知道祖先的错误，解除生活的意志，那么我们对于祖先，就是孝子贤孙。儒家的孝子贤孙，是作官发财，光宗耀祖，《红楼梦》的孝子贤孙，是消灭生存意志，补救遗传罪恶。所以要宝玉说："一子出家，七祖升天。"

叔本华曹雪芹都主张人生要求解脱，然而解脱在消灭生存意志，而不在摧残身体。照叔本华的看法，自杀不能算解脱，因为自杀是基于生活之欲没有达到，所以愤而摧残自己，然而身体虽存，意志犹在。这个未灭的生存意志，也许还要另外取一种更不痛快的形式。造物既然安排下一幕人生的傀儡戏，人类就得演完，自杀不是儒夫，乃是反常。《红楼梦》的作者，差不多也有同样看法。书中写金钏坠井，司棋触墙，尤三姐，潘又安自刎，和惜春紫鹃宝玉三人之解脱，其人格之高下，成功与失败，相去不可以道里计。又如妙玉，虽然出家，然而生活之欲，仍然没有铲除，所以也只有解脱之形，没有解脱之实。

至于书中的主人翁贾宝玉的解脱，也经过许多的挫折。宝玉从幼即反对儒家思想，对于功名富贵，早已置之度外。惟一不能摆脱的，就是男女之情。在叔本华哲学中间，男女之欲是生存意志最伟大的表现。因为人类求生存，然而生存即不遭挫折，至多不过百年，然而有男女关系，人类的生存，因此可以无限制地延长下去，所以在实际人生最难压制，而在解脱途径，最必须压制的就是男女之欲。贾宝玉陷于情网，不能自脱，屡次觉悟，屡次又入迷途，及至黛玉死后，他才打定主意，然而宝钗五儿，几乎使他功败垂成，男女之欲，真是人生解脱最大的障碍。

有人怀疑，假如林黛玉不死，宝玉是否还要出家，这种怀疑，是没有根据的。因为《红楼梦》全书的目的，是在描写人生解脱的程序。林黛玉和贾宝玉的关系，不过是贾宝玉解脱程序中的一个节目。林黛玉在艺术必须上面，不能不死，假如不死，就要损坏全书艺术上的价值。所以续红楼，后红楼一类的书，毫无艺术价值。就算黛玉不死，在《红楼梦》主题之下，作者亦必设法使宝玉终于战胜男女之欲，走入解脱之途，不然，全书即毫无意义。事实上黛玉虽死，宝钗犹存，贾母在堂，家庭种种束缚，依然如昔，然而宝玉并不因此就停止他出家的思想。

叔本华与《红楼梦》的关系，既如上述。《红楼梦》虽然前八十回与后四十回，不是一人手笔，然而在前八十回中曹雪芹已经造成局势，标明主题，高鹗在后四十回中，不过完成曹雪芹未竟之业，对于他的思想，并没有变更，所以《红楼梦》全书，才可作为一人的思想，一部完整的著作看待。

最末我们要指出的，就是叔本华和曹雪芹的悲观主义和解脱思想，在事实上有许多的困难。假如生存的意志，力量是这样伟大，那么要永远摆脱，恐怕也是差不多不可能的事情。叔本华一直到临死的时候，还在对他的朋友格文勒说，希望天假以年，他能够达到涅槃。他曾经叹息，"我宣传神圣，但是我不是神圣。"《红楼梦》作者，一则曰："大无可如何之日也。"再则曰："满纸荒唐言，一把辛酸泪，都云作者痴，谁解其中味？"这也明显地不是已经达到永远解脱者的口吻。歌德把少年维特自杀，他自己并没有自杀，叔本华曹雪芹笃信解脱，自己没有解脱。

到底悲观主义，对人生有什么价值，解脱的理想，对人生是否可能，这一个问题的解决，恐怕只有进一步研究尼采的思想。尼采是最初笃信叔本华哲学的人，后来从叔本华的悲观主义，一变而为他自己的乐观主义，从叔本华的生存意志，一变而为他自己权力意志；从叔本华的悲惨人生，一变而为他自己精彩的人生。这一个转变的过程，是世界思想史上最饶兴味的一段历史。也许《红楼梦》前后的评价，不在讨论"叔本华与《红楼梦》"而在研究"尼采与《红楼梦》"了。

《孤立的美国》（书评）

钱端升

《孤立的美国》（*Isolated American*）是比厄尔（Raymond L.Buell）所著，今年三月完成，四月底出版，出版者纽约Alfred A. Knopf。

比厄尔是一个权威作者，关于国际关系的著作甚多，撰过普通课本，也有过专著（最著者一论非洲殖民地，一论波兰问题）。自一九三三年起，他是美国外交政策协会的会长，到去年才改就纽约幸运月刊专以讨论当前重大问题的"圆桌"的主笔。他对于美国近年的外交政策，不特精于学理上的观察，并且富于实际上的接触。

《孤立的美国》共分四篇。篇一《纷乱的世界》，述上次大战以后种种不合理的演化。篇二《美国过去的责任》。首述美国上次参战的原因及对于凡尔赛和约的责任；次述自战后至一九三四五年美国的外交行动；复次述孤立主义的澎湃及各次中立法的成立经过，复次述美国近年来对于远东的态度；复次述门罗主义的改造；最后述美国成为债权国后的责任。篇三《美国今后的权益》：分述孤立对于美国经济制度，安全，民治及民族精神所可发生的各种不良影响。篇四《新世界的设计》：首述美国所负的责任；次述太平洋问题及欧洲问题的解决方法；复次述战后各项的建设；最后建议一个新的世界组织。

由上以观，可知《孤立的美国》是一部历史，批评，建议并重的书。关于历史及批评的部分，这部书很少可以非议之处。就历史方面讲，比厄尔的态度是非常客观而中肯，毫未沾染时下一种所谓"倾向书"的恶习，最近几年来在美国最流行而最荒谬的发现是：上次美国之所以参战，为的是中了协约国宣传之毒,并为保护军火商的利益。这种议论的幼稚荒谬,比厄尔于《美国何以参战》一节中(页三八—四二)予以最公允不过的驳斥。这可为著者态度客观而中肯的一例。就批评方面讲,比厄尔在此书有极好的发挥。单就篇三而说,著者之怀疑孤立,不满孤立,不仅从安全及经济的立场出发,更能从民治及民族精神的立场出发。他以为美国即能孤立,美国为保持其民治起见,仍不能不抵抗国内的极权主义。如因美国孤立而极权主义得流传于世界,则美国将不易抵抗国内极权主义的发达。于是美国的民治仍无法保全。又美国民族精神的最长处是正义感与人道感的富足,故一遇不平之事,辄易愤激,异族逢灾难,辄表同情。这种正义感人道感与美国民族利益极有关连。如因孤立而失去这两种民族特彩,并专讲民族主义,则美国的民族主义或不见得有力抵抗极权主义的勃兴。(页三二五—三二九)。这犹就民治及民族精神的立场而言。若就国防及经济繁荣的立场而言,则极权国家的胜利显然对美将发重大恶的影响。著者从欧亚美的地势,从欧战双方及中日战争双方的军力,从美国与世界各国商务及资源移动的关系,均能给我们以一幅十分清楚的图画,并从而证明孤立之有害。

所以单从历史的与批评的部分而言《孤立的美国》,不特对于美国的孤立有充分的说明及锐利的抨击,也可视为一部综述美国近二十年外交政策的一部佳著。而且因为著者知识宏博,见解近情合理,以及出发点的深远,这部书也可帮助读者对于世界大势得一准确的了解。

但是读者们最关心的部分当然还是著者的建议,尤其是关于解决太平洋问题的建议。著者对于远东问题的认识颇真切。他不主张美国兴师击日,而主张美国积极援华。援华的具体方法共六。(一)国会通过决议,准出入口银行以巨款(例如一万万元)贷华,准中国购买急须的七五生的大炮,并准于必要时采取护航制度,使美船得运货至防仰。(二)由美英法与国民政府订约:美英法声明不承认日本侵略得来的领土,不承认傀儡组织,允诺不贷款于日,允诺于国民政府接受和议以后撤退在华驻军,并助国民政府作经济建设;国民政府则承认一切战后建设将顾及邻近各国的利益。(三)国会授权总统于必要时禁止若干货物运入违反对美条约义务的国家。(四)如菲岛请求展缓独立年期(现定一九四六),则国会可延缓之,至太平洋局势较安定时再许其独立。(五)美方宣言,日本与国民政府成立和议后,美国可与日订立商约,予以赫尔商约协定的待遇,并解决移民问题。比厄尔并谓如英法因欧战之故，不愿加入第二项所指的条约，则美不妨单独与中国订立新约。这样，远东的慕尼黑便可避免。著者深信如美国能如此助华，则日本不难就范而与华成立公允和议。即或日本不愿，则中国（如能维持统一，不生内乱）亦不难予日以胜利的反攻。如是日本最后仍须就范。日本就范成立和约后，美国应召集华盛顿会议，一方促成中国的主权完整，一方予中国以发展工商业的可能，一方并除去日方所认为与体面有害的种种限制。关于中国主权完整，著者认为中国此时不宜提出台高问题；对于"满洲国"则应由中日订立十年不侵犯条约。这样，中国并不须承认"满洲国"，而只将这问题展缓解决而已。为保障远东的永久和平起见，著者建议太平洋各国应设立一太平洋会议，按时开会，解决各项问题。这会议为世界新组织的地域组织之一，且有常设秘书处，为世组秘书处的一部分。

关于欧洲的建议，著者并不能如对远东那样的肯定。这是由于欧战如何结束，任何人都难预测。欧战可能的结束，著者认为有三种：一是英法胜，二是德胜，三是德内部发生社会革命。著者愿英法胜，且信英法当胜，但不否认其他两种可能。著者很知道美国调和的困难，但仍主张美国一面准备重建世界和平的工作，一面则以物质道义的力量援助英法，使英法无失败的可能。美国应有和平计划，因为这和平计划可以壮英法之胆，而使德国易于求和。

比厄尔对于世界和平的建议可分标本二部。治标的，他主张美英法德日五大国提存一国际建设巨款，为战后复兴之用；他主张殖民地尽量由新的国际联盟代管，资源共同分配；他主张国际间减除贸易障害。治本的，他主张设立一个新的国际联盟，实行军缩，置国际警察，保障弱国不受侵略，并采地域组织主义，以太平洋组织，泛美组织，欧洲联盟，不列颠国协，为新国联的地域基层。他主张美国应积极提倡这个世界计划。如德国接受，因而停战，固属至佳。如德国不接受，则美在若干限度内应参战以促德国之败，及新世界计划的实现。

与欧战有关的建议今日固因法国的崩溃而失去了若干的意义，但欧战并未结束，英德间的最后胜负也并未有分晓。故在大体上，比厄尔的建议仍有讨论的价值。我们最表异议的，就是著者在全书中，因深恶共产主义之故，并未能充分估计苏联的重要。一个世界计划，如不予苏联以应有的地位，是难期实现的。这是我们的最大批评。

但是，我们无论对著者的建议如何看法，著者的对远东问题的认识与对中国的同情是无可否认的。全书的价值也是无可否认的。著者写此书时曾与巨数国内外的政客政论者作往复的讨论。我相信此书的影响也必可观的。

本期撰者：

  邹文海先生现任国立湖南大学教授。

  陈铨先生系西南联合大学西洋语文系教授。

第四卷第三期（1940年7月21日）

这一周

英倭协定举见于本月十八日在东京签字。英国对日寇应允自七月十八日起禁止军械弹药汽油载重汽车及铁路材料经缅甸输入中国。禁运时期定为三个月。这总算英国违背公法条约，丧失国家信誉的一件大事。近几年来，中国在英国外交政策上吃亏的确不少。九一八事件发生以后，英国西门在国际联盟为敌寇张目。其后天津封锁问题，英国一再向日寇让步。这次日倭协定，英国又违背公法条约，协助日寇封锁中国。种瓜得瓜，种豆得豆，这些行为，想英国终有自食其报的一日。英国反对此协定的人士亦认此项协定为慕尼黑的一贯传统政策，实一针见血的批评。英国今日在欧战中这般焦头烂额，即是食慕尼黑政策之报。一误再误，至今犹认市侩式外交手段足以自存，实为英国前途惜矣！同时，英国政府目前犹日日宣传，认彼在欧洲正为正义，自由，平等，公道，民主而战争。以英倭协定证之，英国负外交责任者得毋愧于中钦？至于英倭协定在我抗战上所能发生的影响，则十六日蒋委员长的谈话，言之甚详，"须知中国抗战三年，屹立不动，决非任何第三国所可摇撼。如英国果有此种举动，余可断言，英国必获极端相反之结果，其本身必遭无穷不测之祸害。"我们深信英国此项市侩式外交，当有后悔莫及之日！

美国民主党全国大会已推定罗斯福大总统为下届总统候选人。罗斯福是否参加第三任总统选举竞争，问题到此，已算告一段落。以目前形势推测，罗斯福被选而为第三任总统，当亦毫无问题。总统蝉联三次，在美国是宪法的破例，同时亦可说开今后美国宪法的创例。罗斯福今后果能正式当选，在其个人，总算光荣。我们谨为预贺。罗斯福在当前世界中总算越类拔萃一位大政治家。有眼光，有魄力，且真能以增加人类幸福为己任。八年来其在美国国内政绩，固彰彰在人耳目，即其对国际政治上一切言论举措，亦已证明罗氏确为人道正义之拥护者。当前混乱国际局面，世界亟待如罗斯福总统其人者，为之澄清安定。全世界爱好正义公道人士，对罗斯福被推为第三任美国总统候选人，感无限欣慰，且有无穷厚望焉！

希特勒打了胜仗，被征服的法国甘心情愿毁弃百年前革命的光荣历史而采用独裁制，中国一班浅识者流对独裁制亦看红了眼睛，民主主义仿佛快要没落了，正在这个时候，美国罗斯福总统于本月十九日，公开广播演讲，痛斥独裁主义。罗氏说："今日吾人正处于有史以来之一大歧途，此为文化断续与吾人所有一切濒于毁灭之交，此为宗教与残暴之对峙，理想与暴力之对峙，高尚道德与卑贱之对峙……吾人必须保护吾人之制度，在必要时将以武力保卫国家。"罗氏且说明独裁为人类中最古老最陈腐的制度，而讴歌信仰独裁者即系向人类文化开倒车。这的确是真灼高见之谈。唯罗氏今日出来说这类话，乃极有效力。因罗氏代表今日世界第一个富强国家。这可证明民主主义依然可以造成富强的国家。同时，且可证明在民主制度下，可以有强有力的领袖，可以有充实的国家自卫武力，可以不走残暴卑贱的道路而使国家巍然独立于世界。这是一班想在人类文化上开倒车者的当头棒喝。德国虽强，比比民主主义的美国，哪个更当强？希特勒虽横行一时，比崇信民主主义的罗斯福，哪个更伟大？无论从道德理想上着眼，无论从现实政治上着眼，伟大的中华民族，应何去何从？我们相信伟大的中华民族知所择矣！

日寇在本周内又在浙闽沿海一带大举进攻宁波福州等埠。这当然又是日寇所谓"闪电战"的一种姿态。日寇侵略战三年来遭遇坚强抵抗，已是再竭三衰，为平息国内厌战心理起见，于是袭用希特勒闪电战名词，目前想在中国伪装种种姿态，以欺骗其本国民众，其实，从战事发生之日起，中国在战略上早已决定放弃沿海各地带。日寇今日即或在沿海多掠夺一二无关重要之海口，与整个战局有何影响？与日寇妄想之早日结束中日战事，又有何效验？东施效颦之闪电战，如斯而已矣！日寇今日处境，可笑亦复可怜！

日寇米内内阁已经塌台，近卫文磨又奉倭皇命令组织新阁。日寇这类政治变动，在我们眼光中，只有两种意义：第一，政治紊乱；第二，人才贫乏。中倭战事发生以后，敌人国内已有过四五次阁潮，敌国政治不安定的现象已尽情暴露。立宪国家，内阁更迭，本是寻常事。但内阁更换频繁，政局是在倒阁组阁中穷忙，这却是病象，短命内阁，席不暇暖，哪还谈得到什么政治设施？日寇自在中国进行侵略战事以来，政治，军事，外交，财政都是捉襟见肘。这是敌国人心浮动的症结。故任何人上台，都是束手无策，都只有"短命内阁"的结局。其次，近卫文磨的组阁，这是第二次。三年前近卫已经登台一次。三年前近卫在台上的时候，他标榜的政策是和平手段解决中日问题。其结果却是"七七"事变，却是日本少壮军阀的侵略战争。此人的政治能力已可想见。其后，近卫又干了勾结汪精卫这幕戏。结果，近卫复陷入中国少数汉奸国贼买空卖空的骗局，以至狼狈下台。这又是近卫政治能力的表现。近卫塌台后，日寇经过阿部米内一班不知名的短命内阁。如今又只能捧出这位，唯一人物近卫来了。内阁换来换去，角色只是如此。敌寇人才贫乏，可见一斑了。

行政院组织政务视察团分往各省巡视政务，这是值得社会注意的一件事。视察团共分三组，一组由教育部长陈立夫领导，一组由行政院政务处长蒋廷黻领导，一组由前内政部长蒋作宾领导。视察目的，当然在革新地方政务，提高行政效率，以充实抗战力量。最近川滇一组亦已出发工作，而视察湘赣及陕甘各组，且将公毕返渝。其实政务视察，监察院亦系负担此项责任之机关。报章上且时有监察院加紧战事工作的新闻。惟监察院所谓"加紧"者自"加紧"，而地方政务松懈者自松懈。倘今之所谓政务视察团者，只是监察专员外另添一批中央行政院大员，到各地奉行故事巡行一周，则监察视察，名异实同，殊足令人失望。诚如此，诸大员炎暑热天，远道跋涉，诚为徒劳，而中央及地方所耗之川资招待等费，亦实可惜。想此次行政院政务视察之成绩，当不至如此耳！

平定物价这件事，在中央政府，在各省地方政府，大纲喊了半年以上。

物价的飞涨如故。从前云南物价为全国冠。最近我们听说其他各省的物价亦追赶上来了。但平定物价这件事依然渺无音信。谁亦知道这是抗战上一个严重的问题。谁亦知道，倘这问题没有妥善解决方案，其结果可以根本动摇抗战基础。但始终看不见中央或地方任何机关出来担负解决这问题的责任。这问题果真绝无解决方案？实又不然。物价高涨，固为战时国家通常现象。如今世界正在从事战争的国家甚多。却没有一个国家物价增涨的速度与高度赶上了中国。对物价高涨，事前不设法预防，事后不力图补助，当权在位者处之泰然，亦没有一个国家像今日中国。我们谨再向当权在位者呼吁，愿肉食者慎毋忽视抗战时期民食问题的重要。

行政院增加经济作战部，国防最高委员会增加设计局，这是国民党七中全会的重要决议。这两个机关的效用如何，现在无从估计。这完全要看两机关将来的事权及人事而定，事权上不与现有机关重复，而人事真是因事取才，人称其位，则两机关之设立，自有他的价值。微闻中央此次新设两机关，实因以往职权重复的机关太多，新设此两机关，俾使将其他加以归并与裁撤。用意亦至善。这亦是几年来举国人民的希望。推依据抗战三年的经验，则机关愈裁愈多，愈并愈繁。每见设一新机关以归并裁撤其余，结果，裁者未裁，并者未并，而新设者反添一骈枝。实例举不胜举，曾记两年前政府设立一大规模之总动员设计委员会，以行政院院长为主任委员，以各部部长为委员，总管一切战事设计。其规模当不在今日所谓之设计局之下。当日用意且需将中央一切设计机关归并隶属之。结果各院部之设计机关，依然林立。而行政院院长主持之总动员设计委员会今亦同时并存。据各方传说，此庞大之总动员设计委员至今巍然存在。有经费，有人员，惟不动员，不设计而已。目前此机关实际不过主任委员位置闲散人员之机关。这是以往调整行政机构，增加行政效率的成绩。这却不是我们对经济作战部与设计局的希望！

论近卫新阁

王迅中

敌米内内阁已于本月十六日提出总辞职,由近卫另组新阁,米内内阁辞职的原因很明显,第一是由于军部的反对,第二是由于新党运动的具体化。

米内内阁成立之初,自始即为军部所不满,因为天皇敕命翼赞,陆军方面才放弃反对意图。不幸米内内阁成立以来,在内政外交方面虽作种种努力,并无具体成效。内政方面如岛田农相的米粮对策,商相藤原氏的平价计划,樱内的财政政策及生产资材扩充计划,都没有丝毫成效,外交方面有田外相虽利用轴心关系,压迫英美让步,但仍徘徊踌躇,名为"自主独立",实则彷徨无为。欧战激烈化后,军部及法西斯份子卷土重来,宣传系解决内外危机的良机,抨击米内内阁的无能,内阁产婆汤浅内大臣被迫辞职,米内的命运也就日趋暗淡。现在军部决计令畑陆相辞职,并拒绝推荐新陆相,米内内阁虽拟继续奋斗,终不得不挂冠而去。历来内阁的辞职,总是藉口内外变局的大题目。这次米内内阁书记官长石渡庄太郎公开发表谈话,谓"本内阁自组成迄今,各阁员完全团结顺利,处理国务,惟陆相因不满于目前之政治形势,提出辞职,故米内首相亦决定向天皇陛下提出总辞职"云云。而将辞职的责任完全归咎于军部的压迫,至值注意。

米内内阁总辞职的第二原因系由于新党运动的具体化。新党运动与法西斯主义的抬头,是一件事的两面。军部在压迫米内下台之前,与新党首魁近卫已有谅解,也至为明显。新党运动本已酝酿甚久,是否能做到一国一党的局面,目前尚未敢断言,但其目的在树立类似独裁的法西斯制,则无疑问。近卫过去一再观望待机,担任党魁,现见时机成熟,毅然辞去枢密院长职,从事新党运动。他的目的当然不仅在做一党的党首，而想利用新党为后盾，实现独裁的计划。所以新党运动的成功，便是米内内阁的丧钟，米内不识时务，还要等军部来赶他，可谓愚矣。

米内辞职后，内大臣木户奉命推荐继任人选，即于十七日邀近卫，若槻，平沼，岗田，原嘉道（枢密议长），林铣十郎，广田等集议，一致推举近卫组阁，经元老西园寺同意后，即由日皇任命。军部方面也极力拥护，且认为首相非近卫莫属。其实当近卫决意组织新党时，大概早已有东山再起的谅解，所以这次并无其他候补，近卫的被推荐，仅系一种手续而已。

近卫以贵胄之裔，门阀地位，在国内首屈一指，且得西园寺之信任，在国内资望颇高，对于各方面的关系，亦均良好，和元老重臣，政党财阀，少壮军人及法西斯份子等，都有相当联系。所以西园寺元老把他当做挽救时局的最后一张牌，在七七事变前教他出来组阁。但这位公子哥儿本没有什么魄力才具，完全靠他的门阀和圆滑，博得各方好感，所以上台后只有任听军部的指挥。不一月而中日战事爆发，军部借口举国对外，压迫他起用了不少法西斯人物，遂行了不少新政制，如内阁参议制的设立，企划院的成立，大本营制的施行，兴亚院的创立，厚生省的增设，总动员法的实施，统制经济的执行等。然而战事仍无结束可能，危机却愈陷愈深，这位公子哥儿终于不顾各方的挽留，而逃之夭夭了。继任首相平沼虽系法西斯巨擘，但鉴于时局严重，并且近卫的种种设施事实上法西斯化倾向已深，毋须再行更张，所以他声明一切继近卫内阁之旧，被视为近卫内阁的延长。其后阿部及米内两内阁的稳健保守倾向更浓。军部及法西斯份子等当然极不满意，而一般急想解决对华事件的国民对于这种不死不活的局面，也感觉烦腻，希望强力政治的出现。稳健保守内阁既不足以应付危局，军人内阁又决不能号召全国，在领袖人物缺乏的敌国，圆滑投机的近卫便成了天之骄子。并且七七事变在他任内发生，东亚新秩序又是他首倡的，所以大家希望他东山再起，完成系铃解铃的工作。不过善于投机的近卫鉴于时局艰困，屡拒再作冯妇，对于拥护他的新党运动，也观望待机，欧战激烈化后，近卫见时机成熟，决然辞去枢密议长，从事新党运动，目的当然不仅在做一党党魁，显然想借新党为后盾，攫取独裁政权，梦想解决对华事件。

近卫组阁尚未完成，关于人选政策方面，未便详细分析。但有三点可以注意：第一是近卫新阁在战后诸内阁中，无疑的将是最强有力的内阁。第二是近卫内阁必将利用它的强有力地位，积极推进内外政策，矫正过去的过虑踌躇态度。第三是近卫内阁必将梦想趁欧战之机，全力解决对华事件。

日本的政治，自九一八事变以来，即在维持现状与打破现状的两派斗争状态中，七七事变后虽然人人都喊举国一致，实则稳健与急进两派的斗争仍未稍懈，所以政局始终动荡不安，内阁迄不能获得举国一致的拥护。日本政治上的重要因素不外元老重臣，政党，财阀军部等四种势力。近卫和各方面都维持相当良好的关系。他系元老西园寺一手所提拔，现在已成重臣集团中的要角，被视为缓冲军部的唯一人物，所以即使政策趋向急进，亦易得元老重臣们的谅解。政党方面新党运动既已具体化，政友会中久原与中岛两派如能满足他们的政治欲望，加入似无问题，社会大众党业已自动解散，主要份子如麻生久龟井贯太郎等很早即已参加过新党运动。他如国民同盟，旧东方会系以及其他法西斯议员当然无条件赞同。问题只有民政党，党中的投机份子未尝没有摇动可能，并且新党成立后，民政党即使独立存在，亦必无能为力。所以新党本身如无分裂现象，必将形成最有力的集团，支持近卫推行积极政策。财阀方面，近卫与三井统帅的池田及军需财阀的中岛久原等均有连系，比较前数内阁易于号召。军部虽然始终是日本政治上的捣乱因素，但是自身既未便公开专政，利用近卫这样一位负有资望而无魄力的人物做傀儡，当然是最合算的良策。所以近卫新阁无疑地是以后最强有力的内阁，恐怕也是目前日本所能产生的唯一有力内阁。

近卫新阁既较前数内阁强力，此后的内外政策自比较前积极。内政方面近卫既标榜新政治体制，必将利用新党为后盾，迎合军部意志，进一步改革既成政制加强经济统制，内政必将益趋法西斯化。外交方面闻已决定起用右倾急进外交家松冈洋右为外相，近卫并对新闻记者谈话，谓今后日本的外交国防政策，将由外海陆三相之继任人选详细磋商，俾使新阁对今后之方针，获得一致之意见。军部对于外交政策，曾一再要求采取行动主义，松冈洋右的强横蛮干，我们也早已领教过。此后日本对美英法的外交，必将较前强硬。不过日本目前最主要的目的仍在解决对华事件，虽图利用欧战之机，压迫英法美对远东问题让步，但是否如法西斯份子所倡导的公开参加德意阵线，积极南进，武力攫夺英法在远东的根据地，尚系疑问。大概政策方面虽较强硬，过度的偏激主义，目前似尚不致采取。

对华战事的解决，是日本朝野一致的渴望，中日问题一日不能解决，日寇的内外危机决无解除可能。战事是在近卫第一次内阁时发生,东亚新秩序又是近卫所倡导,所以他这次东山再起,必将集中全力,解决对华战事。汪逆是他所引诱入圈套者,汪逆平沼协定的磋商,近卫又是重要的主持者之一,今后当然仍将积极利用,作为实现"以华制华""以战养战"的工具。对我国民政府必将和战并施,一面加强武力压迫与经济封锁,一面多方设法诱和,谋将整个中国造成傀儡组织,完成所谓东亚新秩序的迷梦。

综上所述,我们不能否认,新阁的地位特较前强固,施政必较前有力,内外的政策亦较趋积极。但我们始终认为目前敌国内政外交的日趋危殆,完全由于对华战事的无法解决,而对华战事的无法解决,又决非敌寇单独所得左右。近卫非具神力,法西斯政制亦非万应宝丹,人物无论如何更换,政制无论如何变更,危机症结是在事实的本身,决非调整人事所能解决的。日寇如不放弃征服中国的迷梦,彻底改弦更张,东亚和平决不可期,日寇的危机也决不能解除,换上一百个近卫,也是无济于事的。

论英国的远东外交

伍　衡

　　正如英国某外交史家所说，英国的外交政策从来就是一种实利主义和算盘主义的外交政策。实利主义者和算盘主义者通常是"短视"的和"自私"的，所以英国的外交政策通常也是短视的和自私的。因为是"短视"，所以英国的外交政策只顾到目前的利益，从不肯从远大处着想。至于甚么正义和平或其他高崇的理想，在英国外交家的辞典里都只作"外交辞令"的解释，同时因为是"自私"，所以英国的外交政策只顾到自己的利益，从不肯替别人设想。至于"集体安全"主义和国际联盟所标榜的主义，除了几个不大了解英国外交传统的工党外交家和青年外交家外，从没有一个英国外交家真正地相信过或遵守过。无论在欧洲或在亚洲，英国都是希望维持一种势力的均衡。在欧陆，如果法国起来，英国就要帮助德国或其他国家来与法国对抗；如果德国起来，英国就要扶助法国或其他国家来与德国对抗。同样地，在亚洲，英国曾经利用过日本来阻止帝俄势力的膨胀，其后又利用过美国和其他国家去阻止过日本野心的发展。这种维持别国势力均衡的外交政策，就是一种十足的短视的和自私的政策。因为势力是一种最易蛮动的因素，势力的平衡是最不容易维持的一种平衡。一个国家的势力增长绝不会在到达与他国相等的地步便停止，它会继续增长，到平衡被破坏为止。在欧陆，英国维持势力平衡的结果，总是使一方面的势力过于膨大，最后英国终要为防止单方面势力过人而不得不出而作战。例如在一九一八年以后，英国因为畏惧法国势力的增长，所以不惜扶助她以前的敌人（德国）来牵制她的老盟友（法国），结果德国势力一天比一天增大，并不在达到与法国力量均衡的地步便停止下来。最后德国的势力过于膨胀,英国终不能不出而作战。从历史上的例,可见用维持别国势力均衡来做一国的外交政策,则这种政策必然是短视的和不可靠的。这种政策不只是短视的,它并且是自私的。例如在一九一八年以后,英国因为要扶助德国,所以不惜牺牲法国,奥国和其他国家的利益,来换取短期间的和不可靠的均势局面,牺牲别人的利益来达到自己的目的,就是英国自私外交的"金科玉律"。

最能充分表示英国外交政策的短视和自私的就是"九一八"以来的英国远东外交。"九一八"事变以后,倘使英国能够采取一种远大的和不自私的外交政策,则世界的历史会和现在的完全不同。但西门爵士却忠实地遵守英国的传统政策,用短视的和自私的尺度来量衡英国的利益。他以为放任日本横行,可以一方面防止苏联的共产主义,一方面压制中国的民族主义,可以在远东树立起日俄和中日的仇恨,维持中俄与日本间的均势。因此他舍弃了正义,而给日本以种种的方便。由于英国这种短视的和自私的政策,结果威尔逊总统和白里安等伟大政治家所树立的集体安全制度和国际联盟的国际政治体系便受了致命的打击,若干理想家所憧憬的世界和平便无一得到实现。后来亚比西尼亚事件的发生,德国的欧陆膨胀政策,都可以说是"九一八"事变时英国外交政策的必然的结果。只要英国实行了西门的远东外交,命运之神已注定英国无法逃避以后的厄运!

自从丘吉尔代替张伯伦而担任英国首相的职务后,我们对英国却有一种新的期望。丘吉尔是英国保守党中具有远大眼光的伟大政治家之一,他对国际问题的看法从来就远在鲍尔温,张伯伦,西门等短视政客之上。他早就反对英国对日本或德国所采取的"放任"政策,否定西门主义或慕尼黑主义的"协和"政策。他登台以后,虽然军事上节节退败,法国被迫求和,但由于丘吉尔的伟大人格和坚决态度大家对民主国家还留着一线的希望。但不幸最近英国的远东政策却使这一线的希望也不能不消失了!

最近日本于压迫法国封闭滇越路线之后,即向英国提出封锁滇缅公路的要求。结果由英国驻日大使克莱琪在东京与日本外相有田举行谈判:这项谈判最近已全部竣事。谈判结果,英国政府竟出乎一般人意料之外,对日本压力表示屈服,允许自七月中起,在三个月内停止某种货物由滇缅路线运入中国。不但这样,英国并且以这三个月为中日媾和的时期,希望在这三个月内日本能觅致一"中日双方均能接受之和平条件"。

英国这种举措，正如《华盛顿邮报社》论所说，是一种"毫无掩饰之屈服"。英国所以有这种丧失国家信誉的举动，也不外是短视和自私的传统在作祟。从"短视"的立场看来，现在英国正有事于欧洲，德意还有于日间进攻英国的消息。因此英国在最近的三个月内实在没有方法东顾，因此不能不对日本让步。而且这三个月是雨季，在雨季期间内本来就不能在滇缅公路上作很大量的运输，因此停运也不会发生很大的影响。从"自私"的立场看来，在这个时期如果不答应日本的要求，日本难免不向香港或其他英国属地进攻。为着要保持大英帝国的完整，就不惜牺牲弱小的中国。

实则从比较远大的观点来看，则英国政府这种举动不但不符合于英国的权益，并且是与英国的真正利益相反。这可以分开几点来说。

第一，英国这种举动，是一种违背国际公法、中英条约和英国政府历次诺言的举动。诚如中国外交部本月（七月）十六日所发表的声明所说，从法律的观点看来，英国政府的立场是绝无根据的："日本对华从事侵略，不宣而战，自不能享受国际公法所承认之交战国权利，即第三国亦无担任通常中立国义务之必要。纵今日本已取得完全交战国之地位，其权利亦只限于在公海上或敌国领水内临检搜索中立国船舶战时禁制品，对敌国口岸作有效之封锁，及其他为公认之战时法规所许可之行动。日本绝无权利可要求中立国对于经由通常商务途径运往敌国之任何物品，停止其出口或通过。如任何中立国接受此项要求，该国即可认为已丧失其中立地位。如该中立国于禁止运往交战国一方某种物品之出口或通过时，而对以交战国他方为目的地之同样或类似物品竟许以自由运输，则其非中立性，尤为明显。揆诸此项无可怀疑之国际公法原则，英国政府停止由缅甸路线运输某种物品来华之决定，显无法律根据，而无可维护。中国与缅甸之通商关系，基于十九世纪末叶中英两国所订之各项条约。此项条约，对于中缅通商路线之维持与发展，载有明确规定。该项通商路线缔约国之任何一方，不论在平时或战时无权封闭。根据国联历次关于中日冲突所通过之议决案，全体会员国均应避免采取足以削弱中国抵抗力量之任何行动，致增加了在目前纠纷中之困难，并考虑各会员国个别援助中国之程度。依照日方之策划，滇缅路禁运之目的，无疑的是在削弱中国抵抗力量，与制止其他各国对中国之援助。英国政府如此执行日本之应争计划，实已完全蔑视其以国联重要会员国资格所担负之义务。故英国政府接受日方要求，停止滇缅路运输之决定，实已违反国际公法之原则，中英各项条约,及国联之历届议决案。"这次英国对德国作战,英国再三的声明她的作战目的是在维护正义,和平,法律和秩序。现在英国自身就离开正义和违背公法条约,试问英国还能够说为正义,为法律而战么?所以英国在远东的对日屈服,是一种自己毁灭自己立场的举动,是最得不偿失的。

第二,英国这种举动会减少美国对英国的同情。英国对日妥协的消息传出之后,美国国务卿赫尔即于十六日发表声明,谓美国反对这种不正当的英日协定,同时美国报界对英国所采取的行动,也加以强有力的抨击。倘使英国继续在远东采取这种"协和"政策,则英国自然会丧失美国对英国的同情。在今日的状况中,英国若丧失美国的同情,则英国的前途是很黑暗的。

第三,英国这种"协和"政策,绝不能使日本对英国发生好感,绝不会阻止日本的南进政策。正如牺牲奥国和捷克不会使德国满意一样,牺牲中国绝不能满足日本的欲望的。同时对日本愈让步,则日本的野心愈增加,日本的要求便愈苛刻,大英帝国的远东权益便愈受打击,大英帝国的崩溃便愈快实现。

第四,英国允许缅甸停运,是对中国的一种"最不友好行为",其结果必丧失中国对英国的友谊。自长期间说,英国在远东方面如丧失中国的友谊,是最不聪明的举动。现在英国在远东方面,并没有一个真正的"与国":俄国,日本,法国都对英国没有好感,现在再丧失美国和中国的友谊,则将来无论远东演变怎样,大英帝国必会逐渐被驱逐出远东范围之外,这是可以断言的。

第五,这次中国的对日作战,是有牵制日本的作用。日本所以在欧战中不能乘机夺取英国在远东的属地,中国的抗战实在是重要因素之一。现在英国竟采取一种削弱中国抵抗力量的行为。须知减削中国的一分抗战力量,即等于加强日本的一分南侵的力量,亦即增加英国远东属地的一分威胁。英国在远东采取这种政策,没有疑问地是一种自杀的政策。

英国的一个更大的错误是把滇缅公路运输问题与中日和平问题并为一谈,使这次东京谈判成为一个十足的"远东慕尼黑"。假使中国也和捷克一样,接受英国的慕尼黑和平,则我们可以确言继中国之后的必然是香港,星加坡,印度,和其他的英国属地。中国的崩溃就是大英帝国崩溃的先声。我们真不明白,为什么过去几年的惨痛的经验还不能使英国政治家醒觉?为什么在丘吉尔的治下还能让西门主义和张伯伦主义复活?为什么在这个时候英国还要迫使各国投在苏俄，德国，或日本的怀抱？

　　无论英国的远东政策是怎样，绝不会动摇中国的根本国策的。蒋委员长说得好：

　　"中国抗战三年，屹立不动，决非任何第三国胁迫所能摇撼。如英国果有此种行动，余可断言英国必获极端相反之结果，其本身必遭无穷不测之祸害。如英国认为停止我滇缅运输，可以缩短远东战事者，余复断言其结果必更助长远东之战祸，而扩大远东之战局。至于我中国对日抗战之目的，在求领土行政主权之完整，此目的一日不能达到，则抗战一日不停止。中国民族今日之抗战，决非任何压力所能阻止。"但我们也不能否认，滇越滇缅两路停运之后，中国的地位必更困难。我们今后应该加倍努力，对内加紧团结，对外增强对俄，对美，和对其他友邦的交谊。我们应从死里求生，绝不应该因环境的困难而丧失我们的斗志！

货币在农村中

费孝通

一、农家经济的自给程度

货币在农村中并没有像它在都市中那样有势力,在都市中住惯的人,他所要吃的,要用的,哪一件不是用钱去买?没有钱可以使一个人潦倒街头,冻饿以死。可是在农村中住的人,所吃所用有不少是不消花钱去买,而是自己田上园里长着的。农家经济中还保留着不少自给部分。

农家经济的自给部分是在市场之外,是不用货币做媒介的经济活动。我们若是要明了货币在农村中活动的情形,先得知道农家经济的自给程度。

普通所谓自给经济是指自己生产自己消费,不用和别人交换来满足经济生活的意思。可是依这种说法,除了鲁滨生之外没有可说是自给的人了。人类的经济生活没有不是靠集团的分工合作,既有分工,个人之间必发生交换以互通有无。团体的经济自给从何说起?是否是指一个不需要与别团体交换的经济单位?我觉得自给的意义不单是对外的自足性,而且包括对内约定分配的特性。譬如在一个自给的家庭中,夫妇儿女分别从事于不同的生产,每个人贡献他一部分的收益给别人享受,同时也享受着别人的收益,这虽是一种各个人间互通有无的交换方式,可是规定各人权利和义务的不是临时的契约而是习俗的约定。权利和义务的相互抵消既有习俗保证,不需要步步清算,节节记账,在这里货币没有了活动的余地。

农家经济,对内可说是完全以约定分配来维持的,它是一个自给的单位,但是对外却并不是完全不求人的,它只是部分的自给罢了。于是我们要设法来比较各单位自给程度的高低了，我们用什么单位来测量呢？譬如说某家的米是完全靠自家供给的，可是衣料却要靠别家供给。另一家自己没有房屋要租别家的地方住，衣料却可以靠自己。试问那一家自给程度为高呢？若是我一定要比较时，只有以各家自给部分占全部消费量的百分比做根据，可是用什么共同的单位来计算自给部分和买入部分相对的百分比呢？普通只能借用货币单位，把自给部分用市价来估计，这种办法在理论上考量起来是不很通的，因为自给部分并没有进入市场，它和货币没有发生关系，货币没有能力来表示它的价值；何况，市价的决定是以当时在市场上的供给量为前提，若是自给部分全入市场，当时的市价如何，在不知数之中。所以若是我们用市价来估计自给部分，至多只能说是没有办法中的办法罢了。现在我们所熟悉的经济学是在研究以货币为活动媒介的交换经济中发生的。因之，用经济学中现存的方法和概念来研究自给经济时，每每要遇着困难，这里提到的不过是一个例子罢了。

J.L.Buck在 *Chinese Farm Econonmy* 里发表他所调查十三个地方生活程度的结果，平均各家消费总量中有百分之六五·九是由自家农场所供给的，华北农家自给部分平均占百分之七三·三，华东中部农家自给部分平均占百分之五八·一，这是表示华东农产品商业化程度较深，他更举美国的情形来比较：美国农家自给部分平均占百分之四二·八（三九一页）。

二、农家自给程度的差异

我在禄村调查时选了五家，各家代表不同的经济地位，详细询问他们在二十七年所消费的各项数量，分别注明自给的或是买入的，凡是自给部分更以当时的市价折合，求得相对比例。结果发现在一村中各家的自给程度相差得很远，最高的百分之六七·〇，最低的只有百分之一八·三。我根据各家经济地位来分析自给程度差别的原因，发现很多有趣的事实。

甲乙两家是雇工自营的地主，甲家自给程度是百分之二·一，乙家是百分之四四·三，甲家自给程度之所以较低是因为他有个儿子在中学里读书，有一笔较大的学费得支出，可是这笔学费其实是由氏族津贴的，我们若把它除外，则甲家自给程度是百分之三五。乙家自给程度较高有一部分是因为他有一注田产是典来，不必缴纳耕地税，而且经营的农田面积较小，雇工一项支出较甲家为低。普通说来，一家雇工自营的小地主，自给程度约在百分之四〇左右。

丙家是租田来经营的佃户，经营面积和甲家相若，可是他家的自给程度则有百分之六七，甲乙两家所吃的米完全是自给的，丙家因为每年要交出百分之四十的谷子作田租，所余的谷子又须出卖以便去买其他的日用品，所以一年中有五分之一的米是买来吃的。虽则这样，但是他们其他支出却会比甲乙两家为少，而且他们尽量利用家有劳力，在雇工一项中也较甲乙两家担负为轻。

丁戊两家是没有田的佣工，丁家自给程度是百分之二五·八，戊家自给程度是百分之十八·三，他们是靠工资度日，没有自给的农产物，所需的食料，衣着，住房都得花钱去买去租。他们所自给的只是劳力，可是利用自给劳力的机会又不多，只有背柴来供给自家的燃料，自家去公路服役，以免用货币来支持捐税等，但是他们消费总量较低，所以这些有限的自给部分还能占百分之二十左右。

在表面上看来戊家和甲家的自给程度很相近，可是他们所代表的经济形态却大不相同。甲家自给部分比例的少是因为他把农产物出售后，在各项生活费用上增加支出的结果；戊家自给部分比例的少是利用他自给劳力机会稀少的结果。他们自给程度既低，经济活动中利用货币的地方多，货币价值的改变对于他们的影响也较大。从这项分析中我们可以见到货币在农村中活动的范围是受当地土地分配的形态所支配的，地主和雇工多的地方，货币的活动力量较大，佃户多的地方，货币的活动力量较小。

三、不用货币的经济支付

直接以货物或服役来相互抵消权利和义务的方式，也限制了货币活动的范围。这种方式在部落社区中最为显著，甚至可以使一地方的经济活动完全超出于货币势力之外。我不妨举出在两个广西瑶山中的例子来说明这种方式如何活动的情形。

瑶山中每家都养着猪，若是每家只吃自家所养的猪，则杀一头猪总要吃上几个月，换一句话说，每家吃新鲜猪肉的机会太少了。加以他们保存的肉类的方法不很高明，腌着的肉味儿太差。在这情形下，一定得有个互相交换的办法，若是开了办肉店，问题自然少得多，可是他们没有，他们肉食的安排是这样：杀猪是件大事，轻易是不杀的，一定得等结婚，做斋，祭庙的时候，才可以杀。结婚和做斋由事主出猪，祭庙是逢节举行，各家轮流献猪，杀了猪，把肉分给全村吃，不付代价，每家出猪的机会差不多相等，按期所分得的肉也差不多，没有人吃亏，没有人便宜，大家从此常有新鲜肉可吃。

瑶山中要造房子的也不必花钱购料请工，只要向全村声明了有这需要，村子里的男子在农闲时全有帮工的义务，他只要请这辈人吃和喝就得了，房子的格局都差不多，每个人没有特别事故，一生至多造一座房子，这次人家帮了我，下次帮还人家，结果大家做了工，大家住着了房子。

在农村社会中，这一类比较复杂的安排虽则少见，但是依旧有很多重要的支付是不用货币而用货物和服役的。在云南我们所调查过的农村田租全是以谷子计算的。借债的利息也是多数以谷子计算。譬如禄村在二十七年时借十元国币年利谷子四斗，有时借债是以服役来清偿的，好像禄村的贫户向有田的人家借米，到收谷时，帮工折价回偿。工资虽则有一部分是用货币支付的，可是做工时工人的膳食却大多数由雇主供给，此外水利交通等公家的事在云南农村里大多是直接征工来服役，而不是加税雇工来经营的。我们可见在农村经济中，重要的支付里，货币只占次要的地位。

在货币价值变迁得激烈的时候，农民们对于有时间性的债务都有避免以货币来计算的趋向，在目前农村中常发生纠葛的是借钱回谷利的契约，债户因为谷价上涨不愿意缴纳谷利，债主因为货币价值跌落，认为放债不如囤货。农村中货币活动的范围是否因货币贬值而更形缩紧是值得我注意的一个问题。

四、街子和货币的储积

云南农村中重要的贸易机构是街子，街子是定期集合买者卖者的场合，任何人有东西要出卖的都可以在街子上一坐等顾客的光临，街子的特色是在把商业这一件事大众化了。若是说每个云南的农民都是兼做一些生意的，也不会太言过其实。

街子虽则把农村商业普遍化了，可是也使生产者和消费者直接有碰见的机会。在这场合下，物物交换的方式也可能发生，据张之毅君在易门调查，在这地方米和盛米的竹篓是直接交换，不需要货币作媒介的，一个竹篓值多少米大家承认的。

物物交换有不方便的地方，交换中的各物相对价值都得个别规定，也麻烦得很，在街子上，货币是普遍的在应用，可是货币时常是用来作计算价格的单位而已，这是说某甲要到街子上去买些酱油，他时常不是在袋子里带些货币上街，而是带着些米，或是带着些菜。他在街上把米和菜卖出了，得了货币，很快的把货币脱手换了酱油回家。货币只过一过某甲的手，时间很短，在这种情形中货币流动得极快，停留在农家的数量却极少，他们囤积着是货物不是货币。这一种现象自从货币贬值之后，更是显然，我们也许可以说，云南的农民受货币价值变动的亏已经有很长的历史，他们在经验中，积有少和货币接触的教训。更加上了哪个人都可以参加买卖的街子组织，使他们有和货币减少接触的机会。

我们在禄村问过比较熟的朋友，他们通常积在身上有多少钱；一家中产阶级的农家，一下可以拿出来的货币不过四五十元国币（这是在二十八年十月的时候），他们说若是要钱时就得卖谷子了。

在内地农村中货币活动范围很显然是很窄。这也许是使农村经济停滞的一个原因。若是农村经济的发展有赖于农家经济自给程度的下降，货币使用范围的扩大，则我们在云南还有许多应当努力的地方。

大理的司法状况

赵凤喈

本来这一篇,预备写大理的司法状况和法律习惯。但因二者原属两事,其间并无因果联络关系,且为篇幅所限;故只得先将司法状况写出,质诸同好。

"司法状况"是一个抽象而概括的名称。其所包含的特点,应有若干,颇不易详举。现在只将个人在大理高分院所注意的几个问题提出来讨论。

先就高分院组织言之:云南除高等法院本院设在昆明外,另有三个高等分院,分设在大理,昭通,与普洱。大理系高等法院第一分院所在地。高分院即就原来之地方法院扩充而成,高院院长兼地院院长,高院有推事二人,地院只候补推事一人。检察处之检察官人数与此相同。依组织法言,地院院长兼办案件,如其所办案件上诉至高分院时,高院长(即地院长为原审推事)须为审判长,如果回避,则高院只有推事二人,不能组成合议庭,势必请地院候补推事,出来陪席。如此则高院长所办之一审案件,将由地院候补推事作终审判决,审级颠倒,人员轻重亦倒置。如果高院长不兼办地院案件,则地院一个候补推事兼办民刑案件,又办执行,复管登记,势非三头六臂之魔王,不能胜任。此项组织,想不仅大理高分院一处为然。当日之组织法非出于空头理论家,或冒牌学者之设计,曷克臻此!法部有鉴于此,已将高地两院各置院长一人以专责成,不过地院长已委派数月,尚未到任。所幸高分院现有推事二人(依预算只有二人),可有一人办理地院案件,以免除上述各项困难。将来案件有逐渐增加之趋势(见下说明)。高地两院人员均有增添之必要,高地两院,亦以分署办公为宜。

次就经费言之：在廿九年一月改由国库支薪以前，高分院及地院经费，每月由司法收入项下，划拨新币九〇〇余元，另由财政厅月补津贴新币六〇一元余，两共计新币一五〇〇余元，折合国币七五〇余元。因此院内人员的薪给，院长及首席检察官月支新币一〇二元，推检月支六八元，候补推检及书记官月支四二·五元，法警与庭丁等月支五·九五元，折国币二元九角七分。云南公务人员的薪给，在抗战以前，本属低微，恐以法界为最甚。去年云南省政府曾两度加薪，但大理分院所得之加薪额，只以财厅津贴之六〇一元余为加薪标准，故所得实惠有限，仅可补助各级人员年节之开支。今年一月起，改由国库支薪，各级人员俸额较前增加约七倍，大家相庆苦尽甘来。孰知财部一月份经费，至三月底，尚未到大理，究系行政效率作梗，抑人谋不臧？局中人自知之，外人难加推测。最低级俸给人员仍月支国币二元九角余，虽面有菜色，每日仍到院办公，闻有一位执达员或法警，在外受人酬报（也可说受贿）国币五元，经人告发，因而受惩罚并停职处分，不久即病亡。此在为长官者，不得不挥泪斩马谡，而局外人又多为其抱不平，辄乎"国法虽存，天理安在？"并闻沈院长到任以前（廿七年冬），地方上对于法界，啧有烦言；稽诸俸给如是之低，只能说"事出有因，查无实据"。现时各级人员，谅已领得国库薪俸，但迤西米荒（闻国币九元余尚买不到八斤一升米）较诸昆明，尤为严重，如无统筹救济办法，法界人员所受之苦况，将较其他公务人员为深刻。

以上所述两端，就表面上看起来，似非司法本身重要问题，究其实，要为良好司法之初基。此刻愿说讼案的统计和进行。关于此点，廿八年以前的已结卷宗，旧任未移交与新任，无从查核。就廿八年度全年观之，高分院所受民事案件计一六三起；刑事案件计二五起，刑事复判计十三件；民事再审计二八件；其他案件（声请与抗告）计一五起。共为二四四件。就大理分院所管辖之区域（计二六县，十设治局，共为三六县）言，上项案件，尚不算多。地院应收民事案件计一一八起，刑案计四二起，其他案件有一六起，执行案有三九件，共为二〇五件，亦不算多，不过将来案件，高地两院，均有逐年增加之可能。此可就廿八年与廿九年同一期间内所收民刑各案数目作一个比较而推知，廿八年一月至四月廿三日止，高院所收民事案，计二八件，刑事案计六件。刑事复判计三件，民事再审计四件，共四一件；廿九年同一期内，高院所收民事案件计六三件，刑事案计九件，刑事复判计八件，民事再审计八件共为八八件，较上年同期内增加四七件。地院在同一期内，案件亦有增加。至其逐渐增加原因，一由院长更替后，力图整顿，二因抗战以来，迤西交通较前发达，经济状况与人民观感，均有变更。将来有关国际交通的滇缅铁路完成后，民刑各案只有逐年增加，不致减少，可断言也。

说到案件的进行，则困难多端，排除不易。第一，司法组织本身，好似一架笨重机器，运用不当，即将停滞。第二，一般人民与其他机关，不了解司法情形（或可说对司法不感兴趣），甚至多方阻饶。试就前一点举例言之：某县孟某与陈某因争产上诉一案。孟氏上诉状系十九年三月十九日递到高分院。高院于同年三月三十日令县调卷，县卷于六月二十五日到院，七月十三日曾开过辩论庭。嗣于九月廿四日再令县调查证据。自此以后，县无复文，院无催令。迨现院长接事后，始于廿八年二月十二，三月廿七，六月一日，三令该县传集两造到案讯办。该县于七月十八日呈复称"……该案两造当事人因病死亡有之，而远游经商者有之，以致无法传集送达……"高院随于七月卅一日令县查照当事人家属令其委任代理。县无复文，高院复于九月七日，十月十二，十一月二十五送去三令催案，该县于十二月十三日呈复称"……因病死亡者有之，出征前方者有之，均无家属委托代理及继承诉讼之可能……"因此该案遂致诉讼中止。按此案自十九年九月二十四日至二十八年一月，历时计七年三个余月，其间无人过问，又有某县张某上诉案，自二十三年三月至二十八年一月，约五年期内，亦无人过问，倘如卷宗无遗失，前任承办人员应负责任，即属法院本身之不能尽职。至以后某县必待三令五申始呈复一次，无论其所称是否属实，其玩忽法令，延误讼案，实属不妥之至，容后并论。而承办该案之推事，闻已高升至某院，此属司法部之考核不严，盖法部曾限令地院推事每月应结案若干，高院推事每月应结案若干，诚属皮相之论。考核推事之成绩，应派专家往各法院阅卷，或调卷至法部请专家评阅，较为妥善。若以结案多寡论成绩，将误尽天下苍生矣。

论及司法程序本身，亦大有问题；有时迟延，达于极点，令爱护司法界人士，亦不能忍耐。如某县赵某与大理张某在昆明因债务涉讼。民十四三月经地方审判厅初审判决，十七年四月经高等法院二审判决，于十八年三月始经最高法院云南分院三审判决。此案起诉之日期，未及查考，然缠讼至少在三年以上，可断言之。以后原告向大理地院请求执行，经过法院查封拍卖等程序，迨至二十六年七月始领到借款，而债务人仍于同年七月提出抗告（当然是健讼），经最高法院于二十八年一月予以驳回，此案方算完结。试问一案自起诉至执行完毕日止，要拖延至十四年以上，黄河之清，人寿几何！此完全属于司法程序问题，丝毫不涉及人事；当非大理一方之现象，恐各地类此情形者甚多。无怪社会上一部分复古派，主张恢复以前之"打屁股"办法，一小时以内即可结案。然而"打屁股"太野蛮了，吾人不能因噎废食，司法制度本身的不妥，只有努力就本身加以改良。

再谈一般人民及其他机关对于司法的影响，中国人民有大部分，不了解法院，第一因其人生观爱痛快，而法院程序常迟缓有如上述；第二因其知识浅陋，不知道如何利用法院，解决其困难。而士大夫阶级又有"刻木为吏誓不对"的观念在脑际作祟（极少数维新人物如胡适辈除外）。如此三除九扣，只有少数被迫到法院求直。大理高分院上诉的案件，十之九不缴讼费，经法院裁定令其补缴讼费而仍不遵缴者，亦居多数；案件因此而遭驳斥者甚多，（比例确数，未曾注意，约占结案三分之一）。如果准予免费起诉，此类上诉人能够胜诉，则讼费一层又为中国司法程序障碍之一。此外因诉讼拖延稍久者，有称家道贫苦，不堪讼案之累，请求准予销案；又有称当事人死亡或出外，无人承继诉讼，已见上述。此类情形，大半由县公署代为转呈，是否属实，固待考核，然讼案因此不了而了结者，又占百分之几。要想中国一般人民知道法律至上，法院为解决争执的公平机关，而不为土劣污吏所欺诈蒙蔽，不仅司法界要努力迈进，还待教育家或法律教育家共同努力十年至三十年，方有希望。

所谓其他机关，首要者厥为兼理司法之县公署。县署办理讼案是否得当，本篇不予讨论。所欲究者，即在每遇上诉案件，高法院调卷之时，大多数县署置之不理，必待三令五申，始答复一次，且多敷衍塞责，类此情形，不胜枚举。除前引之某县孟氏上诉一案外，再举一二例言之：某县易某因家产上诉一案，上诉状系二十六年一月七日递到高分院，同年三月十八日高院令县调卷，事隔一年又十月，该县迄无复文。现院长接事竣，即于二十七年十二月九日再令催案，该县仍默无一言；二十八年三月二十八日，高院三令催案，该县于四月六日呈复，首叙本案业已和解，请准销案，最后声明本案卷宗，前县长卸任，未准专案咨文，故无从遵办云云。这一件讼案，就如此了结。究竟什么葫芦卖什么药，即令包公复生，不躬亲调查，亦难得其实情。又有某县龙某因承继上诉一案。上诉状于二十五年三月五日高分院，高院于同年三月十六日令县传人调卷，事隔年余，县无复文。上诉人迭次呈催，高院于二十六年四月二十八日，九月二十七日，二十七年十一月十五日，三令催饬送卷（此处形式上用令，实际上等于"请"，故本篇中所谓之"三令五申"字样，应改为"三请五邀"，方合实情）；该县仍置之不理。高院只得于二十八年三月二十八日五令催案，该县于四月六日始有呈复并将卷宗一并送院，呈文中末段叙明"前令系某卸县长任内所奉，……故县长无从办理"。各县对于上诉卷宗，既如是之留难，延不送院。高院应当设法，排除此项障碍。一案卷宗由下县解到高院，要费二年或三年之时日，素爱痛快的中国人，怎能不诉诸非法手段，以求得合法利益呢！所以某某公署与某某司令部亦常问讼案者，或非由其本身之喜干人事，亦由外界环境使然。

外县迁延时日，始将卷宗解送高院者，固属玩法；而情节之尤可恶者，在少数污吏违法且愚弄法院。如某县赵某因运费涉讼一案，县署将其拘押，只令其应付某某债款若干。被押者不服，请求发给判词以便上诉，县署置之不理。被押者乃声请高院转饬该县发判，而高院亦准情令饬依法办理，如是者六次。该县复文称其案分两部分，（一）刑事部分已判处被押者徒刑几年；（二）民事部分因证据不齐，尚未判决。被押者尚不知其受刑事处分，如其知之，彼于六次声请状内只提民事，何以竟无一言提及刑事。而高院因被押者只提民事，并未对刑事提起上诉，亦无可如何。这一案中只有滑吏独尊，人民与法院皆受其愚弄而不自知。滑吏诚可畏也，不除之将何以建国。

本篇所述大理司法状况，其间有属明日黄花而值得回顾者，有为他处或他省所共有之现象。司法行政部对于后方九省司法经费，自本年一月起均改由国库支给，足见其整顿司法之决心，兹乃一隅之举，幸其三反焉。

生活的文学

唐 鱼

常听人抱怨说，自从新文学运动以来，始终未产生伟大作品。但是在今日到底什么样的作品，方可称为理想中的伟大的作品却也无人可以切实作答。这个问题从一方面看来，我们不得为当今的作家的抱冤。因为无论哪一个时代的人，对于他们当代的文学总是难以估价。杜甫在世时，诗名并不很高，但丁生前的声誉远不如死后，莎士比亚从来没想到自己将来竟能代表英国文学，传说济慈是被贵人骂死的。伟大的作家们往往得在死后若干年方能被称呼得洽合分量。文学上之所以有这种现象，原因至为复杂，其中主要的原因之一怕还是由于文学批评到底不是一种科学的准确测量器。文学作品既无此测量器足以称量，而他的好坏又绝不能以大多数人投票的方法来评定，那么作家们便不得不遭遇这种悲剧式的命运，所以新文学运动以来，所产生的大量作品中，是否真没有将来可以被认为伟大的作品，我们生于今日的人怕不易为百年以后的人先下定语。

不过从另一方面看，这个问题对于一般作家们也颇可激其深省。在任何文明的时代都有大量的作品与作家。这些作家们，本着不同的动机与目标，都在大量地生产着文学。有些作家严格说起来并够不上所谓作家，所产生的也未必即是文学。又有些作品作家只是三四等货，生时也许曾享点荣誉，但时代一转他们便被沉在大海里了，人们再也不看顾他们，不记忆他们。每个时代的文坛上，这些人总是占很大的多数。这些人在写作时，态度并不见得都不认真，但都因为缺乏一点自知之明或不自量力或错认了路途，结果落得自己身后可怜可笑。他们自身小小的悲剧不用说了，同时却沙砾混金，往往把同时代的真正的文学作品给遮没了，使其无法显露于大众之前。在文学批评比较发达的时代里，也许还可以略辨是非；在文学批评极不发达的中国今日，便更无黑白之说。

　　是非黑白虽无法辨说，但有几种动机下所写出的作品，将来不易博得伟大之誉是可以断言的。自从新文学造就出来一代的新青年，这般青年当然时时渴望着新文学的新供给。在这新需要的市场上，很有一批人乘机进来染一指作买卖的。聪明的也许一管笔还可以敷衍得过去，先设法制造个小小的名誉（互相标榜或求人提拔），然后揣摩着读者的心理（大概都是学生们）计算着出品的销路（杂志报章的稿费与书籍的版税），坐在亭子间里按着恋爱或革命的方程式来捏造些故事，于是一集集的"作品"汹涌而出。好在中国文坛上一个作家的伟大与渺小，与其作品之多寡凤成正比例，因此愈是多产者愈足以被誉为大文豪，而文豪愈大则买卖亦愈发达。次焉者搭不起骗人的名誉的毫，只好贱卖人格，写些颓唐淫欲的故事，尚美其名为礼教解放或记叙真实，这般人原本谈不上文学，只不过是市侩之流，或做文学以糊口的，其情可悯，其态可怜，我们尚可原谅他们。

　　不可原谅的是沽名钓誉之徒。好名的心是人的天性，人往往喜欢被人称为一个什么家。在中国这古怪的社会里，在这提笔即可登龙的时代文坛上，青年们渐觉得文学家仿佛最容易作，最容易成"名"，最容易满足自家求名的欲望。模仿着写两篇小说，抒情的散文，刻板的故事，打油诗，只要自己不怕贱卖名誉，名字立刻便可以印在白纸上展开在多少年青人的面前，被称为一个文学家。走这条极易走而又名利可以双收的路，自然比立志作一个工程师，学者，实业家，或科学家来得容易；何况其中还比这些需要冷冷的面对人生的职业多一层浪漫自由的情调，正可以满足一般青年的幼稚的心理。因此我国青年作家特别多（同时青年时代做一阵作家而日后懊悔辍笔改行的也特别多），谈不到成熟的作品更特别多。重商利而轻文化的书店拿来印行原不足怪，但文学批评家们竟容许此种学生作文练习簿大量普遍地流荡于文坛上（怪在且有美其名为提掖后进而提倡之者），实在是一种时代与国家的耻辱。这些青年如果从事于旁的事业，也许很多可以成功的，但他们为了一点点空幻的憧憬与虚荣的诱惑，竟舍弃了正当的生产作业，对国家实是一种损失。也有很多青年作家长了几岁年纪，或略学点批评能力，回头一看，自己不禁赧颜流汗，后悔当初大好光阴白白为了无聊的文字而牺牲，因此急忙改了行作个人的,但也有些被高帽子蒙住了眼,自以为人才卓越,孤芳自赏,误人半日误己终身的。这一点点文坛上的虚荣,一点点浪漫幼稚的欲望殊不知贻害了多少青年,辜负了多少国家树人养才之意。

另一种文学写作的动机在宣传。以宣传为动机所写成的文学是否是文学,因为立场的不同,无法讨论。目下宣传文学的巨流已成洪水,我们也不敢讨论。不过文学之所以为"文学",原在时代之真实的表现和文化人生之深切的批评,"宣传"与这根本上原是互相抵触的。生于今日,我们虽然不敢说宣传文学不是文学,但宣传文学之不能伟大,不能代表时代,不能传之永久与日月长存总可以定言的。

要是把以上这三种文学的莠草好好锄剪一下,所余剩的豆苗怕很稀了。我们所希冀的豆苗是真正的生活的文学。真正的文学当是时代的生活的产品,有真实丰富的生活的经验,生活的锻炼,生活的理想信念与愿望。我们不要虚假勉强和欺骗,我们要的是真实丰富诚挚的表现。真正的文学,是用"美"的工具来表现的"真"。我们所希望的作家不是杜撰虚构,沽名求利,大言不惭,自欺欺人之辈;我们所希望的作家是折磨于生活,拔存于时代,具有丰富的经验,锐敏的眼光,冷静的头脑,批评的能力,忘我无私有伟大的人格的人。

也许有许多人要说,我们文坛上理除荒秽以后,尚当有不少的作家们,确是本着天良,在从真实的生活经验上写作的。不错,不过生活经验也有丰富与贫乏之不同。我们不能不注意我们中国文学有一点很特别的地方。因为两千年来,我们的社会是一种士大夫官僚的社会,我们的文化是一种士大夫阶级资本式的文化,我们文学也便成为一种士大夫阶级文人的文学。文人文学的特色便是文人写了为文人看。文人凭着他一点点读书的与读书馀暇的经验,记叙一点轻少的经历,发抒一点淡薄的幽情,或是吐泄一点牢骚失意与不平之鸣,写作只为了自己的享受与唤起同类文人的一点赞颂与同情。我们二千年历史上,所产生的文学作品,大半是这类的文人文学,思想题材情绪社会都范围在一个小小的生活经验的圈子里。试想我们文学史上有几本《诗经》,几篇《子夜歌》,几部《水浒》?文人的生活是松淡的,窄小的,闲散的,所产生的文学也许蕴蓄着一点点幽雅,意境,聪明,趣味和理想,但其中缺少着真正人生的深度厚度,切肤的痛痒,根性的喜恶,与生命中深刻真实的气魄与力量。民族大众的生活始终在艰苦里,而文人的生活却过分陶冶于一种文化烂熟的氛围中，其所产生的纤巧美化的文学，价值如何，不言可知。历史上固然如此，新文学并未甩脱开这个传统。今日的文学中有多少作品不是文人的产物？有些是文人们一点点感情的经历，或纤巧的家庭生活与平淡的学校生活的表现，有些只是书房灯底下组成的梦里烟云与幻想。文笔也许生动，但内容贫乏得可怜。也有些人初写作时确有些真实的感觉与经验，但转瞬文学便把他变成了个文人，再也写不出真正的文学。更有些文人生活中实在没有可说的可想的，便索兴就在"文"里面翻筋斗，斤斤于一字一句的华美，一辞一藻的修饰，忸怩作态，行步顾影，表面雕修得粉妆玉琢，其实空无一物，文章实是游戏。也有的专喜欢掉书袋以表示博学，旁征博引，中国古董引不够再加以洋经洋典，满纸乌烟瘴气以集酸俗之大成，使人莫知所云，只有作哭笑不得之感。这都是文人文学发展到极度的病态。我们新中国有新环境，新时代有新经验，我们有的是生活可尝受，题材可写作。我们得等到我们文坛上的文人们都觉悟于自己之文固文矣，然而自家生活却不足以产生伟大的文学；得等到我们文学的读书者们都要求文人生活圈外的更大更深更厚的真正的时代民族之生活的文学，那时真正伟大的文学作品，才容易在新的心理上建设起来。

本期撰者：

  伍衡先生是一位英国留学生，尝在英国留学多年，对于英国情形甚为熟悉。"唐鱼"是一位联大教授的笔名；他是一位很有名的新诗人和新文学家。

  赵凤喈，费孝通，和王迅中三先生在本刊常有论著发表，毋庸介绍。

第四卷第四期（1940年7月28日）

这一周

近卫自十七日奉命组阁以来，经六日之权衡考虑，始于二十二日组织完成。近卫这次组阁的经过。有几点值得注意：（一）近卫自上次辞职后，屡有东山再起的呼声，但近卫始终观望待机，不愿轻易再作冯妇。这次毅然辞去枢密院长职，从事新党运动，取米内内阁而代之。事前谅必经过详细考虑，与各方亦必有相当谅解，尤其与军部，似应有相当默契。但内阁成立，依然费时六日之久，依然为日寇史上难产内阁之一，可见内幕必不如一般意料的顺利。新阁人选是否合乎近卫的预定计划，大是疑问。第二，近卫为日本举国嘱望的人物，他的第一次内阁，在战后四届内阁中，实力最强，人才也最整齐，迄今为日寇评论家所称道。这次他待机观望了很久，才东山再起，以新政治体制运动及解决对华事件标榜国人，野心如此之大，责任如此之重，理应延揽一等政治家及各界领袖，共赴时艰。但事实上新阁阁员中除了少数著名的军部走狗法西斯人物外，大都系近卫第一次内阁时的次官阶级人物，这样的内阁负结束事变的艰任，何异痴人说梦？第三，近卫这次在登台前，先从事于新党运动，显然想藉新党为后盾，获取举国的支援，现在新阁阁员虽尚保留了农林，拓务，厚生，铁路等缺，也许为的是酬劳新党运动领袖。但投机谋官的一般政客是否满意，很是疑问？所以近卫这次出山，在他也许认为时机成熟，实则荆棘重重，前途茫茫，上台容易下台难，这位公子哥儿必定进退维谷，哭笑不得了。

希特勒于本月十九日在国会发表演讲，表示愿与英国停战媾和。希特勒认他这种表示，"非以战败者之地位向人邀恩，乃系以战胜者之地位而独张理性。"希特勒并且说，"余未见有何必须继续作战之原因，余于身罹战祸之人，深为悯惜，且愿我人民得以免此。"希特勒这番话，似是仁者之言。倘希特勒这些话，果出至诚，我们希望英国加以接受。国际政治果然能再度跳出元始野蛮时代状况，而恢复受理性支配的正常轨道，这是人类之大幸。不过希特勒这类理性之言，又有什么保障？信在言前。希特勒以往言论，已一再失信于世界。英国今兹对希氏言论，不敢轻易置信，宁愿表示牺牲到底，作战到底，当非偶然。举世均认希特勒这种演说，是大举攻英前一种姿态，是推卸战事责任的姿态。是否如此，且待事实证明。平情论事，兵凶战危，谓希特勒内心毫不感觉国际战争之残苛，谓希特勒有战胜英国之绝对把握，亦非事实。希特勒之和平表示亦非无因，惟事到今日，德英恐都有骑虎难下之苦耳。因此，世界和平前途，依然渺茫！

法国贝当将军通令凡五月十五以后擅离国境之法国士兵与政客，应予剥夺公权及财产。这种命令的作用当然是防范法国人民继续对德作战。最近因违犯此项法令而被逮捕者有阁员十四人，众议员十四人，参议员一人。法国前外长及前内阁总理达拉第亦已被捕。匹夫无罪，爱国其罪，斯之谓矣。贝当将军良心上想亦未必自安。但既已屈服投降，又不能不如此硬做。屈服投降，绝非国家民族生存途径，可概见矣。

德国正在进行着历史上第二次的大规模"欧陆封锁"。在拿破仑的时候，拿翁为着要抵抗英国的海上霸权，为着要削弱英国的经济力量，尝施行过一个空前的封锁欧洲大陆的计划。在那个时期，因为欧陆还没有实行工业革命，经济组织还不十分严紧，所以拿翁的大陆封锁计划不能有很大的成功。但这个大陆封锁已经使英国感觉到很大的不便了。现在希特勒也和拿破仑一样，他虽然已经取得了大陆的霸权，但他却因英国的敌对行为，不能不继续与英国作战。英国唯一的重要军事武器是军舰，唯一的优点是把握着海上霸权，唯一的重要经济作战战略是海上封锁。希特勒为着要抵抗英国的海上霸权，为着要削弱英国的经济力量，为着要报复英国的海上封锁，自不能不加紧施行"大陆封锁"的经济战略。假使德国攻英不能成功，英德两国成了海陆相持的僵局，则德国必更加紧她的"欧陆封锁"。在经济发展到高度工业资本主义的今日，则大陆封锁的影响必然会远较十九世纪初叶为大的。"海上封锁"与"大陆封锁"这是今日欧洲经济战上两大战略。谁胜谁负，我们且拭目以观！

英国与罗马尼亚关系日趋恶化。本月二十四日欧洲电讯，且有英罗两国断绝邦交的消息。在我们看来，英罗断绝邦交，即令目前尚非事实，将来必成为事实。事到今日，欧洲大陆各小国其势不得不听命德意轴心国以求生存。且罗国之油区为德意在战争时期必加以控制之地点。故今日英罗无从继续维持邦交，乃必然之势。不过罗以小国，介乎德意与苏联两大势力之间。在此唯力主义的野蛮时代中，小国处境之困难，可算已达极顶矣！

苏联西北的三个小国，拉脱维亚，立陶宛，爱沙尼亚，已决定与苏联合并。事实上苏联可以在三个小国国境以内驻兵，三小国的国防地点，已在苏联掌握中，三小国早已成了苏联的属国。今苏联与三小国合并，实际只是完成一种法律手续而已。在苏联与三小国的关系上，并非重大变动。在今日欧洲局面下，小国实无独立图存机会。迟早必为他人并吞。与其将来亡于希特勒，何妨及此与有历史关系之苏联合并。这或者是三小国国会一致通过加入苏联的心理。在苏联的计划上，这当然是防德的一个重要步骤。尽管德苏签订了协定，毕竟是利害相交。把眼光放远一些，德苏间利害冲突点较和洽点为多。希特勒今日横行欧洲大陆，史达林的忧虑绝不在丘吉尔之下。这或者是苏联与三小国合并的症结所在。邻之厚，我之薄，想希特勒今日对三小国与苏联合并，必生此感。

泛美洲大会本周正在举行会议。这次会议中引起全世瞩目之点，即美国务卿赫尔（大会主席）在二十二日发表的演讲。赫尔建议美洲应建立互保制度，换言之，即南北美各国应互相联合，以防止法西斯国家侵略美洲。为应付当前局面计，赫尔主张"美洲国家对欧洲被德国占领各国在西半球之领土，建立一种集体代管制度"，此项领土绝对不许转让与德国。这就是美洲的泛美制度。但赫尔一再声明，泛美主义与世界其他部分所盛行之区域制度，迥然不同。"泛美制度无侵略或威胁任何国家之用意。其唯一目的，仅在自卫。"赫尔演说中对日寇冒牌之亚洲门罗主义之举痛加驳斥。日寇闻此，当知所警矣。其实北美合众国今日在美洲上何尝不是盟主，何尝不是居于领导地位。但美洲其他各邦对美国之领袖地位，却心悦诚服。希特勒在欧洲，日寇在亚洲，其所图者，亦在满足领袖欲。然希特勒与日寇之手段，却在以"军事政治经济控制其他自由独立之民族"。王道霸道之分即在此。德日最后失败之点，当亦在此。

日寇在本周内曾一度侵入镇海。经我军奋勇反攻，日寇又狼狈奔逃。镇海之得失，本与中日整个战局无重大关系。惟日寇大吹大擂，要排演他的闪电战。所谓闪电战者只在沿海地带掠夺几个海口，外强中干之象，已尽情暴露。费若许海陆空大力，侥幸侵入镇海，却不能经我军之一反攻，日寇衰颓竭蹶，总算已达极点。从这方面来看，我军收复镇海，却有重大意义。

国民政府于本月二十四日制定《非常时期维持治安紧急法》，其内容已散见本月二十五日国内各报纸。这种法律的效用，当然是在非常时期中肃清奸宄，保卫公共秩序。这种法律公布以后，通常所谓的人权保障，当然受到相当影响。举例来说，依据此种法律，政府对于私人身体及住宅之搜检，对于邮电印刷之干涉，多添了许多方便。然在此种非常时期，这种法律在维持治安上又自有其必要。我们今日唯一之希望，即此项法律影响于人民权利者甚大，执法者应特别加以慎重。古人谓"导之以德，齐之以礼，有耻且格，道之以政，齐之以刑，民免而无耻"，这是极有价值的古训。当此内忧外患极端严重之际，我们所恃以复兴国家，复兴民族者，还在"有耻且格"四字。倘法律扰民太甚，良善者望而生畏，奸邪者免而无耻，严刑峻法，其又何补？愿执法者慎之慎之！

农林部部长陈济棠氏已于本月二十二日在重庆正式宣誓就职。他可说是国民政府第一任的农林部部长。国民政府以前虽然有过农工部或经济部等组织，但把农林列为专部，这次却是最初的一次。我们虽然对中国是否有单独成立农林部之必要不能不表示怀疑，但现在农林部既然正式成立，我们十分盼望由于这个新的机构的设立能够使中国农业有长足的进展。但要做到这一点，则非借重专门人才不可。现在的部长和政务次长在农业上都是外行，因此更有重视专才之必要。

沪工部局将前上海市政府土地局交托保管之档案交与上海伪市府。这事我外交已正式提出抗议。抗议谓"工部局之保管此项档案，既系受有上海市政府之委托，除将原有档案交还原委托机关以外，自不得将其移交其他任何机关"。这种理直气壮的抗议，不但有法律的根据，且有道德的根据。工部局受人重托，今竟有此违法行为，信义之谓何？揣工部局之用意，必以为此种手段，对租界寿命或可延长。实际这是妄想。日寇野心乃欲将欧美各国势力完全逐出亚洲，果尔，岂是工部局小献殷勤可以满足日寇欲望？故工部局此种行为，除丧失信义外，且足以证明眼光短小，智识低下而已！

台湾各革命团体，新近在渝已有了统一组织，这是台湾革命前途极可乐观的事。台湾独立革命党与台湾革命党与台湾革命大同盟，在本年三月间，已合组革命团体联合会。最近台湾青年党及台湾国民革命党亦复正式加入联合会。从此台湾革命事业，已意志集中，力量集中，革命进展，今后当然日放光明。

竞选期中的美国内政外交

钱端升

今年十一月五日美国将举行大选：总统，副总统，众议员全体，参议员三分之一，以及各邦要职员的大多数，均将于是日改选。美国两大党——共和党与民主党——已分别举行全国代表大会，制定政纲，并推出正副总统候选人。自今日起，至十一月五日止，美国的选举将一天比一天的剧烈，而内政与外交均将为这选举战所蒙罩。

要明了这选举战的形势，我们当然首须知道两大党所推竞选人的人品及所采政纲的内容。

共和党的总统候选为威尔基，副总统候选人为麦克那来。威尔基是一个异军突起的商优而仕者，素向没有担任过政治职务，他不是一个典型的政客，更不是典型的共和党政客。他向与共和党寡缘，与共和党政客更无缘。他做共和党总统候选人的唯一资格就是他的反对新政。而且他并不反对新政的目标及理想，他只反对新政的方法。从他的被推，我们可以窥见三点。第一是共和党的无人。第二，共和党大多数党徒也知非推一富有进步性的政客，则不易与民主党竞选。第三，威尔基是一个不凡庸能拉票的有力政客。

共和党的副总统候选人为奥立刚邦（靠太平洋）参议员麦克那来。他在上院已有二十多年，为上院共和党领袖。论资格声望，他本远在塔夫脱及范登堡二参议员之上。只因他来自小邦，不易膺选为总统候选人，故屈为副。他比较接近农民；在共和党中要算偏于进步。换言之，共和党领袖阶层虽多偏向于保守与资本主义，而此次所推的候选人却是一对进步者。

民主党的总统候选人为罗斯福总统，副总统为农业部部长华莱斯。罗斯福是否愿为第三任总统，愿出而竞选，一年以来成了美国的一个大谜，据说，他自己颇愿休息，但他怕一则政敌摧残他的新政，二则生手危及美国国际地位，三则民主党被共和党所败，故迟迟不肯宣布真意，直到了共和党开过代表大会，决定了候选人及政纲之后，直到了民主党代表大会开幕时，他才表示如被推举仍可接受的意思，我们如记得威尔基的内政方针并不反对新政的目标，外交方针亦偏向援助英国，则罗斯福之愿为第三任总统似乎由于第三个理由，而不是由于第一及第二理由。

罗斯福总统的副手八年来向为加纳。但这次他却要求华莱斯为副。华莱斯家世业农，其父为哈庭时代的农业部长，其祖为罗斯福（肖奥陀）时代的显宦，故其先代实为共和党党人。这颇可与威尔基年前籍隶民主党之事媲美。此次如罗斯福不竞选，民主党代表大会大致会推赫尔为候选人，罗斯福不推赫尔而推华莱斯为副者。乃因华莱斯可得农人及中西部的拥护，颇可助罗斯福拉票。同时，罗斯福如获连任，则仍可借重赫尔为国务卿，以收驾轻就熟之效。

以上为两大党所推正副总统候选人的人品。

至于两大党的政纲则我尚未见到全文。就电讯所传者而言，今岁两党代表大会所通过的两政纲似乎比从前更难分明。以外交政策而言，共和党似应力主孤立，才能有别于罗斯福的政策。但蓝敦（一九三六年共和党总统候选人）及威尔基均反对孤立政策；因之共和党对欧战亚战的态度几无别于民主党的政策。赫尔的商务协定政策为罗斯福政府的主要外交方针之一。如共和党加以反对，则两党的外交方针也可有别。但共和党不敢反对，而威尔基且甚表赞成。此外，对于菲岛独立，对于门罗主义，对于善邻政策，两党也无分别之处。至于内政，则共和党理应大大反对新政，才可以出色。如范登堡及杜威一流保守派人得势，新政亦势必大大在反对之列。但新政为一班人所拥护，而拉票又为竞选的主要工作，故共和党也惧膺"保守""顽固"的恶名。结果，共和党的政纲仅大骂一阵罗斯福政府乱而无方，罗斯福政府耗费过度，而不敢公然主张取消各种新事业及各种救济，亦不敢公然主张预算平衡。

依常理言，两党政纲及候选人的政见既均相若，则当权的政党应易于致胜，罗斯福政府亦无推倒的危险。但美国大选的难测度处不在政纲，也不在候选人的政治主张，而在候选人的"人"的问题。罗斯福向是拉票的能手。

这是任何人所不否认的。但威尔基的拉票本领似乎也很可观。以一个从未担负过政治职务的商界巨子,而能于三个月之间,自白地爬上政梯的最高处,显见得威尔基不是一个庸人,也不是一个缺乏吸引力的人。据说在共和党代表大会开会的那一天,他还是没有被推的希望,他的希望远比塔夫脱为小。但当他自己莅临会场,一与代表接触,形势顿变,而他卒能获选。从此更可见威尔基魔力之大。以威尔基对罗斯福,诚有劲敌相逢之概;也是罗斯福在几个月前所不能料到的一种形势。

因为这次的选举成为罗斯福与威尔基之争,而不怎样是主义政策之争,所以最近三四个月内美国的内政外交将发生何种的变化,颇难令人捉摸。如果两党的政纲不同或候选人的主张各异,则在竞选期内,当权的一党必须继续该党向持的政策,不然将有进退失措的危险。现在两党党纲人的政见间既无显著的分别,则最近数月内两党皆可迎合民众心理,以取悦民众。如能迎合民众心理,则偶而违背政纲,亦可不虞反对党的诘责。举例言之:现时两党均主张对拉丁美洲取友善的态度。但如形势变更,巴西法西斯主义势力抬头,而民众倾向干涉,则谁先主张干涉,谁便取得人民好感。在这种形势之下,谁又不愿变更原有主张呢?

依我的推想,在十一月五日以前,美国的内政,除了与国防有关者外,多半不会有若何变动。民主党既希望连任,自不能不维持已在进行中的各种事业。但共和党既对新政有烦言,则在此数月内,罗斯福自亦犯不着推广斯政。

内政方面,最近数月内最可有变动者,为财政问题。但财政如发生新的问题,亦必由国防而起。

国防问题殆将为最近数月内政争的对象之一。就世界形势的演变而言,美国不能不增国防。政府有此责任,反对党在原则上亦无可反对。但反对党必找觅种种机会,以诋毁政府的无能,政府的没有远见,甚或诋毁政府具有独裁的野心。罗斯福在上月曾宣言,将令全国男子受训或与国防有关的训练。此层意思现在尚未具体化。一旦真有此种训练,共和党或不免有所挑剔。又出售军械一事也易起争执。助英国为两党共同的主张。但如政府将一切英国所需的器械出售,共和党或会诋政府忽略本国的国防。此外军需业统制问题也极易发生周折。要扩充军需业,政府非有完全的统制权不可。但此种统制必非共和党所愿见,因民主党将因此而更是根深蒂固。因此,在竞选期内，除了大海军的政策可进行无阻，其他有关国防的新设施恐不易发展。

最近数月的美国的外交政策将如何变化，则为我们所最关心的问题。但依我的推测，除非德日有过分的挑衅行为，美国对外将避免一切足使美国牵入战争的行为。

美国对欧战实际早已不中立。美国不但寄同情于英法，舆论与军火也只供协约国之用，而不供德意的驱使。但英国所望者，尚不仅是同情与军火，而是更积极的参战。依常理，美既同情于英，既明知英败美亦危殆，自应趁早助英败德，以保障西半球的安全。但是参战的行动，在大选已过之后，如有必要，无论总统是罗斯福或威尔基，均可答应。而在竞选期内，则主张参战者势必受敌党及孤立派的攻击。故在竞选期内，美国参加欧战的可能可谓等于无，除非德有过分挑衅的行为，如攫取法属西印度群岛或公然在南美进行法西斯化工作等。希特勒如不做这些傻事（我想他不会做），则美国在大选之前绝少参战可能。

美国对中日之战也不注重中立，而注重九国公约制度的维持。美国同情中国，且多次肆说九国公约的神圣。为贯彻逻辑起见，美国良应予中国以有效的援助，如借巨款，如禁军需品到日，如运用海军以震慑日阀等等。但这些积极的行动美国素向踌躇；大选期内，这踌躇恐只会增加而不会减少。我们固信，如美国发动这些行动，日人只会怒而不敢还手。但美国的孤立派至今仍力持日人必还手之说。于是，政府即想有行动，为免得共和党的攻击起见，也不敢有行动。

我想凡熟知美国情形者，必承认在竞选期内，美国的行动不易积极。但这不是说，大选以后，美国行动仍不积极。一九一六的大选中，两党均力主和平。但一九一七年年初两党均一致赞成参战。这个先例至今仍有价值。此所以英驻美大使洛新目前（二十三日）宣传英之抗德到了本年十月当有转机。洛新的用意在使美人相信英国抗战的决心与能力。至十月以后，则洛新已预料美必能更进一步的援英。英国如此，我国亦然。我国如欲取得美国大选以后进一步的援助，在这几个月内，我们也须加倍努力抗日。必定几月内能自助，然后几个月后可多得人助。这是美国政治的形势使然，我们不可不知也。

民主国家的外交

王赣愚

我们与民主国家站在一条线上，对她们自始有很大的期待。近来她们助我抗战之趋于消极，因此难免有不少人厌恶民主国家的外交，说它害着妥协病，又说它的方向屡变莫定；甚或有人认为与独裁国家折冲，反使我们不至感如此之困难。关于独裁国家的外交，让我在另文详加讨论，但这里我只指出上述看法似非而实非的。

若问民主国家外交何以欠健全，不可不先知其外交困难所在。这篇短文就是解释这一点。

一般民主国家办外交，俱感许多实际困难。如制度上所促成的内部牵制，如党派间对外交的意见分歧，又如当权在位者之顾忌过多。均足使外交政策难于确定，确定后又未必能彻底执行。游移莫定的外交，行之于现今的世界，实等于无外交。民主国家在外交上不能自脱于苦境，惹得人们对民治制度根本怀疑。崇奉极权主义的人，竟嘲笑着民主国家重内政轻外交之不智；殊不想首次大战后，各国政局杌陧不宁，外交几乎寸步难行，而当政者为避免内部纠纷计，对外每必侧重折衷，适可而止，终不敢坚争所求。情势逼得如此，本无可非议；无如民众不谙政府处境之难，往往认为每次妥协都是懦怯迂迟的表现，要求多退让一步，国权便减削一分。他们总是这样想着，任何牺牲均为所不许。撇开英美法等国不论，就是德意志在韦玛共和国时代，办外交即有如斯之困难；而且战后初期的奥地利，匈牙利及意大利，情形大致距此不远。

晚近勃兴的独裁政治，也可说是摆脱外交苦闷的结果。原来当代的独裁者，那个不以口号标语起家，为攫取政权的便利，不断地给予耸人听闻的诺言，失地由他可以恢复，国权由他可以争回，民族地位由他又可以增高，所以劈头便深获了人心。等到执政之后，只要对外有把握，对内便不愁无后盾；党争销沉了，舆论失效了，国策既任凭一人摆布，而全民唯马首之是瞻。独裁者在外交上独自作主，其所行的必然是强硬的一贯的政策。就政治组织上说，全国大权既集中于一身，对外政策自不因舆论党争而有所骤变，对外措施又不因舆论党争而发生动摇。根据着这个理由，曾有人盲目地颂扬法西斯外交的优长，以为其外交路线的固定性，远在民主国家之上。其实，这个看法不值识者一笑。当知现世法西斯独裁者，都是投机取巧，蛮干妄动，声势愈浩大，国际政局愈紊乱。近年来欧洲形势的推演，最足证明这一点。

独裁国家的外交，并非完全与民众绝缘；因为独裁者亦往往利用选择投票等一套方式，假借外交问题的公决，以证示自己在国内之受拥护。表面上虽采取同样方式，发挥民意的作用，在独裁与民主两种国家里，却是迥然不相同。我也不得不承认在各国现状下，外交民主化未必即有好影响。试观民主国家中的民众，在扑朔迷离的宣传网中，情绪每流于偏激，再因对外交关系之重大，感受刺戟较为敏锐，是非曲直常为情感所混淆。外交与内政织成一片，每由于内政的剧变急转，逼使外交找不出正当路向。一直到了现在，民主国家似乎还未采用处理外交的可靠方法，以致努力于国际合作，不易有预期的成就。今后只要民主各国在外交上能自主自助，其决计定策又不为内政所摇撼，则共同协力以促进和平，似乎是不甚难的事。

民主国家大致依民意来办外交；但所谓民意也者，却未必是全体或大多数人民意志的反映。现今先进民主国家，如英如美如法，大都是工业极度发达的社会，那里政治上的支配者，就是商业资产阶级，他们的势力浸透于错综复杂的各种团体之中，且能控制可以左右外交的宣传工具。至如那般所谓"公民"，对外交反而无由过问，简直变成了利浦孟（Lippmann）所谓"幻虚民众"（Phantom Public）；实际上国中只有那些代表财产关系的"压力团体"（Pressure Groups）才能了解外交有切身利害的影响。在政治舞台上，"压力团体"的代言人是政党，而政党仗其财力作政治活动，以左右外交政策的构成，所以民主国家的外交，是许多因素促成的产儿，错综意志互调的结晶。商业资产阶级，实际是民主各国的中心势力；这个阶级在各国里，几乎有同样的要求，对一物而相争，往往靠战争以解决。譬如他们所需要的原料之取得，销场及投资范围之扩充，大抵非依战争不成功。向外拓地扬威，国与国间难免于冲突，冲突容或依妥协而和缓，但终久必至于决裂而引起战端。

"均势"是民主国家避战的策略。首次大战后，她们受现状的实惠不鲜，一旦现状被推翻了，彼此都蒙其害，由此可见畏战亦有其苦衷。"均势"的目的，本来在于分利，分利不均则有争，争而不决则有战。从近代史实上看，"均势"促成战争的可能性，比什么都要大，因为列强间的"均势"本难持久，每次调协仅是求相安于一时，不能根绝一切争端，终久反要种下了战争的根苗，兵凶战危，谁都不肯轻启战衅；况且上次欧战以后，诸大民主国家已算踌躇满意，无他利可图了。"持盈保泰"就是"均势"的第一义，所以在外交上总是倡导着什么"遵守条约"，什么"维持信义"，想把国际关系纳入常轨，以防止穷兵黩武者之放肆。

然单就外交上观察，民主国家的内在矛盾是很显明的。国中的统治阶级，一面期望和平之长久保持，一面又坚求足以惹起战争的事物。世界上有许多事，虽然自己不愿意做，但是无意中已逼着政府去做，那个阶级过问外交，也就是这样。我们且莫说统治阶级心里那样爱护现状，而丝毫不肯放松手里有碍现状的东西；就是那班社会主义派也是相差不多，平时高喊着"和平""军缩"及"集体安全"等口号，到了切身利害受影响的时候，其主张和举措亦何尝不带着几分血腥，结果所玩弄的都是违背良心的那套把戏。民主国家的外交，和一般内政一样，是维护各主要团体利益的策略，而社会上的团体利益，繁颐而且相悖，很难凝结而成一体，为对外措施的可恃之标准。无特殊利益的大众，大都是爱好和平的，然民主国家欲迎合大众的心理，而决定外交的路向，也有实际的困难；此中原因很多，主要的就是大众对于外交类皆漠不关心，自己既不能创造新颖的意见，只好无条件的接受别人的主张；他们对于舆论的形成，可以说极少贡献。在现今民主国家里，舆论归根是"压力团体"所促成，每个"压力团体"各有固定的成见，尽量利用迂回曲折的手段，造成于己有利的舆论，在那里左右着全国的外交，甚至藉外交来拥盖其私图。舆论的风向之难测，在政党分歧的国家里，尤令人无从捉摸；政党对外交通常各有主张，在野则鼓吹，在朝则实施，每因政权交替的频繁，致使外交上发生剧烈的转变。这是好些民主国家俱有的病象。

从上述的解释，我们可窥出民主国家运用外交的内在困难；我想只因其在外交上有了内在的困难，所以大体上是倾向于折衷，带着好些分的妥协性。以立国精神论，民主国家都站在和平阵线上，然其为和平努力之程度，往往大受统治阶级利益所限制。首次大战以后，她们所维持的"均势"，是需要长期的和平，为爱护和平而求妥协，则妥协之结果必为和平；但过去民主国家计不出此，事实上每遇武力恫吓，即不惜忍辱屈膝，予侵略者以可乘之机，和平终成泡影了。

更值我们注目的，现今诸大民主国家，大半是资本主义极度发达的社会，国内财产关系的失调，使阶级间矛盾日趋尖锐，其反映于外交上的是路线的模糊，和动作的迟钝。这些欲盖弥彰的病象，莫说在战时可陷民族于危亡之境，就是在平时也会惹起极不利的国际变化。不过所可引为欣幸的，当前诸大民主国家已经完成统一了，民族意识似皆超过了阶级意识，尽管对内有政见之冲突，而对外始终把国家利益放在一切之上。到了外患紧迫之时，各政党对外交问题，大致只有策略上的异议，并无原则上的争执。外交所企求的是维护国家的生存及发展，各政党在这个大前提下不难放弃左右的立场，决然一致对外。这种事实足以解释在政党竞选中国际事项不如内政问题之促人重视，又足以解释政权交替的频繁也不引起对外政策之剧变。

表面上民主国家的外交，虽呈着政出多门的现象，但从根本原则上言，自始亦能保持相当的一贯性，形式上的差异，却未遮掩实质上的相同。其实，民主国家外交的积弊，却不在于根本政策的欠缺，而在于路线的模糊，和动作的迟钝。我们对此纵素加诟病，然绝不能说这是采行民治制度所致，因为从事实上看，这都是社会环境使之然；社会环境逐渐改善了，外交上的种种病象，将要依时间而自然减少。我们若因此而专在制度本身上论功过，诚难免因噎废食之机了。

品格教育之最近趋势

陈友松

品格是个人或一民族适应社会环境的思想与行为之伦理式型。在个人为人格。在民族为民族性或国格。中西哲人,欲化民成俗,必以适当的品格或人格为前提。例如配师大洛齐以人格之发展为教育之目标。赫耳巴特以道德为教育之鹄的,古希腊斯巴达之教育在训练自卫,勇敢,与爱国的品性。雅典之教育宗旨,为人格与审美的修养。英国教育,首重自靠自治诚信公平等公民或士君子的道德。其他现代各国,无论是社会主义的民治的或极权国家,无不以适应某种环境之民族品性为教育之侧重点。然其所侧重之民族品性的哲学,自全体人类福利之立场观之,是否有当,则为另一问题。亦即是品格教育之根本问题。吾国自古即重视品格教育,例如"教以人伦","敬敷五教在宽",是夙以明伦为教育宗旨的。六艺中之礼乐,即是德育之基而与现代之心理学相吻合者。至于孔子而集大成,儒家之教育思想,至为当时极完备之人格教育,所谓格,致,诚,正,修,齐,治,平,以修身为中心。演成吾国极伟大之政治与教育的哲学。为吾民族之极珍贵的遗泽。此种高超的民族道德理想。倘发扬光大,对于现今世界浩劫之拯济,将有莫大贡献。盖旧道德之德目,虽必须因文明之变迁而变迁,但其本质,则不可变。吾先哲所谓"天不变,道亦不变",又云"道济天下之溺"实非复古与夸大的议论。最近已有西哲感于世界之混乱,实因物质文明之发达,过胜于人类精神道德之发展。因之大声疾呼宇宙永久价值之不可忽视。并阐明价值在事实世界之地位。(The place of value in a world of facts)英国教育家亚当士,最近分析此次大战之根本原因。第一在人类精神与道德价值之崩溃。可知品格教育实为世界当前之一大问题。兹以一民族而论，我中华民族之道德想既如此高超。何以自兴学以来，民德日偷，官德日邪，元恶大奸，比比皆是？诚如战时各级教育实施方案所云，"新教育之病根，不外数端，学校侧重书本之讲授，而忽略德行之指导，此由于修己合群之德育未加重视者一也。"总裁甚至称之为亡国的教育。故中枢年来特别重品格教育。在学校方面则有整顿学风令，有导师制之推行，有六艺教育及"生之原理"之阐明。在社会方面，则有新生活运动与国民精神总动员之推行。以"精神重于物质"为口号。发扬我民族固有之美德，——忠，孝，仁，爱，信，义，和，平及礼，义，廉，耻，至大至刚至中至正之品性。复勉全国教师为"冲坚摧锐的前线战士，为筚路褴褛的开路先锋，为移风易俗的社会导师，为继续存亡的圣贤豪杰"，于是抗建精神，日益旺盛，必胜必成之信念，实置根于此。然而理论精神，固风靡一时，为吾国继往开来之伟大领袖所倡导于前，但实行之效率，踏实与贯彻，则其问题实千头万绪，不可不假以时间。应为全国教育者今后不可避免之大任。

吾人必须检讨吾国固有品格教育方法之缺陷而求其改进于教育科学的新发展。固然，如陈立夫先生所云，一方面不可"厌弃过去狂鹜欧风"，然在另一方面则必须"准备对中国过去的学问，礼制，与文物等等，用科学方法，加以考察，然后将好的荟萃起来坏的剔除开去，便合于现在时间与空间的需要。富伯宁君在《吾国古代导师制之精神》一文中，曾有精当的议论谓中国几千年对于人心深渊之体会，应密切注意，但西洋对人格品格问题之科学研究，成果应当采取。过去批评吾国新教育者，动辄谓杜威之浅薄的实验主义与自由主义尤其是教育无目的。与间接之道德教学说对吾国有流毒。实则其问题不在杜威学说之本身，而是吾国人囫囵吞枣一知半解之所致。读过古祺著《中国新教育背景》者当知尚有许多社会经济的因素在内。杜威思想所支配之美国对于道德教育近已视为焦点问题。在其一八三九年之名著《自由与文化》书中，杜威阐明"民治之问题实一道德问题，……任何隐蔽社会问题之根本的道德本质的可是有害的"，他希望科学更能给予我们以较多的道德价值以代替科学前时代之道德价值——事实上许多的道德已毁灭了，科学应厘定新的人类价值，他又主张人类关系之实验，此类科学实验在美国学校中已有显著的进展，吾国教育不可不迎头赶上。忆丁文江氏有一次在《大公报》论道德问题颇得其旨。

品格之科学，在西洋已从三方面为出发点有长足的进步，第一是从生物学的遗传研究，探讨个人品格与民族特性之遗传的因素及其改造方法。即是优生方法，潘光旦先生是吾国此学的先导。第二是从心理学或社会心理学与生物心理学密切携手探讨行为及人格之本质，形成与改造的技术。如桑戴克之个性研究，佛洛特心之分析，塞斯敦亚耳坡等人之人格测验。各种盛行之诊断测验心理卫生与疗治以及美国全国学校所认为中心设施之指导 Guidance Program 皆已有相当成果。第三是从社会学研究人格之群性及社会关系的因素，有从儿童之整个环境研究者。在德国称为教育环境学，有从方位心理的社会心理学研究者。（Topological Psychology）如布郎（Brown）之研究人格形成，实由整个"社会位域"（Social field）的结构。谓现代科学已证明："没有无遗传的环境也没有无环境的遗传"有从人类学及民族社会学入手探讨民族特性之形成，并比较各民族之优劣，因而建议民族改造方案者。在吾国最近则有庄泽宣张君俊等对此问题有系统的贡献。中国科学社对于民族复兴之科学方法的探讨，亦为吾国玄学的笼统的品格理论之有力的反证。可见品格教育之学术的基础，是精深博大，而且已有显著的科学系统，非徒缕述抽象德目，谆谆告诫所能收获。故品格教育之实施技术的现代化亦为吾国各级学校今后应有之努力，评论教育学术者，咸谓过重技术方法，然则技术方法岂可废哉！否则有似和尚之终日念阿弥陀佛，无积极的社会行动，更无积极社会活动之方法，其于世道人心何补！

社会经济的变迁使发展优良品格有许多困难，青年与成人之道德标准形成新旧的分野，科学的探讨发现儿童与青年没有统一的道德标准，并且人格之调整必须开始于婴年，优生与"胎教"之必要亦为现代科学所证实。吾国教训合一之合理论亦为最近教育心理与社会学之结论，一九三五年美国全国教育行政学会曾以品格教育为其年鉴之专号，其实施原则如下：

> "我们研究品格教育的立场，是认品格教育非学程中之另一科目，也非一种课外活动而是一切教育应归宿的鹄的。它不是在教育宗旨与目标中一种独立的分开的东西，实是一切宗旨与目标之内在因素。……广博言之，一切协助个人调适他的行为以应社会生活的要求的工作——在学校，家庭，宗教以及其他社会团体——都是品格教育的范围，在学校内，一切设施如教育指导与编组，诊断测

量，与补救教学，心理与体格健康，和一切社会化活动都对品格发展有其贡献。"

美国现在各教育厅皆设有品格教育之机构从事实验研究或指导工作，其方案是：一，统合一切与品格教育有关的机关或力量；二，在课程内给予人格发展以较大的侧重；三，调整课外活动使能较直接的对于学生应付逐日生活的能力有其贡献；四，由全体教师并聘请专家供给个别指导；五，调整师范教育使适应品格教育之设施；六，促进家长教育。其实验与研究工作也有很多值得我们取法的地方，本来品格是极难研究的对象，第一是把捉并认清所要研究的品性，第二创制客观的测量度以测量各种影响习惯养成之成长限度。为解决此种困难，研究者正注目于特殊情境中的行为问题，并已能改善他们的测量方法。最近有一个诊疗研究是其一例，他们发现"最妙的品格教育方法是避免或减少个人的道德的和感情的冲突"，"如果惧怕惩罚与好胜心是欺骗的动机，则取消惧怕惩罚或废除个人竞赛之动机，便是品格教育的任务，而不在直接处置欺骗行为"，还有许多较专门的探讨和新的设施，载于文献者已有千百种，吾国在此积极提倡导师制与品格教育之时，实有充分发挥此种学术之必要。

中央财政与地方财政
——论国地收支划分问题

伍启元

从国家财政与地方财政的关系来说,我们可以把中国财政史划分为四个不同的阶段。中国从来的财政是以国家财政与地方财政不划分为原则,所有财政收支都由国家负统支统收的责任,所以至少从原则上说,中国在那个时期只有中央财政而没有独立的地方财政。清代的财政,就是一个绝对中央集权的财政。所有关税、盐税、田赋、契约,及其他租税收入均在原则上为国家收入,所有省县的地方支出均在原则上为国家的支出。

民国成立以后,中央财政与地方财政乃开始划分。中央主要税收,为关税、盐税等税;地方主要税收,为田赋、契税、屠宰税、厘金及酒糖油茶等消费税。在这个时期,地方财政大都相当充裕,并且常有盈余。而国地收支划分办法的施行,因为袁世凯的政治势力,大体上是相当顺利的。但随着袁世凯的崩溃,这个制度也随之而破坏了。

自从护国讨袁诸役以后,中国政治走进了军阀割据和内争的局面。随着军阀政治而来的是财政的支离破碎。除了关盐等税的一部分因为外债的关系仍由中央政府所有外,其他税收就差不多完全落在当地军阀的手上。当时只要权力在手,就无所谓国家税收或地方税收,都由当地的军事长官自由征课。因此不但没有真正的中央财政,并且也没有真正的省地方财政。不但国地收支没有明白的划分,就是公家财政与军事长官的私人财政间也没有明确的界限。财政的支离破碎,可以说是达到极点。

国民革命以后,中央政府确认国家财政与地方财政应该有明确的划分。

在中央收入方面，除了公债收入和其他国家收入外，主要是租税的收入。这些租税在战争以前，以间接税——关税、盐税、统税——为主；在抗战以后，中央并且注重发展所得税、过份利得税、遗产税等直接税。在中央支出方面，主要是军费支出和其他国家支出。为着要统一国家的军权，实现军队国家化起见，军费支出由中央负担，实在是必要的。在地方税收方面，还是以田赋、契税、屠宰税等地方税为主，其中最大的变迁，就是取消厘金和举办营业税。厘金是一种国内通过税，很不利于工商业的发展，所以有取消的必要。

但在这个时期要实行国地收支的划分，是不很容易的事。其中有两个重要的原因：（一）以前在军阀割据的局面国地收支早已没有分开，因为这种历史的关系，不能不有很多阻力。（二）各省的财政情形经过了长期的纠乱，而不能收入相抵。且大多欠有巨额的债务。这些债务和财政亏缺也是实行国地收支划分的一大阻力。

西南一带——特别是四川、西康、云南等省——因为地理的关系，一切进步都较沿海省份为迟缓。所以国省收支划分更不易实现。直至抗战发生的时候，无论川康或云南，都没有做到国地收支划分的地步。但这并不是说从国府成立至抗战开始的一个长的期间，西南各省的财政并没有进步。事实上在那几年间各省的财政都有进步的。虽然这几省的财政没有实现国省划分的原则，但这几省的财政当局至少已经树立起省的财政系统。在国民革命以前，这些省份只有军阀的财政和防区的财政，而没有真正的省财政的。因此省财政的树立，也代表一种重要的进步。

在国省收支没有划分的情况下，川康云南等省的财政乃有许多不健全的地方。其中最大的弱点共有三点：（一）因为国省收支没有划分，中央的税务行政便无法得到统一，租税的设施便无法得到一致。因此任何税务行政的改革都受到阻碍。（二）因为省财政的独立，所以省财政的设施常常会不依照中央所规定的原则。其中最普通的弱点就是用变相的方式，保留与厘金性质相似的租税。例如在四川和西康，便设有"地方税"，而在云南则设有"特种消费税"。这些租税虽然因地方财政困难和地方情形特殊，不能完全避免，但它究竟是一种有害的租税，会对工商业发生不利的影响，所以不应永久存在的。（三）因为财政支出不划分清楚，结果许多中央的军务政务都受了牵制。因此常常会使中央与地方之间发生不必要的误会。这种政治上的损失是很大的。因此无论从财政的观点或从政治的观点来说，国省收支划分都是必要的。

因为抗战的关系，川康云南的一切都往进步的路上前进；而在财政方面，则先后实现国省收支的划分。在四川，则自二十七年一月起，即明令国省收支划分：由国库经收国税，负担军费；由省库经收省税，负担政债各费。西康方面，亦实行国省收支的分立。特别在省府成立以后，这种分立情形，更为确定。至于原有的地方税，四川则自二十六年度抗战发生以后，即行裁撤，而西康则只在康属改设边关税局。但事实上边关税在性质上与地方税相同，所以还有裁撤的必要。不过大体上说来，川康两省都已实现国省收支划分的原则了。

云南方面，在抗战以后，也逐渐往国省收支划分的路上走去。最近中央财政当局与云南省当局商妥，自本月（二十九年七月）起，实行将云南的国省收支划分清楚。其划分的具体办法，主要共有如次的几点：

（一）已往由云南省方经收的国税，如盐税和印花税，都归还国库，划为国税，由国家税务机关负责。盐税则在二十七年六月已经改由盐务管理局统一办理，因此已经与中央税务体系相符，不必再加更改。今后工作，应在严格遵行中央现行盐法，改革各种积弊着手。印花税则原由省财务机关征收，征收办法则采取按县摊派的办法；云南省本身复订有单行的税章，因此种种办法都与中央不同。现在则依照中央办法，改交直接税办事处征收。

（二）对于云南原有而不应列为省税的租税，一律划为国税，由财政部在昆明设立"云南区税务局"暂时照旧征收，并在最短期间内加以整理。这些租税包括烟酒税，特种消费税，火柴税，卷烟税，茶糖税，矿税等。现在财政部云南区税务局已于七月八日正式成立，由云南省财政厅陆厅长兼任局长之职。所有上述的租税，亦已改由税务局接收办理。

对于云南省原日负担的国家支出，如军费，司法费，党费，外交补助费等，改归国库负担。国库方面，并对云南省政府补助若干补助费。

我们对于这种调整方法完全赞同，但对将来怎样整理各种租税一问题，我们愿意特别就特种消费税提出一些意见。特种消费税是一种与厘金或"地方税"性质相同的租税，对工商业的影响至为不利。它的存在虽然不无减少消费的功能，但它同时也有提高物价的作用。我们盼望财政当局能够按照预定计划，迅速加以取消。此外对于盐税和印花税，我们没有其他意见；对于火柴，卷烟等税应即改为卷烟火柴等统税，按照中央统税法规办理；对于锡矿税则应按照中央矿产税的办法，加以征收。

对于省税方面，我们盼望省财政当局能够特别从改革田赋及推进营业税等方面着手。我们必要做到省财政收入能够等于省财政支出的地步，然后省财政才能算是上了轨道。

我们以为这次云南省国地收支划分的实行，不但是云南财政史上的一种划时代的要举，就是在整个中国财政史上也是一件值得大书特书的事。我们盼望省当局和中央当局能常常本着这种合作的精神去改进云南的国家财政和省地财政：我们以为这种合作实具有财政以外的重大意义的。

谈文字改革问题

珂 蓝

"五月二十五日《中央日报》昆明版载有教育部方面为文字改革问题发表的一篇谈话，不主张中国文字拉丁化……就学术研究立场看，教育部主管人的话，似乎也有一番道理。"

这是朱佩弦先生在本刊第三卷第二十四期上发表一篇《文字改革问题》文章的头几句话。全篇论旨，显系这一段话的引申。笔者认为在现阶段文字改革的理论中，朱先生的意见很值得我们重视，虽然其中仍有参酌讨论和补充说明的必要。

朱先生提出中国文字改革问题近年的发展有两个方向：一是采用拼音字，二是采用简体字。拼音文字有两套：一为国音字母第二式——国语罗马字（国音字母有两式：第一式为注音符号，第二式为国语罗马字。朱先生谓国语罗马字现在称为"注音符号第二式"，疑误引）；另一套是"中国话写法拉丁化"，称为"拉丁化"。（朱先生称为"中国文字拉丁化"，这个名称"拉丁化"派决不肯承认的，故此更正。至于"新文字"乃后起的名称。国罗派原称"国罗"为"新文字"，"拉丁化"派也改称"拉丁化"为"新文字"。为避免两者互相混淆起见，似应各依原名为是。）朱先生说："新文字派在废除汉字，改用拼音文字这一点上，和国语罗马字派是相同的"这里似乎有一点点的误会。

"拉丁化"派在改用拼音文字这一点上和"国罗"派相同；但"拉丁化"派在"废除汉字"这一观点上与"国罗"派绝对相异。

先说汉字的废止问题。根本"拉丁化"派自发觉汉字废止不得以后，迄今还没有一个统一的理论。这在他们最近（二十九年五月一日）出版的《中国语文月刊》第六期熊略先生的《加紧研究工作》一文里，就很坦白地表示过；然而国罗派早已认定"汉字废止"乃民十二年的老调，此调早已不弹了。民二十四年九月间，国罗派萧家霖王玉川等发起组织中国新文字先锋队。其简章第一条宗旨为：

1. 辅助汉字之推行，补汉字之不足，救汉字之穷。
2. 增进民众生活上的知识技能，提高民众文化之水平线。

宣言里这样说：

中国四千年来的文化是凭汉字遗传下来的。中国四万万人之中有四千万人的教育是靠汉字得来的。汉字对于中国民族的功绩，我们并不愿一笔抹煞。但是在内忧外患达于极点的今天，为救亡图存起见，我们对于汉字应该重新估定它的价值。（一）汉字使中国的义务教育低能化……（二）汉字使中国的民众教育没有办法……

又郑重地声明着：

我们绝没有取消汉字的野心。我们的目的只是在补汉字之不足，救汉字之穷。因此我们目前努力的目标是：
1. 使不愿或不能学习汉字的民众有一种又便宜又适用的新文字。
2. 使愿学汉字而一时尚不能学习汉字的民众，在学习过程中，先有一种补助汉字，且可独立使用的简易文字。

陈鹤琴先生虽主张"拉丁化"，但其意见实即国罗派的意见。不过朱先生说："陈先生的办法一面容许方言，一面注重统一国音，这是不错的……但他一面要保存和改进汉字，一面又主张先从拉丁化入手，却不免周折？"这不能不有进一步的解释。

王玉川先生在济南国罗促进会出版的《国语罗马字疑问解答》一书里有

这样的一段话：

　　一、我们既然不反对不会说话的儿童在未学会国语以前先学方言，我们就不应该反对不识字的老百姓，在未学会国语罗马字以前，先学方言罗马字。

　　二、我们既然不肯教各方言区域的人民，在未能学会国语以前，牺牲了他们使用方言的利益，我们也就不应该教他们在未学会国语罗马字以前牺牲了他们使用方言罗马字的利益。

　　因此，我主张在方言与国语相差较远的地方：

1. 先学方言而后学国语。
2. 先学方言罗马字，然后再学国语罗马字。
3. 先学国语罗马字，然后再学汉字，然后再学汉字的古文，篆文或者外国文，甚至于拉丁文，希腊文，希伯来文，梵文，只要他们肯而且有工夫。

程序是这样地排列着，显示拼音文字与汉字决不是对立的，正如汉字中的白话文与文言文不是对立的一样。中国过去四千年的文化基础实在大部分建筑在汉字中的古文，以至于大小篆钟鼎甲骨等文字的上头。而不是五四以后才勃兴的白话文上头。如果要研究中国过去的文化，单认识汉字的白话文是不够的。由白话文而文言文既不认为周折，为作高深的研究，由拼音文字而至汉字古篆等也都不应认为是周折。中国过去的固有文化有其整个的系统，民众所需要的正是整个的国故常识而不是点点滴滴的文化。点点滴滴的文化让专门学者去研究和开发。把专门学者研究的结果，系统地以浅显易晓的拼音文字——国罗方罗写出或译出，乃是一般大众的希冀和愿望。在这一点上国罗或方罗正是发扬固有文化的好工具。

其次，汉字有其完整性的优点谁都不能否认，但其优点要在能充分支配和运用它以后才能显出。"十年窗下，仅能通文。"要是认为汉字并不特别难学，拼音文字的好处并不太多，这恐怕与事实相背驰，中国新文字先锋队称引周建人先生民十八年的一段言论云。

　　汉文的书写和学习难易，这里用不着多说：检字的不便利，只要学过英德法文的人，和查外国文字典一比较便明白知道。我们翻开教科书来看，西文的初级自然教科书，开首便是一两面字，因为他们只学会拼法，小孩便能读懂简短的句子，所以句子多点是不要紧的，现在中国的自然科课本，闻说悲惨到只有一个"犬"字了。

称引以后末了又有这样的说明：

> 其实中国的教育低能化并不只限于科教书……在教学方面，因为汉字的困难，常常使教师与学生的精力时间大部分都用在文字上。因此四年的义务教育不过是"认字"而已。文字不过是工具之一种，然而中国"文字"就代替了"教育"。说到先生与学生四年努力的结果，有好些人仍然不能读书看报，那就更令人伤心了……在自修方面，更为利害。外国的小学生自二年级以后，课外就可以自由阅读许多有趣有用的书。因为拼音文字，无须时时检查字典，读书的兴味很容易养成。外国的小学生在前四年之中，除了从课堂，教本上得到许多知识外，又可以用他们便利的工具（拼音文字）自动的吸收许多的知识。在中国，则专凭教师在课堂内口授，用汉字自由阅读而能吸取各种有用的知识者可谓绝无仅有。

文字改革决非一朝一夕所能成功，依赖政治力量（如土耳其和苏联）当然来的痛快干脆，要不然就得依赖社会运动的力量。依赖社会运动的力量多少年是不能预定的，让我再引王玉川先生给钱玄同，黎劭西两位先生一封讨论怎样推行国语罗马字的信里头的几句话：

> 用社会运动的力量要多少年自然不能预定，但是也不一定非一百年不可，我们试想英国在Wycliffe以前的情形，很和我们中国现在的情形相似。当时他们的文字是希腊文拉丁文。希腊文相当我们的古文，拉丁文相当我们汉字的白话文。那时候，他们的老百姓一定是只能说英国土话，不能读拉丁希腊文的文字。这和我们的老百姓大半都不能读古文和汉字的白话文很相似。但是Wycliffe因为要鼓吹他的宗教改革，所以他就毅然决然用拉丁字母拼切英国土

话，并且就用这种土话翻译拉丁文的《圣经》，自此以后，英国的势力越来越大。从Wycliffe到现在也不过五六百年的事。

总之，提倡拼音文字——专家制定的国语罗马字可，反对汉字则不必。拼音文字和汉字可以同时并存。正如汉字的古文和汉字的白话文可以同时并存一样。有标声调的厦门白话字，历史已有一百年，运用的人数达千万而不稍衰，也可以证明这个事实。如果要真实地"我手写我口"，文章的切实通俗化，决非汉字白话文所能竟事。"拉丁化"简陋，忽略中国语言中声调的特性，绝对没有顶替汉字的资格。专家制定的国罗和方罗，正是现阶段一般大众的需求，方块汉字的退居于博物馆的地位，必有其退居的因素和条件，我们用不着替它抱无谓的杞忧；但这也只是时间问题而已。如果L.R.Palmer的意见是对的，那么中国的白话文运动也就毫无意义。"没有时间和耐性学习汉字古文的人，便没法读中国文学书了"，这个类推并没有错误，但这决不是攻击白话文运动或拼音文字运动的正确理由。

本期撰者：

　　本期执笔者除珂蓝先生外，均是读者所熟识的。本刊近来接到好些篇讨论"文字改革问题"的文章，惜因篇幅限制，只得选择几篇登载，以引起社会人士注意。

第四卷第五期（1940年8月4日）

这一周

泛美洲大会已经结束。结果虽未能如美国政府预期那样的满足，却也有七八成的成功。关于欧洲国家在西半球的领土的转移，大会采纳了由美洲国家共同代管的原则。共管的目的不在掠夺土地，而在替原有主权的国家代管，直至原主权国家恢复管理能力为止，或直至代管地能独立自主为止。这样的办法当然使得德意绝对不能取得英法荷在美洲的属地，关于防止极权主义的宣传，大会决议美洲各国应互相交换情报，并声言得拒绝任何国家滥增使领馆馆员的额数。从此德意日三国的使领官在中南美各国的非法活动也该大受限制。关于商务，大会虽接受了美洲各国互助的原则，但美国所提关于商业卡德尔的具体主张则没有被采纳。此后美洲各国是否能有效地防止德日经济势力的非分膨胀尚在不可知之数，且有待于美国的加意努力。除了这点以外，哈瓦那的大会总算完成了美洲自保的使命。

罗马尼亚，匈牙利，布加利亚，斯洛伐克等一串东欧小国，这几天来个个投入了希特勒的轴心。所谓贝兹加登会议，所谓罗马会议，哪里够得上称作会议。所谓会议者只是希特勒代表下诏书，小国代表叩首谢恩而已。在这些所谓会议中，最可噎的是意大利，而最可悯也最可鄙的是罗马尼亚。意大利根本做不起主张，却也自居于大国之列。这是可噎之处。罗马尼亚本是巴尔干最大的国家，且与土耳其同受英法的保障。而今德胜法溃，欧洲形势大变，土罗不能不与德意委蛇，本系人情之常，但反过脸来，加入轴心国家，甘愿受轴心国的指挥，则大可不必。做了轴心国的附庸，而还要自诩为独立，则更是可鄙。七月三十一日亲德派外长曼那里斯哥发表谈话，谓德意决尊重罗马尼亚的独立自主，匈牙利及布加利亚也不致要求罗马尼亚割让土地。这种自欺欺人之谈，听了真要令人作三日呕。以罗马尼亚比土耳其，益可见国家于患难时最贵有统一的意志。土耳其的领袖个个是爱国者，故虽敷衍德国，却不必丧失其独立与尊严。罗马尼亚的政客因为有亲德与亲英法的分派，所以国策总是飘摇无定，而陷入于朝不保夕的可怜境地。

英下院于七月卅日对外交有秘密辩论。因为是秘密会议，内容难以探悉。据说下院对于和战问题并未讨论，但对于远东问题及巴尔干问题讨论甚多。为什么英国在巴尔干的地位要每况愈下，驯致亲德派在罗马尼亚得势，造成反英局面，政府本有答复的义务。至于英国在远东的措施则更是荒谬万分。屡次向日本叩头，而日本排英的空气反而愈趋浓厚。无怪多少明白事理，素不赞成妥协的议员要大声斥责政府封闭滇缅路线之非计了。

日来敌寇唆使汪逆伪组织鼓动反美运动，南京杭州两地已经举行过好几次反美大会，杭州倭军且公开乘卡车游行街市，在外侨住所前停车分发传单，警告美侨离开亚洲。这种举动和过去的反英运动完全一样，目的在借手伪组织及在华伪军，压迫美侨，威胁美国在对华问题方面让步。在敌寇看来，这样做法既可推诿责任，避免和美国直接冲突，同时又可收实际压迫威胁之效。不过第一，美国驻华地方当局早已声明，伪组织及在华寇军的反美运动统须由日本当局负责，倭寇的这种掩耳盗铃举动，将益促使美日关系的恶化。第二，美国在远东的地位及政策，和英国绝对不同，可以收效于英国者，未必可以同样使美国就范，美国的远东政策一贯地反对日寇侵略行动，虽未实施任何具体制裁办法，但态度始终严正一致，决不是威胁所可奏效的，相反地，或将促使美国采取进一步的报复举动。所以就我们的立场看来，毋宁是盼望伪组织及倭军胡闹的，而且闹得愈无赖愈好，这绝不是对于美侨存任何幸灾乐祸的心理，而是因为这种举动对于敌寇是弊多利少的。

英国自欧战发生以后，在远东方面，一再对倭屈膝让步，在英国看来，也许认为这样让步可以缓和倭寇的压迫，苟保远东的权益。这种软弱退葸态度不但丧失了英国在远东的尊严，牺牲了长期培植的对华友谊，事实上英国自身的在华权益也受了很多损失。尤其可惜的是日寇不但不知感激满足，反而变本加厉，加紧压迫。最近英国不顾中国的反对，非法断绝了滇缅及港粤间的军需品运输，极力来敷衍倭寇，曲意求好。但协定墨迹未干，倭寇在国内大捕英侨，路透社驻东京代表考克斯因不甘受辱，而跳楼自戕，这便是倭寇的报答。牺牲了中国的利益不要紧，现在竟报答到留日的英侨身上，真是天网恢恢，咎由自取！现在英国舆论界咸主强硬对付，认为"吾人若任听日本心存妄想，以为蹂躏英国利益毫无危险，实属愚不可及。"而主实行报复。其奈英国的外交政策一向短视退葸，在欧洲纵容德国，吃了这样大的亏，在远东仍是毫无觉悟，其能因为英侨的被捕而改弦更张么？！

瑞士在这次欧战中是一个比较幸运的国家，他的领土至今没有被侵犯，他的自主也还是十分完整。一般观察家多以为自法国崩溃后，瑞士在军事上已非必争之地，故在欧战结束前，瑞士当可苟安一时，德意不致对他有所要求。但这几天忽又有瑞士重新动员，准备抗战的消息。难道瑞士的民治在德意眼中成了一钉，不能不立时予以消灭么？如果德意确有行动，瑞士弹丸小国，不抗亡，抗亦亡。但为天地间留正义起见，我们希望瑞士不做丹麦第二，不做罗马尼亚第二，而能如荷比之抵抗，且能抵抗到底。能抵抗到底者，到底必能抵抗，也到底必能复兴。

印度国民大会自欧战发生后始终要求独立。甘地虽坚决反对用武力，但对独立的要求也具同样的坚决。七月二十九日国民大会战时委员会又以绝大多数通过独立的要求。英国到了今日实在也该醒悟了。像甘地这样合理近情的领袖是可一而不可再的。像他这样同情于英国，同情于民治，也是可一而不可再的。准印度独立，可以表示英国为民治而战，也可以示信于印人。不准印度独立，岂不等于激国民大会放弃他们向持的不暴力主义？这岂不又是多树敌人，自掘坟墓，其愚笨与封闭滇缅路如出一辙么？

国联亡于慕尼黑。自苏芬之争开过大会后，已早已不闻国联。近日乃有国联秘书长爱文诺辞职的新闻。爱文诺本是一个圆滑官僚。大概贝当的法国快要随日德意西退出国联，爱文诺恐怕被贝当处罚，故赶紧先意承旨，辞去秘书长要职罢。实则为国联计,爱文诺这样的人根本不配做秘书长。爱文诺的前任德娄蒙本以东三省问题不慊于日人而去职。爱文诺鉴于德娄蒙之去职,遂专以敷衍塞责为能事,畏强御而蔑视公理,以致被压迫的国家,在他的手中辄多受一层压迫。只可惜国联本身已是奄奄一息,不然爱文诺的引退对国联倒是一件好事。

行政院于上月三十日第四七五次会议中,通过了一条议决案,决议设置全国粮食管理局,统筹全国粮食之产销储运,调节其供求关系,任命卢作孚为局长,何廉,熊仲韬,何北衡等为副局长。当此抗战紧急关头,军粮民食的维持,本系极重要的事。而况各地物价的涨落,大都以粮食为标准。昆明的米价比战前高涨约二十倍,四川的米价虽较平稳,但近来也步步高涨。这种现象如不加以统制,遗害不亚于军事之失败。卢先生办事向以干练正直著称,这次出掌粮食管理局,谅当不负喁喁众望,除了关于产销供求加以调节外,更希望对于人为的囤积居奇,严加取缔。抗战胜利,实利赖焉。

近来沪上暗杀案层见叠出,二月前高二分院刑庭长郁华被刺后,不久《大美晚报》发行人张似旭亦遭毒手,上月二十九日沪第一特区法院刑庭长钱鸿业又被汪逆党徒所害。这三位先生在恶劣环境中,不畏强暴,孤军奋斗,生命早已置之度外,死有余荣,流芳千古。但正直练达之士从此又少几个,就国家前途言,更系莫大之损失。汪逆如此胡作妄为,尚欲号召人民,何异缘木求鱼。罪恶盈贯,抵偿之期谅亦不远矣。

再论民主国家的外交

王赣愚

在现阶段上,民主政治的实行,就是政党政治。各国现行的政党政治,其一大作用,即在于调剂国内形形色色的倾向;社会上对峙的思想,歧异的利益,以及相反的主张,一离开了政党,便不容易表现出来。不过政党政治贵乎有常轨,否则政潮频繁又至复杂,政策非但莫由确定,确定后亦无从施行。在此等国秉外交既难,对此等国办外交亦不易。英国向是政党政治的模范国家,而从前德相俾斯麦还怕以英国为外交的对手,那么战后的新兴民主国家,他倘使看见了,当然更不上眼。

其实,在统一完成的民主国家,外交的根本原则,大抵是固定的,并不因政潮频繁而屡变。然而,外交本不是纯粹理论问题,而是实际运用问题,根本原则亦不能绝对不变。例如美国的"门罗主义",固是外交基本原则之一,但它的涵义不知经过了多少变化;历届英明的总统,都在那里先后加以诠释,以示外交上着重点之不相同,我们倘具现实眼光来观察,即知美国外交的基本原则,每因政党政治的推演,和国际局势的迁易,亦常有潜移默运的趋势。欧洲民主国家的外交,被牵入政党政治漩涡里去,乃是首次大战以后的事。在那里传统的秘密外交,已有牢不可破的基础;在大战以前,一切外交问题取决于宫廷之间,超出党争以外而处理;且政党不论在朝在野,对于外交政策实少过问,纵使偶参其事,也未曾因此掀起了重大政潮。新起的民主国家姑且不论,就是如英如法先进的国家,亦未曾早脱出传统外交的窠臼;所以国际事项在政党竞选中,不引起国人的重视;且政党的进退,又不决于外交之得失。法国自菲德辛勒(Freycinet)以至首次欧战,尽管政潮起伏无定,而外交始终未成为党争之对象。英国到了一八八〇年,因为格林斯顿（Gladstone）标榜对外政策,而获选举的大胜利,卒使传统外交受到意外的打击;不过该国认真以外交为党争的主题,也要算在上次欧战结束之后。当知战后的国际新秩序,几乎全赖乎诸大民主国家为之支撑;然就政治组织上言,这些国家对外定策,倘不以民意为依据。又为时势所不容。所以打破秘密外交,把它置在政党监督之下,已成了民主政治之迫切要求。

近今各国政党的分化,最足反映阶级利益的分歧。各政党绝非高临于阶级之上,而代表全国的广泛利益,虽然它们常自引此相标榜的。阶级利益的冲突,使党争日趋尖锐,其弊是各党专以阶级的成见,而决定其外交主张。自"十月革命"告成之后,各党始终不肯参证国家利害,以表明对苏联应有的态度。多年来诸大民主国家对苏联,忽友忽仇,乍合乍离,彼此关系永在翻覆中发展,这显然是左右党派起伏所致。以苏联实力之强大,终未引入民主集团,不知削弱了多少反侵略的力量,实使我们惋惜不置。民主国家中的各阶级,利益相抵相销,意见参差不齐,事实上很难结成一气,以致对外的整个政策,往往跟着阶级的关系而转变了。

美国的两大党制度,保持至今不变,虽于两大党以外,时常发生第三党,但其势力微弱,在政治上无多大影响。从政治上观察,美国或者即因其政党之比较单纯,故在外交上能保持比较坚定的政策。大体上亦是由于政党的单纯,国内还发生了于外交有利的其他现象:例如同一政党连续得势的时期之较长;再如孤立主义不为一党专有之主张;又如竞选中外交问题不如内政之受人重视。其实在民权发达的美国,舆论左右外交之力,反驾乎一般政党之上,虽然前者往往离不开后者的。美国政治的特征,在于政府随时受舆论牵制,凡事须先得民意,才敢放胆进行。这固是很好的现象,惜国中商业阶级惟利是图,而普通人民又易动感情,理智都极缺乏,因此舆论的方向颇难逆测。历任的美国总统国务卿,类皆有远见有魄力。但每为国内舆论所牵掣,在外交上不能有所建树,到了国内舆论改变,时机都算过去了。美国的动作由下而上,本来是极慢的。这个显著缺陷,到今犹未弥补的。

外交政策的固定性,本非民主国家的蕲求。从民治原理上言,政策必依民意为推移,政府决策定计,均须先觇民意之背向,由此而增进人民参政的热诚。民意常反复,政策无定性,或者是民治作用之一种表现,而今日诟病之者,当自知其看法不同而已。我们站在我们民治的立场,根本怀疑政策有绝对善恶之分，因为全民既有权过问国家大计，总不免有互异的见解流行于社会，人是我非，我是人非，依此以定策，自不成天经地义了。欲了解民主国家的外交，尽可把其国中的舆论为对象，以讨究其如何影响政策的形成，似乎不必专注目光于某国的特殊行动，或某邦的特殊倾向。在民主各国里，政策无不在调协中凝结而成，内容虽未必尽同，然其构成程序则大致相似。在外交上民治的作用，与在一般内政上略同，都是以国家观念或社会同感为其基础的，否则意见四分五裂，毫无中心思想可循，其对外的立场之不一致。这是可以断言的。

一国解决外交与内政问题，时常需要互相抵触的方式，而民主国家于此每感取舍之难。在民治制度之下，广泛的国家利益，如何能与特殊的团体利益，互相调剂而不相悖，自始即成难决的一大问题。从经验上看，代表特殊利益的主张，往往较诸代表广泛利益的呼吁为有力，外交之于人民，似不如内政之重要。欧西民治的实行，本基于内政上的要求，所以各国政治组织，虽早已逐渐民主化，而外交权之公诸大众，却算在首次大战告终之后。关于人民对外交的态度，当年卢梭即作如下的观察："每个公民所关切的是国内法律，财产及个人安全等事，如能使三者得到充分保障，则尽愿把对外缔结条约等事。交托国家官吏全权办理，因为他所最怕的危险，究非自外而至的。"此一警语之无稽，殆可于法国革命过程中证之。共和政体成立未久，拿破仑立即以抗御外侮为契机，改制称帝以偿愿。追溯此事含有深长的教训。

然那班旧派外交家，欲误解了这段历史上的教训，以为外交关系既是如此重大，更应委托官吏全权办理，并非一般人所宜参与干涉的。他们外交作为内政之对待，而不稍思二者究竟可分与否仍属一大疑问。一般的说来，外交与内政，往往迭互为缘，牵此动彼，几成一体的两面。任何对内政策，都是整个国策的一部分；同时外交局势，又和国内政治息息相关。由此而观，在民主国家里，外交与内政何者应让人民过问，何者应遵从民意，也难以严格的解说。视外交重于内政的人，见了民主国家内政之牵掣外交，常认为极不健全的现象；殊不知在政党政治之下，这种现象殆是不可避免的。譬如首次大战以后，关于承认苏联问题，英国政党本着自己立场各有一套主张，表面上虽似是对外，骨子里则是对内而已。又如战后美国政党对于战债问题，终不肯揭示适宜的对策，其症结亦是把内政放在一切之先。政党名义上是大众的代言人，但其所代表的未必是大众的利益，实际倒是特殊团体的利益。

大众可比为乳臭未干的"巨人",缺乏政治理想,而又具浅近眼光,是非只以切身利害为准绳;所以现今政党所玩弄的,就是运用大众的不可侮之力量,而从中逼迫政府对外采行某项政策以求其所代表的局部利益之实现。万一误走了路向,使国家蒙大不利,其所招致的苦痛,恐怕还是由大众去忍受的,针对着这些弊端,许多人认为外交应与内政分离,以摒除其险恶的影响。这种见解虽似甚合理,实则亦不切实际。假设民主政府,对外一时可独自作主,然其举措与民意完全脱节,终久难免感觉进退失据的。德国在韦玛宪政时代,情形大致是这样,其政府决定的妥协政策,卒在政治怒潮中被完全推翻了。

在现状下各国人民的程度,还不够产生真正的"民意"。所谓"民意"也者,姑不论其为真为伪,固可指示内政上的路向,但其不足为外交的南针,则在各国均有例可证。外交本以别国为对手,其间原无权力服从的关系,究与一般内政略异。依民意以推动内政,其必需的条件均在政府控制之中;至如外交则不然,国内普遍的要求,虽经政府虚怀容纳,然最后却未必为别国所乐受,又未必为国际形势所允许。现世诸大民主国家,当受内政牵掣的时候,往往忽略了外交对手的实力和地位,更不注意别国的内政情形,结果只为扑朔迷离的"民意"所贻误。过去许多的事实,均足为我们的警惕。

处在唯实政治的时代,民主国家的外交,不待说应以"国家利益"为推移,而所谓"民意""舆论",只可随国家利益的背后,作推波助澜的功夫。崇奉极权主义的人大率以为民主国家外交的缺陷,在于原则上过于重视民意,实行上过于迁就特殊要求,而忽略真正国家利益。矫正过去的错误,或许尚不为迟;但因内部纠纷而使外交受掣,确是一种政治的变态,且这种变态似非民主国家所专有的。若谓民治制度应负其全责,则我们更不能无疑。

论英国外交

张企泰

不只是在外交方面,无论做什么事,英国人有一个特色,就是"混"。混了一个相当时期,我们在他不断的混里头,倒也可找出一个体系来。例如英国的法律,完全是混出来的。英国没有成文的法规,全靠法院今天解决一件案,明天解决一件案件,积年累月,倒也慢慢形成了一个体系,所以世间今日居然也有盎格鲁撒克逊法系。

年来英政府在外交方面混,变幻莫测,令人堕入五里雾中。鲍尔温公开演说,英国的疆界防线在莱茵河畔,可是希特勒进兵莱茵区,破坏和约,法国欲动手,英国把它阻止了。此次战事爆发前夕,英国政府极力拉拢苏联,鼓吹苏联必参加英法同盟。可是派到莫斯科去谈判的人,却是外务部不甚重要的职员。最近八九年来,英国在远东的立场,更是莫名其妙。满洲事变发生时,英政府不但冷淡了史汀生,并且还帮着日本人说话。松冈洋右在国联的一套鬼话,西门居然帮着发挥。到了七七事变发生,却又跟着美国向日本送了一个说帖。表示决心维护九国公约,并且还借给我们钱去打仗。方以为英政府眼光放正,决心协助对付国际强盗,却又经不住日本军队的恶作剧,批颊剥裤,大开其玩笑,于是马上使克莱琪向有田表示承认日本军队在华北有特殊需要。但表面上小张伯伦(纳维张伯伦之父兄,均英政界闻人,故加小字,以示区别),还说要派军舰到远东。上月天津协定,关于存银及警务等事,向日本屈服,上周报载缅甸问题,对倭让步,隔日消息,居然欲迫我求和。我们不免发问,终究英政府在外交上,混些什么?混到哪里?

仔细研究近十年来的英国外交,英政府的混,可说完全在顾全一小部分醉心帝国主义的资本家的利益。这批人有钱有势，便能操纵政府的一切。苏联是他们最害怕的。欲防止共产主义的发展，只有培养法西斯国家的实力。但法西斯党在国外不事侵略，在国内便站不住而要倾覆。所以欲维持法西斯党，便须帮它侵略成功。英国统治阶段的利益，和法西斯的朋友们，就发生了密切的连带关系。但在他方面，怕帮凶过于明显，将引起国内人民的斥责，国际舆论的制裁，所以有时须装腔作势，仍保持它这副绅士的面目。我们且略谈年来国际上与英国有密切关系的两三件大事。

意大利之侵略阿比西尼亚，事先明知英国不会干涉。不知怎样竟得到足以代表英外交部及殖民部态度的一个Maffey Report。此报告的结论，大致说英国在阿无重要利益，如意侵阿，英无阻扰之必要。且从帝国国防立场而言，阿国不如被意侵吞之为愈。在一九三五年春，意之心迹，已甚显露。阿王向国际呼吁，却等于耳边风。斯脱雷沙会议，英国也未主张把意阿事列入议程。当时英政府不但认为黑人国主权的完整，不应扰乱欧洲方面种种重要问题，并且想拿阿国做人情，结好意国。自始至终，英政府未尝一日停止和意法秘密商议，牺牲阿国，以满足墨相之贪欲。贺尔赖伐尔计划，便是一个铁证。

但是意阿事件闹大以后，外相贺尔，国联部长艾登，都不是在日内瓦说了许多关于集体安全及维护盟约等冠冕堂皇的话吗？不是又表示对意实施经济制裁吗？这些都是虚伪的姿态，其中别有作用。当时英国快举行大选，一般人民，对于政府姑息意国的政策，大不以为然。政府党为欲迎合民众心理，希望大选胜利，再恋栈几年，所以就有贺尔在国联大会的演说。这篇演说，在九月十一日发表的。可是在前一日，贺尔已于赖伐尔秘密商妥了牺牲阿国的计划。即此已可见贺尔的演说，并非表示英政府真正觉悟，改变政策。英政府始终未曾放弃促进资本阶级利益的立场，始终未曾以英国全民利益为前提。他的演说，目的只在欺弄选民，在耍阿王。所以尽管话说的好听，实际上呢，意国军队不断得到亚丁及庚亚两地蒸馏水及肉类之供给，阿国需要外来军火接济，英国反而绝对禁止假道通过。阿国驻英使节马丁向艾登和英外交部诉苦哀求，他们担保他英国必帮忙。可是等到他要举外债，买军火，收编外国义勇军时，外交部便竭力加以劝阻，说"不要使国际情形更趋复杂"，"不要使我们工作更加困难"。

最有趣的一件事，贺尔赖伐尔计划公布后，英国舆论哗然，认为有背国际道义。十二月十日鲍尔温在下院报告说："据他所知"，英政府并未向罗马或阿京根据该计划进行调停。可是当天外交部发电两通与英驻阿公使，第一电载议和条件，第二电训令该使节"竭力劝诱阿王，对于议和条件，仔细考量，并予接受，勿任彼轻率拒绝"。

国联固然通过经济制裁一案，但这样一个庞大笨重的机关，运用甚不灵活。并且主要的英法两国，英国心实不愿制裁，法国的赖伐尔对于煤油禁运又多方阻挠。结果制裁未生实效，而阿国已一命呜呼。英政府勾结法国，在意阿之间混，一下子替阿国说话，一下子帮意国的忙，骨子里却满心希望意国占便宜。意国胜利墨相的地位增高，法西斯的势力膨涨，鲍尔雪维主义便要受到阻梗，英国统治阶级的利益，也因此可获保持。假使阿国胜利，说不定在非洲的殖民地，都欲蠢动谋反，帝国主义者的利益，便要受到莫大影响。

意阿事件的发生和结局，英国负大部分责任，法国亦负一部分责任。至于西班牙内乱事件，结果共和政府解体，佛兰哥获胜，却全是英国政府促成的。《曼哲斯导报》发表一篇驻巴黎通讯员的通讯称："一九三六年八月一日，英政府明白告诉法政府，如法国欲以军火接济西班牙而与德意两国相竞争，将来结果，法国要被法西斯国家攻击的话，英国将以其攻击为出于法国挑衅的行为，罗加诺条约的保证规定，不能适用"。法国政府自不敢冒险。若以单独的力量，保卫三面疆土，岂有不败之理。故关于西班牙事件，自始自终，法国惟英国之马首是瞻。

英政府的作法，全和阿比西尼亚事件一个样儿。西共和政府的消灭，对于英国统治阶级的利益，不发生丝毫影响。同时又明晓得德意，尤其意国，一不做二不休，所以不如帮意国的忙，使事件早日结束，因此可节省些意国的实力以便将来对付苏联。但表面上，又不能不装出循规蹈矩的模样。所以尽量宣传西班牙事件纯然是个内乱问题，不是个国际问题。英国既无权过问一国的内政，便不应干涉一国的内乱。

英国的"不干涉"政策，表面上好像英国守中立，其实具刑法上不作为犯罪的性质。看英政府怎样实施这个政策，便可了然。内战爆发之初，西共和政府的海军力量尚雄厚，欲阻止英油船接济叛军，英政府即以恫吓手段，不许其阻扰英国海运。可是以后佛兰哥的海军，扣留英国船只，英政府却送他一个很客气和平的说帖。佛兰哥的空军轰炸英船，沉死英国水手，小张伯伦和海相德夫古柏，在下院反替佛兰哥辩护，说这些人想战时渔利，该死该死。又当满载西国妇孺的难民船被击沉，英船袖手旁观，德夫古柏认为欲拯救这些难民，便算帮了一面的忙，和政府不干涉政策有背。可是以后西政府击沉了一个叛军的军舰，英军舰竭力拯救，并且还把救起来的人交还叛军。

西政府于事发之初，即促国联注意，说这是法西斯国侵略他国的新方式，实有背乎国联盟约。可是英国答得妙，说这是主义的冲突，国联管不着。英国的打算，假使国联管了这件事，免不了要责斥侵略国。当时苏联也是会员国之一，英国势必和苏联站在一条阵线上，它就不愿意。可是英政府的诡辩，终究拗不过世界舆论，终于国联认为西班牙情形与盟约第十条有抵触。一九三八年正月，国联行政院会议商议国联对付侵略国应采取之步骤，英外相哈立法克斯，投票反对。不问全世界怎样看法，英政府偏要做亮眼瞎子，硬说是内战，而采它的所谓"不干涉"政策。

英国采取此政策，起初满以为事件很快结束，佛兰哥得到意德帮忙，定能一下子克服左派的共和政府，世人无从知道英政府的心迹，英政府便可混过去。德意方面，也很欢迎大家约定不干涉。因为叛军军火接费已很充分。殊不知政府军军心焕发，抵抗坚强，两方历久相持不下。意德不得不再增援叛军，哪把不干涉约定放在眼里。英政府却不得不搪塞，说这些军事行为，是不负责任的外边人所做的。意国愈是一不做二不休，英国愈要帮它忙，希望可以事件早结束。事件愈是不结束，不干涉政策愈显得是笑话，英政府的老狐狸尾巴，也愈露得显明。

西班牙事件，过了约两年才结束。西政府的生命，固然断送在法西斯国手里，英政府不失为有力的帮凶。

此外英政府断送捷克生命，情形约略相同，不必赘言。总之因英政府始终不愿与苏联合作，所以便不愿与法国苏联连带保证捷克之独立。一九三八年春，法揆达拉第赴英伦，英政府授意于彼，称与其让苏联干涉欧洲，不如使希特勒控制中欧。若以苏联之助力击败希特勒，欧洲之半，将变为共产。达拉第只好跟着小张伯伦到门兴去，把捷克双手捧给希魔王。（关于意阿及西班牙事件的内幕，详见 Garratt 的《罗马帝国》和 Viglantes 的《两次战争之间》）

至于远东方面，英政府的态度，始终是怕中国胜利。中国得胜，反帝国主义的民族运动，将气焰万丈，日本内部将起革命，帝国主义在远东的势力，便要消灭。并且日本胜了，将来开发中国富源，定须英国财政上的帮忙，这很有利于英国的资本家，一九三八年十一月三日，小张伯伦曾在议会里很实质的说过这话。其他英政府维护条约的声明，表示对我友好的态度，都是些幌子。

我们看近十年来英国的外交，全以一部分醉心帝国主义的统治阶级的利益为前提。因为欲求有利，所以不能有正确远大的眼光，利令智昏，是必然的道理，只能看一步，走一步的混了。英政府心目中，绝没有些人道正义的观念，这便是唯实外交的特色。大家以为小张伯伦上台，才行唯实外交，其实拿破仑骂英国是个市侩国家那个时候，英国对外，已没有丝毫道义观念了。

假使过去历史，对于我人还有些意义的话，我们应当受到许多教训。从英国政府方面讲，法西斯国家从前要一磅肉，英政府很慷慨的给它们无数磅的肉。聪明如英国人，难道这点历史上的教训都受不进。或者英政府以为连合的力量靠不住。的确，最近的史实告诉我们，法国连英以制德，在佛兰德斯杀得兴起的时候，英国军队看势头不佳，三四十万大兵抱头鼠窜而返，让法国去捐木梢。但英国以为连美难免同样结局，这是以小人之心，度君子之腹了。重视历史的英国人民，这样难受历史上的教训，令人大惑不解。

从我国方面讲，从前一向迷信英国外交路线（不是英美外交路线，毕竟美国外交很讲道义，绝非英国混式的外交所可比拟）的人，现在应该觉悟了吧。上周报载英政府答应日本，在缅甸停止向中国运输货物，为期三个月，说是这三个月，本是雨季。口气中好像停运不停运，和中国没有关系。反正不停运，中国也不能运。这又是英国外交在混的一个典型例子。停止运输的重要，不在中国受到多少影响，而在表明英国的立场变了。固然隔日便有英国强迫中国求和的消息。我看英国人的心理，三个月的雨季过了，或希望再续三个月，最好缅甸气候完全变化，四时雨季，一直到中国抗战停止，才拨云雾而见天。不过雨季的糖衣，中国人决不至被骗而愿吞下的。阿西捷三国事件，是我们的殷鉴。

一向我们对于小张伯伦和西门之流，是深表不满的。丘吉尔大家认为对于远东问题，见地比较高明得多，我们对他这次上台，也抱了无穷的希望，并且内阁中这有艾登其人，从前姑息日本的外交政策，必可改观。又况中英两国，现同受法西斯国家侵略之祸患，同为人民自由和民主政体而作战。此国的胜利，可以有利影响于彼国的战局。可是丘吉尔上台后，在远东方面的几件杰作是什么？一，天津协定，二，缅甸禁运，三，迫我求和。

上文写完后，获读二十三日路透社传来哈立法克斯之广播演词，称"在英国及各友邦自由获得保证之前,英国决不停止战争"。但何以英国把自己的自由看得如此重,中国的自由如此轻。中国为独立生存及人道正义世界和平而抗战,三年来,政府方面反复阐明其旨,难道英政府听不到。现在英政府终于向日妥协,希望牺牲中国的自由,来保护英国的自由(说透彻些英国统治阶级的利益),其心思手段之恶劣,与阿西捷三国事件,有何分别?

或者英政府作如此想:今日中国为英国的自由而牺牲,等到将来英国在欧洲打完了仗,再从日人手中把中国的自由夺回来;好比从前英国牺牲了阿西捷等,现在英国正在从德人手中把它们的自由争回来。我们劝英政府不必作此想法。英国对付德国,现无丝毫把握。纵然英国得胜、想得到中国的自由与否,还是一个问题。就说想得到,但是否做得到,也是一个问题。先把人家自由牺牲,再把人家自由恢复,这种做法,已是愚蠢不堪,十足英国人"混"的精神,中国人决不会表同意的。何况中国为世界和平为人道正义,已流了许多血,若再欲为了英国的自由,把国家的生命牺牲,中国人决不致傻到这般田地。

中日货币战
——前哨战时期

伍启元

货币战是一种以通货为主要斗争工具的经济战。货币战可以因目的的不同，而有各种不同的形态。倘使货币战的目的是为改善一国的国际贸易差额和调整一国的国际经济地位，则货币战可以采取货币贬值的方式。倘使货币战的目的，是为攻击或破坏敌国货币的流通和保持或提高本国货币的地位，则货币战应当采取维持货币价值的方式。货币战的目的不同，则所采取的方式自然也不同。

日本在战争当中发动了中日货币战，共有两个主要的目的：第一个目的是企图在日本占领区内，发行新的钞票来全部或局部代替中国的法币，把中国法币全部或局部赶出占领区之外；第二目的是企图利用货币战来夺取占领区域的各种物资。在货币战中也和在军事战中一样，日本是始终采取一种攻势，中国始终是采取一种守势。中国的目的，只在防守中国的地位，即一方面设法维持中国法币在沦陷区内的地位，一方面设法维持中国沦陷区所有的物资，使不致为敌人所用。

中日货币战可以说是从廿七年二，三月间才开始的。在廿七年二，三月以前，中日货币战只有一些前哨战。在这个前哨战，最值得注意的只有"蒙疆银行"（和它的前身"察南银行"）的成立，和朝鲜银行纸币的侵入华北市场。蒙疆银行的前身是察南银行。日本自侵入察哈尔的南部以后，即于廿六年九月二十七日成立伪"察南银行"。该行资本一百万日圆，全自伪满中央银行借入。该行成立后的作风，已经有些与以后日本在各占领区内的货币攻势相似。其中最重要的有三点：（一）发行伪钞，来做当地的流通工具。（二）强迫当地民众把原来的流通纸币（如中中交票，山西票，察哈尔商业钱局，绥远平市官钱局，和丰业银行等所发的钞票）拿来与伪钞交换，和禁止日系以外的纸币通用。（三）没收当地公私所存的现金，计被掠夺，有包头中交两行现金约二百万元和各商号所存现金约三四百万元。察南银行成立约两个月，便扩大归并于伪"蒙疆银行"。日本军队于占领晋北之后，即成立了"蒙疆联合委员会"的伪组织。这个蒙疆联合委员会在开第一次总务会议时（廿六年十一月廿二日），即决议，成立蒙疆银行。该行名义上是由蒙古联盟，察南，和晋北三"自治政府"各出资五百万（实付四分之一）来组织，实际上则是将察南银行扩大改组，并掠夺绥远平市官钱局和丰业银行的资产业务，合并而成。蒙疆银行是于廿六年十二月一日正式成立，总行设立于张家口，分行则分设于平绥铁路一带（包括怀来，宣化，涿鹿，大同，归绥，包头等地）。该行的组织，和其他伪组织一样，是由日本人担任副总裁，而由伪蒙疆联合委员会的官员担任总裁。该行对于货币方面所采取的办法，比察南银行更为严紧。这可分开三点来说：第一，发行伪钞——这是一种与日元同值的钞票。它并没有兑换的规定，它的交换价值至少在原则上是由日本的银行（如正金，朝鲜，住友等行）和伪满中央银行维持。蒙疆银行尝与这些日本银行和伪满中央银行成立《等价交换和等价汇兑协定》，以维持伪钞与日系纸币同值。蒙疆银行钞票的发行额，是在继续增加中。在廿六年底该行发行额是九百余万元，廿七年六月底差不多增加了一倍，到了廿七年底已超过三千万元以上，到了廿八年底便到达六千万元的数目。第二，破坏法币和吸收法币——蒙疆银行于成立时便禁止中国系之纸币流通，其后就是非本行的伪钞如北平伪"联合准备银行"的钞票，也被禁止通用。同时该行利用禁止中国系纸币流通的办法，尽力吸收法币和当地流通的其他钞票。其所吸收的数目以千万元计算。第三，实施汇兑统制和利用占领区的物资——在蒙疆银行成立以前（即在察南银行的时期），日本便已在这个区域，颁布所谓《紧急通货防卫令》（廿六年十月）。蒙疆联合委员会成立以后，复根据这一个防卫令的第九条，实行汇兑统制。廿七年十月廿五日，蒙疆联合委员会为加强汇兑及贸易统制和防止资金逃避，特颁行《通货取缔令》。这个命令共包括有两个重要的规定：（一）凡是把金和银，携带出蒙疆联合委员会统治区域，或把通货，支票，期票，汇票（数目在一千元以上）携带出境的，都要先得蒙疆联合委员会的允许。（二）在出口方面，对于重要物资（包括煤铁等矿产三十七种和兽毛，兽皮，棉花，棉制品）的出口，都要先得蒙疆联合委员会的许可。根据委员会的规定，出口商必要按伪币每元作一先令二便士（即十四便士）的法定汇率，用日圆或他国外汇来支付所购的物品，向蒙疆银行结汇，然后才能出口。虽然这种办法大大地减少了"蒙疆"的对外贸易，虽然蒙疆银行所吸收得的外汇很有限，但用发行伪钞和统制出口双管齐下的办法，日人的确可以相当达到控制蒙疆区域内的资源的目的。

在前哨战的时期，另一个值得注意的事情是日系纸币的侵入华北。日本在初占平津的时候，因为对平津的政策还没有完全决定，所以不像在察南那样要立刻成立伪银行来发行伪钞。除了"军用手票"之外，当时日本主要是使用朝鲜银行钞票。据专家的估计，当时朝鲜纸币在天津一带的流通额约为二千至三千万日元（另一估计为五千万元）。但因朝鲜券的供给太多，而需要太少，所以价格大跌。当时通常每百元朝鲜券约值国币八十元至九十元（一度且跌至七十元）。除了朝鲜券外，也有些日元流通。在廿六年下半年，天津日元的价格始终在法币以下。根据日金与法币的法定比率，每百元日元应值国币九十五元五角余，但天津市场的价格则总在这个比率之下。日元跌价的原因有二：第一，朝鲜券是日元体系纸币之一，它的价值与日元在法律上是相等，所以朝鲜券的价格下跌了，日元也跟着而下跌。第二法币是中国人民所信任的货币，日本商人非先取得法币无法购得他们所需要的货物。日商在那个时候，正是要在华北购买大批货物（如棉花等）。因此他们不能不把日元换成法币。结果对法币的需要增加，对日币的供给增加，所以日元的价格不能不下降。又在这个时期，日人在华北的各种用费也大为增加，结果也增加了法币的需要和日币的供给，所以也减低了日元的价格。

除了大量地使用朝鲜券以外，日本在廿六年度并没有对华北采取其他货币攻势。当然，这并不是说在这个时期日本对华北货币问题并不关心。事实上在七七事变以前，日本对华北的货币，早就有了若干布置。其中最重要的有三点：第一，在中国实行法币政策以后，日本用压力施诸冀察当局，使北方的白银不能南运。在七七事变的时候，发行准备监理会天津分会所存的白银共四千余万元，在北平使馆区的存银共一千六百数十万元。事实上在天津等地所收存的白银，总在六千万元以上。日本阻止这些白银南运，就已经很清楚地表示日本在华北货币方面的野心。第二，日本在新货币制度开始的时候，便用尽各种方法去破坏这种新的货币，使法币不能顺利流行。其后这种企图虽然不能成功，但日本人在货币方面的野心，已经是很明显了。第三，日人为着破坏中国货币金融的完整，在冀东成立了"冀东银行"，来做侵略华北先锋。日人占领平津以后，当时本来就可以立刻采取一种货币攻势，但因日本人在政治方面的目的还没有完全决定，所以在货币方面的设施也不能不有所等待。直至北平的伪政府正式成立以后，日本才采取一种大规模的货币攻势。

在这一个货币战的前哨战的时期，中国并没有采取任何的重要防御处置。察南，晋北，和绥远一带是太远了，而且问题太小了，所以并没有引起汉口当局的注意。当时汉口的货币政策，主要是有两点：第一个政策是防止资金的外流。战争发生以后，随即发生了严重的资金外逃的现象。由卢沟桥事变到上海事变的一个短期间，资金外逸的数目便有数百万镑之多。其后"八一三"展开全面抗战，资金外逸的问题更为严重，政府于是采取紧急处置，制定《非常时期安定金融办法》，于八月十六日施行。这个办法的要点是"限制提存"：除了工厂公司商店及机关的存款，为发付工资或与军事有关须用法币者得另行商办外，自廿六年八月十六日起，凡在该日以前向各银行钱庄存储的各种活期存款，"如须向原存银行钱庄支取者，每户只能照其存款余额，每星期提取百分之五，但每存户每星期至多准提取法币一百五十元为限。"同时定期存款未到期的不得通融提取，到期的应转期或改照活期办理。存户既然不能提取现款，而购买外汇又非现款不可，因此这种办法有限制资金外逸的作用。

汉口的第二个货币政策是维持中国货币的信用。中国政府不惜用巨大的代价，一方面维持自由汇兑的原则，一方面维持一先令二便士余的法定汇率。按中国的法定汇率，原定每元合英镑一先令二便士半，但中央银行实际买卖时，高下可以共有半便士的伸缩。抗战发生以后，中央银行按一先令二便士又四分之一的汇率无限制地供给外汇。中央银行与各外商银行成立了一种"绅士协定"，一方面中央银行允许无限制地按上述的汇率把外汇供给外商银行，但外商银行允许只对合法的商人售出外汇，而不对投机者售出外汇，并设法尽量减少对中央银行的压力。换句话说，除了资金外逸的情形用绅士协定的方式来加以防止外，中央银行对因进口而需要的外汇在这个时期是无限制地按法定率供给的。

在廿七年三月北平伪"联合准备银行"成立以前，中日两国在货币方面只有上述的前哨战。中日两国所以还没有在货币方面走进"短兵相接"的阶段，是因为在战争的最初半年，两国都还没有清楚认识这次战争必然是一个长久的战争。到了廿七年初，彼此都了解战争的性质，所以中日货币战才真正开始。

对于这个"前哨战时期"的中国货币政策，我们是不能不采取一种批判的态度。没有疑问地，由于中国继续采取自由汇兑主义和维持法定的汇兑率，结果中国的确维持了中国货币的信用，和增加中国对外的声誉。但为得到这种结果中国所支付的代价是太大了。我们损失了许多外汇来支持这种信用和声誉——并且只能维持大约半年——真是一种得不偿失的举动！在战争初开始的时候，笔者便认为这种自由汇兑的政策是一种不妥当的办法，我们当时坚决主张政府该"进一步的根本统制汇兑"（阅：拙作《中日战争与中国经济》，商务出版，页八〇至八四）。在今日回头去看当时的情形，我们认为我们当时的批评是准确的。

公务员的保障问题

黄六平

"保障"在合理的人事制度上，占有重要的一席地位。但是人事制度上的各部门，如考试，任用，考绩，奖惩，保障，训练，福利等等，在建立良好的人事制度上是有不能分离的统一性。否则，偏发之弊就不可避免。所以本文论及保障一问题，必然要牵涉到"考核"和"考试"，"考试"的办法在人事行政的现状中，只能消极的渐图改进。积极的办法，只有以考核为保障的基础，也许可以收万一之效。

试读民国二十八年十二月所编《行政院所属各部会人事概况》第九章"任期"，该章首曰："公务员任职期间之久暂，于保障公务员之地位至有关系"。亦即保障制度是任期久暂的原因，任期久暂是保障制度的表现。考人事制度上之"保障"，可分为广义与狭义两种，一般对"保障"的概念，多指公务员之地位保障。至如广义的保障，如薪给之待遇，年功加俸，养老与恤金之规定，目前似尚无力及此，本文亦仅就地位保障讨论之。

行政院调查所属各部会内包括内政，外交，财政，经济，教育，交通，蒙藏，赈务。侨务等九个部会单位。关于服务时间统计表，系依简任、荐任、委任之分类列为三表，兹摘抄各该表之总数合列一表。

行政院所属各部会简荐委人员服务时间统计表

任 期	简 任	荐 任	委 任
一年以下	二一	五八	一五九
一年—两年	五〇	八八	一四七
二年—三年	六	二七	二八

续　表

任　期	简　任	荐　任	委　任
三年—四年	一三	三七	五八
四年—五年	六	一九	二三
五年—六年	二	二四	二〇
六年—七年	五	一六	二〇
七年—八年	八	二五	五一
八年—九年	二	一九	二七
九年—十年	五	五	二三
十年—十一年	二	一〇	四三
十一年—十二年	四	一八	四一
十二年—十三年	一	三	一一
未详	三	三	六
总计	一二八	三四二	六五〇

附注：本表内有经济部，系廿七年一月成立，职员大抵由前实业部及军委会某某两部转来者，但填表人均以该部成立年月为任职之始。其任职期间如下：（一）一年以下者，简任四人，荐任一五人，委任四六人，（二）一年至二年者，简任二三人，荐任三七人，委任六一人。

再就表列数字，以一年以下及一年至二年者为一组，另以二年至十三年（包括未详）为一组，各计其百分比率列表如下。

任　期	简　任		荐　任		委　任	
	人数	百分比	人数	百分比	人数	百分比
一年以下及一年—两年	七一	五五·四七	一四六	四二·六九	三〇六	四六·五八
两年—十三年	五七	四四·五三	一九六	五七·三三	三五一	五三·四二
总　计	一二八	一〇〇·〇〇	三四二	一〇〇·〇〇	六五七	一〇〇·〇〇

总观上表服务期间在二年以内者，不论简荐委，均在百分之四〇以上，尤以简任人员比率最高，有百分之五六弱。次为委任人员占百分之四七弱。

按简任人员（除政务次长外）在中央各部会是事务官的最高阶级。学能皆站在推行业务领导的地位，观表列比率，负革新推动政所系之高级干部，动态有如是之活跃，一年一换，两年又调，甫为熟手，又将离职，换来生手，必须费半年之时日，作探索功夫，始得认清工作眉目。即使吾国由农业速率进步到科学的机械速率阶段，一年两年，言有功效，亦不可能。荐任人员是重要的中级干部，任期在二年以内者，亦不多让于简任。委任人员在政府机关中，乃实际的工作者，同时亦为行政的唯一工具，比如政务官和高级的事务官是精神（如政策，计划与方案），委任人员则是物质（推行政令的工具），精神不附着于物质，力量则无由发生，表列比率甚高，小职员绝无地位保障，此其铁证。

一、无保障之结果

官如传舍之习，人怀五日京兆之心。耳闻目观，使人先从心理上就不能安定。人之狡者，则另辟途径，用其卑鄙手段，如请谒于私室，献殷勤，送礼物，其甚者，美女与支票，不一而足；人之忠厚者，不知有他，而藉工作表现成绩，强调个人之工作效率，结果，不肖者在位升官，贤者碰壁失业，影响所及，蔚成风气，人人皆知做官如投机，不以服务为目的。你的影子我来追，我的影子他来随，于是乎一团糟。

国家设官治事，在政令与制度之推行，不独要任官推贤，且须保障其地位，俾三年打基础，十年收大效。最感切身苦痛者，无如统计人员，夫统计业务，须要较长久之登记与搜集时间。例如"指数"一项，非今日要数字，而编制数日可藏事者。要不经数年调查登记一番功夫，从何而选定一个稳定时间做基础耶！总之，公务员之上既冠有一"公"字，顾名思义，有别于私人囊橐中物，用舍决定，自有国法，岂可因私忘公？但忘公违法之人，多如天上乌鸦，君不见击鼓敲锣，粉墨登场，串演古典派全本《分赃制度》一名剧乎？考欧美在文官制度未确立以前，此剧亦曾轰动一时，迨人事行政与文明俱进，乡邦禁止唱演有年矣，独我国历久未衰，反而日益普遍，剧中人越做越有兴味，简直不想走下戏台来也。

公务员之地位不得保障，可能发生下列诸情事。

第一：无保障足以助长贪污之风。谚云：人不为己，天诛地灭。即有公正之士，至少亦知预防枵腹之患。狡猾者，有感于廉吏之不可为，于是乎做一任县长，狼吞虎咽，括地皮必连泥带土。若为税收官，不惜以性命名誉，冒国法之严章。拙者，卷款私逃，作海上寓公解决一生衣食住之大难题。智者，尽入中饱，弥缝甚工，犹可另图他缺。贪污之数量，依其官阶高低适成正比例，大者数十万，次者三五万，即随从走卒亦可一千数百，你取我榨，皆为非分，习之日久，视为寻常。

第二：无保障是公务员因循敷衍的主要原因，习见衙门中人语：不日捆好铺盖干一天算一天，即曰做一天和尚撞一天钟。语虽消极而缺乏"力行"的精神，这种悲观论调，当属某种刺激之反应，要不见惯送旧迎新，兔不死，狐何悲？盖人生最感觉恐惧者，莫如衣食住三事。一旦失业，仰事俯蓄，都成问题，生活所凭藉的职业，有如风中残烛，每逢更迭主官，诚惶诚恐，即平时亦有撕破饭票子的危机。为心所恐惧之事，必时时据扰于方寸之中，以情绪不安定之人，怎能谈到工作效率呢？

我国各机关中，办事最有条理，工作效率亦最高者，首推海关，次邮政，再次为盐务。此三机关之一切组织与制度，说起颇觉汗颜，因不平等条约反而造福于该三机关，均系由外人所擘划，员司的地位有确切之保障，其任用亦必由考试，日薪给较其他机关为优。是故职员不敷衍塞责，亦不敢敷衍塞责。此其保障与工作效率相关的确证。

第三：无保障不能培养专业人才，我国学校教育不能与实用配合，尤不能与行政相配合。凡出学校走入机关者，必须有赖职业的训练，担任某种业务愈久，对某种业务经验亦愈多。熟手与生手相比较，处理方法，工作速率，两者均不可同日而语。例如某甲，曾经二年地方行政工作，忽被免职，又借一封八行，得一统计职务，不一年又调财政金融之职务，再二年又服务于文牍工作，未期年，身背武装带，俨然一军人，干其政训工作。如是者花样百出，职业训练不知为何物？造就一批低级的万能博士，样样皆略知一二，却无一项专长。

二、合理的保障

合理的保障制度，是保障人才，不是保障饭桶。《尧典》曰："三载考绩，黜陟幽明"，盖所以昭贤愚而勤能否也。实行公务员地位之保障，应以考核奖惩等制度为前提，为基点。反是，将一批大小政客饭桶普遍给予永远的保障，又如何建立彻底的任官惟贤的制度呢？《六韬》"举贤"篇曰："按名督实，选才考能，令实当其名，名当其实，则得举贤之道也"。小政客大饭桶之流，充斥仕途，则官有废职，位有非人，合理的保障决不是以此等斗筲之人为对象，不但不给予保障，同时要强调考绩制度，好的留下来，坏的踢出去。

综覈名实,国之大政,第看执行者如何?依法办理,只有赏罚用舍必须做到严明公正。尤在考试取士未普及之前,补偏救弊,惟有厉行考绩,考核的结果作为保障的张本,亦即推行保障制度的肇端。

由考试而任用之公务员,是文官制度的基本。盖经考试者,学能水准必高于私人保荐援引之人,为何可以减少滥竽的饭桶先生们呢?不言可喻,因其经过一次"试"的阶段。然吾国现在所有中央及地方公务员,非由三考出身资格的,恐怕要占百分之九九、九九强,其中优秀分子固属不少,才不称职者亦未尝不多。设一旦概予免职另换,考出身的人,恐怕考选委员会一日办二十四小时,亦必叫苦连天。折中的办法,就只有以考核去维持现有的优秀分子,淘汰不良分子。以后再慢慢以考试出身的来补充。夫考试亦"试"也,考核亦一"试"也。《潜夫论》"考绩"篇曰:"夫剑不试则利钝暗,弓不试则劲挠诬,鹰不试则巧拙惑,马不试则良驽疑。"剑弓物事也,鹰马禽兽也,不试则暗诬惑疑,何况人乎?

由考核而保留之优秀分子,然后给以切实的保障,优其待遇,而后不安心工作者,未之有也。尤其是中国的家庭,经济负担是一个人的责任,一人失业可以饿死一家。所以对于公务员家属经济的保障,值得重视。征之于欧美各国的文官职位分类,养老退休及恤金诸办法,强制保险之类,都是安定公务员的心理使其好好儿工作。其实这办法,在中国尤其切要,也是因为中国人对家庭观念特别深刻的原故。王临川云:"人之情,不足于财,则贪鄙苟得,无所不至,先王知其如此,故其制禄,……使其足以养廉耻,而离于贪鄙之行。犹以为未足,又推其禄以及其子孙谓之世禄。"旨哉斯言!

《产业资本与中国农民》（书评）

韩德章

Industrial Capital and Chinese Peasants, A Study of The Llvelihood of Chinese Tabacco Cultivators 陈翰笙著，一九四〇年上海Kelly L Walsh Ltd. 出版，有Rarl August wittfogel 序言，平装一册，九十七面。

烟草原产中部美洲，由西班牙人传至吕宋，十七世纪之初由闽商携来中国。明季军士远征滇蛮，认烟草可避瘴疠，因开吸烟之滥觞。至纸烟之输入我国，则尚在鸦片之后，一八九四年输入纸烟之价值尚不过二十余万两，至一九〇〇年则突破一百万两之纪录。一九〇二年英美资本的六个纸烟制造厂合并而为数十年来驰名吾国之英美烟公司，在中国设厂制造，一方面迁就低廉的原料与工价，一方面逃避关税及运输费用的负担。设厂之初，所用原料烟叶尚由美国输入，其后藉华买办之助力，在鲁豫皖三省推广美烟种籽，并设试验场以研究种法及土宜，又向农民赠送烟种，备给烤烟设备，约定高价收买等种种手段以劝诱农民试种，于是沿铁路线烟区推广极速，美种烟草乃不胫而走，竟成为我国在棉花大豆而外，商品化程度最高的一种农产。至于英美烟公司本身，则挟有雄厚的产业资本，（战前国人自有之各纸烟厂资本总和尚不敌该公司资本百分之四）藉大英帝国之强盛势力，复得美烟产区官绅及买办之勾结，乃得独霸中国纸烟及生烟叶之市场，而烟农应获之利润均为之榨取无遗。陈翰笙先生近著《产业资本与中国农民》（*Industrial Captial of Chinese Peasants*）一书，对鲁豫皖三省美烟产区农民备受产业资本压榨的种种情形，均有深刻的描述，足以说明半殖民地农业生产之特征，同在工业落后的国家里，农产商品化所引起的危机；这是近年来研究我国农村经济的一种较珍贵的文献。

英美烟公司推广美烟，首应归功于买办及乡绅，据山东益都农民估计，种烟每亩成本为七五·九元，约为种麦成本之三倍，种高粱成本之五倍，种大豆成本之廿六倍，因为成本高昂而农民资本短绌，因之烟公司买办乃大开借贷之门。如英美烟公司买办田某自称，在正月豆饼跌价时从东北采办豆饼，六七月间豆饼涨价时，用月息四分的高利贷与烟农，秋间烟叶收获有需烤烟时再放煤账，半年间利有本大，而每年单是豆饼一项，就可放出五万元。一般乡绅之有油榨或煤店的经营放债更多方便。最妙的是安徽凤阳的乡绅，假藉政府力量，冒用民众名义，组织烟农协会，专替英美烟公司放款，同时并向中国银行及上海银行借款以供购买豆饼及煤备充高利贷之用，一九三二年共贷出豆饼六万元，煤十八万元。一九三四年两银行自组合作社为农贷的对象，此所谓烟农协会者，乃无从施其伎俩。豫省某地之地主，从上海银行以月息一分五厘的低利贷款，再以月息五六分的高利贷与烟农，其中不惟合作社被乡绅把持，甚至合作社职员均为富绅，且有拥田百亩以上的，所以虽有新式农业贷款机构，农民仍不能享用。

烟叶收获后的调制，对烟农是一个很严重的问题，因为新叶不能保藏，而烤烟设备又非一般烟农负担得起。因此英美烟公司在各美烟产区均设有巨大的收烟厂，置有新式烘烟设备，如山东二十里堡的收烟厂占地六百亩，装有烘机四架，每天烤烟四十万磅，其收烟网遍布胶济路，足以吸收沿线烟产之百分七八十。该公司在山东派驻外籍收烟经理，统辖一切收烟人员及买办，并聘有来自美国南部烟区之评烟员（Leaf Expert）。其外籍经理均需外交干才，能与地方官绅打成一片，甚至韩复榘曩日出巡，亦以拜访该公司外经理为必具之应酬，而外经理更付地方驻军以优厚之月费，以答谢其"保护"之劳。该公司曾拟向河南省政府商洽合作，扩充许昌之收烟资本五百万至一千万元，嗣以上海新闻界物议纷腾而罢。

收烟厂之收买新叶，以执有该公司所发之特许证（当地俗称烟票）之农家为对象，其领有烟票而三年不能售烟与公司者，即取消其资格。烟票既为售烟资格之保证，而经办散放烟票者乃大开生财之道，如二十里堡之某买办，一年中曾收烟票代价达十万元之巨。烟农持票携烟赴厂，只凭评烟洋员随意给以等别，毫无磋商之余地，至某等别每磅价值若干则更非烟农所能过问，烟农为竞求出售的缘故，披星戴月地送来烟叶，次晨如不能售脱，惟有原物担回，等好多天后再卖。评等后的烟叶送到秤叶处过秤，仍在外人监视之下，压低秤量约十分之一，秤完给以划有农民无从认识的"洋码子"的小票，拿向买办领取烟价，因为当地银元辅币的兑换率伸缩不定，随时由买办自定打算标准，从中渔利。而扣秤之巨，在临颍竟有以二百斤强做为七十斤的，河南的收烟员以当地通用秤之二十四两定为一斤。在临颍每元通认折合六千文，而收烟商定为折合四千五百文，议价以文，付值以元，其中克扣四分之一之多。因种种晒规，农民实得价款往往不及收烟厂规定价格之半。烟厂门外车担杂沓，因设武装警察维持秩序，而警察殴伤农民则司空见惯，一九三四年某烟厂为驱逐烟车，曾致死伤多人。至烟农之不同意于烟厂评价而担烟回家者，中途又有被烟厂所雇用的流氓劫持的危险，所以无论如何不合理的交易，烟农不得不认被动的将烟叶售给公司为天经地义。

英美烟公司有很完善的统计机构，根据烟产增进的实况，每年设法减低烟价，惟某地苟有歉收则稍为提高收烟价格，藉免农民弃烟不种，致影响该公司翌年原料之供给。如一九三四年潍县歉收，烟农破产与自杀者时有所闻，该公司未雨绸缪，不惜提高收烟价百分之八十之谱。是年潍县烟农可获每亩十元之收入，而凤阳及香城之烟农，则各有一二·九元及七·一元之损失。烟农在外国资本支配之下，所得不敷成本，几为固定的原则，既或将农民素来不认为成本的生产费剔除不计，算起来仍属入不敷出。至烟农所获之工资收入（理论的），均去应得之数额甚远。如凤阳（一九三四年）潍县（一九三三年）烟农所得之工资尚不及应得工资之五分之一。香城（一九三四年）烟农实得之工资仅以应得工资百分之九，而一九三三年则一无所得。种植美烟对于产区劳工的影响颇为显著，其普遍的现象，一为女工之增多，一为每年工作日数之增多，一为每年重工作日数之增多，而种烟较种植粮食每亩所需人工数亦多，就整个农家计算种烟农每亩所需人工则又较非种烟农为多。所以种烟致富之企望，不啻空中楼阁，而种烟破产则视为常事。因此著者很肯定的解释："尽用无代价的过量劳力于种植美烟，所获得者无非增加外商资本之利润，或予中国地主，商人及高利贷者以致富之机会，烟农之损失恒较收益为多，此新作物之引种，实足以减低吾国植烟区域农民之生活程度。"（见原书第八十五页）

烟农既入不敷出，自不得不广为举债，烟农借债之来源，91.6%来自地主及富农，3.6%来自乡绅，4.7%来自商店，其借自合作社者仅有千分之一而已。烟区借款之平均利率，折合年利计之，豫省为62.4%，皖北为48.0%，鲁东为86.0%，而利率之逐年增高，程度亦可惊人，一九二九至一九三四五年之间，各烟区平均利率自年利36%增至48%，计增加三分之一。

就三省六个烟区调查，一九三四年计有住乡地主1%，富农19%，中农47%，贫农32%，雇农1%；富农田地面积之97%有烤烟设备，中农田地面积之87%有之，贫农田地面积之46%有之；贫农所用之豆饼其中52%系借来，中农则有25%系借来，富农则仅有14%系借来，而每亩因借豆饼偿利息而致之损失贫农为一元六角余，中农为七角余，富农为四角余；由此可见各类农民经济能力之悬殊。至烟区烟田之租价则例较非烟田为高，如一九三四年，大观音堡烟田之定租价较非烟田高186%，而同年分租租价，在香城较种高粱田高150%，在潍县较种大豆田高200%。至于佃农种烟别无获益可言，凤阳佃农种烟之损失为种高粱之六倍，香城为四倍，潍县佃农种豆每亩收入一元而种烟则损失五元。

以上几段剪影无非为本书内容稍做介绍，全书除序言外，共分九章，首述美烟种籽输入中国之始末，次述买办及乡绅提倡种烟情形，三述美烟推广之现象，四述收烟机构之产业资本势力，五述中国纸烟工业之命运，六述烟农与运销问题，七述烟农工资，八述烟区借贷利率，九述烟区田租之高涨，另附六种参考资料及统计图表，著为附录。

本书著者为中国农业经济学者之先进，全书根据至雄实之原始资料及调查与访谈记录，以极审慎的客观态度著述之。年来农村经济著作之能摆脱浮面形式而深入切实问题之探讨者殊属凤毛麟角，展诵斯篇，无任景仰。卷首复冠以K.A.Wattfogel氏之序文，对本书之旨趣及远东农村社会经济问题多所阐明，俾外籍学者对中国农村经济实况，得有较正确之了解。本书体裁谨严，行文简练，统计表格简明醒目，无繁琐冗长之数字，正文不过八十五页，当今青年作家之好以"商品化"之鸿篇巨著问世者，读此书应奉为轨范。

本书系著者应中国太平洋学会及中山文教馆之邀而作，因立场之超越。著者在全书迄以客观的态度为事实的陈述，从无表示个人主张或建议的地方，这正是学术论文有别于一般舆论的地方。惟就本书所述及的现象而论，评者深信我国党欲摆脱帝国主义统制下的半殖民地式的农业生产，惟有走向

"工业化"的一条道路，使农业生产与民族工业的发展相配谐，到那时农产商品化才有意义。我国在国际贸易的地位，迄不失为提供原料销纳制品的国家，足使列强透过进出口物价的不等率，无偿地攫取中国农民生产物的一部分价值，而列强更以雄厚的产业资本势力，深入中国农村，就地榨取，移刀俎就鱼肉，岂非变本加厉？至若商业高利贷资本的压榨，虽无外商的产业资本为其后盾，亦能普遍的存在，理应设法消灭，自无疑义，不过商业高利贷资本同外商的产业资本勾结起来助纣为虐，更容易直接向商品化作物区里的农民攫取商业利润罢了。好在改革地方农村金融机构的工作已因抗战建国而发轫，希望可以借此挽回一些农村经济的颓运来。（完）

本期撰者：

  王赣愚先生的《再论民主国家的外交》系补充上期《论民主国家的外交》的，对于民主国家外交的利弊及困难，有详尽的分析与解剖。

  张企泰先生系西南联合大学法律系教授，对于英国的外交政策，加了种种严正的批判，颇值读者的参考和检讨。

  伍启元先生关于中日货币战方面，将有一系统长文发表，本文所载者系其一部。

  韩德章先生系国民经济研究所研究员。

  黄六平先生服务于重庆某机关。

第四卷第六期（1940年8月11日）

这一周

  国民政府于本月一日下令禁止行政上任用私人。命令中有这些话："选贤与能，国之要政，必使人皆称职，庶期治绩昌明。"其实在民国十七年时，政府曾有过明令，禁止上级机关长官，以私人名义对下级或平行机关有所推荐。彼时明令的目的，即在"革阿徇迁就之弊，杜奔走请托之风"。从民十七年到现在，已有十三年的历史。这十几年来国家的行政用人，在选贤举能四字上，到底有了什么成绩，这真是值得回顾的问题。曾记国民参政会从第一届开会起，即有"选贤举能，集中人才"的建议。参政会向政府早有杜绝任用私人的请求。此事直闹到第五届会议，尚无结果。今日国民政府重申民十七年禁止任用私人之明令，其亦因整饬吏治上急切需要而发欤？"戚族政治"，"家庭政治"，年来社会上已流行此种名词。此实民间对政府行政用人深感不满的表示。行政上此种恶风，倘不彻底革除，实不足以慰民望而安人心。七月一日的明令，我们相信，全国国民，必一致欢欣鼓舞，表示欢迎。不过中国政治意义是"政者正也，子率以正，孰敢不正"。古训说，"其身正不令而行，其身不正，虽令不从。"古训又说，"君子之德风，小人之德草，草上之风必偃。"风气之改革，总须在上者先为之表率。倘居上位者能将这些古训，加以深切反省。则八月一日的明令，实效必更大，成绩必更速。质诸当局诸公，其以为然欤？

广西大学校长马君武先生于八月一日下午六时在校病逝。马君武先生广西桂林人。少年留学日本时代，即参加革命。辛亥南京政府成立，马先生即代表广西出席参议院。马先生且为起草《临时约法》三人委员之一。民国创造，与有功焉。其后曾历任交通部长，司法部长，广西省长，大夏大学校长，中国公学校长，广西大学校长等职。抗战期间，马先生亦为国民参政会参政员之一。马先生一生，可算始终爱护民国，始终服役民国之一人。然马君武先生对国家对社会之贡献，却不尽于此。君武先生人格崇高，天性刚直，做人不偏私，做官不贪污，待人以诚，疾恶如仇，处事勤，处己俭。若君武先生其人者，有益于今日之世道人心，实非浅鲜，君武先生之逝世，非止私人之恸，实国家之重大损失。谨志数言，以表哀悼。

广东省政府发动公耕造产运动。在努力增加生产的今日，此项运动在原则上，值得赞誉。粤省公耕造产办法，系饬令公务员一律参加。"保甲长及其家属应垦荒一亩，乡镇公所二华亩，机关学校团体每十人耕地一华亩。垦荒之耕地，豁免地税，且准向政府贷款，每年分四季考绩。"此项运动之目的是务使全省十五万方里之荒地，均得地尽其利。这些办法，大致无可批评。此外，该省又规定"省府自主席而下，省党部自书记长而下，一律须参加垦荒工作，因公务羁身者得雇人参加，惟每月第一日为公耕日，所有公务员均须亲自参加。"这类办法，是否必要，似有考虑余地。此岂战国时代许行陈相"贤者与民并耕而食，饔飧而治"之意欤？其奈违背现代分工合作之原则何？公务员自有其职责，勤此废彼，影响行政效率，究非国家之福。若谓政府提倡奖励某项事业如开发农工业等等，必公务员人人躬亲其事，则公务员虽精疲力竭，恐亦不足以分配。粤省府提倡公耕造产之精神，良可钦佩，其详细办法，似有斟酌的考虑之余地。

上海法租界当局听从日寇命令，让日寇派员至该租界检查邮政，这又是法国的一件耻辱。法租界与法国领土，在统治主权上并无多少分别。法国人让日寇至其租借地检查邮政，这是法国丧失主权的事件。法国今竟如此轻视其主权，诚堪诧异。法国人心理，必以在越南交涉上既已让步，日寇既可至越南检查货运，又何必兢兢计较上海区区租界之主权。半年前世界强国之一，今竟颓丧败落至此耶，向人屈膝，向人叩头，今竟绝无振作抵抗勇气耶，果尔，不禁对法国整个民族前途失望！

最近有邮政加价的传说，且谓价格将增高一倍，平信五分者增为十分，航空三角者增为六角。此事影响国家人民福利不小，我们愿政府加以慎重考虑。邮电乃社会公用事业，其目的在增加人民福利，而不在增加国家收入。国家文化依赖邮电以为传播流通。倘邮价太高，则文化传播将受打击。其实邮政亏空，仍由政府补偿，而担负此责任者仍为人民。但国家税收，若所得税，若遗产税，若利得税等等，仍是凭能力担负。取之于此，不至伤民。若邮费增高，则书报杂志及其他文化有关品之流通，增加困难，此等于平民文化食粮之增价，其恶劣影响，远甚于增加人头税，此种事件，政府实应加以慎重考虑！

倭寇拘捕留日英侨，造成路透社记者跳楼自戕惨案，对这件事，本刊四卷五期已有评论。事件发生后，驻日英大使克莱琪曾几度向日寇外交部提出抗议，毫无结果。同时日寇陆军司法两省且共同公开发表声明，认拘捕英侨行为，乃肃清间谍的措置。日寇对英这种行为，这不止是轻视侮辱，此中实有重大政治作用。第一，日寇鉴于英国最近在远东的屈膝政策已是英人威竭力弱的表示，日寇愿趁此时机对英加紧威胁，迫英放弃其整个远东权益。第二，日寇外长松冈洋右愿以此种侮辱英国行为，讨好轴心国，做拥戴太上独裁者希特勒的表示。惟最近一周，英国仿佛相当觉悟，感觉屈膝政策不能苟全远东权益，于是从本月三日起在伦敦及其他属地，拘捕日侨，以为报复。英国当局声明，英国政府拘捕日侨，系维持国内安宁必要手段，且系"正当公事，与日本逮捕英侨，仅属巧合而已"。英国这种报复手段，强硬中且带几分讪笑意味。日寇对此，只有"力持缄默"欺软不欺硬的丑态，已全盘毕露。此事前途如何发展，尚难预知。依我们观察，英国似渐渐了解倭奴性格，知道应付日寇的手段。

日寇向法要求在越南设军事根据地的消息，目前似已成为公开秘密。日法双方秘密外交谈话未结束前，日寇当然不愿将此项消息公开，而对日屈膝的法国政府，或不敢将此项消息公开。依据当前形势来说，我们以为日寇达到此项目地的可能性颇大。日寇的"远东新秩序"既包括荷属东印度，南洋等地在内,则以越南为军事根据地乃必要的步骤。此事果实现,则新加坡与菲律宾两地立即减少战略上之重要性。英美两国在远东的地位,立即受到严重的打击。英美两国果欲维持其远东权利,对日寇此种军事计划,必予以有效方法的制止。我们相信,最少美国对日寇此种设施,必不肯袖手旁观。姑拭目以观其后。

近卫领导的倭阁,已于本月一日发表所谓的基本国策。国策的中心点即建立"国家新机构"。在建立"国家新机构"之下,列举了许多项目,如革新议会,"使其成为天皇之协赞机关",如改革官僚政治,如增加银行统制等等。对倭阁国策的声明,我们首先发生这样的感想:第一,日寇今后政治,将整个走上法西斯主义途径,倭国所谓的唯一政治家近卫,其唯一志愿只在做希特勒与穆梭里尼的徒子徒孙而已。所谓国家新机构者,即将日寇维新后一切宪政制度全盘葬埋。第二,今日倭寇政治机构,支离破碎,实际已达极点。近卫以建立新机构号召,从另一方面看来,这是日寇承认现政局的腐败,这是日寇现有机构将使国家崩溃散亡的自认。总之,做少壮军人傀儡的近卫,能否把他标榜的国策实现,固为一重大问题。但日寇对自身政治,彷徨恐怖的真象,却在近卫国策声明中尽情暴露了!

苏联外交委员长莫洛托夫在最高苏维埃开幕大会中,发表外交演说,关于中苏关系一点,有这样的表示:"伟大之民族国家中华民国,目下正为本国之生存而战。关于苏联对华关系,吾人与中国之关系,具有发自中苏互不侵犯条约之友好而善邻之性质。"短短几句话中,包涵着这几点意义:第一,苏联确认中国的抗战是本国生存的战争,是民族革命战争,是义战;第二,苏联对华必依据互不侵犯条约的精神,继续善邻友好关系。莫洛托夫在这次大会中,曾经提到欧洲局面,彼谓法国此次失败,系忽视苏联在欧洲政治上的力量所致。此言并非毫无根据。在今日国际环境中,美国与苏联两大国实均具有转移国际局面的力量。远东问题之解决与远东局面之安定,将来亦必以此两大力量的向背为转移。中国素重视此两大国家,且始终竭诚与此两大国家提携。这并不是我中国的依赖外力,盖安定远东以安定世界,我国愿与苏联及北美共同担负此责任而已。今苏联外交委员长对中国有这种良好表示,中国之幸,亦远东局面前途之幸也。

论品格教育

潘光旦

只有可以陶冶品格的教育才是真正完全的教育。这一层近来很少人了解,连教育家自己都不大理会。本刊第四卷第四期里陈友松先生的一篇《品格教育之最近趋势》,不能不算是空谷足音了。

品格的概念从品性的事实产生出来。人与人之间有比较相同的通性,有比较互异之个性,通性虽同,也有程度上的不齐,而个性之异,虽也不外程度上的差别,若就其极端者言之,则判然几乎有类别之分。凡此我们统称之为流品。流品原是生物界的一大事实,在研究有机演化的人看来,是第一个大事实。流品的从何而来,即变异现象的从何而来,至今还是一个久悬未决的问题。到了人类,流品的事实,似乎不但没有减少,并且大有增益的趋势。平等主义的理想家在这方面的愿望与努力可以说是全不相干。距今三十年前,英国演化论与遗传学大家贝特孙(William Bateson)在澳洲的不列颠科学促进会演讲《生物事实与社会结构》一题,所反复申论的就是这一点。

生物有流品,是有机演化的基本的条件,人类有流品,是社会演化的最大的因缘。不过生物演化的过程中,物类各有维持其品种的特性的能力;社会演进的过程中,亦有维持其秩序与统一的需要;换言之,异中有同,变中有常,纷纭中有条理秩序,万流歧变中有典型规范,原是一种自然的趋势,到人类,尤其是文明社会,更不免有一番自觉的企求与努力。品性与流品的事实而外,我们从此就多了一个品格的概念。格就是典型、规范,就是标准,不达此标准的人,就是不及格的人。

这格式或标准是什么?这不是一个容易答复的问题。伦理学或人生哲学的存在，一大半是为答复这问题的。不过就经验与常识的立场说话，这答复应该是不太难的，标准的需要是从群居生活来的；群居生活何以要有个品性的标准？群居生活的第一个要求是和。要人人有何种品性，或最大多数的人有何种品性，才可以取得共同生活的和，便是问题的核心了。上文说过人与人之间有相同的通性，也有互异的个性；通性之同宜若可以帮和的忙，但不一定，因为利害冲突是最普遍的一个现象，而同行嫉妒或文人相轻一类的事实，也是数见不鲜。至于个性之异，宜若是和的一大障碍，但也不一定，因为分工合作，贸迁有无一类的团体活动就拿它当最后的基础。

要通性之同来维持群居生活之和，我们的民族经验及先贤遗教曾经留下一个行为的标准来，就讲絜矩之道的一个恕字，要个性之异推进群居生活之和，并且推进到一个更高的境界，我们也早就有一个标准，就是一个明字。要行明行恕，还有一个先决的条件，就是个人能自知裁节。《左传·隐公三年》说："明恕而行，要之以礼，虽无有质，谁能间之？"这是民族遗教里明恕并称的最好的例子，而要之以礼的"礼"是一种节文，所以帮助个人的内心的裁节的。人与人的关系，因明恕两标准的见诸实行，而能到达一个"无人能间"的程度，不能不说是和之至了。好比孔子答子张问，人我的关系要到一个"浸润之谮，肤受之愬不行"的境地，才配叫做明。人我关系到此，要求其不和，也是不可能的了。不过到了后世，明的标准似乎越来越晦，甚至于和恕的标准混做一事。后世社会秩序的维持，虽得力于恕字的不断的讲求，而此种秩序的未能进入一个更高的境界，说不定明字的中途暗晦要负很大的一部分责任；科举时代考场前面"明远楼"的一块匾额似乎始终只是一块匾额，一个口号。

不过这是一些旁出的话。好在明的标准虽晦，却并没有消灭；社会生活到今日，复杂的程度加深了，流品的变化加多了，分工与专业的需要也一天大似一天了，这明的标准似乎更有确立的必要。今日社会的病态，大之如种族间的猜忌，邦国间的倾轧，阶级间的斗争，信仰间的排挤，小之如人我间利害兴趣的各不兼容，一半虽出于不恕，另一半却出于不明。所以当务之急，实莫过于把明恕的行为标准再有力的揭櫫出来，尤其是明的标准。就我们的民族的遗教说，固然有些必要，在西洋也正复一样；基督教传统的教旨里所称的金律，同样的只顾到了恕字，而忽略了明字。

明恕是行为的标准，能实行明与恕的品性才是合乎标准的品性，也才是我们应有的品格。能明能恕的品性可以说是一切道德品性的总汇，至少是个纲领，孔子不承认恕是一言而可以终身行之者的么？

能明能恕的品格从何而来，这是我们要答复的第二个问题。一切品性的源泉不外两个，一是遗传，一是教育，行明行恕的品性当然不是例外。这种品性的先决条件是一个充分健全的体格，一个相当高度的智力，一个比较稳称的情绪，一个比较坚强的意志，一个比较丰富的想像的能力，等等。这些都自有其先天的根柢，如果根柢太薄弱，后天的教育是不能无中生有，化弱为强的，但若只有根柢，而不加以后天的培养，使它们充分的发展，当然也是徒然而极不经济的。如何从遗传方面来加强此种根柢，或蕃育有此种根柢的人，不在本篇的范围以内，我们搁过不提。我们要讨论的是，如何就已有而现成的根柢，加以培植启发，那就是品格的教育了。

假如心理学的研究对象是刺激与反应，教育的研究对象便是刺激与反应的有目的的控制。品格的教育也不能外是。在品格教育里，刺激的控制，至少就我们以往的经验说，是比较的简单，就是，于一般的教明教恕而外，供给实际的能明能恕的榜样，而所谓一般的教明教恕，其实也逃不了师道的能以明恕的行为先人。以道先人者谓之教，最有效的教育方法是所谓身教，一切教育如此，明恕的品格尤其是如此。这一点貌若简单，其实并不，至少近代教育在这方面的努力，倒反赶不上前代的努力，并且似乎根本上还不很了解；近代青年品格的似乎有退无进，以及一般道德生活的水准的低落，都不能不归咎到此种了解与努力的缺乏。

至于反应的控制，问题显然更复杂了。上文说过，通性虽同，而程度上亦大有不齐，个性各异，其极端者且判若两类，个体的不同如此，而欲求反应的比较整齐划一，或虽不齐一，而浅深长短之间，可以收相须相成之效，事实上是不容易的。不过前代从事于品格教育的人至少有一个人手的方法，就是特别注意于意志的培养，让意志来统制理智，情绪，想像等其它方面的心理活动。这就回到上文所提，个人裁节的那个条件了。《大学》的诚意正心，《中庸》的明善诚身，《孟子》的收放心，以志帅气，善养浩然之气，其实全都是养志与自我裁节的功夫，到了阳明一派，甚至于连格物致知也成为这功夫的一部分。养志与自我裁节的功夫原应有消极与积极两方面，消极主收敛主省约，其结果是律己紧一步；积极主扩充主博大，其结果是待人松一步。《孟子》的以志帅气，是兼消极积极两面说的，所谓收其放心，显然是消极的，所谓善养浩然之气，可以说是积极的。不过消极的功夫易做，积极的功夫难成，所以历来儒家与理学家大抵收敛有余，扩充不足，不谈修养则已，谈则似乎始终在慎独，毋自欺，反求诸己上用力；其专讲明心见性的几于和禅定没有分别。这当然是消极之至了，消极之至，就根本成为一种反社会的功夫，人我的关系到此是减少到了最低的限度，群居生活的和不和是谈不到的了。

不过当其不过于消极的时候，这种收敛的功夫是有很大的社会意义的。谦恭，廉让，一般的礼节，全部的制度，全都建筑在此种功夫之上；礼，节，制，度这一类字眼的本义原全都有收敛的意思。这些都是形于体外而见诸行为的；要形于体外见诸行为而不失诸虚伪造作，必须内心先有一番长久的修养功夫，所谓慎独，不自欺，反求诸己等便是这功夫的所在了。《易经》上"敬以直内，义以方外"的两句话，所指其实就是此种内外兼赅表里相应的功夫。所谓道德的德字是这种功夫的总称，所以德字训得，是内得于己，外得于人，而内得于己是入手处，所以德字的原字是从直从心，和正心诚意的正心二字完全是一件事。凡用收敛功夫而能内得于己的人，只要不过其分，只要克己而能复礼，即克己而能归于适当的分寸，是不怕不能外得于人的。我们即从普通的物理说，所得的结论也复如此。两物之间，彼此收敛过分，结果是发生不了关系；但若伸张过甚，或流放过甚，结果是摩擦，排挤，以至于冲突。最合理的安排是有事时接触，无事时彼此收敛几分，中间留些回旋的余地，也正所以为有事时接触地步。明此道理与行此道理的人是内得于己外得于人的人，也是以独则足，以群则和的人。

讨论品格教育到此，我们就可以有一个初步的结论。一方面我们既有了明与恕的两个行为标准，一方面我们又有了一个训练意志让个人知所节取的入手方法，目标有了，方法也有了，其他较细的节目我们可以不论。知明知恕，是不容易的，能明能恕，也许是更难，也许两者是一样的难易，也许，照阳明学派的说法，两者根本是一回事。无论如何，意志与节取能力的训练是绝不可少的。一个人要了解别人同于我的通性，知人我之间随时随地可以发生名利物欲的冲突，而于智力情绪的运用施展上，预留地步，是需要相当强大的意志力的；至于领会别人的个性，承认别人的见地，尊重别人的立场，所需要的自我制裁的功力，不用说是更为巨大。约言之，不论明恕，谁都先得做些制裁的功夫，做些虚一以静的功夫，这种功夫多少是带几分自我强制的性质的，而自我强制非运用坚强的意志不为功。孔子说过，"强恕而行，求仁莫近"，就是这个意思。我们不妨补充一句，恕要强，明也许更要强，须得强恕与强明并行，才真正可以几及仁字所指的道德的境界。

总之，品格教育是三部分合成的，一是通性与个性的辨识。二是明与恕两个标准的重申与确立。三是个人的修养，特别要注意到意志与制裁能力的培植。

这种品格教育是从中国原有的道德教育系统里抽绎出来的。不过作者认为它的价值并不因时代的变迁而有所贬损。实际上近代教育家不谈品格教育则已，谈则也免不了走上这条前人大致已经踏过的路，所能增益的不过是一些整齐与细密的程度罢了。中国文化向重经验，也自有其数千年的阅历来做考验的资料，一般的文化如此，教育尤其如此，一般的教育如此，品格的教育尤不能不如此，就因为品格教育特别着重身教，而身教不能不先拿体验做张本，侈谈理论是不生效力的。

何以言近代的品格教育不免走上前人多少已经走过的经常之道？就上文所说三部分的第一部分说，通性的辨识是由来已久的，文化经过一度剧变，例如中古时代末造神本思想的文化转入人本思想的文化，或文明的领域一天比一天扩大，人对人类的认识由宗族的展开而为部落的，为邦国的，为世界的，此种通性的辨识也就跟着演变扩大。自心理学的昌明，通性的辨识更获得了科学的申说。至于流品与个性的辨识，情形也正复类似，中途虽曾再三因平等理想的流行，而转趋暗晦，但事实最称雄辩，冥想终不敌常识，才性之悬殊，竟有若跛鳖之与六骥足，是谁也瞒不过的；而近代心理学，尤其是才能心理学或气质学等派的努力，所已发挥光大的要远在平等理想论者所能遮掩讳饰的之上。总之，及今而言通性与个性的辨识，实在要比前代容易得多。

至于第二部分，明恕两标准的重新确立，我们如必须说待时乘势的话，也并不是办不到。恕的标准原是中西道德哲学的共同出发点，早就有比较稳固的基础。至于明，虽亦曾因流品的讲求与否而时有显晦，到了近代，作者以为是再也暗晦不来的了。为什么？因为科学文化的最不可磨灭的精神就是明的精神。明就是客观。如果自然科学的发达是滥觞于人对物的客观的明晦之上，使前代的拟人论与人类中心论一类的思想无所再施其技，则社会科学，包括社会学与教育学在内，势必以人对人的客观的明晦做第一个先决的条件。明与恕都可说是客观论的一种，不过恕是相对的客观，因为人我相通的品性，是可以"以己度"的，人我可以相比量，所以说相对；至于明，则是绝对的客观，那就和科学方法里的客观论毫无分别。有近代的科学精神倡导于先，明的标准是不难重新确立的。

最困难的还是第三部分，即个人的修省，特别是意志与裁节能力的培植。这是一个讲求集体生活的时代，以不能适应潮流为可耻的人，最低的限度也喜欢高谈社会化，甚或主张各式的社会主义，再甚则以极权主义为集体生活的最高方式。这种人是无须乎个人的修养的，更无须乎意志与裁节力的培植。在他们的品格观念里，服从是最高的美德，甚至于唯一的美德；能无我，能舍己从人，能以众人或代表众人的人的主张为主张，便是他们的修养；团体的意志或团体代表人的意志便是他们的意志。自卢骚以来，政治思想家侈言所谓一般意志。这一般的意志究属是不是一个事实，但个人意志的日就扫地以尽，修养培植的需要已一天少似一天，却是一大事实。这是困难一。

近代还有不少的人恪信个人主义。我们顾名思义，宜若个人主义可以讲求一些个人的修养和制裁能力的培植了。但事实也很不然。个人主义是建筑在权利与义务观念之上的，但这还是理论，若言事实，则不妨说它完全建筑在权利观念之上。从权利观念出发的人我关系，绳以上文的讨论，实在是很不健全的一种关系，这种关系，凭藉了分子间的彼此牵掣，相互克制而不是每个人的自我克制，其总和最多不过是群居生活的暂且的相安，而不是比较持久的协调。权利观念的不足以维系社会关系，国内的贤达早就有人讨论到过，例如梁启超先生和罗文干先生。国外社会思想界也颇有人主张以社会效率的观念来替代权利观念，那又不免和集体主义的见地很相接近了。总之，个人主义既从个人的权利观念出发，而又尊尚自由，力主自我的表现等等，是极容易走上流放的一途，而和上文所讨论的收敛与裁节的精神根本相反。这是困难二。

其它零星的困难尚不一而足。例如十八世纪以还浪漫主义的思潮和它所引起的种种解放运动是和个人主义与自由主义沆瀣一气的。又如，即就心理学说的范围而论，至少福洛伊德的精神分析一派也有欲力解放与自我解放的主张。在此派的批评家虽然承认相当的解放固属重要，适度的裁节与克制也属万不可少，不过这种持中之论，总还是少数人的见地，未邀许多人的公认。再如，近代教育追随了这种种思潮与运动之后，自身对于这方面问题的严重，还没有充分的觉悟，自然也是困难之一，并且不止是一个零星的困难。目前的教育对于一般的个人修养，既所忽略，对于意志与制裁力的锻炼，更在所不论不议。西洋一部分的批评家认为近代学校教育的一大功能是教育有志力青年浸淫沉湎于知识欲中，使没世不能自拔，此虽不免言过其实，但学校教育的只能作知识的授受，而全不理会它方面心理生活的诱导，是我们久已知道的。

不过，困难虽多，其所由产生的困难虽多，品格教育的中断或未能继续演进，安知不是根本原因之一？困难既从不讲求品格教育而生，及其既经发生，讲求自更不免日见不易措手，则我们及今诚能排除万难，对此种教育作有力的推进，所有的困难与此种困难所引起的其它生活方面的问题，岂不是就可以迎刃而解？是的。从明恕的立场看，集体主义的思想是比较的恕而不明的，个人主义的思想则是比较的明而不恕的；换言之，个人主义容易忽略通性，而集体主义容易忽略个性；这一点在目前欧美的社会生活里很方便的可以找到证明，无烦多事申说。即就近代盛称的一个社会理想——各尽所能，各取所需——说，个人主义的可能成就，侧重于各尽所能，集体主义则侧重于各取所需。各尽所能近乎明，各取所需近乎恕，名言虽有不同，而所指的实在是同类的人伦关系。至于浪漫主义一类的思潮与其引起的种种文化问题，在一个健全的品格教育之下，也是无从发生，即或发生，也可以不至于趋于淫滥，而成为感伤主义，堕落主义等等的末流，也是不待赘言的。

归结上文，明与恕是品格教育的两大标准；明与恕都要我们待人放宽一步，不过在待人能放宽一步之前，先得律己收紧一步。放宽与收紧都是一种分寸与裁节的功夫。必须有善自裁节的个人于先，斯能有和谐与协调的社会于后。这原是中国礼教文化的中心精神，也是我们品格教育应有的鹄的。目前流行的各种思潮里，集体主义失诸不明，个人主义失诸不恕，而浪漫主义失诸不知裁制，我们实施品格教育以后，目前世界的文化潮流也才有澄清的希望。

我们要一个自主自利的外汇市场

宁嘉风

去年六月七日起,外汇骤起剧烈之变动,英汇由八便士二五陡降,而七便士,而六便士半。不久,旋打破六便士,而五便士,而四便士。最后,三便士之汇价且似为法币对外跌价之一阶级而已。直至欧洲风云紧急,跌风始止,并曾逐渐轻微上涨。当跌落期间有卓识者曾主张放弃上海外汇公开市场之维持,建立后方之外汇市场,以免虚耗外汇基金,丧失抗战能力。惜政府以种种困难,奈难实行。其后事过境迁,病愈痛忘,改革外汇政策之议,恐早束诸高阁矣。当兹抗战踏入四周年之初,一切急须调整。敌人方设种种方法以谋我,如改组内阁,妄图结束"中国事件"也,恐吓越南,率致暂时停止一切中越运输也,压迫英国,终得封锁缅甸特种运输三个月也,有形无形掠夺,幸冀以战养战也,不一而长,必企致吾人于死地而后已,我国家民族如欲图存于今日,繁荣于将来,自必急谋调整改进一切军事政治及经济之机构与政策,以资抗卫;并在可能范围内,尽量与以相反之打击,而争取最后之胜利。外汇为经济之一环,与军政亦有极密切之关系,如整个抗战力量为一人体,则外汇恰如血脉,故必须使其尽为己用,严防一点一滴之资敌,进行之办法,厥为建设后方之自主自利外汇市场也。兹篇所论,一部分或不免为旧调重弹,然外汇政策不无改进之处,自有重新提醒注意之必要。或主旨易招"杞忧"与过激之讥,但确立方针,防患于未显,未始非避免星火燎原之善法也。

自国军西撤以还,中国之抗战基础,在内地与西南西北各省。上海已成特殊区域,其金融风潮似不应致后方以严重之影响,而实则,因维持贸易无法管理，资金逃亡及外汇投机无法禁止之上海外汇公开市场，上海每次金融变动，如三月底之外汇暴涨，五月初之提存风潮，均掀起后方之外汇紊乱与物价暴腾，影响整个经济机构之安稳殊巨。然则，何为而维持上海外汇公开市场之必须维持有利，且其利至少须与因此而负担之损失相等，方有维持之价值。同时，并视吾人有无维持之力以为前提也。

维持力量之足否，视乎维持时间之久暂，盖外汇平准基金之数目既属有限，则维持之时间久，维持之力量自然相对的减少，维持之时间短，维持之力量自然相对的增加。倘抗战能于六个月或其他较短期间得到有利之结束时，则为维持法币之信用，巩固政府之威信起见，宁肯牺牲全部或大部分平准基金，亦宜维持上海之外汇市场。若抗战仍将继续若干年，倘平准基金根本不足维持若是之久，然则试亦无用，与其竭精殚力而被迫放弃于后，何若自始即不加维持而另筹善法。以目前之情形观之，战事漫然延长，据一般较低之推论，如无特殊事件发生，仍当继续数年。故必须根据现有平准基金之数目，将来可能之增加额，维持若干时间，需要若干基金等，而推测有无维持力量，决定能否继续维持。

去年六七月间汇市发生变动时，或谓平准基金完全用罄，或谓仍有相当数目，确数虽不得而知，但最多不过二三百万镑而已。九月以后因昨战关系，逃亡香港资金颇多回归者，平准会曾购回一部分外汇，但其后逃亡资金又陆续转变为美金。据闻现在平准基金会拥有之基金，至多约在五百万镑左右。将来平准基金增加之来源，主要有三，第一，出口外汇，第二，华侨汇款，第三，借外债。除后方之出口外汇，政府经由统制出口贸易与外汇而获得其大部分外，在华北，因敌伪统制贸易与汇兑关系，出口外汇尽为日人所掠夺。在华中，敌伪虽尚未正式统制出口贸易，但沦陷区之主要产品，如蚕丝棉花等，多由日人收买出口，其外汇当为日人所攫取。其由华商装运出口者，亦因路出沦陷区自有外汇被劫夺之危险与事实，故大体言之，出口外汇所能增加之外汇平准基金甚属有限。华侨汇款虽为重要之外汇来源，但每年究有若干，以事关秘密，抗战以来中行从未发表，然恐不足抵补入超之金额，则为历史之事实，今后恐亦如此。且华侨汇款多在年终，平时甚鲜，而平时因国际收支不平衡发生之外汇变动，每引起物价所得结构之变动，而后者一经变动，虽外汇将来回转，亦不再随之而恢复原来之情况，此种扰乱有时足为严重之打击。至于由币制借款而增加之平准基金，本为不定之事实，未可认为可靠之依赖。以今日国际情形观之，英国方忙于撤台，焉能贷我以币制信用借款？美国虽不无可能惟据闻恐有附带条件，未必即愿以之维持上海外汇市场，故由借外偿而增加维持上海外汇市场之基金恐无若大希望。现有之外汇平准基金不过五百万镑左右，将来增加之希望又不甚乐观，故维持之力量未可认为强固。

然则，维持上海外汇公开市场究需若干资金？在通常情形下，我国外汇之最大支出项目为入超，当兹非常时期，盗取外汇，资金逃亡有时更占重要。兹先就数年来上海之对外贸易加以分析。二十六年下半年方当战争开始之时，前方法币信用势在维持；同时，国军尚未西撤，当时上海外汇市场之维持当然毫无问题，故二十六年下半年之贸易额不必加以讨论。二十七年，国军业已西撤，上海形成孤岛，故是否仍应维持上海之外汇市场，实不无考虑之必要。查该年以战争关系，上海及其附近地带之工商业横被蹂躏，故上海之输出入大减，虽屡入超，但其全年入超仅六,六二八,四九一镑耳，平准基金尚能勉强支持。待至二十八年，上海一带之工厂，在租界内与日军占领区内逐渐恢复，同时，以上海之比较安全，各地豪富多至上海作寓公，于是生产原料及奢侈品之输入激增，总计全年上海入超二〇,六四一,四〇三镑，约为二十七年之三倍。二十七年上海之入超已将平准基金消耗过巨，焉有余力继续支持庞大之入超，故去年三月十日虽有中英一千万镑平准基金之成立，至六月初即感维持之困难，而不得不放弃公开之维持。今年上海之入超较去年尤巨，去年前五个月上海之入超为一〇,五五八,七〇五镑，而今年前五月之入超则增至一二,六三八,一三六镑。上海外汇市场所以只发生数次动摇，而迄未陷于绝境者，实泰半由于战后资金回归所支持，否则，早感维持上之艰难矣。然此种因素乃暂时现象，其影响迅即消逝，倘今后上海仍大量入超，恐不易再发生同样有利之因素矣。数年来后方虽稍有出超，然比之上海之入超，相差甚远。今后除非华侨汇款之数额特别庞大，吾恐数百万镑之平准基金，殊不易填此无底之漏卮。然以上犹就上海之输出入之表面观之。实则，入口外汇由吾人所负担，而出口外汇则泰半被敌伪所掠夺。同时，长江沿岸，日本走私之轮舰络绎不绝，其输入之数量必甚大，亦计算不须以法币支付。此外，华北沦陷区之输入，亦往往经上海而支付，盖伪联银券与法币可以通汇，由天津北平以伪联银券汇上海，在上海提取法币，再持之购买外汇而支付入口汇价。据闻上海外汇市场经此而担负华北之入口外汇为数实云匪细。故实际上，上海外汇市场，因贸易而引起之外汇支付，尚不止前述有正式记载之数目也。

至以日人盗取外汇而论，要有二大方面，一为劫夺海关之税收，一为以伪币或军用票套取法币，然后再以之购买外汇。查日人之劫夺关税，始自二十七年之英日关税协定，惟以该年上海及沦陷区之输入锐减，同时，自五月后方开始试办掠夺，故比较言之，该年未因攫取关税而获大量法币。而当时华北伪"联银"方开始发行，并无大量伪币流通。在南方，则军用票方开始试用许多交易必须以法币支付。同时，伪银行尚须以法币为营业之基础。故日人对法币之需要较大，其所劫夺之法币，只一部分能用以购买外汇。故二十七年此方面所给予上海外汇市场之压力并不甚大也。待至去年华北沦陷区已有大量伪联银券之流通，华中华南之战区，日军用票亦畅通。一大部分交易可以二者为支付之工具，故敌人对法币之需要减少。同时，关税劫取已大收效。计自二七年五月至二八年底共四三一,五三〇,〇〇〇元，内中华北各关所收入者为伪币，据推测净取法币二万五千万至三万万左右，及至今日，恐劫获之法币计在三万五千万之谱矣。此中一部似固早用去，然即以其余而套换外汇，殊足致上海外汇市场以严重之打击，为平准基金所难于应付。以伪币及日军用票调换法币，然后再用以盗取外汇，初甚引起国人之注意，幸至今敌伪因此而获得之法币，为数尚不甚多，据一般之估计只数百万耳，故此种压力尚较为次要。

资金逃亡之数目无法估计，惟若无法控制，则每当金融风潮发生，屈指可达千万。犹忆当战争初起之时，由七七至当年十一月底，逃亡资金共达一千万镑。据一般推测，去年三月至六月逃亡之资金亦不在少数。传闻当政府决定停止平准基金公开供给外汇之前一二日，香港有一户头，独自扒入一二百万镑，资金逃亡之速，宁不惊人！

总之，现有之外汇平准基金最多不过五百万镑左右，华侨汇款之确数虽不可知，每年经常汇款约不出十余万万元之谱，以全部精力支付上海有记载之入超，尚不足支持若干时日。遑论片面入口外汇之供给，华北外汇之负担，并日人大量盗取外汇及可畏之资金逃亡乎？故如无特殊情形发生，以现有之经济力量，维持现状下之上海外汇市场，殊不易支持永久。一旦崩溃，势将招致物价暴涨，人心惶惶，影响整个抗战力量，反不如自动放弃于先之为愈也。

纵令退一步言之，现有之力量足以长期维持上海之外汇市场而无虞，吾人须问因维持而享受利益者是否为我国，并所获利益是否与投下之资本相当或更有余？由以前之讨论，大概已可知享受利益者为何人。若再进一步作较详细之分析。去年之上海入口货中，占重要位置者为棉花，煤，煤油。煤油为日军所消费，已为昭然之事实，无需赘述。战后上海一带之工厂，非为日人所投资管理，即受日人所控制，有竞争力之民族工业工厂反占少数，尤以纱厂为然，百分之七十五为日人所有，故棉花，煤之入口，泰半供日人之消费，今年前五个月之入口，以棉花，五谷，煤等为大宗。一，三两项无须再加分析。五谷之入口据云一部分系供在华日军之应用。总之，坐享维持上海汇市之利者，最大部分为日人而非同胞。可分三类：第一，便利在华日军输入军需用品及必需品。第二，便利在华日厂输入原料及机器。华北日籍工厂，如青岛之日纱厂，亦经由印度，埃及输入棉花，而由上海外汇市场支付也。第三，便利日本国内工厂输入生产原料及机器，日本国内之外汇统制甚严，因外汇之取得困难，各工厂之原料机器每感供应不足，每有利用上海之汇市而输入原料或机器，再转运至本国者。据传闻估计，维持上海汇市之利，百分之七十为敌人所享受。以抗战血脉之外汇，供敌人大量使用，宁不令人不寒而栗！

其次享受上海汇市安定者，即其他外商，盖一方面法币汇价平稳足以减少对华贸易之风险，他方面，法币如能保持相当汇价，则中国人之购买力不至降低。除日本外，对华输入之主要国家为英美等国，如二七年美国输入占上海总输入百分之一六·九三，英国占百分之七·九〇，二八年，美国输入占总输入百分之一五·九四，英国占百分之五·八〇，同时，英国在华更有庞大之投资，随处均与法币之价值有关，故法币价值之安定每为英美所关注，尤以英国为甚。前此英国曾以币制信用贷款助我维持法币之信用，良以此也。不过，各国所获之利益均较日寇为少耳。

我国所获之利益，主要为政治的，非经济的。因法币汇价之稳定，坚定人民对法币之信心，增加对抗战最后胜利之信念。至以经济方面而论。除消耗若干外汇平准基金外，有何较大所得？上海固有华商工厂。惜沦陷区之原料，多被日人垄断而无法取得，倘欲购买势须与敌伪勾结，其不愿勾结而必需取得原料者，当由外洋输入。凡此皆非健全之民族工业，当此外汇紧缩之秋，宜否为此一部分工厂取得原料机器之方便，而维持上海之外汇市场，致予敌人以莫大之利益？此外，尚有投机外汇者，逃亡资金者，均因政府之维持上海外汇公开市场而获巨利，然此等民族败类，经济汉奸，皆宜绳之以极刑，当不致为之而维持上海之外汇也。

　　由以上之推论观之，现有之经济力量，似不足长期填现状下上海外汇市场之漏卮，而维持之结果，利于敌人者多，利于我国及友邦者少，故急应调整当前之外汇政策，树立自主自利之外汇市场，如能改正上海外汇市场之现状，主动的决定何种货物可以自由输入，何种当加限制，何种根本禁止。某种外汇可以供给，某种外汇根本拒绝。供求之因素操之于我，则上海外汇市场当可维持。所耗基金既可不多，且均用于自利之途，维持自胜于不维持也。惟苟欲达到以上述地步，至少须关税行政之完整，友邦政府与银行之合作。盖如欲禁止奢侈品，易于资敌货品或日本直接间接制造之产品之入口，则必需海关行政大权完全操之于我，始得实施进口之予止。惜今日沦陷区之关税行政已不完整，货物之入口不能任我自由决定。据闻去年六月二十一日财政部所颁布之二百三四大种禁止进口货品，在上海仍得照常输入。不特此也，日本轮舰之走私，以枪杆为后盾，海关更丝毫无法阻止。此入口所需之外汇数目不能由我主动决定也。至于出口外汇，因沦陷区之特殊情形，政府且无法取得其大部分，遑论全部。倘外商银行，尤以英商银行为然，能与中国合作，尚不无补救之办法，合法之外汇供给之，不合法之外汇拒绝之，则货物之得否进口，自可由外汇之予止而间接控制。在出口货物方面，必须经运往国领事之签字，证明出口外汇已在中立国或我国之银行售结，方准卸货，而后出口外汇方不易堕入敌人手中。惟查今日之世界大势，英国方逐步对日退却，二七年，五五之英日关税协定，将我沦陷区税收拱手让予倭寇，不久以前之天津协定，该处我国存银又被日人劫夺，最近之缅甸协定，又封锁我对外一重要交通路线。彼现实外交之英国政治家，当英德竞霸之秋，焉肯为便利目前之对华贸易，而能若是与我密切合作，以牺牲英日之关系乎？沦陷区关税行政既不完整，而友邦政府及银行不能诚挚密切合作，则上海之出口外汇不易取得，入口外汇，资金逃亡及外汇投机等又无法限制及禁止，供求之因素既无法控制，殊恐上海之外汇公开市场不易亦不应拖延维持也。

　　既不能变现有之上海外汇市场，使之自主自利。然则，为维持法币在广大后方之信用，并便利此广大后方之对外贸易起见，急宜在后方树立自主之外汇市场，维持自利之汇率。依现在及过去之情形推测，此市场之创设与运用之成功，似应无大问题。请试论之。后方军需用品之输入，政府另有支付办法，无需动用外汇基金，若不加以分析，以普通国际收支最大项目之输出入而论，二十七年以来，后方各口之贸易始终处于出超地位，至少从未入超。龙州，蒙自，柳州三关二七年入口一五,五一六,〇〇〇元，出口四六,八六三,〇〇〇元计出超三一,三四七,〇〇〇元。二八年，入口七四,〇六六,〇〇〇元，出口一一一,〇九〇,〇〇〇元，计出超三七,〇二八,〇〇〇元。本年前五个月入口六六,〇二九,〇〇〇元，出口六五,九一三,〇〇〇元，计出超三九,八八四,〇〇〇元。虽以上所列数字未加修正之海关报告，然即修正后，数年合计绝不至入超也。此外，尚有温州，宁波等港，每年输出亦有相当数量，惟以其入口数量一时不易考察，无法比较。总之，后方之外汇市场，绝不至因贸易入超过巨而感受严重之压迫也。且后方之海关行政权完整无缺，物品之准许进口与否可因宜情况而作差别待遇。奢侈品，生活安适品及日本直接间接制造之产品，均可有效禁止输入，出口外汇，则因重要产品政府对外官专卖，及中交两行之结汇办法，除特殊情形外，政府可取得全部出口外汇，断不如维持沪上外汇市场之片面供给入口外汇也。

在战时最易随时压迫外汇者，厥为资本逃亡及外汇投机，然后方之外汇市场既完全在中国主权统制之下，当可设法禁止。其办法为：

第一，规定银行资金之合法应用范围，然后根据之而按期或临时检查各银行之账目，考察其如何利用。如此，自可断定银行资金之是否正当使用，窥见其是否利用各种资金作外汇投机及资金逃亡。

第二，检查来往电信，大量逃亡资金及外汇投机者，多借电报传达秘密消息。倘能随时普遍检查来往电报，自可阻止此种消息之传达，而减少外汇之投机。

第三，钱庄银号之开设必须严加审核，开战后，在后方重镇——如昆明——新设之钱庄银号，几全为投机聚集之场所。故钱庄银号之开办，必须注册而后可。注册审查必须严格，除非当地之工商业确实有如此需要者，一概不准注册开张。其已开办者，如发现外汇投机行为则查封之。如此，自可减少外汇投机之机会及场所。

第四，具体规定合法外汇需要，从前之规定失之概括笼统，银行执行殊感困难。今后倘能予以具体之规定，执行自易，不合标准之申请，则拒绝供给其外汇。

第五，与东方汇理银行成立谅解，后方无租界之特殊势力，无敌伪金融组织之捣乱，外汇统制自较上海容易。惟昆明东方汇理银行之存在，有时足为障碍。政府务须与之成立谅解，请其不得供给不合法之外汇。现在法国正努力于内部之整理，或不能故意为难。倘迫不得已，中国自应采取必要之处置。

同时，将从前之外汇平准基金完全移作维持后方外汇市场之用。如可能时，再设法增加其数额，以树立比较强固之外汇平准基金，妥为运用，务须设法扫出因投机等不正当因素所引起之外汇波动。必要时，亦可用以弥后方贸易之入超。

然则，此外汇市场应设于后方何处？昆明地当国际交通之要冲，理应为外汇市场之适当场所。重庆乃行都所在，统制或易执行。两地各具优点，未易遽下论断。倘政府对昆明外汇交易之统制有把握，则此市场似应设于昆明，否则，则以设于重庆为宜也。

从以前之粗略分析，足证后方之外汇市场较易维持，并可根据自我之需要，而作各种必要之自利措施。

然吾人非谓放弃上海外汇公开市场之维持有利而无弊，不过认为其利远胜于其弊也。当然，前方法币之价值与信用或因之而动摇，至少蒙受相当之打击。动摇上海及其附近沦陷区人民对于抗战胜利之信念。然抗战之基础，在后方，在农村，倘后方之外汇市场能维持稳定，未必因大半早已动摇之上海人民之信念动摇而发生若何严重之影响也。至若上海及其附近沦陷区之法币有被伪币代替之危险，亦属无可讳言。倘敌伪禁止法币在沦陷区行使。迟早均为不易挽救之事实。至于伪币能否在上海代替法币，要视伪币本身之对外价值如何而定。纵能代替，亦须经过长久时间。或战争业已结束，而全部代替尚未完成。同时，无论代替与否，我于中日货币战中已转守为攻矣。或疑伪币有流入游击区之危险，是不然，盖游击队之势力殊足禁止伪币之行使也。证以华北之情形而益信。凡此种种皆属细节，未足为放弃上海外汇市场维持后方自主自利外汇市场之害也。质之海内贤达，以为然否？

当前工业建设问题

张景观

工业建设是目前最迫切最重要的工作。抗战需要工业，建国尤需要工业。三年来血的经验，更使大家明了它的重要性。不过我们要知道，西南西北各省素来是工业的荒芜地带。非常时期运输，人力种种条件又都不如平时，因此所谓工业建设，虽然需要急迫，却是在极端困难的环境中，点滴地兴建起来的。现在在这篇文章中，我们将特别提出几个有关工业建设的重要问题，加以讨论，以供大家的参考。

第一是国营工业问题。谈到这个问题，往往有一种见解，以为国营与民营的工业应该划定范围，国营与民营工业的种类应该有明晰的分别。这种观念，实在是不十分健全，而且有害的。就因这种误解，使政府忽略了蕴藏民间的伟大资力，没有注意利用它来帮助树立基本工业。而人民对于规模稍大的工业，亦往往认为系属国营范围，不敢问津；甚至政府奖励提倡者，亦恐将来会收归国营，而不敢贸然从事！实则目前的工业问题，系以增加生产为重心。如果私人有力量可以举办大规模的基本工业，政府不但竭诚欢迎，且当设法协助，绝对没有反为作梗的道理。政府的财力有限，非常时期更感困难，要它来普遍地举办各种大规模工业，事实上是不可能的。而另一方面，我们要知道民间的可用资金非常庞大，只上海一处的游资就有二十万万元之巨，拿这庞大数目的资金，什么钢铁、炼油、酸碱工厂，都可以办成功了。今后朝野都应彻底反省，建立新式工矿业非少数人之责，尤非政府独力所能支撑。铜铁石油虽规定国营，尚有承租的办法，其他未经明文规定的，人民更可放心经营。而政府方面，亦应亟谋利用民资之道。国营事业而有相当发展能获盈余者，不妨试为开放，容纳民资，抽出国家资本，另创新业。未办事业尤应鼓励热心人士共同开创，以收众擎易举之效。总之，国营工业的标准并不是呆板的，国家资本应当灵活地运用，尤以不防碍民间资本发挥力量为第一原则。

　　第二是如何促进工业建设的问题。经济建设，尤其是工业建设的基本条件，是要大多数人明白的意义，而且要大多数人共同努力，才能得到成功的。工业建设得不到多数人的同情了解，是不容易进行的。如果大家以购用洋货为己足，工厂购地遭受障碍，机件运输横被梗阻，地方人士不与合作，或更锡矿垄断包办等美名，工业如何能够建设成功？又即使大家了解工业建设的重要，而仍袖手旁观，无关痛痒，自己的资金只会拿来作现成买卖，那也无由谈工业建设。所以，照笔者看来，工业建设应该是一种运动，应该使大家都能发挥力量，向建立新式工业的共同目标，一致迈进。到这个运动影响大多数人，吸收大部分的人力物力，才有成功的希望。

　　经济建设运动，并不是宣传标语，而以培养良好工业发展环境为首要。必使工业容易生长推进，而后人民才乐于投资，工业才能以加速的步骤往前迈进。我们不能否认政府过去对于这方面已有很大的努力，例如工业奖励条例等等，已经有很好的效果。但过去的设施似乎仍有许多缺点，仍然感觉不够。至少，下述几点是值得我们考虑的：

　　（一）工业资本的源泉问题。中国工业资本短缺，是国人颇为熟悉的一个问题。但尽管大家研究讨论，而几十万万的资金终在港沪倒来倒去，买卖标金外汇，囤积货物，甚而至于外国证券，却是始终流不进中国工业的领域！这儿的毛病非常多，对策自然也不少。但有一点可以立即办理的，便是从健全金融机构上着手。金融机构性质健全，感觉灵敏，一方面足以养成人民的储蓄习惯，以加强资本的供给，另一方面又足刺激需要，便利资金的投放。笔者认为长期工业投资银行，现在应该立即组织运用。因为工业建设是建国工作的核心，而后方适为工业荒芜地带，需要资本的数量非常大，时间还得短，绝非少数个人东拉西扯积集若干股本所能济事的。为应付当前急迫的需要起见，不妨指定一二特权银行，充实其资金以负工业投资之责；同时参用创造信用的方式，筹措投放资本，赶速完成若干必需的基本工业。其他各种银行，政府应该以法律规定工业投资在各该银行投资中的百分数，务必达到集中力量从事工业建设的目的。如果银行认为工业投资的利息薄，可以另图补救的方法。我们必需认清建设工业为国家的中心政策，一切均以促成工业建设为前提，宁可牺牲别一方面来完成工业建设，不能以工业建设来迁就其他方面。至于储蓄银行的加强建立，自属要图，不必在此处多所讨论。

利用外资也是加速中国工业建设的一条捷径。利用外资的方式办法，已经有不少人详细研究，毋庸复述。但笔者认为今后数年将为我国利用外资的一个绝好时机。所谓外资，主要的还是它的机器和工具。这些才是别人多余而为中国所必需的。这回欧战给世界一个绝大的搅动，许多投放他国的英美资本，都因政治关系而从原投放地区撤退，彷徨歧路，栖身无所。这个，不是中国的绝好机会吗。再则，如果欧战告了结束，则战时高度膨胀的工业设备，绝非其平时经济所能容纳的。到那时候，我们何不协助他们解决一部分问题，将它多余的机器材料，移植中国为我开发之用。第一次世界大战的机会，我们已轻易放过；这一次，绝不能因循自误的了。

华侨资本很被大家注意，许多热心侨胞都愿归国投资，而且以侨资开发内地工矿业，最近已有一个例子。华侨资本应当设法利用，是不成问题的。问题在如何使孤悬海外的侨胞资金，能够流到国内，而且系为发展工业之用。侨汇机构已有相当规模，今后自应更加充实，改进组织，尽量运用。不过现在已非资金自由流通的时代，战后各国对金融汇兑更加严密管理。在这个时候，大批资金从国外汇返中国，能否办得到，是颇成问题的。对于这一点，笔者以为侨胞的投资，不妨采用就地或在各该地的宗主国购妥机器材料，然后运回国内的方式。各国对资金外汇虽加限制，对产品的输出大都是欢迎的。侨胞运返国内的不是单纯的资金，而为机器材料，则一方面可免当地政府的干涉，一方面又可确保侨胞辛辛苦苦储蓄得来的资金，确确实实系供工业生产之用。谈到这儿又是一个组织的问题。以这种方式来运用华侨资本，并非各个私营企业自身能力所及，非得政府的帮忙协助不可。政府应该在国外各处设置有效率的代办机关，协助采购机件材料，并代为解决技术上手续上种种问题。这样，所谓利用华侨资本才有着落，而不致空谈高调了。

（二）培养良好工业环境问题。西南西北是中国的落后区域，是工业制品的一个销纳场所，凭藉着抗战建国的机会，它方才脱离了外来货物的压迫，获得了发展工业的希望。但一则因为过去历史上的关系，再则因为本质上有若干缺憾，以致不少企业家对于这个区域的工业投资，抱着徘徊观望的态度。这种态度，是可以原谅的。因为如果战后从下游运来的钢铁五金比在四川境内产生的价格还要低廉，如果战后西南棉纱的生产成本比外来的销售价格高昂数倍，则所谓工业建设，到时不都要停顿崩溃吗！就这一点来说，笔者认为政府对西南西北将来在中国工业上的地位，应该有明确的规定。近年来各国因国防要求，竞用人为的方法，谋经济上的自给自足。西南西北既为我们抗战的根据地，则亦有使这个地区成为某种程度的自给自足单位的必要。只要这个政策确实立定，明白宣告，并且预为种种保护战后后方工业的布置，那末实业家既无后顾之忧，自必放胆投资经营了。这一点我认为关系颇重，事实上的确有许多实业家恐怕战后后方工业无法存在，因而放弃其创业的企图的。

　　正在后方创办和已经成立的工业，尤应极力予以帮助。这些企业家不拿钱来作现成买卖，囤积居奇，已是值得钦佩，而况为国增产。加强抗战力量，更足令人重视。我们即使不能积极地予以援手，也应设法为它解除困难。例如兵险，运输，内汇，外汇等，俱系目前厂方认为颇有困难的问题，需要各方援助的。陆地兵险自是战时的善政。但以后方范围之广，物资厂矿之众，区区一千万元基金，何济于事！基金短缺，自不能在各处同时普遍地迅速推行，而生产事业有投保艰难之苦，保费方面亦蒙受影响，致有高达百分之九强的保率，洵非嫩弱的后方厂矿所能负担。因此，充实基金，减低保费，尽量容纳生产企业投保种种迫切任务，应该时刻在政府考虑之中，也是保险同业所应挺身而起，协力分担的。交通为一切事业的血脉，中国工业发展有赖于交通者尤甚，不但机器工具大都要从海外运来，而且许多高级工业原料亦有赖国外及沿海口岸的供给。然而口岸与内地的交通，现在何等困难！即就内地本身而论，原料，市场与工厂间的运输，亦系重重荆棘，亟待改进，对于这层，交通当局似应不论如何困难，务必指定相当成数的车辆，拨供建厂机料运输之用。内地木船及人力运输则要在健全其组织，提高其效能，尽量设法利用，以补现代运输工具之不足。便利内汇办法早经公布，惟或以口岸头寸不足及其他种种关系，迄未得圆滑施行，须知现在后方兴业者，大部系沪锡一带内移的企业家，这些厂矿与沿海各埠经济上联系密切，而补充工具添购机件，均待取给于口岸市场。设内地与口岸间汇兑留难阻塞，则有碍厂矿建设之推行，已属余事，其影响热心企业家之进取精神，实非计之应得者！所以凡属后方厂矿需要汇至口岸的款项，尽可指定机关审核用途，或由公会等提供保证，但务须充份供给。必须以金融辅助生产建设，不能牺牲生产建设来迁就金融，至于外汇问题，目前黑市外汇价格低落，在黑市中购取英美汇以应机料所需，实非以法币计算的资力薄弱的厂矿所能胜任。重要厂矿必需外购的机料，只要能够提出确实证据，政府就应尽可能的按照法价供给外汇，后方大规模的厂矿寥寥可数，这类厂矿大都有赖取得外汇，订购机件，才能建设起来的。

二十七年底政府订有《非常时期工矿业奖助暂行条例》，翌年又公布奖助审查标准。根据这个条例，实收资本二十万元以上的厂矿便得呈请保息。此外还有补助金，减免出口转口原料各税以及协助运输货款等种种便利。这个条例尚欠完美的地方，便是保息利率太低，不足以达其鼓励生产的美意。现在正值工商业繁荣的时期，利率很高，而保息利率不过实收资本年息五厘债票年息六厘，哪里谈得上给予企业家刺激。据二十七年重庆市营利事业统计，各业纯益与资本的比率，除丝业而外，全都在百分之十以上，有高达百分之一七三者，平均亦为百分之五十四强。固然政府的保息不能与商情相提并论，但保息利率亦不能与实际市场利润相去太远。保息利率还得稍为提高，才有意义，才有实用的价值。

除了保息而外，我以为直接给予厂矿以奖励金，也是一种有效的办法。后方相当规模的厂矿，生产数量合乎标准，工作进度合乎要求，政府可以每年拨给若干奖励金，以示策勉之意，国家财政困难是事实，不过目前后方具有规模的厂矿并不多，只要审核给奖时稍为慎重，我相信这宗款项，不至于成为政府一笔很大的负担的。

以上所谓培养良好的工业环境，不过举其荦荦大者。他如技工的急待大批训练，建厂材料的筹划供应等，都是后方工业建设的必要条件，需要当局和各界热心人士协力改进的。

（三）资金与技术的结合问题。现在有一个很矛盾的现象，便是一面有钱有热心的人想投资工矿业而不得其途径，一面有技术的人想从事实际生产工作而获不到资本，资金与技术的脱节，是目前颇为严重的事实，也是经济建设运动中亟待改正的。对于这层，政府可以负大部分的责任，因为政府的消息最灵通，国家的需要亦知之最切。只要政府肯出来调整，一定能够收获很大的效果，我们认为政府应该立即就后方各种资源，聘请专家拟具详细可行的方案，公开待致人民投资，如果投资者缺乏企业的经验，政府并应代为罗致人才，负推进业务之责。甚而至于采用信托的方式代为全权投资经营，亦无不可。这样，国内游资以及华侨资本方能获得便捷可靠的投资途径，技术人才亦得而从事实际工作了。

　　上面是个人对于当前工业建设的几点观察。工业建设的问题非常繁复，基本政策固应确立，建设进程中发生的种种问题，也需要不断的研讨和改进。只有时时认清问题，寻求解决的方案，才能够收到实际的效果，才能够顺利地推进。

农家费用的分析

费孝通

一、禄村的材料

我在禄村曾想调查农家日常费用的账目,但是村子里没有一家是记日用账的。既没有现存的材料,又不能代他们记上一年的账目,所以只挑了五家和我最熟悉的朋友,一次一次的谈话中,记下他过去一年各项支出的约数。凡是自给的部分又依市价合作现金数目加入约数中。计算的结果各项占全支出的百分数如下:

项目	甲家(地主)	乙家(地主)	丙家(佃户)	丁(雇工)	戊(储工)
食	二五·〇	四三·〇	三二·七	五四·四	六七·七
衣	八·〇	一一·七	四·六	二·四	二·七
住及燃料	一〇·〇	九·〇	四·八	二·四	二·七
娱乐	二·三	四·五	三	〇	〇
社交	三·一	五·一	〇·八	〇	〇
宗教	〇·七	二·〇	〇·一	〇·三	〇
医药	一·二	二·〇	〇·二	〇	〇
学费	二八·〇	〇	〇	〇	〇
捐税	四·〇	四·三	三·三	一四·八	一〇·五
农田经营(包括租金)	一六·九	一八·四	五三·二	二·二	一·七
二十七年全部支出(单位国币元)	四一九	二九一	三六一	五八	八二

根据各项百分比的差异来推定生活程度的高低就是著名的 Engel 的定律。我们在分析农家费用时不妨利用上述的材料来把它校核一下。

二、Engel的定律

Engel 是德国人，生于一八二一年，死于一八九六年，曾做过柏林的统计局局长，根据他多年对于费用统计的结果，作了下列简明的结论，后来就被称为 Engel 的定律。

一、收入增加则食的一项支出所占全部支出的比例将见降低。

二、衣的一项支出所占全部支出的比例不因收入的增加而变动。

三、住及燃料的一项支出所占全部支出的比例不因收入的增加变动。

四、其他的支出所占全部支出的比例将因收入的增加而提高。

Engel 的结论，固然是根据统计，但是这些结论中，我们可以看出隐藏着的经济原则，就是：人生各种需要的伸缩性有程度上的不同。一个人食料的消费，伸缩性很少，不论你的收入有多少，每日在食的一项上的支出，并不能有很大的差别。因之，一个人的收入若增加了，他多得的收入并不会多花在食上边。结果使食的一项支出在全部支出中的比例因收入增加而降低了。衣和住比食的伸缩性为大，但是比其他的支出的伸缩性为小。依 Engel 的结论，刚是和收入作正比例的增加，所以它们在全部支出中的比例是不因收入变动而变动。"其他"一项中包括得很广，好像教育，医药，卫生，娱乐社交等都在其内。这些项目不像衣食住那样与生活有密切的关系。有之固然生活可以丰富得多，但是失之也并不见得会使人立刻活不下去，而且在这些项目中所费的钱是没有底的，有多少可以花多少。没有钱的少花些，有钱的多花些，因之，它占全部支出的比例将因收入的增加而提高。

这些定律对于研究社会经济的人极有用处，因为我们可以从一家各项支出的比例中看出这家收入的情形，断定他生活程度的高低。譬如有一家食的一项支出占全支出百分之七十而另一家只占百分之四十，则我们不必再问其他即可断定前者的生活程度较后者为低了。

可是，我们若依此定律来看禄村的材料，各家生活程度高低的次序应该是这样：甲，丙，乙，丁，戊。收入愈多则在食的一项中所花的百分比愈少。可是衣，娱乐，社交医药等项乙家的百分比却最高，和 Engel 的定律不相合了。为什么原因呢？

三、动态的看法

　　Engel定律所要说明的其实并不是收入变动对于生活各项的差别影响，而是根据收入不同人家的日用账来说明收入分配不同中各家支配其收入于各项生活需要的差异，换一句话，他是从静态来分，而不是从动态来分析的。因之，他的定律在一个经济变动得较小的社会中是正确的，可是在一个财富方在重行分配的社会中，他的定律就不能呆板的应用了。

　　假定有一家极穷苦了的人家，每天只能在半饥饿的状态中过生活（这种人家农村中并不少）。他要是得到了新的工作，收入增加了一些。他第一要改善的是他的食的一项。Engel 所研究的对象是饥饿线上的德意志人民，自然会觉得食的伸缩性是很少的。可是在饥饿线之下的农民这种见解是不正确的。禄村材料中丁家戊家都是卖工的穷户。以收入讲戊家略多，而他在食上所花的百分比却比丁家为高这正告诉我们他们是在饥饿线上下挣扎的人们。

　　假定这种苦人家，家运日臻好境，收入又增加了一些，他们在饱食之后，可以想到暖衣之道，下雨漏水的房屋也得想法修理一下，在这期间住两项会跟着收入增加作比例的提高，譬如一九二三年印度 Bombay 劳工局所调查工人家庭支出的结果就发现衣的一项支出在全部支出中的比例是跟着收入的增加而提高的。这现象又见于刘大钧先生在一九三八年浙江吴兴的调查和杨西孟先生在一九二八年上海纱厂工人的调查。在禄村我们看见乙家在这些项目的百分比特别高。这是表明这辈人家刚爬出了饥饿线，但是基本的生活项目还没有补充就绪，没有余力来在"其他"项目上花钱。

　　在这里还可以提到的就是我们要了解一家的支出如何分配，不但要顾到他们经济的一般地位，而且还要看他所处社会所维持的风尚。Engel 包括在"其他"项下的社交，娱乐等在我们中国很可能是寓之于衣食的。也许 Engel 所生长的德国没有过在食衣上发达的艺术，所以使他不发生这问题。烹饪技术发达的我国，一餐可费千金，大观园里吃一只茄子，要配上十几只鸡，非但吓坏了刘姥姥，也许 Engel 见了也不知如何说法。食衣住从实用进入艺术的阶段后，它们的伸缩性也不一定和Engel所想象那样低的了，到将来世界上的财富不在炮弹上消耗而消耗在人民的生活中时，也许衣食住各项的支出在全部支出中的百分比和收入亦步亦趋的增加起来。当我们要应用Engel定律时，不应忘记它不过是在一定的文化背景中所发生的现象罢了。

四、"其他"项目中的固执部分

应用Engel定律来分析我国农民生计还有一个困难就是他所列的项目太少，在"其他"一项中所包括的项目太多。这些项目的性质也有绝不同者。最显著的是经营生产的费用。在都市家庭中不会发生这项支出，因为工厂公司的兴起已使家庭成了消费单位，但是在农村中家庭依旧是生产单位。经营生产的费用常是一家支出的重要部分，而且，除了根本放弃经营农田外，每年在农田上投资的数目是差不多有一定的，不易有很大的变动。换一句话说这项支出的数目是跟经营农田面积而决定的，并不跟着收入的高低而升降。

经营农田面积大的收入不一定是高的，为在农村中有租佃制度。一个佃户经营着很大面积的农田，可是一纳了租了，所得就不及经营一半面积的地主了。若是我们把租金也算作一项"其他"的支出，不在收入中预先除去，则生产费用固然是和收入成了正比例，但这笔租金的支出在全部支出中的比例却没有和收入一定的比例了。

在佃户的支出中多这租金一项，使Engel定律完全不易适用，因为租金的伸缩性比食料的伸缩性更小。在农村中住过的全会知道他们如何在食料上打算来节省费用。以云南的农村来说，普通人家一天吃两餐。但在有做工的日子，却不能不吃三餐。在禄村我还看见卖工的穷户在冬天没有米吃，只吃玉蜀黍做的粑粑，收入的增加很容易影响到食项的支出，这是和Engel定律已不太相合了。食项可以伸缩而租金却不然。不付租金被视为犯法的行女都有被绑的危险。这比天天挨一点饿，或是吃得坏一些更难受。于是若把租金列入"其他"项下，则这项的伸缩性大见减少，而且可把食项在Engel定律中的地位取而代之了。

以禄村的材料来说：农田经营费用在甲家只占百分之一六·九，乙家占百分之一八·四，丙家占百分之五三·二，丙家是佃户，每年有大宗的租金支出，把他一家大部分的收入都吸收在生产经营中，食料的百分比因之跌落，剩了二二·七，这显然的不能成为生活程度较高的标记。我是熟悉丙家的情形的，在任何一项上他都跟不上乙家，虽则乙家食项占了全部支出的百分之四三。Engel定律在这里大大的碰了壁了。

这并不是说Engel定律是错误了。只是说Engel定律可以应用的范围又有一个限制，就是相比较的必须是性质相似的经济单位。地主和佃户在农村经济结构中所处地位不同，所以不应相提并论。在地主和地主之间，或是佃户和佃户之间Engel定律还是有相当的正确性。

青草坝
——记某一天重庆的轰炸（重庆通讯）

曹　卣

我不知道怎样记述当时的心境才好。总之，我在一片竹林里卧下，有两声尖啸从头上驰过，就坠到江心里去了。高射炮打得很激烈，开着黑色的花朵，使人特别感动而兴奋的花朵。这和我前一天的遭遇完全不一样，那时敌机飞得很低，受惊的鸭子聒噪着，有十几只狗喑喑的四散开，在江岸沙滩上逃走。

我惭愧我也怀着一颗逃走的心。

今天我看到被高射炮弹所逼逐的敌机了，第一批二十七架，第二批又二十七架，绝对少数的中国飞机，勇敢地，机警地，由南岸飞过江北来。高射炮声，炸弹声，机关枪声……我们为正义的战争在天空上。

一点钟之后，回到船上，知道江里落过两枚大概是烧夷弹之类的东西。鱼讯来了，所有避警报的船只开始往重庆开回，大船的无线电室得到解除的警报之后，长长的拉一声汽笛，然后开始拔锚，一群小火轮簇拥着而且呐喊着跟上去。再后随着沙船，渔船，小帆船。

江北又遭炸了，和昨天一样。

重庆市里有两处吐出火焰的舌头来。这山城可以看做一只烟囱，而且是通风极好的烟囱，风过处火势愈烧愈猛，沿着山坡爬上去。江中小火轮上的乘客开始挤到船左舷去观看那被焚的地方。

"是小梁子！唠！那边边上不是座黑洋房，叫做红十字会的戈，唉！小带子烧了嘞！"

说话人的观察在事后证明并不错。他的惊讶与慨叹立刻吸引过去很多人的注意，大家纷纷挤到船左边去"证实"。船右的煤舱因为逃一次警报，多跑了二十里路光景，内里虚空了起来，于是稳不住平衡，船身倾侧了过去，如果继续再有人跑过去的话，重心就犯容易越过定倾中心，船说不定就会沉下去。

警醒的人喝喊着。

等船稳定之后，打了个回旋开到梁沱里。

我们看到两条被烧的船，一条是囤船，锅炉都暴露出来，烟囱虽然失去了支持物，但仍硬朗朗的立着。另一只船首沉进水底，尾巴挣扎着。

驳船上的水手立在船尾把消息播扬出来：

"××船上大头脑的堂客硬是把脸粘炸半边来，破片有好凶呀！炸穿三重厚帆布，又炸到得脸上……"

我们事后听到"平民村"炸了，炸坍一座防空壕。死了二十多个无辜的平民，老的，小的，壮年的。

傍晚，非常炽热的傍晚，离开解除警报已经有三小时了。青草坝的沙坪上拖着行人的行列，人们牵着猪子和一些随身的财物疏散到乡下去。

往常这里有两排茅屋的，一个烧夷弹变得落魄了，但是残毁的墙垣还非常坚强的矗立着。一个小理发店的两只大玻璃镜还没震坏，但是竹篾墙上已经没有敷土。望出去，人家的搓绳车还在辘辘的摇着。就在这附近落了一枚燃烧弹，溅出一大片绿药粉，将沙土改了颜色。

过去一段路到那两条船遭炸的地方，几个水手正买了蓝布来装殓同伴的尸身。忙着，出着汗，合着泪，焚烧着几页纸钱。

第二个燃烧弹依然落在路的中央，绿色粉末散布得很远，在弹穴里溅满了稀饭。对面的一家饭店牺牲了瓦缸，门窗，和所有的桌椅凳子，但是主人还在幽暗的黄昏里匆匆的整理着。

到处放着零零落落的棺柩。到处是纸钱的余烬，风飘着纸钱灰。

一个防护团的兵士殉职了，血流得太多，以致皮肤发着灰绿而身体干瘪，其实他的伤处在脚上，弹片削掉他上半只脚。

尸体似乎渐渐多了，地上错落着八九具柩木。这上面是一个位置很高的桥，桥孔因中弹而将要倒坍下来。有一条极窄的溪流到江里去，红的溪！血的溪！殷红的流着。已经下午七点钟了，它从两点四十分才被炸过的时候开始流，流！

血溪的一边，倒坍的屋基上坐着一个老太婆，她仍然很镇静的为她的小孙儿搔痒：

"硬是造孽悠，日本鬼！有多大的仇吗？"

我看到一个年青的乡下人在咒骂汪精卫，今天敌机投下许多"小申报"，于是大家都清楚这次又是汪精卫的毒手，报纸上登载那叛贼的像，拿着一面"和平建国"的旗子，而且还弄了一群小孩子扑上去抢那面旗子。——可怜的孩子们！

"汪精卫哟！我逮到你不把你咬死了不舒服！"那青年人咬着牙把报纸再翻转过来，这上面记载着汪逆已到汉口，并且有一万多中国人迎接他，听他如何出卖祖宗的谬论。

小申报另一只角落上是"桃色新闻栏"，胭脂，大腿。这样，报纸就在那青年人手中被团皱，扯掉。

小申报以外还有一种彩色的宣传画，你会疑心是锡箔外纸上的画，中间是根黄色带，印着："何去何从？"于是把画分为上下两部分，上面绘着轰炸上正在燃烧着的城市，写着："抗战区域的悲惨结果"；下面的一幅是表示"和平"的都市，中间有一条马路，道右有人行道和公园椅，更右是楼房，道左是一条河，正驶着两条船，分插中国和敌人的国旗，横过马路中央的牌，上写着："实现和平为求人民安居乐业"，绘画技术的拙劣与丑恶，正和那宣传的内容一样。

可惜中国人不是容易受骗的民族，轰炸吧！我们等候着你，用高射炮和英勇的空军在等候着你！

血债必得抵偿。死的人睁大着眼睛。他的家属睁大着眼睛，而且是带着血丝的眼睛。深渊似的仇，海似的仇，血的仇！

我听到溪流的汩汩的流着，我仿佛在黑暗里也看得到那种污红色在流着，流着。

搓绳车在辘辘的摇着。卖饮料的把他震破的家俱又搬到路边开晚市了。猪仔们滚了一身绿色粉，一身烈性的爆发后的火药，在小路上跑着，人们赶着它们，疏散到乡下去。

在明天我们将死亡较少数的人，后天会死亡更少数的人。轰炸吧！散发那些可怜可笑的传单吧！可是在炸坍的和完好的人家门上，都贴着端阳节留下的腥红的"新钟馗图",祛妖！杀倭！

记住那黄昏溪水里流着的是中国人的血。夜晚十点钟了,记着,在黑暗边溪水中依然流着中国人的血！记着他,直到永远！

（注：青草坝是重庆江北的一个小镇,和重庆隔一条嘉陵江。）

本期撰者：

在中日战争已经转入经济战（封锁与反封锁）阶段的今日,我们需要什么外汇政策？我们需要什么工业政策？这两个问题在宁嘉风,张景观两先生的文章中都有相当的解答。宁先生是国民经济研究所的研究员,对中国金融有过精细的研究。张先生现在重庆某工矿行政机关内服务,对战时工作有相当的实际经验。潘光旦,费孝通两先生常在本刊有文章发表。

本刊最近决定多刊各地的通讯。这些通讯有时叙述当地的一般情形,有时叙述当地最近发生的一些事故。本期刊出曹卣先生的重庆通讯。曹先生用生动的文笔,叙述最近重庆某一次大轰炸的情形,实值得特别介绍。

第四卷第七期（1940年8月18日）

这一周

"八一三"战役，在我是自卫成功的发转。这是"八一三"三周年纪念日蒋委员长告沦陷区同胞文的一句话。这话有深切的意义。这次中日战争的发端，仿佛是民国二十六年七月七日。其实不然。"七七"卢沟桥事变，实际是日寇试探中国抗战决心的事件。从"九一八"起，中国政府及人民都抱定忍辱负重决心，以求用和平方式解决中日问题。所谓"和平不到绝望时期，不放弃和平"。惟其如此，日寇就得寸进尺，愈逼愈紧。日寇认我国的"忍辱"为永远的屈辱。认我国永无抗战决心与勇气。"七七"卢沟桥事变，在日寇看来，以为是热河事变，冀东事变的重演，日寇的侵略又可推进一步。事实亦的确如此，倘卢沟桥事变，不演成日寇的侵占平津，则中国抗战或相当拖延亦实可能。平津失陷以后，在中国的确已到了最后关头。中国对倭抗战于焉决定。"八一三"上海战事因以发动。后世史家的确应以"八一三"为中日抗日战争的发轫日。"八一三"这日期，在中国民族复兴史上，的确比"九一八"及"七七"更重要。"八一三"这日期是中国国耻的结束，是中华民族独立自由的发轫！

英国已决定撤退平津沪各地驻军。英国撤军的用意何在，我们不得而知。依我们的推测，英方用意，不外下列三者之一：（一）对日作进一步的屈服，以求和缓日寇反英；（二）英国日前对德意作战，须抽调此间军队，以增强他处防卫；（三）英国为强硬对倭的万一准备，故不愿孤军深陷重围。英方用意，三者之中，究属哪一项，各方都在揣测中，都无从推断。惟目前有一点我们可以深信，则英国撤军一层，绝不足以影响远东大局，更不足以影响中国抗战前途。事到今日，真正决定远东命运者，乃中日战争的胜负。在决定中日战争胜负上，英法力量，今日已可置诸问题之外。故英国驻军撤退与否，直可认与远东局面无关。英国撤军，在英国姑无论其用意何在，中国可不加以重视。同时，英国撤军，亦未必即是日寇取得平津沪权益的证实。区区少数英国驻军，在英国方面亦不过租借地装饰品而已。日寇对英之顾虑，当然亦不在此少数驻军。故今后英国在平津沪权益之如何转变，还视英国远东政策为转移！还视欧美各国之远东政策为转移！

行政院于本月十三日举行四七七次会议，决定防止走私并取缔囤积居奇。是善政也。这在当前国计民生上，的确是重要设施。话又说回头来。政府防止走私与取缔囤积的决议与法令，这固不是第一次。但走私者自走私；囤积者自囤积。岂止如此，恶风且与日俱增，与时俱涨。原因亦实简单。中国今日最大罪恶，即在官商不分，做官与发财，合为一事。在今日中国，商人做官，固不妨害其商业；官人经商，亦不妨害其官运，两事且相辅而行，相得益彰，因以造成官商合一的局面。实例不必备举，亦不便列举，更举不胜举。走私与囤积，需要两个条件：（一）资本；（二）势力。官商合一，则两条件同时具备。彼既有势力有资本而为官商合一之人物，彼即可取得超越法令禁令以上之地位。因此，走私自走私，囤积自囤积。此今日之真象也。故今日防止走私，取缔囤积的唯一有效方案，还只有整肃官纪，澄清吏治的办法。此事且须从严惩大官着手。政府倘真能将举国注目的走私囤积之巨奸大恶，严惩一二，风气必大有转移。最高从政当局，其有意欤？

国民党中央党部增设妇女部，这是七中全会的决议案。妇女部部长人选，目前又成为全国注目的事情。妇女部虽是党部中的机构，国民党既站在中国领导地位，则妇女部当然亦是全国二万万以上妇女的领导机构。而妇女部部长，即为二万万以上妇女的领导人物，绝无问题。妇女部部长人选重要，于此可见。依我们的见解，妇女部部长人选，必具备这几种条件：（一）在社会事业上或妇女运动上成绩可考；（二）对中国妇女各种革新事项，真能躬行实践；（三）有崇高的人格与现代的知识，而为国中妇女一致所敬佩。我们凭什么提出这些条件来？老实说，中国今日仍未脱"妻以夫贵"的社会。中国目前妇女们一有举动，若慈善救济及其他社会事业，其出名领袖人物，尽是达官贵人的太太夫人。所谓太太夫人者，不但对所领导之事件无了解，无兴趣，甚至其行动与所提倡者相矛盾。其本人可以口红指膏，其演讲却可新生活节约。此种矛盾，使中国妇女运动成为滑稽戏。影响妇运前途，实非浅鲜。必打破"妻以夫贵"的传统观念，而后中国妇运始有前途。而后中国妇女才有独立自尊的人格。目前社会妇女们正在纷纷讨论妇女部部长人选这问题，谨以此项意见贡献。国中妇女们其以为然欤！

"八一四"是中国的空军纪念节。这是纪念二十六年八月十四日我空军在杭州笕桥击败日寇空军的胜利。这个纪念节的重要，在追念过去，更在振奋将来。三年抗战，我国空军对国家对民族的功绩甚大，这是事实。我国空军发达较日寇空军更晚。战事发动时，我空军数量亦远不及日寇。我空军毕竟以寡胜众，以少胜多，我空军这种光荣成绩，令国人欣慰，令全国人敬佩，这是八一四值得纪念之点。这只是追念过去而已。人类历史，每一新武器发现，则社会旧居面必生一次变动。国际间谁擅长此项新武器者，谁即可以取得优胜，保持生存。空军之应用，使现代国际战争，与以往一切战事改观。在最近将来之相当时期中，某一国有精纯的空军，某一国即站在优胜盛强的地位。这是我们在空军纪念节应警惕奋发之点。我国空军在三年抗战中，既有如此光荣伟大成绩，从此再努力求进，则前途当无限量。愿国人与空军将士共勉焉！

国民党与共产党的团结，最近有新的进展，这真是全国国民极可欣慰的消息。抗战三年来，中国整个民族，已经团结一致，那是事实。党派间偶然有细小不幸事件发生，有细小磨擦，亦系事实。这种事实，亦不必隐讳。据深悉政治内幕者传言，最近此一切细小磨擦，已有了各方满意的解决。其实在此国难期中，国人无论在台与在野，只要抱定"公忠体国"四字，即可将一切个人间及团体间之磨擦，无形泯灭。民主国家的政党，主要作用，在夺取政权。皮之不存，毛将安附？国家不存，政权何有？看到此点，则今日中国各党各派间无不可解决的问题。国共两党团结上有新的进展，这证明双方都能"公忠体国"。国人对两党领导人物，同深敬佩。精神团结增进一步，即抗战胜利接近一步。这的确是国家大可欣慰的消息！

最近政府规定以发展驿运为今后党政中心工作之一。为着应付敌人的封锁政策，为着解决我们汽油的困难，驿运制度的确是一种良好的办法。但在实行的时候，应该特别注意防止各种可能的弊病。现在所定的驿运制度，是一种强迫服役的制度。根据以往的经验，因为保甲制度的不健全，征工常常会有不公平的事情发生。现在政府已经有防止这些不公平的办法没有？又以往对服工役的人所给的报酬，往往不能到服工役者的手上，而为地方官吏所中饱，现在政府有补救的办法没有？对于这些问题，我们盼望政府能有整个的计划。至于一般的民众，则应各尽所能，使驿运制度能够顺利推进。因为驿运制度的成功，就可以减少敌人对我经济封锁的力量，增加我国抗战的力量，所以每个人都有尽力的责任。

财政部在本月七日所公布的《非常时期管理银行暂行办法》，最近各报已经刊载全文。该办法最重要的规定，是限制银行直接囤积货物或间接借款给商人去做囤积居奇的活动。违反规定时得"处以所营业务金额百分之五十以下之罚款"。我们认为财部这种规定是适当的而且必要的。抗战以来，不少的银行用囤积货物和外汇投机的方法来获得巨额利润，这已是人所尽知的事实。在这国家民族正作生死存亡的斗争的时期，我们的银行界中竟有大发"国难财"者，这不独是中国银行界的耻辱，也是中华民族的污点。现在政府对囤积货物已加以干涉，但能否再进一步去禁止外汇的投机？当然，政府如要禁止银行界去做囤积货物和外汇投机等业务，则政府人员便应先行以身作则。这点我们又能否办到呢？

自滇越滇缅两路交通停止军用品运输后，汽油价格，突飞猛涨，但各都市如昆明，重庆，成都等地之公私汽车，依然丛集道途。国家对此项输入汽油，存储多少，事关军事秘密，我们不愿过问。但无论如何，今后输入量渐渐减少，乃不可避免的事实。此种军事上必需资源，时至今日，国民凡有爱国心者，即应努力节省，以济需用。私人任意消耗汽油，在此今日，不止过分奢侈，且系减少抗战力量，当局实应急谋有效方法加以取缔与惩治。愿当局不以事件过小，加以忽视为幸！

国防建设的中心纲领

吴之椿

一国的人力，资源在任何时期内不是无限的。近代的国家在这两方面增加很快，但在某一时期之内，人口与财富的总额只有那些，不会超出那个限度。中国是一穷国，财富远不及许多的工业国家；就大体而言，工业没有成立，天然资源已探明与开发的居极少数。这个基本事实当然会给中国将来的建设以重大的影响。中国之不能举行全盘的建设，不应该提出百废俱举的口号，就是受了这个基本事实的限制。一个国家要想以有限的人力与资源做无限的建设，是不量力与违反常识。昔贤说齐家治国有一贯的道理，如果家政仅是百年大计，而忽略明日之柴米，仅是百废俱举而不辨轻重缓急，这家政必是漫无目标与系统的，未有能持久的。然而一谈到国政，人们偏偏忽略这个常识。家政与国政在建设方面，应无歧异之处，而必欲歧异之，毋乃可怪。中国今日之建设，言其缓急莫急于国防，言其轻重亦莫重于国防；吾人应该确实估清自己的力量，集中用之于国防的建设，然后才有任何效果可言。

一国在一个时代的工作尽管有多端，但其中必有一件是其中心工作，在其国运上综缩全局的枢纽。这件中心工作认清了，全局皆醒；这件中心工作做到了，全局皆生；这件中心工作失败了，全局皆非。执政的人抓住这个枢纽，政治才能着手；民众了解这个枢纽，才有政治可言。在各国的历史中可以援出许多的例子，最显著的例子无过于德国的近代史。在十九世纪中德国的人民曾想做到两件工作，一是政治的自由，二是民族的统一。大体言之，第一件工作是在十九世纪前半期失败了；第二件工作是在十九世纪后半期完成了。耶拿Jana之战的时代，是两件工作思想上的分野；在耶拿前后谢世的思想家，是属于主张建设政治自由的人；他们的眼光是世界的，目标是理想的。直到一八四八年宪政运动失败，政治自由的运动也就算是结束。在耶拿以后得势的思想家是属于主张民族统一的人，他们的眼光是比较狭义的，国家的，目标是现实的。他们的思想可以概括在特莱西克Treitscbke一句话里面，"一切真正的伟大，无不以民族为其基础"。自此以后政治自由的运动逐渐被民族统一的运动取其地位而代之；德国的改造因为放弃了遥远飘渺的理想，握住现实，缩短时间，缩近目标，一步步踏入成功的境地。及到俾士麦，世界最大的现实主义者之登台，以超越之手腕，于十年之间（一八六二至一八七一）将德国的民族统一的大业一气呵成。这段历史，可谓充分证明时间性在建国事业上的绝对重要。最近的历史如列宁之于苏联，凯末尔之于土耳其，皆是如此。中国今后政治建设的中心枢纽就是国防建设，国防建设如想成功，其完成所需之时间不能太长。

国家建设之成功者类皆及时而成，及身而成；如果标的复杂，时期遥远，数易其人，必致困难丛生，久而无功。此中原因，实极明显。特每不为人所注意。大抵各时代有其当时人物与环境的因素；这些因素甚少固定而常在变动，或剧烈变动之中。人物有新旧，政治有泰否，外交有顺逆，经济有进退；此种因素可能之变迁，二三十年有如隔世，试以一九一八至一九四〇相比，尤为显然。国家之建设必凭藉此种种因素，而几乎不能于此外另有凭藉。一经握住问题之中心枢纽，必须迅赴事功，赶速完成。其完成所需之时间愈短，则所受时代变迁之影响愈少，而其成功之希望亦愈大。此种经验在外交上之变化及其影响，最易证明。加富尔谓意大利的统一，其外交政策之成败系乎法国之意向，尤系乎法皇拿破仑三世之一人；故法皇进兵而意大利中心北部之统一告成，法皇停兵议和而其未竟之统一事业遂一时停顿。一国之政策如有所赖于邻邦政府之同情与援助者，则每当邻邦发生重大变动亦不得不受重大影响。如欲避免此种牵连，只有赶速完成自国之事业。加富尔本身之功业告成于十年，意大利全部统一事业告成于二十年；吾人研究历史对于此种时间性的观点，似乎未与以应得之注意。足以影响事业成败的变迁，在外交方面最容易看出，但自然不限于外交方面，其他方面的如经济，教育，科学知识与技术等等，在现代的情况之下，经过时间越久，变动越大；所以一件事业的完成期限拖延越久，所受外界变动的牵连的危险也越大，成功的希望也越小。国家的建设就是同一个道理；在相当限度之内我们可以说，国家建设之成败是与其速度及期限成反比例的。

我们试持此观点而论中国近几十年来的建设，可以得到一些切身的教训。中国近三十年来的建设，无论在内政，外交，教育，交通各方面，极尽困顿，挫折，颠沛流离之致，走上了循环式的迷途；每经一次挫折，困难较前增加。此中原因固然不止一端，但亦可尽归罪于时代不好，机会不来。事实上，叹时代不好的，多半由于自己辜负了时代；叹机会不来的，多半由自己错过了机会。循环挫折的一个主要原因，是由于主持建设的人未曾把握住时间性对于建设成功的绝对重要，不能于相当短期之内将事业猛力推进，一气呵成，以致演成后来的时移境迁再竭二衰，终归失败的结果。他们每定一次计划，完成的期限少则十年，多则二十年或更久；执行起来又复因循拖延，枝节横生，从无以巨大之魄力谋事业之如期观成。至今日中国在各方面尚有若干之成就，不能不归功于苦节之士，坚强努力。但以整个民族之工作，三十年后仅有如许之成就，甚叹事功之不相称，劳力与结果之悬殊。吾人固应有不畏挫折的精神，吾人尤应提防事业因环境变迁而流产，与由积习相沿而养成的凡百事业的流产性；而缩短完成的时间是一个必要的方法。中国的建设事业凡是以十年或二十年为期的，无一成功；及至后来将同一事业的时间缩短为三五年，反而成功。以言内政，一九〇六年清廷立宪的主张期以十年或十年以后实现；结果宪政未立，清廷已亡。以言教育，中国之普及义务教育计划，至少先后两次以二十年为廓清文盲普及教育之期，结果毫无任何实效；其后又将二十年缩短为十年，但行之未及三年遭逢抗战军事影响，遂发生停顿挫折之现象。近来有数省区秉承中央所指示之方针，认清普及义务教育确为抗战建国所必不可缺之基础，先后拟具实施计划；大体上其时期远较以前者为短，故其成功之望亦应远较以往者为大。如四川省所拟之计划，原以五年为期，但经中央缩短为三年；吾人认为此种修正最为扼要，给予四川省普及义教之成功以甚大之保障。其他之事例不胜枚举，如粤汉铁路，如禁烟等等，皆扰攘数十年未能成功，但一经将限期缩短，则一切皆能如期完成；粤汉路卒于抗战以前以最短时期全线畅通，禁烟则于六年之内依限完成，一向似乎普遍流行着一种错觉，就是中国是一个老国与穷国，所以别国的建设可以快，中国的建设只有慢慢的进行才有办法，才免得牵动古旧的栋梁以致房屋倒塌才免得破坏老社会的安宁秩序。这种错觉是一个心理上的绝大的错误，无形中构成了"人一能之己百之，人十能之己千之"一类的低能心理。这种错觉，一部分由于人类共同的惰性，一部分由于一种错误的假定，以为地同此人，人同此心，心同此理，只须持以有恒，假以时日，事必有成。然而时代一变，人物一变，问题一变，兴趣一变，纵能勉强竭蹶支持，其事业或已失去本来之面目与精神，如禁烟之变为变相的卖烟，皆是。近五六年以来种种的事实，证明中国，在已经着手的几件事业上，不但能够建设得与别国一样的好，并且也能与别国一样的快；自馁的风气渐渐改为自信，并且这种自信日益扩大与坚强。树立这种自信的一个绝大助力，就是近几年来建设事业，完成的期限一体是短，所以终能如期完成。根据中国的环境，针对中国的需要，凭藉中国自己的建设经验，再回想过去建设上循环挫折的历史，我们觉得尤其是在中国，任何建设无论大小，如要保障能够成功，必须将完成的期限缩短，大致三五年应该是相当充裕的时间了。如果进而观察国家的处境的艰危，与世界形势的险恶，我们所求的是喘息的机会，所争的是一瞬的时间，深信中国已无安详阔步的余地，而必须于最短的时期以内完成国防的建设。

中国今后只有两条路可供选择，一是建设独立雄厚的国防，一是取得外交上的均势以代替国防，别无第三条路可走。第二条路中国走过了，结果惨败，别国也走过了，如比利时，捷克，结果也惨败；所以中国现在只剩下一条可走的路，就是将国防赶快建设起来。国防一向有广狭两义；整军经武是狭义的国防；广义的国防就很难明定界限，可以说无一件遥远平凡之事不与之有一些关系。中国今日仅是整军经武必然不够，狭义的国防只是国防之一部；广义的国防又嫌内容太泛，标的散漫，也不适用。中国今日所需的国防是介乎广狭二义之间，应该包括政治，军事，外交，农业，工业，金融，交通，教育，卫生各部门的事业在内；其一贯的精神在于创造，整理，指导全国的人力物资于一定期限之内达到克敌制胜的目的。因此，其范围虽相对的广，其目的必须绝对的专。教育必须是国防的教育，外交必须是国防的外交，经济必须是国防的经济，整个的政府亦必须是国防的政府。全国的人民也必须借着有计划的宣传，将国防的精神普遍灌输，使他们的生活与活动与国防建设相配合。完成这一件伟大的事业所应具备的条件千头万绪，非片言所得而尽，但我拟于此种种条件之中提出一件来讨论，就是国防建设应有中心纲领。

中心纲领的最大作用是在订定标准以支配全部的国防建设。此种标准之举例，如某种事业之当兴办，或停止，各部门事业之比较缓急，兴办之次第先后，经费支配之多寡，完成限期之迟早，皆须依据所订定的标准才能决定。此其一。中心纲领应注意各部门事业之联系，如工业与农业，学校与工厂，使各部门尽其在全部建设中所应尽之机能，其全部建设亦因各部门有此密切联系而成为有系统有组织的个体；其全部建设的目标亦借此中心纲领而明确无讹的显出而专一，此目标即是国防，此其二。中心纲领可以防止人力与财力的滥费。滥费之道不止一端，虚掷公私款项人力，固为滥费，其弊易见而防止亦易。明为有益之事业，但因与目标无关或甚少关系，以致急需之公私财力人力移用于虽有益而不急需之事，此种滥费数量甚大而防止亦不易。惟有订定中心纲领之后，才能树立一种缓急的标准，使不急需之事业缓办或废止。因为有中心纲领所订定的标准，所以中央与地方当局或私人团体每当兴办一种事业，就很容易的决定其应否兴办。因此，中心纲领应该严行规定在此纲领有效期间，纲领以外的一切事业概不得举办，以收集中公私人力财力之效而免滥费。此其三。以上三端为中心纲领之重要作用；中国之国防建设一经详密规划，订定中心纲领，再进而严格施行，依限完成，则所获之结果，不但是各部门事业之个别成绩，并且于此个别成绩之外，之上，实现一整个的意义与目标，就是国防与民族的生存。

　　中国兴办建设事业为时不可谓不久，但有一大毛病，即有建设事业而无支配建设事业之中心纲领，且亦从未以国防为纲领之计划。甲午以后辛亥以前之建设，极为凌乱浮泛，东建一局，西设一厂；甚或设厂前后之需要亦不复计及，充分表现初期的幼稚病。但其对于倡导与宣传，要亦有甚大之功用。辛亥以后国人对于建设，眼光放宽，认识加深，感觉应从根本入手，力戒浮泛而忌近功，此可于此时期教育事业之发展见之，为中国建设在思想上之一大进步。国民政府奠都南京以后，因政府之倡导与国民之热心，一时建设事业各方并进，然其弊病在于标的散漫，无支配建设之中心纲领，亦无整个建设计划。一时风尚所趋，凡属建设皆为可取，建设本身成为目的，民众只知为建设而建设，亦从未计及民族生存攸关的国防。除七七事变前数年政府几种措施以外，公私建设未尝以假想应付敌人而有所行动；以视他国在备战期间将公私经济胥持以赴公同之目的者，相去有天壤之别。中国近数年来公私经济用于此种种建设者，无数万万，今日儿全部沦陷，等于虚掷。如果当日移此数或其一大部分于国防，则今日中国之国防实力必大有增加。惟以中国之建设，不揣其本而齐其末，故其结果，有建设而危国家，有事业而无目的。中国今后之国防建设，如欲免除此种弊病，应该从订定严密的中心纲领着手。

　　余草此文既竣，得知七中全会议决"设置中央设计局，主持全国政治经济建设之设计及审核；另设党政工作考核委员会，主持党政机关工作，经费，人事之考核，与中央设计局确切联系，以矫正设计，执行，考核分立之弊端，而树立行政三联制之基础。中央设计局之职权与组织现尚未见明文规定，但对于此机关之重要性可为初步之估计。中央设计局之设置是中国政治史上最倡例之一事；近年来中国政治的措施没有一件比这次决议更重要的。我们揣测这个机关的设置应该对于设计全部国防建设设计划有重大的裨益。为达到这个目的，这个机关应该不仅是一个无权的专家咨询与设计机关，受政府的委托去设计某种事业；而是对于整个的国防建设居于领导的地位，有大权去领导，设计，整理，支配全国的建设事业。必须权力大然后责任才重，然后才能产生富有创造性的计划，与罗致能够产生这种计划的人物。中央现在已经有最高国防委员会，为主持国防的最高机关。中央设计局的权力应该仅次于最高国防委员会，而同时应该在最高国防委员会内有发言权可以影响国防政策。其对于最高国防委员会的关系，不应为普通下级对于上级机关之关系，而是如议会中之重要委员会对于议会之关系。议会中之财政或外交委员会，在职权上受议会的指挥，但事实上可以左右或决定议会的财政或外交的大政方针。因此中央设计局的人选必须有一部分由最高国防委员会的负责人参加，才能发挥其最大的效力。中央设计局必须是一个有生气有魄力的机关，然后才能领导伟大的改革与国防建设。

英国的歧途

吴学义

十年来的英国外交政策，是牺牲他人，保全自己；结果是他人被牺牲了，自己亦未得保全。"九一八"至"一二八"，如英国外相西门不积极给日寇张目，拆史汀生的台，则彼时日寇尚知顾虑国联投票五十三对一的世界舆论，英美列强在远东的势力，决不敢肆无忌惮，放胆侵略。奈近视眼西门的幻想，被日寇的宣传所欺，以为日寇只志在得东北四省，与英国的利害关系很轻，且日寇蓄意侵略东北数十年，不如牺牲中国的东北四省，以图一时的苟安。故不但拒绝史汀生英美合作制日的请求，并在国联大会发表袒日的言论，在报纸宣布不与美国合作的态度，助长日寇侵侨的气焰与决心，致史汀生主持正义公理的满腔热血，付诸东流，法国故外交家白里安维持国联威信的理想，成为泡影。其结果：日本军阀夺得政权，代表文治派的政党内阁坍台，币原外相隐退，不谈外交，以求保全性命于乱世，计划在十年的黑暗时期内，主编明治维新以后的外交史，捐得经费数十万，雇用助手数十人，已出版数卷；国联威信丧失，世界和平秩序，由一隅破坏而牵动全身，野心国群起效尤侵略，遂演成今日世界大混乱的局面。

因为九年前英国的近视自私政策，演成今日的世界大混乱，而其牺牲别人保全自己的作风，亦到现在尚未变更。虎头蛇尾，有始无终。稍远，如阿比西尼亚抗意，西班牙内战，到前年牺牲捷克之慕尼黑协定，而登峰造极！因希特勒"最后的领土要求"之诺言无信用，张伯伦才不敢牺牲波兰而缔结第二慕尼黑协定。不过为首先承认"满洲国"的波兰而发动战争，有点不凑巧，而且号称欧洲强国的波兰，只抵抗了一天而灭亡，与抗战一千多天尚屹然不动的中国相比，亦未免太脆弱了。近如丹麦威挪荷比之被牺牲，遂使土耳其罗马尼亚回复中立，与国尽失，竟成孤立。号称援华，在西门财相时代，要求对华信用贷款三百万镑（不及战时英国军费一日所需六百五十万镑之半数），磋商半年方勉强成功。前年日寇占领广州，海南岛，均不过试探性质，如英法态度稍强硬，即足以遏止之。奈坐视不理，致中国失去最佳之进出口路线，预伏今日侵略香港安南的祸根。而最无理最令人痛愤者，则为去年七月与今年七月两次的英日协定，均由克莱琪与有田八郎在东京缔结，仿照慕尼黑协定的作风。但因中国坚强抗战到底，不能发生东方慕尼黑的结果。不过增加中国的困难与决心，助长日寇侵略的气焰与便利。

去年七月的东京英日初步协定谈判，本来其范围包含法币，天津存银，香港路线等问题，亲日大使克莱琪将与有田八郎逐幕表演。不料刚发表英日东京《初步协定》之次日，突被美国以闪电式的外交战，宣告美日商约满期后应归失效。幸赖从旁杀出一员大将，把英日东京谈判打断了。然仅此《初步协定》的影响：即使中国法币黑市场由八便士暴落到三便士，现犹徘徊于四便士之间。因之上海物价指数，去年八月比七月暴涨五十几点，后方各省物价随而提高，令抗战中的中国人民生活直接感受痛苦，这都是张伯伦妥协外交之所赐。去年七月，欧战尚未发生，英国何以对日如此迁就？这除了近视自私之外，尚有其他原因。英国是资本主义国家的首领，与共产主义的苏联冰炭不相容。当时英法苏谈判半年，英国无诚意，只派中欧司长赴苏，以苏联要求条件太高，无成功希望。他方德国对波兰问题加紧逼迫，英国思及其旧日盟友，欲续旧欢，以安定远东，俾得专心对德。幸而这种幻想，被眼明手快的美国破坏，胡大使在美的努力，诚堪钦佩。而有田八郎即因此微功，得在米内内阁重任外相。在一年之后的今日，有田八郎又于七月十八日与克莱琪缔结了第二次英日协定，方随米内内阁下台，留下一件去思，英国把中国做礼物。有田与克莱琪，固属老搭档，而哈立法克斯之连任外相，亦足蔽邱吉尔的聪明。外交政策的运用，仍与人的关系有相当影响。

此次的英日协定，据邱吉尔在在英国会的报告，谓："……本政府亦须顾及目前之国际形势，不能忽视一种主要之事实，即吾国正在作存亡继续之苦斗是也。"似此次之牺牲他人，保全自己，具有不得已之苦衷？即一为消解目前紧张空气，以缓和日寇封锁，攻击香港，间接安定新加坡印度，维持英国在远东的势力。故英日协定签字后，代理新加坡总督琼思即大广播英国将调停中日战争，其保全自己的心理，表白无遗。二为希冀日寇不放弃不介入政策，以免其加入德意轴心，攻击英国。

实则英国的胆小与过虑，凡稍明日本情形者，均知其又上了日寇虚声恫吓的当，重蹈九一八以后的覆辙，中国英勇抗战三年多，日寇深陷入中国的泥沼，无论就人力财力物力陆海空军言，均无余力同时向第二个强国作战。故张鼓峰诺门坎事件，好大喜功的少壮军人，虽跃跃欲试，终于对苏屈服已充分暴露其弱点。今英国虽于欧洲正在作存亡继续之苦斗，然香港防御工作，自民国二十四年以来即加紧充实，日寇非可与德国相比，不能于二三个月内攻破。且战争一起，日寇在世界的海上商船交通，将被英国的大海军及全球殖民地所断绝，经济贸易又被英国封锁，损失之大，使日远不敢轻举妄动。至于正式"介入"德意作战，更属心有余而力不足。去秋日寇之声明不介入欧战，即系自度无此力量。日寇之铁嘴豆腐脚，自张鼓峰事件不敢听德国唆使向苏联进攻，即被德国看透其无实力，不够资格做打猎狗，故转与苏联成立协定，抛弃日寇于轴心之外。今日寇如欲回复防共协定，加入轴心，不但与德苏协定冲突，且德国亦不欲不中用的日寇加入分赃，故对于承认伪汪政权，已表示不感兴趣。日本军阀虽欲乘欧战千载一时的机会，乘火打劫，夺取英法荷在亚洲的殖民地。然若不被其虚声恫吓所压倒，准备应战，日寇必不敢诉诸武力。此观于四月十五日外相有田对荷属东印度的声明，十六日美国国务卿赫尔给他一个针锋相对的声明，即销声匿迹，到底不敢动手，表观其盘辫子的试探态度。而英帝国竟屡次被其试探恫吓成功，真太胆小与老大了。

须知日寇岛国人的劣根性，是欺软怕硬，欲壑难填。如予打击者以打击，若二十年前第一次欧战时，日寇出兵西比利亚，想乘火打劫，被俄国予以实力的教训，二十年来不敢向苏联觊觎。反之，若一味迁就退让，则姑息养奸，适足长其侵略的气焰，得寸进尺，不知止境。民国二十年的九一八，英国以为牺牲东北，可保全华北华中华南的权益，铸成今日的大错。前年日寇侵略海南岛，是太平洋上的九一八，以后果积极南进，着着进攻。若再错一步，则将满盘皆输。不但香港新加坡南洋群岛不保，即对印度泰国亦早已种下侵略的种子，以包围缅甸，席卷菲律宾，进攻夏威夷。唯美国尤其史汀生深知日寇的野心，故始终以太平洋的监督人自任，妨阻日寇的南进。四月间的荷印问题，既加以严厉阻止；此次英日关于缅甸禁运的协定，赫尔国务卿亦直斥英国的不正当，并将实施对日禁运禁铁，以作实际的抗议。同时批准两洋舰队大海军制，一九四六年完成军舰七百艘，充实实力外交的后盾，以作他日总清算的准备。罗斯福的彻底干法，高瞻远瞩，比较英国头痛医头，脚痛医脚，近视自私，结果并不自利的外交，高明得多。

为英国目前及将来的利害打算，如欲维持远东权益及属地，防止日寇介入欧战，唯有援华抗日，使其无力与第二国作战，这点苏联认识最清，故同情中国抗战到底，消磨牵制日寇的实力，以除东顾之忧。德国亦因看透日寇对华战争消耗实力为甚，无力同时攻苏或攻他国，故去年摒弃其于轴心之外。美国亦知日寇深陷泥沼，无力作怪，故始终对倭取高压监视的态度，去年格鲁大使在东京美日协会大教训日本要人，日寇仍莫可奈何。独在远东权益最大属地最多的英国，每次接受日寇的恫吓威胁，遇事迁就妥协，以为喂狼狗一块肉，可以苟安且夕，不知更引起其啃啃狂吠。邱吉尔"希望在三个月之内可以觅致一种公允之解决办法，使双方均可接受，……准备对中日两国竭尽棉薄"，真是南辕北辙，白日做梦。欧战失败后的英国，对日已失却调停的力量，何况日寇三年来花费巨量的人力财力物力，满以为为山九仞，要想一举而征服中国。决非英国式的"和平及和解步骤"所可"求其成功"，若欲借缅甸路线（香港已禁止华茶出口运苏）乃至将来日寇必继续提出的法币问题，禁止南洋华侨爱国捐输问题，压迫中国屈服，更属不可能之事。彼时日寇要求无厌，英国穷于应付，仍有破脸冲突之一日。如此时少削弱中国一分力量，即增加一分牵制日寇的力量。否则如万一不幸中国竟一旦屈服，则日寇不但拔出泥沼，且可利用中国的人力物力积极南进，介入欧战，除留一部分陆空军防苏联外，其大部分海空军可开往欧洲作战，或在太平洋牵制美国，美国于大选后，犹更积极援英，德意自欢迎有实力的日本加入轴心。故英国以为牺牲中国，保全自己，适足自食极端相反的结果。近视自私的外交，其本身必遭无穷的祸害。——中了日寇先结束对华战争，以便乘机介入欧战的毒计。

英国外交政策的错误，种因于西门，张伯伦。哈里法克斯，克莱琪，为继承张伯伦外交政策的余孽，到了邱吉尔内阁已积重难返。邱吉尔在国会对工党议员诺尔巴克的答辩："过去数年中余对此问题之看法，为公众所详知"，表示行不由衷；对前陆相倍立厦的答辩，直承认"此间局势之变化，因之以影响我国在远东之地位"。理智与事实相冲突，乃作"临时性质"的协定，停止滇缅路交通期限为三个月。希望在此三个月内，足以表现抵抗德国攻击之能力。十一月美国大选揭晓后，如罗斯福总统确定连任，当可采取积极行动，届时对日重开谈判时，其地位可以较前优越。此为华盛顿合众社电从好的方面所为善意的推测。实则日寇得寸进尺，吞下去了的东西，决不肯轻易吐出。诚如《纽约先锋论坛报》所云："凡属稍了解东方情形者，俱知将来期满以后，日本决不允其恢复现状。反之，日本既知英国必致屈服无疑，势必更进一步有所要求。"故对英国方面，切不可作过分的希望，自动更正其错误。进一步之解决，尚须视远东及欧洲前线未来之发展以为断。即中国应付此项封锁歧途之最利武器，为自给自足，继续抗战，以表现自己的力量。同时注重对美苏的外交，利用美苏的力量，以压迫英国，阻止其对日屈服。例如去年七月的英日东京初步协定，即被美国破坏无余，此次赫尔国务卿已正式申明反对此种不正当之英日协定，希望阻止英国屈服于日本之要求。并称美国向来反对封闭任何地方之国际通商路线，英国徇日本之要求，封闭滇缅路线，系构成干涉世界贸易之不当行为。美国夙讲究法理的根据，英国此举，显违反九国公约国联盟约及决议案暨英国之迭次申明。十一月大选揭晓后，如欧战情势不大恶化，美国当采积极行动。现已将舰队留驻夏威夷，及考虑实施对日禁运。英日亦顾及此点，故禁运范围，表面上限于军械弹药汽油载重汽车及铁路材料，不及于普通客货运输，即为敷衍美国的指责。

抗战三年，经过了不少的难关。而友邦给予中国的打击，以去年七月与今年七月的两次英日协定为最甚。去年幸被美国拦腰截止，今年的风波，亦希望能安全渡过。日寇对华的进攻方式，军事，政治，外交，经济，均已用过而均归失败。此次近卫松岗上台，怀抱了很大的野心与期待，急需于结束对华战争，方有力量介入欧战。预料外交进攻更将加紧，最后则仍着重向昆明西安的军事进攻。必待一切进攻方式与力量均已用尽而不奏效，又遇着内外的压迫，日寇才肯掉头。此事而谈和议，调停，三个月期限，均属不明敌情，自欺欺人。

抗战愈持久，愈接近胜利，困难的程度亦越增加。此次敌人的封锁政策，来势很凶，敌人亦很得意，如被我方突破之后，并以持久战磁铁战对付敌人的军事进攻，则黔驴之技已穷。对华战争一日不结束，日寇即无力介入欧战。即失败于东方，复因之不能混水摸鱼于西方，日寇焦躁苦闷，近卫荷花大少松岗流氓，必气得暴跳，如二十七年之声明不以国民政府为对手。半年一载之后，如国际形势转变，敌国内部亦无法统制，方能谈到平等光荣的和平。在目前之抗战阶段，正如为山九仞，唯有继续努力，坚忍持久，争取时间，以达最后胜利的目的。

什么是行政效率

周世迷

"行政效率"一词，见于党国要人的演讲，见于大学教授的文章，也见于新闻记者的社论，其习用流行的程度不可不谓广大。如此习用流行之所以然，不外国人趋向的转移，以及战时事实的需要。大抵近年以来，国人渐觉政治改革之空谈无益，不若行政建设之实际有效；于是转移方向，不仅是为了挨挨厌腻的空气，也就是想借以开辟几个"用武之地"。可是抗战以后的情形就大不相同了！军事胜利，固属第一，行政进展，却须配合；迫于事实的需要，人力不能不充分地利用，物资不能不积极地保存。无论为国人注意之转移，或是战时需要之迫促，其结果必然重视行政效率之讲求与行政效率之增进。

然而，怎样讲求行政效率，怎样增进行政效率，尽管在高谈阔论着，我们不能不感觉诧异的就是：对于这个基本问题——"什么是行政效率"——却很少予以严重的注意，更似乎无人加以适当的分析。是不是为了抗战期内只重实际就可轻视理论了呢？抑或由于人性所趋只顾表面而即忽略了根本呢？

关于什么是行政效率这个问题，普通所见的总不出两种解答：即一是"经济说"，另一是"物质效果说"。两者的理论，似乎都不甚正确，或竟可说完全错误，我们愿先分别加以论述，然后建议一个比较令人满意的说法。

为便于讨论起见，我们在此先提出后一种理论。主张"物质效果说"的，以为行政效率的唯一目标在求最大的物质效果，或是以最小的物质牺牲来换取最大的物质效果。从他们看出，行政效率是物质的，而不是精神的；

是机械的，而不是观念的。他们觉得整个的政府组织，不过是一座平常机器；所有的行政人员，也莫非这座机器的各种零件而已。在他们心目中，一座政府机器的效率，就以这机器直接产生的有形的，物质的效果来决定；反之，如果所产生的有形的，物质的效果十分稀少，也就可推论这政府机器的效率是根本微弱的。

"物质效果说"显然是政治学里面的国家有机体论，和近代工商管理中的实业效率说交合而出的产物。我们对于这种理论认为至少有两个缺陷：首先，政府组织之比作一座机器，在研究方法上说虽无不可，但这根本否认了所谓人是政治中的一个重要因素。即使政府是一座机器，也决不像电气马达，或是纺织机器那样简单，因此，其管理也决不像电气马达，或是纺织机器一般便当。大抵政府是不能脱离人的，（其团体是人的结合，其活动是人的表现，）而人又是不能没有意识的。人的意识不断地影响着政府活动，则由此所生的效果收复便也无法加以控制了！譬如我们放下去相同的代价，经过一个长长的政府程序之后，我们取回来的却是不同的效果；所以行政效率并不是被决定于一座机器，而是被决定于一群有生命有意识的人的。

其次，若谓"物质效果"即构成了行政效率的全部，则不啻藐视了政府的价值，反背了现代的事实。所谓"物质效果"，如果我们并未错认，其含义一定指着由国家公务所产生的一些有形的利益，和可测计的价值；这种解释显明地已把所有无形的利益，和不可测计的价值悉摈弃在外。且依现代趋势，政府所执行的公务大多数属于后者，只有极少数才真正是属于前者的；这个事实的存在，是为了配合着国家的进步，也可以证实于各国预算的内容。据此，凡以为可专顾物质效果而可不管非物质效果的，都是一种曲解，都是一种危言。政府要办如修筑道路，建造水厂一类的事情，我们故须尽量拥护，但因为没有有形的利益或没有可测计的价值，而忽略了如维持国防，发展文化一类的要政，则其结果岂不成了"国将不国"的现象了吗？

比较"物质效果说"来得简单，但却一如"物质效果说"那样不正确，是这里要论及的"经济说"的理论。主张"经济说"的人对行政效率的看法，大致可以"效率等于经济，经济等于效率"一个公式去代表。这种理论的出发点，以为资源在任何一个国家本不是无穷尽的，用政府力量去取得的必有其严格的限度，故为执行公务而消耗尤应极力地俭省。又有一点为他们所公认的，即是这些行政所需的资源，无论其为何种性质，却恰如商业上的成本：无论其取何种形态，都可以金钱去替它计值。归根结蒂，他们所谓"经济"并没有什么深奥的含义，实在也就等于说要减轻成本，节省费用，而在这个经济观念所筑成的基础上，便砌合着他们的所谓"行政效率"。

探究"经济说"的成因自然有几个，大抵一方面可说是战时一般大众倾向保存资源，减少消费的一种心理的反映，另一种方面则有少数经济家（特别是自由主义的经济学家）想利用企业经营的原则，来约束国家公务的发展的一种企图的表现。但不问这种理论是否发生于自私的或非自私的背景，我们对之只是不能"苟目所见"，因为这种理论仍然不能摆脱其自身所有的两个困疑。一则，"经济说"的论者把"行政效率"和"经济"或"经济化"混成一谈，便是没有明白国家公务和私人企业根本不同的道理。我们必须承认私人企业之重视成本，乃由于营利赚钱一个基本动机所致；惟其为追求利润，故不得不要设法减少成本。但是国家公务的一个重要目的却是公益服务；如果有益公众，即使任何代价也得去化。我们以为成本决不是，也不应该看住国家公务唯一的决定因素；反之，在一切行政过程中，我们诚然要相当的考虑经费是否经济，不过同时也要顾到手段是否正当，方法是否公平，以及结果是否损人害公。凡此种种大都为一般企业家所忽视，然而自政府当局看来，却成了执行公务所"不可或缺"的种种考虑了！实际上，行政效率假使摆脱了这些考虑以后，也就必然地无从去了解，无法去探知其真义。

再则，"效率即是经济"这个狭隘观念如果移植到国家公务上面去，尚不免一种畏怯的副作用，这又为"经济说"的主张者所根本没有见到。一个以"经济化"为口号的政府，往往可以变成一个事实上最浪费的政府。大抵所谓"经济"或"经济化"最重要的两点，即如我们所说"减轻成本"和"节省费用"，为要实践这两点，于是不惜出之减削行政人员的薪水，以及其他行政上必要的消耗。其结果弄得政府之中群相离散，最后所剩的只是一些庸碌不堪的份子，即使尚有三数比较优秀的人员，也因缺乏正当经费，不能有所施展，以至于"百政皆废，万务不治"为止，一切"自以为"经济化的理想，不必因而可得相应的效率的事实，但以一种"歪曲"的经济论说来贯彻行政，未有不产生相反的浪费的效果！

由于上述两个理论之都不健全，迫使着我们寻求第三种说法。"什么是行政效率"这个问题的答案，要如足以令人满意的话，我们以为必然要附合下列两个先决条件：第一，正如我们前面提到，在观念上政府行政可以，而且应该和企业经营截然分家。在相当范围内，商学，或经济学里面的原理是不好引用于行政上面去的，但我们不能因此就索性把行政和企业之间的界限打破。第二，行政效率必须配合着行政本身的目的。任何一种事务的效率，不过说明着其目的具体化到了怎么程度，故凡以为效率可与目的脱离关系的都是玄虚之谈。

人类之组织国家，是基于满足公同需要和实践大家愿望的一种企图的；而政府即是为达到这种企图而创设的机构，行政乃是为达到这种企图所必要的手段。我们以为行政的最终极的目的，不但在供给仅仅若干公务，亦且更重要地在供给若干"至善至美"的公务，这个"至善至美"的行政目的，在其实现过程中的表现的程度即是行政效率：譬如我们说某种公务如何善美，便是指称这种行政如何有效。但是怎样才算"至善至美"了呢？如说即是"花钱最少"便与"经济说"一般无二，如说即是"产生有形的利益"便和"物质效果说"没有区别。这些观念并不足以包括"至善至美"四字的解释，而我们所谓"至善至美"应采广义的或社会的看法：政府之执行公务至少在理论上，是以全社会全人群为其对象的，则行政之是否"至善至美"，必然要根据着一切社会标准去加以评定。

行政的观念是社会的，然则效率的观念也应该是社会的。在一切之先，我们以为行政效率是一种满意，特别是一种全社会人群的感受的满意。但这种社会满意应该分成人民的满意，和公务人员的满意来说，人民是站在老板兼作主顾地位的，自然一切公务必先要求他们的满意；虽说公务的销售是强迫性的，但他们尽可设法去避免投资，因而即使公务无法进行。同样，公务是不能脱离公务人员的，所以这些人员也有权去要求从公务取得满意；特别因为他们的态度，兴趣等等，可以直接地支配着公务执行的成果，则除非他们自己感到满意，行政效率便决不能凭空产生的。我们不必否认从人民或公务人员看出，满意必然地归根于他们所要求的行政效果和利益，但这些效果和利益可为物质的，精神的；也可为有形的，无形的。大抵社会满意引起行政效率，同样地行政效率也引起社会满意，如此循环相依，没有其一便不会发生其他的一个。

但社会满意必是有其代价的，这种代价便是求得行政效率所化的消耗和牺牲，因此我们不能不兼顾社会牺牲。所谓社会牺牲，正如社会满意一样，必须分别成为直接的和间接的两种牺牲。上一种牺牲是直接地加到行政程序上面去促使行政效果之发生的，便等于一种不可缺乏的原动力。一切行政必然需要着人力的管理，需要着物力去补助，更需要着财力去维持，凡此种种人力的，物力的，财力的消耗，都是必要的，直接的牺牲。但下一种牺牲即是间接的牺牲却不大相同了！他不是发生的，而是引起的；他也不是有意的，却是意外的。譬如政府工人因发动一座机器而误伤了他的手臂，又如公司商铺因缴付所得税结果耗去了一部分可作基金的钱款，这些伤害，损失，无论其为物质的，或是精神的，也无论其为有形的，或是无形的，我们都以为是间接的牺牲。如果行政效率与社会意义的关系是正的，即是社会满意大而行政效率也大；则行政效率与社会牺牲的关系应说是相反的，即是社会牺牲大而行政效率却变小，反之亦然。

这种对于行政效率的看法本没有什么名目，我们姑且叫它做"社会价值说"。

总之，我们以为行政效率不是物质的（如"物质效果论者"所说），也不是经济的（如"经济论者"所说），而是社会的。换言之，即是效率的最终目的在求以可能最低的社会牺牲来取得可能最大的社会满意。但我们必须注意这个关系：凡社会满意之增加大率不是无穷限的，限度既达以后，则任何一切牺牲不能使其更增；同样地社会牺牲之减少也必有它的限度，有时虽可超过，但非化一个极高的代价是不可的。我们可能求得一个合理的行政效率，但人间永远不会有一个绝对的行政效率。

旧诗与新诗的节奏问题（上）

孙毓棠

很有些人认为近年来新诗（白话诗）的产生是对旧诗词一大革命，好像新诗是一个天外飞来的百分之百的新东西，与旧诗词完全无关系。再加以新诗的内容材料完全是西洋式的，现代的，有如舶来品，与我们本国固有的旧诗词完全不同。旧诗与新诗二者之间，对他们仿佛有一条宽广的鸿沟，绝难跨越。因此有些读惯了旧诗词的人说读不懂新诗，或者说读新诗丝毫得不到趣味，甚至于卑视新诗，以为他既无诗格又无诗意，简直可笑。我的看法大不然。我以为新诗是承袭旧诗词的更进一步的自然的发展，二者原在一条线上，新诗的基本原则与旧诗词的丝毫没有两样。若勉强寻找他们的分别，这分别只在题材上，正如词与古乐府的不同一样。我们没听说过有人读得懂古乐府而读不懂词的。其实就在题材上，也没有截然的区别，若更彻底一点说，他们之间本无分新旧。又有人说，旧诗可诵读而新诗不可诵读。这种看法也是错误的，事实上新诗与旧诗一样的可读，读新诗的方法及其基本原则本与读旧诗完全相同，不过这一点大家未弄清楚罢了。我的意见可以从好几方面来证明解说。本文先就旧诗词与白话诗的节奏一方面作一个简单的讨论。

节奏是人类心理上自然的需要。我们坐在火车上，听车轮前进的声音，咕隆咕隆地响。本来车轮的前进声是很机械的，一声与一声之间距离完全一样，单调而无止境，他本身并没有顿挫。可是我们听久了，便似乎自然而然地给他加上了人为的顿挫，而成为"咕隆—咕隆"或是"咕隆隆—咕隆隆"了。钟表也是一样，本来他的滴答滴答的声音是单调机械无止境的，但在人的听觉里便成了"滴答—滴答"或"滴答答—滴答答—"或是"滴答滴答—滴答滴答—"了。给机械的单调的声音加以人为的顿挫,主要的原因怕是由于我们心脏的跳动与肺部的呼吸。因此说这种人为的顿挫是生理的,自然的,也未为不可。有了顿挫便成了节奏。慢的一声两声一顿,快的三声四声五声一顿。但也许因为呼吸的原因,六声一顿便觉太长;至少六声一顿的一顿中便又可分为三声或两声所成为的小顿,于是六声一顿的顿便失了价值而又变为三声或两声一顿了。车声表声如此,其他声音也莫不如此。譬如敲鼓声易成为"咚咚—咚咚—"或"咚咚咚—咚咚咚—",走路便成为"一二——一二"或"一二三——一二三—"等。比鼓声繁杂的弦乐管乐,比走路繁杂的舞蹈,都产生自然的节奏,也可说是产生于自然的节奏。不管他音乐是多么繁杂,舞蹈是如何的缓急不定,但他根本的节奏总是原始而简单的。

诗是伴随着音乐舞蹈而产生的,咏歌与手之舞足之蹈实是同时发展的。咏歌随了乐与舞的节奏而生了节奏。咏歌之初恐怕只是呼啸嗟叹,迨由呼啸嗟叹进而增加了字与意,便成了诗歌。中国字是单音的(虽然古有复音,但自节奏上看,与单音作用全同,因每字都只有一个母音),便于适应简单的节奏;字意为表达思想的,歌咏起来便自然产生顿挫(句读)。在中国历史上,这种伴着乐舞所产生的诗歌,最早的成绩当推《诗经》。《诗经》中的歌咏以四言为主,从节奏上看,是最简单最原始的,也是最自然,最合适于中国文字的。例如《东山》一章节奏成为:

我徂—东山,慆慆—不归,我来—自东,零雨—其濛,
我东—曰归,我心—西悲,制彼—裳衣,勿士—行枚,
蜎蜎—者蠋,烝在—桑野,敦彼—独宿,亦在—车下。

此诗每句四字,每二字成一组,每组一拍,每句两拍,是很自然的。读起来节奏是单调简单而原始的,叫你联想到原始人舞蹈时的缓慢的钟鼓声。每组的两个字似当有一重音,如"我心"二字,读时可重读"我"字或重读"心"字,因其重读所在而意义上也略有差别。但中国字是单音复词的,有时不必拘泥于组中某字定当重读,也有时任意重读而其意义不变的,如"裳衣"二字。每组的字有时可读得同样轻重,然就其所占时间与他组对比起来,仍不失其为一组,如"东山"二字。这种音组适相当于西洋诗中的音

步。以前也曾有人辩论过中国诗音组中何字当重读何字当轻读的问题,我以为这是受了英文中重音的影响,中国文字没有这个东西,辩论毫无意义。但字无重音并不阻碍其组成音组的能力。这方面有些像法文。

　　这种简单而原始的节奏蕴存于最古的诗歌中是很自然的现象。但此种节奏有几个毛病。第一,中国古代的文法虽然伸缩性很大,但也有时意思受了节奏的限制,表达不出来。欲求把思想或情绪表达得清楚畅快,便不得不突破节奏的束缚来加减一两字,或填补一二无什意义之虚字。第二,节奏太简单,便容易使人感觉单调。对于节奏及节奏之美感觉锐敏的人,常喜欢在规律中求变化,整齐中求花样。譬如敲鼓的可以在单调的咚声中加一跌,如"咚咚——咚咚——咚咚咚——咚咚——",这种破格往往给单调的节奏增加了变化的美感。诗歌也是一样。前者是想在文法辞义上求明畅,是不得已而为之的消极的破格。后者是想在单调的节奏外求变化的美,是人为的艺术技巧的积极的破格,二者相辅而行。诗三百篇虽以四言为主,每句两音组在当时虽是最流行最习惯的节奏,但三百篇中这两种破格的例到处都是,所以《诗经》中除四言而外,也有一二三言五六言七言八九言等种种的句子。这些破格的句子之产生,不管由于文法词义或技巧的破律,其结果均能完成节奏变化的美。随便举几个例:

　　　　陟彼—崔嵬,我马—虺隤。我姑—酌彼—金罍,维以—不永怀。(《卷耳》)
　　　　鱼丽—于罶,鳣鲨。君子—有酒,旨—且多。(《鱼丽》)
　　　　殷其—雷,在南山—之阳。何斯—违斯,莫敢—或遑?(《殷其雷》)
　　　　式微—式微!胡不—归?微君—之故,胡为乎—中露?(《式微》)
　　　　日居—月诸!照临—下土。乃如之—人兮,逝不—古处。(《日月》)

　　如《日月》篇之"日居月诸"之"居""诸"二字皆是无什意义之虚字,用以填补节奏,其本身则是呼啸嗟叹的遗迹。"乃如之人兮"的"兮"字原亦无意义,但加了他却给单调的节奏增了变化之义。"胡不归"三字原可在"归"字上再加一字的,但破一格,把"归"字一拍拉长,不仅给节奏加了变化,而且强化了情感。这都是节奏的变化。以上诸例中又有一点我们可注意的。《殷其雷》篇的"在南山之阳"一句,文法上字字不可减,这五个字我们虽不知古人的读法,但以今日的语调读时(想古时当无大异),最自然的读法是把"南山"与"阳"二名词读得重,而把"在"与"之"二虚字读得轻。不但读得轻,而且简直可以随口一带就读了过去。正如"我看他的信"五字中其余四字皆可重读,而其中的"的"字则非轻读不可,且可随口一带就读了过去。所以"在南山之阳"的"在"与"之"二字,及后例中的"的"字,我们都可以归为一类,这类字因其可以"随口一带就读了过去"的原故,我们可以在诗的节奏中名之为"卑音字"。这种字只在文法上有重要性,在节奏中除略增变化外,别无重要性。有他无他对于节奏本身无大影响。这种卑音字最普遍是一词一个,但也有两个的,即可把两个字很快地读成为一个字,其作卑音字的能力并无两样,例如"不用"二字,而"不用"二字在北平话中竟已化为一声。

四言诗还有个毛病,即句读之处缺少一使人呼吸的机会。四言诗必需读得慢(我们要注意古代的音乐的节奏是缓慢的),句读之间才得从容顿挫而使人得以呼吸,如果一首长的四言如韦孟的讽谏诗,急急地快读,就感觉其节奏成了一片急鼓,喘不过气来。这是因为四言诗把句读间呼吸的机会放在节奏以外去了,呼吸只好在句句之间别成一拍,到诗外去找。这种办法又缓慢又不便。而且四言诗的每句两拍。本觉太短,太短便即缓慢。

拯救此病,楚辞有个新方法,楚辞虽与《诗经》无关,我们至少可以说楚辞在节奏上产生一种新格,是《诗经》所缺少的。这种新格即以一"兮"字填补呼吸的空洞穴。这种办法《诗经》中固然已有,但其效力不如在楚辞中显明。例如《山鬼》:

若有人兮——山之阿,被薜荔兮——带女萝。
既含睇兮——又宜笑。子慕予兮——善窈窕。

再如《湘夫人》:

帝子降兮——北渚,目眇眇兮——愁予。
袅袅兮——秋风。洞庭波兮——木叶下。

这里面也是每句二组，但每组有三字的有二字的"兮"字也是呼啸嗟叹之遗风，加进去不仅增加了悠扬荡漾的韵味，且给"读"处加了个吸气的机会。不过这种调子仍然迂缓，因为他没有在句子完结处增一呼吸。也有如《离骚》的。

　　　　众女——嫉余之——蛾眉兮，谣诼——谓余以——善淫。

这两句中的"之"与"以"字是卑音字，所以每组极似二字，而"兮"字正是句与句中之一顿，这一顿时"兮"字正可帮助读者一次肺部的吸气。

惩四言诗此弊之另一演化的结果，即是五言诗。五言诗与四言诗之不同处，即在五言诗把句与句间之呼吸加入了节奏之中，而成为节奏的生命之一。如《十九首》中：

　　　　青青—河畔—草，郁郁—园中—柳。盈盈—楼上—女，皎皎—当窗—牖

这里每音组为二字，但每句末组只余一字，这一字与呼吸合为一组。因为这个发现，便使读者缓急从容，呼吸化入诗的节奏而与诗打成了一片，不再感棱角之处。不过此处要提出另一问题，即音组与词意之关系。前三句可巧按我们分组的方法，正使音组与词意符合，但另举一首诗，似乎就乱了，若使音组定需与词义吻合，则成如下之式：

结庐—在—人境，而无—车马—喧。问君—何能—尔？心远—地—自偏。采菊—东篱—下，悠然—见—南山。山气—日夕—佳，飞鸟—相与—还。此中—有—真意，欲辨—已—忘言。（陶潜《饮酒》）

如此则每句结尾有二字一组的，也有一字一组的，那么与我们上面所说句尾因欲使其便于呼吸而减二字，岂非不合了么？其实不然，诗中每句的节奏原是音乐性，合乎人类生理活动的，及于听觉的产物，与词意并无需有密切的机械的联络。且每句的节奏是一气呵成的觉不出痕迹的一个单位，如下两句：

皇帝—二载—秋，闰八月—初—吉。（杜甫《北征》）

　　我们读诗时并不是把这十个字刻刻版版地分成为这五个（或四个）词意才读得懂。从词意上文法上固然要如此，但在音乐的节奏上仍可分作"皇帝—二载—秋，闰八—月初—吉。"去读，正如《饮酒》中那两句读为"采菊—东篱—下，悠然—见南—山"一样。这层很像西洋诗中有时一个长字可分为两个甚至于三个音步，或短字改变了重音，或重音落在虚字上一样，对于字意词意并无多大的影响。

　　我们上面说过五言诗比四言诗的进步处是加入了呼吸又加多了（也是加快了）一拍。七言诗比五言诗不过更加多加快了一拍而已。七言诗是一句四拍。一口气读四拍，从中国语言的习惯上讲，似乎是不多不少，刚刚分量正合适的样子。试读一首七绝；

　　劳歌——一曲—解行—舟，红叶—青山—水急—流。日暮—酒醒—人已—远，满天—风雨—下西—楼。

　　即可觉得。当然，比七字四拍再多，也未尝不可，如"君不见—黄河—之水—天上—来，奔流—到海—不复—回……"

　　不过五音组的句子只能用于破格求节奏变化之时，若句句五音组，在习惯上便觉太冗长；不是不可能，但略感不方便。因此，中国诗演化至七言，便似乎走到极端，不能再进了。此中的原因恐怕大半由于节奏。

　　让我们再讨论节奏的另一个问题。我们上面也说过，对于节奏及节奏之美感觉锐敏的人，往往厌倦单调与呆板，总想在规律中求变化，整齐中求花样。规律整齐固然是美的因素，但太照顾他，便单调呆板了，给单调呆板加一些变化，反而更美。这一点在中国韵文的历史发展上，处处可以看出来。《诗经》时代，破四言而参用一二三言五六言七九言的例子至多，已如上述，五言发达的时代，即有节律的变化颇多的乐府存在。乐府原用以入乐，音乐与诗歌结合的问题较复杂，此处暂不能讨论，既便在五七言极盛的唐诗之中，在节律中求变化的例也不知有多少。李白的新乐府即是好例。在唐人中，李白怕是对节奏感觉最锐敏，试验节奏变化（时而五言，时而七言，时又参入九言四言）最大胆也最成功的一个人，他的因变化节奏而产生的音韵上的铿锵顿挫，抑扬曲折，实是后代诗家所难及的，不过普通的诗家，多半仍遵守已成熟的五七言各种格调，认为是最自然最美的形式了。（古体律诗排律绝句等格调完全是另一问题，这问题太大，非本文所能讨论。）

更进一步的变化节奏的试验而成功的是词。词之成形，不管他最初如何与乐府同种地与音乐有关，或后来变而对音乐独立，但其基本的发展仍由于词人有意地给诗歌加上节奏变化之美。此风一开（亦即是说这试验一成功），愈激愈厉，词调也就日愈加多。最初的长短句与词调都还离诗不远，但词愈发展，变化也就愈多，甚至于有些词调在节奏上似乎已有过分杂乱之感。又有些节奏过分杂乱的词调仅以韵脚来维持他的生命。节奏原是一个很纤脆的东西，太单调呆板了，便失了美，有如火车的轮声；太杂乱无条理了，也失了美，有如闹市的喧嚣。节奏的美就要靠诗人在这两极端之间，取舍剪裁，善意安排，加给他人工艺术的整理。这种工作正如一个音乐家之安排乐谱，艺术即在其中。

给节奏上变化多端的词再加以自然语言的表现而成曲令，是又一层的发展，这一步发展自然而合理，且给语言增加了颜色与精神。试举一例：

每日价—日上—花梢，抛残—绣谱，卷上—鲛绡。字临—卫女，诗吟—苏蕙，史续—班昭。喜清课—卖花 声杳，催好句—心字—香烧。红了—樱桃，绿了—芭蕉。一任那—旧园亭—莺喧—蝶闹。要收心—拘禁了—浪游邀

此中最可注意的是"每日价""红了""绿了""一任那""拘禁了"等词对于节奏的新适应。这些词丢开了斯文气，又假一些卑音字舒展了词意，而与节奏适合得杳无痕迹。再举个例：

……人生—何苦—把家园—恋？……。你把轻舟—挂了—帆，骏马—加了—鞭，便走到—五载—三年，也怕你—游他—不遍。何苦将这—破屋—荒田，与旁人—争长—论短？你说道—传与—子孙，只怕你的—子孙—败得来—身上—无绵，手里—无钱……（徐大椿《戒争产》）

这里节奏的基础与古诗并无两样,然而味道全变了,原因是在旧节奏上——也可以说是在中国文字的自然节奏的基础上——运用了新语言的结果。只要我们明白了节奏与语言二者的分别,即可了解新诗(白话诗)与旧诗词的生命原是一条河道上的一条川流,他们的生命都寄存于同一的"中国文字之自然的节奏上",决非截然两个互不相通的世界。
　　下面让我们再详细分析新诗的节奏来与旧诗的节奏作一比较。(待续)

美国之政争与外教（纽约通讯）

瑞 人

×……我对两党代表大会所得的印象如下：（一）罗斯福之被推成为前定之事，而副座之候选人又须循罗氏之指定，故民主党代表大会之一切几成形式。除代表中显然表示不满与愤慨外，会场空气殊不紧张。（二）反之，费城共和党代表大会中我眼见威尔基凌驾杜威与塔夫脱辈而获选，代表及观众心理十分热烈，一如触电者然。（三）民主党代表大会中孤立派声势仍大，干部惟恐孤立派造反，又惟恐负主战派之恶名，致在大选中失利，故党纲上之对外政策已大较罗总统历次之宣言为退步。（四）在对外之政策上，两党党纲十分接近，可说无甚差别。此后竞选的标的恐将集中于"新政"与"反新政"及第三任问题。（五）罗斯福于接受推选为总统候选人之广播演说中，仍未改其反侵略，拥护民主和平，扶助被侵略国之立场。罗氏如获当选，逆料外交仍将本素日之主张前进，不至为党纲所拘束。共和党之威尔基一向公然赞同罗氏之对外政策，且在共和党各竞选人中，为唯一有世界眼光而敢负责表明主张者。故威氏如获当选，美政府对外政策亦不会一反罗氏之所行。说者甚至谓威氏为人敢作敢为，不像罗氏在政治上多所顾虑，当政后对外或较罗氏更趋积极，亦在意料之中。（六）共和党推威尔基为候选人，实可谓循民众（尤其是青年进步分子）之要求。全国开明舆论均推崇之。威氏之人才物望均可与罗斯福抗衡。故十一月选举必有一番大恶斗。尚未知鹿死谁手。一般人观察两方之胜利机会，为五十对五十。不过对罗氏同情者，于罗氏之估价稍高。其理由是："新政"仍为全国农工阶级中下层大众所拥护，以此旗帜竞选，或可克服反"三任"传习之障碍，而使罗氏获选。不过谁也不能断定。

美国之政治局势既如此,在十一月大选揭晓以前,在对外关系上恐不会有多大的积极举动。但如日本发狂而有挑衅的行为,则当然另当别论。至于十一月以后,美国对外是否有大的积极行动,亦尚要看欧战之局势如何。其实此三四个月内,欧战之局势如何发展亦将间接影响美国选举之结果。盖万一在三四个月内英本国被德打倒,十一月后美政府尽管想积极,亦挽救莫及。而且大选之前英如崩溃,即是给罗总统以莫大之打击,而更张孤立派之气焰,因而罗之当选机会,亦自然减少。法之投降给了罗氏不少打击,可为先例。反之,如果在此三四个月内英能支持,局势可以好转,则大选以后,无论罗氏或威氏当政,均可畅所欲为。参战可,积极以物力援助被侵略国亦可。

中国抗战形局势,鄙意与上述世界全部局势已不可分。安南缅甸之路断,皆是欧战变化之结果。其挽救亦系于欧局的好转。所以鄙意无论如何中国仍应极力支持,徐观变化,万不可因日本一时之压迫或欺诱,而中止抗战,或突变外交方针。同时,对于美方的援助,亦不可作过大的希望。有许多事美政府非不愿为,但鉴于于孤立派之阻力,欧局之牵制,以及实力分配,技术上地理上之困难,确有不能即为之苦。不过美政府当局有两点是很明显的:(一)盼望中国坚决抗战;(二)愿意以一切目下可能之方法支持中国抗战。

目下美国所能做之事当不外(一)经济援助,(二)外交表示,(三)禁运,(四)海军续驻太平洋示威诸端。海军迄未调开完全是为牵制日本。英日缅甸协定之后,赫尔即发出严重之反对声明,并主张美不采并行政策。汽油及废铁禁运问题久在研究中。前日居然由总统宣布,亦间接为中国而来此一举。至于借款,现时纵有法律上之困难,但希望似在增加。因此,在大选以前中国所能获得之道义上及物质上的助力亦颇可观也……

本期撰者:

> 名诗人孙毓棠先生是不肯轻易动笔。但他一动笔,总是一篇有价值的作品,抗战以后他尝写过一篇关于抗战的诗的论文,当时所引起过不少的争辩。本期登出的一篇,也是孙先生精心作品之一,读者千万不要轻轻放过。
>
> 吴学义、吴之椿两先生都是国立武汉大学法学院教授,他们常

在各处有文章发表，想读者必已熟识，不必详为介绍。

周世述先生是国立西南联合大学的教授。

本期所刊出的《纽约通讯》是从一位瑞士友人给本刊一位编辑的信节译出来的。这位瑞士友人现正在美国旅行，他对中国情形颇为熟识，并且对中国的抗战十分同情的。这篇通讯可以与本刊第四卷第四期钱端升先生的《竞选期中的美国内政外交》一并阅读。